Piruze

Şam'da Bir Türk Gelin

Sinan Akyüz

Piruze

Şam'da Bir Türk Gelin

ALFA

Alfa Yayınları 2167
Edebiyat-Roman 66

PİRUZE
Şam'da Bir Türk Gelin

Sinan Akyüz
www.sinanakyuz.com.tr

1-4. Basım: Şubat 2011
ISBN: 978-605-106-305-8

Sertifika No: 10905

Yayıncı ve Genel Yayın Yönetmeni M. Faruk Bayrak
Yayın Yönetmeni ve Editör Rana Alpöz
Pazarlama ve Satış Müdürü Vedat Bayrak
Kapak Fotoğrafı Tacettin Ulaş
Kapak Tasarımı Gökhan Burhan

Baskı ve Cilt
Melisa Matbaacılık
Tel: (212) 674 97 23 Faks: (212) 674 97 29

Alfa Basım Yayım Dağıtım San. ve Tic. Ltd. fiti.
Ticarethane Sokak No: 53 34110 Cağaloğlu ‹stanbul, Turkey
Tel: (212) 511 53 03 - 513 87 51 - 512 30 46 Faks: (212) 519 33 00
www.alfakitap.com
info@alfakitap.com

Piruze'ye ve bütün annelere...

Bu kitap, gerçek bir hayat hikâyesinden esinlenerek yazılmıştır.

Âşık karalı mısın, candan yaralı mısın?
Nedir sendeki bu hal,
yoksa Şam'a gelin giden Türk kızı mısın?

KİM

Erkenden kalktım, aşağı indim. Lobideki kahverengi deri koltuklardan birine geçip oturdum. Masanın üzerinde duran günlük gazeteleri okumaya koyuldum. Bir ara başımı kaldırdığımda bir çift siyah gözün, şaşkın şaşkın yüzüme baktığını gördüm. Bana başıyla selam verdi. Ben de ona gülümseyerek karşılık verdim. Sonra oturduğu yerden kalkıp yanıma geldi. Önüme bir fincan kahve koydu. Ona, kahve istemediğimi belirttim. Güldü. Yanımdaki boş koltuğa geçip oturdu. İngilizce, "Galiba sizi tanıyorum. İngiltere'de daha önce hiç bulundunuz mu?" diye sordu.

Bu birkaç sözcük kafamı karıştırdı. Sessizce bekledi, sonra gülümseyerek şöyle dedi: "Aman Allah'ım! Sen Piruze'sin."

Az önceki gülümsemesi gitmiş, ağlamaya başlamıştı. Allak bullak oldum. Ona şaşkın gözlerle baktım. "Adımı nereden biliyorsunuz?" diye sordum.

Sıçrayıp boynuma sarıldı. "Bu yeşil gözleri, otuz yıl geçse yine unutmam. Sen Piruze'sin. Yoksa beni hatırlamadın mı?"

"Kusura bakmayın," dedim. "Kim olduğunuzu çıkaramadım."

"Kim," dedi. "Ben Kimberly."

"Aman Allah'ım," dedim tüylerim diken diken olurken. "Yoksa Norwood'lu Kimberly Algar mı?"

"Ya! Ta kendisi."

Ona sımsıkı sarıldım. Hüngür hüngür ağlamaya başladım. "Senin ne işin var burada? Seni yıllarca aradım. Ama bir türlü izini bulamadım."

Tekrar boynuma sarılıp yanağımdan öptü. "Canım arkadaşım," dedi. "Hayatın sürprizlerini bilemezsin sen. Beni buraya kaderim getirdi."

Kim'in sözlerinden hiçbir şey anlamadım. Nemli gözlerle ona bakıp, "Kader mi?" dedim şaşkınlıkla.

"Evet," dedi. "Alın yazımda Konya'ya gelmek varmış. Mevlana'yı ziyaret etmek varmış. Tabii ki bir de..."

Kim hıçkıra hıçkıra ağlamaya başladı. Bir kedi yavrusu gibi titriyordu. Ben de ona sarılıp ağladım. "N'oldu bize Kim? Tam otuz yıl sonra, birbirimizle bu şekilde mi karşılaşacaktık?"

Elinin tersiyle yanağına düşen gözyaşlarını sildi. "O hayatımın erkeğiydi. Aramızda öylesine olağanüstü bir uyum vardı ki, bize nazar değdi."

Sustum. O an kanayan yüreğine daha fazla dokunmak istemedim. Yaşlı gözlerle bana baktı. "Sen nasılsın?" dedi. "Evlendin mi? Çoluk çocuğa karıştın mı?"

Kim'e acı yüklü bakışlarla baktım. "Nasıl bir hayat yaşadığımı tahmin bile edemezsin," dedim içimi çekerek. "Akla hayale gelmeyecek bir hayat sürdüm. Öksüz kalmış çocuklar gibi, en sonunda ben de öksüz kaldım..."

Bir anda sesim çatallaştı. Daha fazla devam edemedim. Kim elimden tuttu. Beni ayağa kaldırdı. "Hadi," dedi. "Benim odama çıkalım. Anlaşılan konuşacak çok şeyimiz var."

OTEL ODASI

407 numaralı odanın kapısından içeri girdiğimde, bir iskeletten farksızdım. Kim odanın dört bir yanına dağılmış eşyalarını toparlamaya koyuldu. Elinden tuttum. "Bırak," dedim. "Oda olduğu gibi kalsın. Biz balkona çıkalım."

Balkonun kapısını açtı. Mayıs güneşi vardı dışarıda, ama hava sanki Ağustos ayındaymışız gibi sıcaktı. Sandalyeyi çekip oturdum. Çantamdan kısa Marlboro Light paketini çıkardım. Bir sigara yaktım. Dumanı ciğerlerimden dışarı saldım. Kim'e baktım. Çocukken de bir İngiliz'e benzemiyordu, şimdi de. Siyah saçlarına çoktan aklar düşmüştü. Fırtına bir denizin yüzeyini nasıl buruştururrsa, geçip giden zaman da ikimizin tenini öyle kırıştırmıştı. "Annen nasıl?" dedim. "Adı neydi? Kusura bakma adını unuttum."

"Adı Peggy'ydi," dedi. "Öldü."

"Ne zaman? Hasta mıydı?"

"Beş yıl oldu. Babam onu başka bir kadın için terk edip

gitti. O da bu durumu hiçbir zaman kabullenemedi. En sonunda da aklını yitirdi."

"Ah, şu erkekler yok mu? Başka bir kadına gideceklerini bildikleri halde neden evleniyorlar? Ya günahkâr aşk kızlarına ne demeli? Bugünlerde her taraf onlarla dolup taştı."

Kim güldü. "Haklısın," dedi. "Her yerde apaçık bir pudra ve biraz da rujla boyanmış kiraz dudaklı kadınların baş döndürücü ten kokuları var. Serseri erkekler de, bu kadınlarla düşüp kalkarak sarhoş bir hayat yaşıyorlar."

Bu sefer ben güldüm. "Söylediklerinde yerden göğe kadar haklısın. Artık kadınlar kuklalaşmış, erkekler de fahişeleşmiş. Önlerine gelen herkesle düşüp kalkıyorlar."

Kim katıla katıla gülmeye başladı. Ayağa kalktı. Yanıma geldi. Yanağıma bir öpücük kondurdu. "Hiç değişmemişsin canım arkadaşım," dedi. "Hâlâ aynı Piruze'sin. Deli dolu ve eğlencelisin. Hayalciliğinden hiçbir şey kaybetmemişsin."

"İşte orada dur! Yanılıyorsun," dedim iç çekerek. "Artık bir âşık gibi hayalci değilim. Bir sümbül yaprağı gibi üzüntü damlaları döküyorum. Uzunca bir süre geleceği hayal bile edemedim. Tam aksine geçmişi hatırlamak istedim. Hüzün sanki güzelliğime yaraşan bir şiir oldu."

Kim'in gözleri uzaklara dalıp gitti. "Ne düşünüyorsun?" diye sordum.

"Otuz yıl öncesini," dedi. "O zamanlar ikimiz de on beş yaşındaydık. Hatırlıyor musun? On beş yaşımdayken seninle İstanbul'a gelmiştim. Dayına âşık olmuştum."

Güldüm. "Evet," dedim. "Hatta dayım seninle ne dalga geçmişti. Sen de oturup hüngür hüngür ağlamıştın."

"İnan bana, o günlerimizi çok özlüyorum. Yakutları, vakitler vererek satın alabilirsin, ama vakitleri, yakutlar vererek satın alamıyorsun. Geçip gitti hayat âdeta bir su gibi."

"Hiç evlendin mi Kim?"

Kim bir anda suskunluğa büründü. Az sonra da sabırsızlığımı anlamış gibi bana baygın bir bakış attı. Sanırım bu bakışta hüzün vardı. "Hayır," dedi. "Hiç evlenmedim. Bütün İngiliz erkekleri benden köşe bucak kaçtı. Sanırım onlara özgürlük tanımadım. Ya da onların üstünlüğünü kabul etmek istemedim. Hep benim sözüm geçsin, hep benim hükmüm sürsün istedim. Bunu gören erkekler de benden kaçtılar. Arzunun boğuk sesli tamtamlarının insanı nerelere götürebileceğini o zamanlar bilmiyordum doğrusu."

Kim bana baktı. Hüzünle gülümsedi ve sonra devam etti: "Derken bir gün o çıktı karşıma. Ansızın. Kör kütük âşık oldum ona. Çok hoş bir erkekti. Şaşırtıcı bir karizması vardı. Düşlerimdeki erkeğe benziyordu. Duru, temiz bir yüzü vardı. Bana baktığı zaman yüzünde beliren duygu izlerini çok iyi görebiliyordum ve içimden geçenlere ters düşmüyordu hiçbiri. Öyleyse kocam o olacaktı, hem de sonsuza dek. Ama kader onu benden çok erken aldı. Onu yeni yeni içime sokmaya başlarken, yüreğimden söküp aldı..."

Kim'in bir anda sesi boğuklaştı. Sigara paketini uzattım. Elinin tersiyle itti. "Sigara içmem," dedi.

"Acılarını deştim," dedim. "Kusura bakma."

Boğazını temizledi. "Adı Ömer'di. Onu yıllar önce bu topraklara, babasının yanına gömdüm."

"Türk müydü?" dedim şaşkınlıkla. "Nasıl öldü?"

"Trafik kazasında. On beş sene önce öldü. Biliyor musun? Rüyasında öleceğini görmüştü."

"Nasıl?"

"Bir gece vakti, arkadaşlarını eve çağırdı. Bütün şahsi eşyalarını onlara dağıttı. Ayakkabılarını, saatlerini, takılarını... Ertesi gün öğle üzeri kapı zili acı acı çaldı. Karşımda iki polis duruyordu. Onların gözlerine baktım. Oracıkta dizlerimin üzerine yıkılıverdim. Hâlbuki polisler o ana kadar ağızlarını bile açmamıştı. 'Demek öldü,' diye kendi kendime söylendim. Daha sonra gözlerimi açtığımda, bir hastane odasında yatıyordum."

"Onunla kaç yıl birlikte oldun?"

"Üç yıl," dedi sessizce hıçkırırken.

Çantamdan kâğıt mendil çıkardım. Kim'e uzattım. Gözyaşlarını sildi. "Ölmeden bir hafta önce bana evlenme teklifinde bulunmuştu. Ben de ona 'evet' demiştim."

Bir anne gibi onu kucakladım. "Ağlama," dedim. "Ne olursun ağlama. Bak! Beni de ağlatıyorsun."

Belime sımsıkı sarıldı. "Ona ne zaman âşık oldum biliyor musun?" diye sordu.

"Hayır," dedim.

"Henüz yeni çıkıyorduk. Bir gün yanıma sokuldu. Önce dudaklarımdan, sonra boynumdan öpmeye başladı. Geri çekildim. 'Yapma,' dedim. Güldü. 'Mevlana'yı hiç duydun mu?' dedi. Başımı 'hayır' anlamında salladım. Dudağıma bir öpücük kondurdu. Bana Mevlana'dan şu rubaiyi okudu: 'Sevgi öyle altüst ediciydi ki sorma/ Hicranı öyle ateşli geldi ki sorma/ Dedim, yapma. Dedi, yapma da yapmayayım/ Bu bir tek söz öyle hoşuma gitti ki sorma.' İşte o anda arzularımın örtüsünü üzerimden çıkarıp attım. Onunla oracıkta seviştim."

"Ömer'in kimi kimsesi var mıydı?"

"Bir kız kardeşi var. Hâlâ görüşüyoruz."

"Konya'ya neden geldin?"

"Ömer'i kaybederek kendimi buldum. Güçlü bir meşe gibi gerek havada dallarımla, gerekse toprakta köklerimle yol alıyorum şimdi. İçkiyi ve sigarayı çoktan bıraktım. Sürekli su içiyorum. Yoga yapıyorum. Yemeklerde kullandığım tuzu bile Himalaya Dağları'ndan getirtiyorum. Bir de Mevlana hayranı olup çıktım. Ömer'in ölümünden sonra Mevlana'yı okumaya başladım. Mesnevi'yi defalarca okudum. Yıllar sonra bir kez daha Ömer'i görmek istedim. Onu ziyaret ederken de Mevlana Hazretleri'nin huzuruna çıktım."

"İngiltere'ye ne zaman döneceksin?"

"Daha var. Belki buradan İstanbul'a geçerim."

Kim'in elinden tuttum. "Birlikte gideriz İstanbul'a. Seni yıllar sonra bulmuşken hiçbir yere bırakmam. İstanbul'da benim misafirim olacaksın."

Elimden sıkı sıkı tuttu. "Sen nasılsın?" diye sordu.

Sorduğu soru beni heyecanlandırmıştı. Elimde olmadan elini sıktım. Âdeta nefesim kesildi. O anda geçmişim bir kez daha gözlerimin önünden kısa bir film şeridi gibi geçti. Boğazım düğüm düğüm oldu. Bir an için sustum. "İyi misin?" dedi.

"Ben de bir zamanlar tıpkı senin gibi bir şark erkeğine âşık oldum," dedim.

"İyi ya," dedi Kim. "Bunda kötü olan ne var?"

"Çok şey," dedim. "Oysaki ben tutkuyu yaşam boyu sürdüreceğime inanmıştım. Aslında ben sürdürebilirdim, ama o sürdüremedi. Yürekteki duyguların sonsuzluğuna, yıpratıcı zamana karşın aşkın üstün geleceğine bütün benliğimle inanmıştım. Bir yanda hiç yıpranmayacak türden duygulara kendini bırakmak isteyen romantik genç bir kadın, diğer yanda atalarının geleneklerini dışa vuran genç bir adam. Ve ben gidip böyle bir adamla evlenmiştim."

"Üzülme," dedi Kim elimi sımsıkı tutarken.

"Benimkisi çok uzun bir hikâye Kim. Baştan dinlemek ister misin? Hem de en başından... Ta çocukluğumdan... Bunun için sabrın var mı?

Kuru kuru gülümsedi. "Ben sabrı merdiven edinmişim. Böylece rahatlığın, sevincin damına çıkmışım. Hadi, şimdi durma. Sen hikâyeni bana anlatmak istedikten sonra, ben seni seve seve dinlerim."

"Pekâlâ," dedim. "Kocam yarın burada olacak. Birlikte İstanbul'a döneceğiz. O zamana kadar vaktimiz var. Yalnız..."

"Yalnız ne?"

"Sen de bizimle geleceksin."

Kim bana baktı. "Sizinle gelirim ama..."

Lafını kestim. "Bu işin aması maması yok. İstanbul'a birlikte gideceğiz."

Kim'i düşünce sardı. "Ya kocan?" dedi. "O bu işe ne der?"

"O mu? O, dünyanın en tatlı insanlarından birisidir. Sen de onu gördüğünde çok seveceksin."

"Seni anlamıyorum," dedi Kim düşünceli düşünceli. "Bana az önce kocandan yana dert yanan sen değil miydin?"

Parmağımı dudağımın üzerine koydum. "Şşşt," dedim. "Bazı hikâyeler sadece onu anlatabilecek olanların başından geçer. Şimdi benim hikâyem başlıyor. Kulağını aç, beni iyi dinle. "

ÇOCUKLUK YILLARI

Bugün gibi hatırlıyorum. 1968 senesiydi. Yedi yaşındaydım. Bir cumartesi akşamı, saat sekizde, dayımın arabasında, arka koltukta kalbim küt küt ata ata, annemlerin, Sarıyer'deki evimizden çıkmasını bekliyordum. Herkes kapının önünde toplanmış, sarmaş dolaş olmuştu. Annem hüngür hüngür ağlıyordu. Arabanın kapısını açtı. Yanıma oturdu. O anda babamın sesini duydum: "Hakkınızı helal edin."

Babam ön koltuğa geçip oturdu. Dayım babama baktı. "Gidelim mi enişte?" diye sordu.

Babam elinin tersiyle gözyaşlarını sildi. "Gidelim," dedi.

Dayım arabayı çalıştırdı. Araba ağır ağır hareket etmeye başladı. Arkama dönüp baktım. Anneannem elinde tuttuğu bir sürahi suyu arkamızdan döküverdi. O anda de-

demim sesi arabanın içinde yankılandı: "Allah kavuştursun. Selametle gidin, sağ dönün."

Hepimiz sanki dilimizi yutmuştuk. Kimseden çıt çıkmıyordu. Annem bana sarılmış sessizce ağlıyordu. Babam arada bir başını çevirip bize bakıyordu. Arada bir de anneme, "Yeter artık. Kes şu ağlamayı," diyordu.

Yol boyunca annem, ellerini başak sarısı upuzun saçlarımda gezdirdi, beni koklayıp öptü. Epeyce bir yol gittikten sonra, ortamın sessizliğini dayımın gür sesi dağıttı: "Geldik."

Arabadan aşağı indik. Babamlar bavulları sürüye sürüye, güvenlik kontrolünün olduğu yere götürdü. Güvenlik kontrolünden geçtikten sonra içeri girdik. Babam yanıma geldi. Elimden sımsıkı tuttu. "Canım kızım," dedi. "Sen annenle şuraya otur. Ben de dayınla bavulları uçağa verip geliyorum."

Annem beni kucağına aldı. Öptü, kokladı. "Seni çok seviyoruz," dedi. "Bunu asla unutma güzel kızım."

Annemin ağlamaktan kan çanağına dönen gözlerine baktım. O zamanlar neler olduğunu anlamamıştım. Meğerse annem o anda vicdanıyla hesaplaşıyormuş. Minik ellerimle annemin elinden tuttum. "Beni yanınıza ne zaman alacaksınız?" diye sordum.

"En kısa zamanda," dedi iç çekerek. "Sana kavuşacağım günü iple çekeceğim. Şimdi bana söz ver."

Anneme boş gözlerle baktım. "Anneanneni kesinlikle üzmeyeceksin. İyi kız olacaksın. Anlaştık mı?"

Başımı aşağı yukarı salladım. "Söz," dedim. "Anneannemi kesinlikle üzmeyeceğim."

Annem bana sarıldı. "Aferin sana. Hep böyle uslu çocuk ol."

O sırada babamla dayım yanımıza geldi. Babam boynuma sarıldı. "Benim küçük prensesim," dedi. "Seninle burada vedalaşıyoruz. En kısa zamanda görüşeceğiz. Eskisi gibi yine hep birlikte olacağız. Anneannenleri sakın üzme, e mi?"

Annemle babam sevgilerini kendilerince gösterdikten ve nasihatlerini verdikten sonra bir toz bulutu gibi uçup gittiler. Dayım elimden sımsıkı tuttu. "Hadi, gidelim," dedi.

Dayımla arabaya bindiğimde bir şey dikkatimi çekmişti. Arabanın içi annem kokuyordu. Dayım pencereyi açtı. Avazım çıktığı kadar bağırdım: "Pencereyi kapat."

Dayım afalladı. "N'oldu kız?" diye sordu.

"Araba annem kokuyor," dedim ağlayarak. "Bırak da annemin kokusu içeride kalsın."

Dayım pencereyi hemen kapattı ve elinde tuttuğu sigara paketini ceketinin cebine soktu. Buğulanan gözlerini elinin tersiyle sildi. "Üzülme," dedi. "Yakında annene kavuşacaksın."

Dayıma baktım. "Dayı," dedim. "Annemler nereye gitti?"

"Arnavutluk'a."

"Orası çok mu uzak bir yer?"

"Eh işte. Ne uzak sayılır, ne de yakın."

"Dayı."

"Ne var?"

"Herkesin babası İstanbul'da çalışıyor. Benim babam neden oraya çalışmaya gitti?"

Dayım güldü. "Herkesin babası İstanbul'da çalışmıyor. Orada çalışan başka çocukların babaları da var."

"Orası güzel bir yer mi?"

"Arnavutluk mu?"

"Evet."

"Orası tam bizim istediğimiz gibi bir devlet."

"Sen orayı daha önce gördün mü yoksa?"

"Görmedim; ama inşallah onların sistemini bize getireceğiz."

"Hangi sistemi dayı?"

"Komünizmi."

"Komünizm ne?"

Dayım kısa bir süre düşündü. Ağzının içine giren posbıyıklarını ovuşturdu. "Sana nasıl anlatsam. Sen ve ben eşit olacağız."

"Sen ve ben eşit değil miyiz dayı?"

Dayım güldü. "Bizi kastetmedim. Bütün halkların kardeşliğinden bahsediyorum."

"Söylediklerinden hiçbir şey anlamadım dayı."

Dayım eliyle saçımı okşadı. "Daha çok küçüksün. Anlamaman doğal. İstersen bu konuları sen biraz büyüdüğünde konuşuruz."

"Babam oraya gitmek zorunda mıydı?"

"Evet."

"Neden?"

"Çünkü devlet istedi."

"Devlet baba mı?"

"Hıhı! Devlet baba."

"Devlet baba başka çocukların babasından oraya gitmelerini neden istemedi?"

"Onlardan da istedi. Babanın işi bu. Baban devlet adına çalışıyor."

"Babam ne iş yapıyor ki?"

"Devleti temsil ediyor."

"Nasıl?"

"Senin baban bir diplomat. Dışişleri bakanlığının emrinde çalışıyor."

"Peki, sen ne iş yapıyorsun dayı? Sen de mi devlete çalışıyorsun."

"Hayır. Ben devlete çalışmıyorum. Biz devleti yıkmaya çalışıyoruz."

"Siz kimsiniz?"

"Bizler komünist üniversite öğrencileriyiz."

"Devleti yıkarsanız babam sizi hapse atar."

Hasan Dayım katıla katıla güldü. Sonra da, "Eve geldik," dedi.

O gece üzüntümden sabaha kadar uyuyamadım. Gözümü kapattığımda kötü rüyalar görüyordum. Anneannem gecenin bir vakti odama geldi. Yatağa girdi. Yanıma sokuldu. Sonra da avazı çıktığı kadar bağırdı: "Receeep."

Recep Dedem ve Hasan Dayım koşarak odaya girdiler. İkisi de soluk soluğa kalmıştı. "N'oldu hanım?" dedi dedem.

"Kız ölüyor," dedi anneannem. "Ateşten cayır cayır yanıyor. Çabuk biriniz bana bir kap soğuk su, biraz sirke ve bir tane de el havlusu getirsin."

Hasan Dayım su, sirke ve el havlusunu getirdi. Bu arada anneannem de üzerimdekileri çıkardı. Sirkeyi su dolu kabın içine döktü. Havluyu suya batırdı. Sonra da ıslak havluyla vücudumu silmeye başladı. Vücudum yangın yeri gibiydi sanki. "Biriniz çabuk bir derece getirsin. Ateşini ölçelim," dedi anneannem.

Dayım koşarak odadan çıktı. "Annemi özledim," dedim sayıklayarak.

Recep Dedem karşımda durmuş bir çocuk gibi ağlıyordu. "Gelecek yaz seni de oraya götürecekler kızım. Hiç üzülme," dedi anneannem.

"Beni neden yanlarında götürmediler? Hani annem beni en kısa zamanda yanlarına aldıracaktı?"

"Annen sen üzülmeyesin diye sana gerçekleri söylemedi kızım. Ne yazık ki orada senin okuyacağın bir okul yok."

"Yalan söylüyorsun anneanne. Orada okul olmaz olur mu hiç?"

"Elbette orada da okullar var ama sana göre bir okul yok. Orası komünist bir ülke. Komünistler kötü insanlardır kızım."

"Olsun," dedim iç çekerek. "Komünistlerin nesi kötü? Dayım da komünist değil mi? Dayım kötü bir insan mı şimdi?"

O sırada dayım elinde tuttuğu dereceyle içeri girdi. Anneannem ayağa kalktı. Dayımın elinden dereceyi çekip aldı. "Tüh sana," dedi dayımın yüzüne tükürerek. "Yedi yaşındaki çocuğun aklına bile komünizmi sokmuşsun. Her gün donunu anana yıkatıyorsun. Sonra da üniversiteye devrim yapmaya gidiyorsun. Senin kendine bile faydan yokken, devrimi nasıl yapacaksınız?"

Dayım eliyle yüzünü sildi. "Ben ne yaptım ki?" dedi.

"Sus," dedi anneannem. "Keşke seni doğuracağıma taş doğursaydım. Taşı bağrıma bassaydım. Her gün sokaklarda onlarca genç insan ölüyor. Sabahları bu evden dışarı çıktığında, yüreğim ağzıma geliyor. Hacı bir adamın komünist bir oğlu nasıl olur, anlayamıyorum. Allah'ım sen benim aklımı koru."

"Yeter Nuriye," dedi dedem cılız bir ses tonuyla. "Artık şu dereceyi çocuğun koltuk altına koysan diyorum."

Anneannem dedeme çıkıştı. "Şimdi de sen başlama. Sus," dedi.

Rahmetli dedem anneannemden çok korkardı. Dedem mülayim bir insandı. Anneannem de bir o kadar cazgır ve baskın. Tam dört yıl anneannemlerin yanında kaldım. Doğrusunu söylemek gerekirse, hayatı ilk olarak anneannemin yanında öğrendim. Onun bendeki emeğini hiç ama hiçbir zaman unutamayacağım.

Günler haftaları, haftalar ayları kovaladı. Nihayet okulum yakın bir zamanda tatile girecekti. Benim de o sıralar günlerim Arnavutluk'u hayal etmekle geçiyordu. Derslerime karşı ilgili oluşum, evdeki herkesi sevindiriyordu. Fakat küçük yüreğim aklımın peşini bir türlü bırakmıyor, önüne geçiyordu. Kalbim heyecandan küt küt atıyordu. O günlerde âdeta yemekten içmekten de kesilmiştim. Hayatımda ilk kez bir uçağa binecektim. Hayatımda ilk kez başka bir ülke görecektim. Belki şaşıracaksın ama artık kendi ülkemde yaşama arzumu bile kaybetmiştim sanki.

Heyecanla beklediğim gün en sonunda gelip çatmıştı. Karnemi aldım. Derslerimin hepsi pekiyiydi. Koşarak eve geldim. Karnemi dedeme gösterdim. Dedem elimden tuttu. Beni bakkala götürdü. Çikolata, şeker aldı. Yanağıma kocaman bir öpücük kondurdu. "Yarın annenlerin yanına gidiyorsun. Oralarda bizi unutma, tamam mı?" dedi.

Dedemin boynuna sarıldım. "Geri döneceğim ya dede," dedim. "Öyle uzun uzadıya kalmayacağım. Sana oradan şeker getireyim mi?"

Kahkahayı patlattı dedem. "Tamam, limonlu şeker getir," dedi.

Ertesi gün uçağa bindim. Uçak havalandığında, yaşamımdan en uzun saniyeler akıp geçti sanki. Bembeyaz kesildim. İyi ki yaşlı bir teyzenin yanına oturmuşum. Elimden tuttu. "Korkma," dedi. "Birazdan her şey normale dönecek."

Oturduğum koltukta iki büklüm olmuştum. "İçime hep böyle hava girecek mi teyzeciğim?" dedim çocuksu sesimle. "Nefes alamıyorum da."

Galiba kadının kocasıydı. Bana bakıp güldü. "Şimdi derin derin nefes al bakalım," dedi. "Sen cesur bir kıza benziyorsun. Korkmana gerek yok."

Pencereden dışarı baktım. Pamuk tarlası bulutların üzerinde uçuyorduk. O sırada hosteslerden biri yanımıza geldi. Bana baktı. "Sen ne şirin bir kızsın böyle," dedi. "Senin adın ne?"

"Piruze," dedim cılız bir sesle.

"Arnavutluk'ta mı yaşıyorsun?"

"Abla," dedim.

"Efendim."

"Seni neden çok az duyabiliyorum?"

Hostes güldü. "Kulağında basınç oluştu. İstersen şimdi kocaman bir esne bakalım. Belki o zaman beni daha iyi duyabilirsin."

Esnedim. Kulaklarımdaki uğultu bir anda yok oldu. "Şimdi beni daha iyi duyabiliyor musun?" diye sordu hostes.

"Duyabiliyorum."

Güldü. "Sen Arnavutluk'ta mı yaşıyorsun?"

"Hayır," dedim. "Annemle babam orada yaşıyor. Onların yanına tatile gidiyorum."

"Baban ne iş yapıyor?"

"Devlet baba adına çalışıyor."

Uçakta sesimi duyan herkes kahkahayı patlattı. Yanımda oturan teyze elimden tuttu. "Maşallah," dedi. "Bıcır bıcır bir kız çocuğu. Allah seni büyüdüğün zaman şansından yana da güldürsün."

O gün yanımda oturan o teyzenin ne demek istediğini yıllar sonra çok daha iyi anladım. Meğerse bir insanın kaderinde şans faktörü çok önemliymiş. Bir gün kötü kaderin, o çirkin yüzünü sana gösterdiğinde, elinde şanstan başka bir şey kalmıyormuş.

Her neyse. Uçağın tekerlekleri açılıp yere değdiğinde, sevinçten çıldıracak gibiydim. Aylardır görmediğim aileyi görecektim. Nihayetinde uçağın kapısı açıldı. Pilot o esnada bir anons yaptı: "Lütfen herkes yerine otursun. Sadece Piruze Kızıl ayağa kalksın."

Adım anons edilince şaşırdım. Şaşkın şaşkın ayağa kalktım. Uçaktaki herkes oturduğu yerden bana bakıyordu. O sırada uçağın baş tarafında annemin sesini duydum: "Canım kızım, Piruze'm."

Bir anda uçakta alkış fırtınası koptu. Bazı yolcular hüngür hüngür ağlıyorlardı. Kollarımı açıp anneme koştum. "Anne," dedim. "Dedem benden limonlu şeker getirmemi istedi."

Bu sefer uçakta kahkaha tufanı koptu. Herkes çılgınca gülüyor, herkes bizi alkışlıyordu. Annem beni kucakladığında yüzümü, gözümü öpmeye başladı. "Seni çok özledim bebeğim," dedi. "Seni çok özledim."

Uçağın merdivenlerinden aşağı indiğimizde babamı gördüm. Koşup boynuna sarıldım. "Babacığım," dedim. "Biliyor musun? Dayım komünistmiş. Sakın onu hapse atma."

Babam anneme baktı. "Sana bunları kim söyledi kızım?"

"Dayım," dedim.

"İyi halt etmiş," dedi annem sinirli sinirli. "Bu çocuk adam olmayacak."

"Hadi, gidelim," dedi babam, bir elini omzuma koyarken. "Şimdi boş yere keyfimizi kaçırmayalım."

Eve vardığımızda arabadan indik. Dışarıda sıcak ve usandırıcı bir gün vardı. Hava nemli, toprak kızgın, gökte kuraklık, yerde ise sıcaklık kokusunu âdeta soluyorduk. Annem hiç zaman kaybetmeden beni eve götürdü. Odama soktu. Odam küçük ama şirindi. Yatağımın üstünde birkaç tane oyuncak bebek vardı. "Bunlar benim mi?" diye sordum.

"Hepsi senin," dedi annem yanağımdan öperken. "Sana daha da alacağım."

Babam yanımıza geldi. Annemin elinden tuttu. "Piruze'ye güzel haberi verdin mi?" diye sordu.

Anneme baktım. Yüzü çoktan pembeleşmişti. "Yakında sana bir kardeş geliyor kızım," dedi.

Koşup annemin boynuna sarıldım. "Yaşasın," dedim. "Bir kardeşim olacak."

Ertesi gün yalnız başıma sokağa çıktım. Sokak aralarında Arnavut çocuklar oyun oynuyorlardı. Ben de onlarla oyun oynamak için aralarına katıldım. İçlerinden biri beni itti. Yere düştüm. Dizim kanamaya başladı. "Bunu neden yaptın? Allah'tan kork," dedim.

Çocuk pis pis sırıttı. "Allah yok," dedi. "Enver Hoca var."

Ağlayarak eve koştum. Annem kapıyı açtı. Beni kanlar içinde görünce, "N'oldu kızım?" diye sordu panikle.

"Sokaktaki çocuklardan biri beni itip yere düşürdü. Daha sonra da bana Allah'ın olmadığını, Enver Hoca'nın olduğunu söyledi. Bu ülkede Allah yok mu anne?"

Annem güldü. "Allah her yerdedir kızım. Allah'ın ülkesi olmaz. Şu dünya onundur."

"Peki, Enver Hoca kim anne?"

"Enver Hoca, Arnavut halkının lideri kızım. O çocukla sokakta yine karşılaşırsan, ona aynen şunu söyle: Siz Enver Hoca'ya inandığınız için kara ekmek yiyorsunuz, biz de Allah'a inandığımız için beyaz ekmek yiyoruz."

Ertesi gün sokakta çocuklar top oynuyordu. Beni yere düşüren oğlanın yanına gittim. Elimi belime koydum. "Bana bak," dedim. "Siz Enver Hoca'ya inandığınız için kara ekmek yiyorsunuz. Biz de Allah'a inandığımız için beyaz ekmek yiyoruz, tamam mı?" dedim.

Fakir çocuk utana sıkıla bana baktı. "Tamam," dedi. "Seni düşürdüğüm için özür dilerim."

***

Biz anılara dalıp gitmişken, o esnada cep telefonum çaldı. Telefonun ekranına baktım. "Kusura bakma Kim," dedim. "Çok önemli birisinden. Hemen cevap vermem gerekiyor."

"Keyfine bak," dedi Kim, elinde tuttuğu su şişesinin mavi kapağını açarken.

Oturduğum yerden kalktım. "Efendim aşkım," dedim odaya girerken.

Telefonla görüşmem bittikten sonra Kim'in yanına geri döndüm. "Tekrar kusura bakma," dedim.

"Arayan kocan mıydı?"

"Hayır, Enver değildi."

Kim'in gözleri iri iri açıldı. "Ah," dedi iç çekerek. "Biz kadınlar yok muyuz?"

Bir süre birbirimize manalı manalı baktık. O anda yanağımda bir yanma hissi oluştu. Utangaç bir edayla gülümsedim. Sonra da keyifli bir sesle, "Gerçek sevgi biz kadınlarda vardır, erkeklerde değil. Çok güzel şeydir kadın olmak. İnan bana, erkekler hem kötü bir âşık, hem de kötü bir babadır. Hâlbuki biz kadınlar erkekler gibi miyiz? Gerçek sevgiyi bulduk mu, hem iyi bir âşık, hem de iyi bir anne olabiliyoruz. Ben yıllardır onun özlemiyle yanıp tutuştum. Gerçek ve saf aşkı yeni yeni buldum."

Kim gülümsedi. "Adı ne?"

"Amer."

Kim'in bu sefer yüzüne kederli bir ifade yayıldı. Göğsünün sıkıştığını hissettim sanki. "Sen iyi misin?" diye sordum endişeli endişeli.

"İyiyim," dedi derin bir iç çekerek. "Amer ismi bir anda bana Ömer'i çağrıştırdı."

"Amer, Ömer," diye kendi kendime söylendim. Sonra da Kim'e bakıp, "Haklısın," dedim. "İkisinin de ismi birbirlerininkine bu kadar mı benzer?"

"Onu çok mu seviyorsun?" dedi Kim duygulu bir sesle.

"Ona kavuşana kadar şu dünyada amaçsız bir şekilde yuvarlanıp durdum. Neredeyse onun için deliriyorum. O, benim şu dünyada varoluş nedenlerimden bir tanesi. Onun dışında iki tane nedenim daha var."

"Yakışıklı mı bari?" dedi gülerken.

"Hem de çok."

Kim şaşkınlıkla bana baktı. "Bir dakika orada dur," dedi. "Sen az önce ne söyledin? Başka âşıkların da mı var?"

Kim'e bakıp gülümsedim. Yeni bir sigara yaktım. Bir elimle havaya yayılan dumanı savuşturmak ister gibi bir hareket yaparak konuyu değiştirdim. "Kız kardeşin Debbie nasıl?"

"Evlendi," dedi Kim.

"O kadar büyüdü mü?"

"Sen ne diyorsun? Çocuğu bile var. Hem de beş tane."

"Sana inanmıyorum. Biz tanıştığımızda henüz bir yaşındaydı."

"Şimdi gerçek bir kadın oldu. Çocuklarla boğuşup duruyor."

"Bak sen Debbie Algar'a. Demek büyümüş de anne olmuş."

"O bir Algar değildi. O Partchment'ti."

"Haklısın," dedim. "Dünyanın neresinde olursan ol, evlendiğin zaman kocanın soy ismiyle yaşıyorsun."

Kim düşünceli bir sesle, "Kocasının soy isminden bahsetmiyorum. Gerçek babasının soy ismi bu," dedi.

"Ne?" dedim içgüdüsel olarak. "Debbie senin kız kardeşin değil miydi yoksa?"

Kim gerçekten de acı çekiyormuş gibi bir ifadeyle, "Değildi," dedi. "Jane'in kızıydı."

O anda kulaklarım uğuldadı, duyduklarıma inanamadım. "Jane mi?" dedim soluğumu tutarak. "Ablan Jane mi?"

Su şişesini dudaklarına değdirirken elleri titriyordu. Suyu kana kana içti. Elinin tersiyle ağzını sildi. "Yıllar önce o da öldü," dedi. "Ne yazık ki bir eroin bağımlısıydı."

"Debbie bu gerçekleri biliyor mu?"

"Jane ölmeden önce, Debbie'nin gerçek babasına bir mektup yazmış, postalamış. Babası, Jane'in ölümünden çok sonra bir gün ansızın çıkageldi. Debbie gerçekleri duyunca âdeta yıkıldı. İlk önce olup bitenlere inanmak istemedi; ama sonra o da her şeyi kabul etmek zorunda kaldı."

"Çok şaşırdım. Ben Debbie'yi senin kardeşin sanıyordum."

"Jane, Debbie'yi doğurur doğurmaz getirip annemin kucağına attı. Debbie'ye bakamadı. Henüz on altı yaşındaydı. Annem de bu durumu herkesten saklamaya çalıştı. Debbie'nin babasının kim olduğunu bilmiyorduk. Ta ki babası Hycient bir gün ortaya çıkana dek."

"Peki, kocası nasıl bir adam?"

"Çok tatlı birisi. Adı Noveline. Tam bir çocuk delisi. Çocukları çok seviyor. Belki de bu yüzden beş tane çocuk yaptılar."

"Peki ya Debbie'nin babası Hycient? O nasıl biri?"

"Debbie'ye iyi bir baba olamadı ama torunlarına karşı son derece merhametli ve ilgili bir büyükbaba. Ayrıca çok zengin bir iş adamı. Zenginliği de öyle böyle değil. Dillere destan."

"En azından Debbie adına sevindim. Öz annesini kaybederken gerçek babasını bulmuş."

"Haklısın. Debbie bugün çok rahat bir hayat sürüyorsa babasının sayesindedir. Babam böyle bir yaşamı ona asla sağlayamazdı."

"Baban ne yapıyor? Görüşüyor musun?"

"Arada sırada. O kadınla evlendi. Onun köyüne yerleşti."

"Mutlu mu peki?"

"Herhâlde mutlu olacak ki, o kadından bir tane çocuk yaptı."

"O yaştan sonra mı?"

Kim güldü. "Çocuk yapmak için erkeğin yaşı olmaz. O konuda şanssız olan biz kadınlarız. Biz biraz yaşlanmaya başlayınca hayat trenini kaçırıyoruz ama erkekler her yaşta binecek bir tren mutlaka buluyor."

Bu sefer de ben güldüm. "Allah iyiliğini versin," dedim. "Âlem kadınsın."

"Şimdi boş ver beni," dedi Kim. "Senin hikâyene geri dönelim. Nerede kalmıştın?"

Kim'e düşünceli düşünceli baktım. Ve sonra tekrar geçmişe dönerek kaldığım yerden hikâyemi anlatmaya devam ettim.

İSTANBUL

Sayılı günler çabuk gelip geçmişti. Yeşilköy Havalimanı'nın pistine uçağın tekerlekleri değdiğinde, fena halde üzülmüştüm. Anne ve babamı şimdiden özlemeye başlamıştım bile. Ağır ağır yürüyerek, gelen yolcu bölümünden dışarı çıktığımda, anneannemle burun buruna geldik. Arkasına döndü, "Gel Recep," dedi. "Kuzumuz burada."

Sıçrayıp anneannemin boynuna sarıldım. "Anneanne," dedim ağlayarak. "Anneme gitmek istiyorum."

Anneannem beni öptü, kokladı. "Oraya gelecek yaz tatilinde yine gideceksin," dedi. "O zamana kadar da bizimlesin. Biz de seni çok özledik kızım. Yolunu dört gözle bekledik."

Dedem yanımıza geldi. Kollarını kocaman açtı. Ona doğru hızlıca birkaç adım attım. Küçük bedenimi göğsüne bastırdım. Kollarıyla beni sarıp sarmaladı. O sırada elimi ceketimin cebine soktum. "Bak dede," dedim. "Sana limonlu şeker getirdim."

Dedemin gözlerinden yaşlar aktı. Sarı saçlarımdan öptü. "Torun gibisi yok," dedi. "Evlattan bile daha hayırlı."

Anneannem elimden tuttu. "Peki bana bir şey yok mu?" dedi gülerek.

"Seninkileri annem bavuluma koydu. Sana çok güzel şeyler aldığını söyledi."

Dayım o sırada yanımıza geldi. "Sabahtan beri nerelerdesin oğlum?" dedi anneannem.

Dayım anneannemim söylediklerine aldırış bile etmedi. Beni kucakladığı gibi havaya kaldırdı. Çevresinde birkaç kez döndürdü. "Seni özlemişim fındık kurdum," dedi. "Hoş geldin."

"Artık gidelim," dedi dedem. "Yolda konuşuruz."

Arabaya bindik. Dayım her zamanki gibi arabayı kullanıyordu. Bir ara başını arkaya çevirip bana baktı. "Arnavutluk nasıl?" diye sordu.

"Dayı," dedim.

"Efendim, fındık kurdum."

"Devleti yıkmayın, olur mu?"

Anneannem yanımda, arka koltukta oturmuştu. Elimden tuttu. "Devletimizi kim yıkacakmış kızım?" diye sordu meraklı meraklı.

"Komünistler."

Anneannem şaşkın şaşkın bana baktı. "Komünistler koca Türk devletini mi yıkacak?"

"Dayım daha önce bana devleti yıkacaklarını söylemişti ya anneanne," dedim çokbilmiş bir şekilde. "Sen de konuşulanları ne çabuk unutuyorsun."

"Eyvah," dedi dayım cılız bir sesle. "Şimdi yandık."

"Tüh sana," dedi anneannem, dayımın ensesine tükürürken. "Siz kim, koca devleti yıkmak kim? Çulsuz herifler."

"Yine uzatma anne," dedi dayım. "Vallahi canımdan bezdirdin. Sırf sana inat olsun diye gidip devleti yıkacağım."

"Bak sen konuşana," dedi anneannem sinirli sinirli. "Bülbül olmuş da karşımda şakıyor bana. Sus dedim sana. Karşımda horoz gibi ötüp durma."

Dayım yanında oturan dedeme baktı. "Bu kadının derdini nasıl çekmişsin be baba? Vallahi sen cennetlik adamsın. Bu kadına katlanmakla her gün sevap işliyorsun."

"Çemkirip durma," dedi anneannem kızgınlıkla. "İleride seni de göreceğiz. Baba olduğunda, evlatların için bir yaprak gibi titreyip duracaksın."

Anneannem bir anda ağlamaya başladı. "Neden ağlıyorsun anneanne?" dedim.

"Bu oğlanı doğuracağıma keşke taş doğursaydım be kızım," dedi.

Dedem derin bir uykudan uyanırmışçasına birdenbire silkinerek, "Sen de sus be oğlum," dedi. "Ananın huyunu bilmiyor musun?"

"Ne söyledim ki baba?"

"Sus. Daha fazla konuşma."

"Tamam," dedi dayım. "Susuyorum."

Anneannemin ağzını bıçak açmıyordu. "Dayı," dedim.

"Efendim," dedi boğuk bir sesle.

"Arnavutluk'ta komünistler Allah'a inanmadığı için kara ekmek yiyormuş."

Anneannemin ağzı şaşkınlıktan bir karış açıldı. "Ne yiyorlarmış kızım?" diye sordu.

"Oradaki komünistler kara ekmek yiyorlarmış. Bizim gibi beyaz ekmek yemiyorlarmış."

"O Allahsızlara kara ekmek bile çok kızım," dedi anneannem iç çekerek. "Zıkkımın kökünü yesinler."

Dedem güldü. "Şu dünyada Allah'a inanmayanların iki yakası bir araya gelmezmiş kızım," dedi dedem. "Hele hacca gitmeyenler daha çok kara ekmek yermiş."

Dayım şaşkın şaşkın dedeme baktı. "Vallahi iyi ki de bir hacca gittin be baba. Artık kırk yıl anlatıp durursun."

O gün eve gelene kadar kâh dayım dedemle kâh anneannem dayımla, bazen de anneannem dedemle tartışıp durdular. Tabii ki bu tartışmalara neden olanın ben olduğumu yıllar sonra hatırladığımda, hâlâ içim burkularak gülerim.

Her neyse. 1969 senesinin kışıydı. Aylardan Şubattı. Dedem cuma namazını kılmak için camiye, anneannem ise bitişiğinde oturan komşusuna kadar gitmişti. Ben de hasta olduğum için evdeydim. O karlı günde kapı çaldı. Kapıyı açtım. Gelen postacıydı. "Piruze Kızıl evde mi?" diye sordu postacı.

Postacıya meraklı meraklı baktım. "Benim amca," dedim.

Elinde tuttuğu zarfı bana uzattı. "Öyleyse al çocuk," dedi. "Sana mektup gelmiş."

Kapıyı kapattım. Koşarak odama gittim. Büyük bir sabırsızlıkla mektubu açtım. Mektup, "Sevgili kızım," diye başlıyordu:

Sevgili kızım,

Bilmem, seni ne çok özlediğimi söylememe gerek var mı? Yatağına bıraktığın o güzel kokun gün be gün hasrete dönüştü. Sensizliğin acısına artık katlanamaz oldum.

Bugünlerde oldukça duygusalım. Sen buradan gittikten sonra senin güzelliğinin insanlar tarafından anıldığını duyunca, yüreğim her defasında yerinden oynuyor. Şimdiden seninle gurur duyuyorum.

İki dünyada da bahtının gülmesini istediğim sevgili kızım, yakında kardeşin dünyaya geliyor. Cinsiyetini sana söylemeyecektik ama yakında erkek kardeşine ablalık yapacaksın. Sakın telefonda babana erkek kardeşin olacağını ağzından kaçırma. Bilmesin. Güya sana sürpriz yapacaktık. Ama ana yüreği işte.

Karnım iyice büyüdü. Annenin bu halini görmeni isterdim. Herhâlde bana çok gülerdin. Periye benzer yüzünü her gece rüyalarımda görüyorum. Sana karşı olan hasretimi bir nebze olsun öyle dindiriyorum.

Ey yüreğimin bademi sevgili kızım, gecenin ortasında yatağımdan kalkıp bu mektubu yazıyorum sana. Baban içeride mışıl mışıl uyuyor. Birkaç saat sonra kalkıp işe gidecek. O da çok yoruluyor burada. Devlet adamı olmak gerçekten çok ama çok zormuş kızım.

Hayatımın hediyesi kızım, keşke kardeşin dünyaya geldiğinde yanımızda olabilseydin. Bu sevinci sen de bizimle birlikte yaşasaydın.

Şimdi bir anda senin doğduğun gün aklıma geldi. O başak sarısı saçların lüle lüleydi. Seni görenler gözlerine inanamıyorlardı. Nasıl da gür saçlı doğmuştun öyle.

Benim prenses kızım, yazın gelmesini dört gözle bekliyoruz. Annen, baban ve küçük kardeşin, seni dört gözle bekliyor olacağız.

Kendine dikkat et. Derslerine çok çalış. Seni kocaman öpüyorum. Evdekilere de selam söyle, onların da ellerinden öpüyorum.

Ne o yaz, ne de başka bir yaz, Arnavutluk'a bir daha asla gidemedim. O yaz başı Arnavutluk'a gitmeye hazırlanırken, annemin duygu yüklü mektubu elime geçti. Mektup her zamanki gibi, "Sevgili kızım," diye başlıyordu:

Sevgili kızım,

Kardeşin Mesut dünyaya geldiğinden beri yorgun bedenim yatak yüzü görmedi. Ben böyle gazlı bir çocuk görmedim. Sabaha kadar ayaktayız. Hiç susmadan ağlıyor.

Sakın yanlış anlama beni. Onu sana şikâyet etmiyorum. Sadece bir anne olarak kızımla dertleşiyorum. İleride bir gün sen de anne olduğunda benimle böyle dertleşeceksin. Çocuklarını bana anlatıp duracaksın.

Ah! Artık bilmiyorum; acaba o günleri yüce Rabbim gösterecek mi bana?

Ey zambak yüzlü kızım, senin kokunu süt kokan kardeşinde arıyorum, ama senin kokunu onda bulamıyorum. Senin kokunu özledim. Hem de nasıl çok özledim bilemezsin. Bu yüzden derin bir üzüntü içerisindeyim.

Biliyorum; kardeşin Mesut'u merak ediyorsun. Ona kavuşacağın günü iple çekiyorsun. Biz de sana kavuşacağımız günü iple çekiyoruz. Ama sana kötü bir haberim var. Babanla bir karar aldık. Bu yaz tatilinde seni buraya getirtmeyeceğiz.

N'olur ağlama şimdi. Ağlayıp beni de perişan etme. Sensizliğe dayanamıyorum, bir de senin üzüntün beni üzmesin.

Bu yaz buraya gelemeyecek olman bizden kaynaklanan bir durum değil. Ülke siyasi yönden oldukça çalkantılı. Arnavutluk devleti bir karar aldı. Rus askerlerini ülkeden sınır dışı edip, onların yerine Kızıl Çinlileri ülkeye sokmaya başladı.

Bir görsen, her taraf gözleri çekik adamlarla dolup taştı. Sokakta her gün olaylar var. İnsanların can güvenliği hemen hemen hiç kalmadı. Askerler camileri yıkıyor. Yıktıkları camileri de oyun salonlarına çeviriyorlar. Babanın da arada sırada gittiği bir camiye oyun masası koymuşlar. Hatta camii imamlarını sokak ortasında dövüyorlar.

Senin anlayacağın burada durum oldukça kötü. Hıristiyanların bile kilise çanlarını yıktılar. Onlara da ibadet yasaklandı. İnsanlar gizli gizli ibadet ediyor.

Sana ne diyeceğimi bilemiyorum. Allah Enver Hoca'nın belâsını versin. Ülkeyi yine kana bulamaya başladı.

Bu acı gerçekleri sana bilerek yazıyorum ki, içinde bulunduğumuz durumu anlayasın. Ülkedeki bu karışıklık yüzünden seni buraya getirmiyoruz. Burada sana bir şey olursa kendimi affetmem. Hasretine bir yıl daha dayanabilirim ama yokluğuna asla.

Canım kızım, sen bizi hiç merak etme. Bizler burada çok üst düzeyde korunuyoruz. Elimizden geldiğince sokağa çıkmamaya çalışıyoruz. Çeşitli ülkelerin diplomat eşleri olarak güvenlikli bir bölgede toplanıp, kendi aramızda sohbetler ediyoruz.

Sana şimdiden iyi tatiller diliyorum. Babanın da sana çok selamı var. Sana her zaman mektup atacağım. Fırsat buldukça da telefonda sesini duyacağım. Allah'a emanet ol kızım. Seni çok çok seven biricik annen.

Böylece çocukluğumun bir bölümü; annemden, babamdan ve erkek kardeşimden çok uzaklarda geçti. Sonra babamın Arnavutluk'taki görev süresi bitip bizimkiler Ankara'ya dönünce, bu sefer de çok sevdiğim Recep Dede'mden, Nuriye Anneanne'mden ve Hasan Dayı'mdan ayrı düştüm. İstanbul'dan Ankara'ya taşındım. Ankara'da bir yıl kaldıktan sonra, babam, bir akşamüstü bizlere o büyük haberi verdi. Bu sefer babamın tayini Londra'ya çıkmıştı.

***

Üzerime aldığım ince hırkamı çıkardım. İlkbaharın son ayı da geçip gitmek üzereydi. Güneş bulutların arasından yeniden doğuyordu. Ama sanki daha çok benim için yeniden doğmaktaydı. O ana kadar anılarımı tekrar yaşadığım için mutluydum. Peki ya sonra? O yaşanmışlıkları nasıl anlatacaktım Kim'e? Yaşanan onca şeyi hangi kelimelere sığdıracaktım? Bir anda içime bir kasvet çöktü. Kim bu durumu sezmiş olacak ki, "Sen iyi misin?" diye sordu.

Bir sigara yaktım. Dumanı ciğerlerimden dışarı saldım. Kim'e baktım. "Benim acıyı nerede ve nasıl tattığımı bilmek ister misin?" dedim umut kırıklığımı dışa vurarak.

Kim iç dünyamda yaşadığım karmaşayı tahmin ettiğinden, ellerimi avucunun içine aldı. "Yaşadığın onca şey senin için çok zor olsa gerek," dedi. "Bu acıyı şimdi gözlerinde daha net görebiliyorum."

Başımı hafifçe kaldırdım. "Benim hikâyem asıl nerede başlıyor, biliyor musun Kim?" diye sordum.

"Bilmiyorum," dedi cılız bir sesle.

"Şam'da."

"Şam mı?"

"Evet."

"Orada ne işin vardı?"

"Kader," dedim. "Tıpkı senin yazgının seni buraya sürüklediği gibi, benim yazgım da beni ta Şam'a sürükledi."

Kim şaşkına dönmüştü. "Şam'da yaşayacağın aklımın ucundan bile geçmezdi doğrusu."

"Her şeyi sana tek tek anlatacağım Kim. Şam'da gelin olan bir Türk kızının acıklı hikâyesini sana anlatacağım. Ama ondan önce Londra'daki hayatımı anlatmak istiyorum."

Kim meraklı gözlerle bana baktı. "Anlat," dedi. "Ama bir an önce şu merakımı da gider: Allah aşkına, sen kaç kez evlendin?"

Kim'e baktım. Ona acı acı gülümsedim. "Biraz sabırlı ol," dedim ve sonra da anlatmaya devam ettim.

LONDRA

İngiltere'de ilk hayal kırıklığımı da 1974 yılında gittiğim okulda yaşadım. Elbette ki İngiltere'nin saygın okulları vardı. Ama ben bir şansızlık eseri gidip bir avuç edepsiz kızın arasına düşüvermiştim.

Babam beni Chelsea'de -şimdi ismini bile hatırlamadığım- bir ortaokula yazdırdı. Bu okulda her milletten kız öğrenciler vardı. Ama işin esas komik olan tarafı ise şuydu: Ben İngilizceyi yeterli derecede konuşamıyordum.

Daha ilk gün sınıfın kapısından içeri girdiğimde, sınıftakiler bana bakıp gülüştüler. İngilizce bilmediğim için öğretmen beni arka sıraya oturttu. Sınıfın neredeyse yarısı iri yarı zenci kızlardan oluşuyordu. Ha! Bir de çıtı pıtı, çekik gözlü bir kız gözüme çarptı. Daha sonra öğrendim ki, o zavallı da Japonya'dan henüz yeni gelmişti. O da benim gibi İngilizce konuşamıyordu.

O ilk aylar, orada iki şeyin sıkıntısını yaşadım. Birincisi, dil bilmemenin. İkincisi de Türk olmanın.

Sınıftaki bazı zenci kızlar Türkiye'den geldiğimi öğrenince, benimle dalga geçmeye başladılar. Hele içlerinde çam yarması zenci bir kız vardı ki, aman Allah'ım. Onu neredeyse ellerimle boğup öldürmek istiyordum. O koca kalçasını arkaya doğru kabartıyor, kollarını bir hindinin kanadı gibi çırparak, gulu gulu dansı yapıyordu.

Bizimkilerle bir akşamüstü sofraya oturmuştuk. Babam Londra'nın güzelliklerini ballandıra ballandıra anlatıp duruyordu. O sırada salya sümük ağlamaya başladım. "N'oldu kızım?" dedi şaşkınlıkla. "Neden ağlıyorsun?"

"Okula gitmek istemiyorum," dedim.

"Neden?"

"Sınıftaki kızlar bana çok kötü davranıyorlar."

"Sana kötü mü davranıyorlar?" dedi annem şaşkınlıkla. "Neden?"

"Benim prensesime hiç kimse kötü davranamaz," dedi babam. "Okul müdürüyle görüşmeye geleceğim."

Annem oturduğu sandalyeden kalktı. Yanıma geldi. Omzuma sarıldı. "Benim nur yüzlü kızıma kim ne söylemiş?"

İçimi çektim. "Bir türlü anlam veremiyorum," dedim. "Sınıftakiler bana bakıp gulu gulu dansı yapıyorlar. Neden?"

Babam kahkahayı bastı. Ona şaşkın gözlerle baktım. "Neden gülüyorsun baba?" dedim sinirli sinirli. "Komik olan ne?"

"Sana hindiymişsin gibi davranıyorlar. Ona gülüyorum."

Şaşkındım. "Bana neden hindiymişim gibi davranıyorlar ki?"

"Turkey kelimesi yüzünden."

"Türk olduğum için mi benimle dalga geçiyorlar?"

"Hayır kızım," dedi babam hâlâ katıla katıla gülerken. "İngilizcede Turkey, hindi anlamına geliyor. Bu yüzden seninle dalga geçiyorlar."

Şaşkınlığımı üzerimden attıktan sonra ben de gülmeye başladım. "Demek," dedim, "o izbandut kız bu yüzden bana hindi taklidi yapıp gülüyor."

Ertesi sabah, babam işe gittikten sonra ben de okula gittim. Bu bitmek bilmez gulu gulu dansları sabahın erken bir vaktinde tekrar başlamıştı. Her zamanki gibi sinirimden tırnaklarımı yiyordum. İlk teneffüs zili çaldığında yerimden kalktım. Bir an önce dışarı çıkmak için birkaç adım atmıştım ki, kendimi yüzükoyun yerde buldum. Sınıftaki herkes başıma toplanmış gülüşüyorlardı. O sinirle düştüğüm yerden kalktım. Elimde tuttuğum kalem kutusunu, bana çelme takan zenci kıza fırlattım. Bir anda ne olduğunu anlamadık. Kız kendini yerden yere atmaya başladı. Birkaç dakika sonra öğretmenler koşarak sınıfa girdiler. Kızın yağ tulumu göbeği kanlar içinde kalmıştı. Onu o halde görünce korkudan ağlamaya başladım. Okul müdürü sınıfa girdi. Kızı kanlar içinde görünce, rengi sararıp soldu. "N'oldu burada?" dedi yüksek bir ses tonuyla.

Sınıftaki diğer kızlar parmak uçlarıyla beni gösterdiler. "O yaptı," dediler hep bir ağızdan.

Müdür bana sinirli sinirli baktı. "Sen gel bakalım," dedi.

Müdürün odasına ağlayarak gittim. Annemi telefonla aradı. Ve acilen okula gelmesi gerektiğini söyledi.

Yaklaşık yarım saat sonra, müdürün kapısı çaldı. Babam kireç gibi bembeyaz olmuş suratıyla içeri girdi. Yerimden sıçradığım gibi koşup boynuna sarıldım. "Benim hiçbir suçum yok," dedim. "O kız bana çelme takıp düşürdü. Sınıftaki herkes gördü."

Müdür, babama oturması için eliyle işaret etti. "N'oldu?" dedi babam mükemmel İngilizcesiyle.

"Mr. Kızıl," dedi müdür. "Sizi buraya kadar yordum çünkü kızınız az önce bir arkadaşını yaraladı."

Babamın gözleri yuvasından fırlayacak gibi oldu. "Ne?" dedi şaşkınlıkla. "Kızım arkadaşını mı bıçakladı."

Müdür hafif bir şekilde tebessüm etti. "Beni yanlış anladınız. Bıçaklamadı, yaraladı."

Babamın ruhu bedeninden çekilmişti sanki. Bana baktı. "Arkadaşını neyle yaralamış?" diye sordu.

"Pergelle."

"Pergel mi? Ne pergeli?"

"Kalem kutusunu arkadaşına fırlatmış. Kutunun içindeki pergel de arkadaşının karnına saplanmış."

O anda babamın ruhu bedenine geri dönmüştü. Derin bir oh çekti. "Kalem kutusunu neden arkadaşına fırlatmış ki kızım?" diye sordu.

Müdür bana baktı. "Arkadaşı ona çelme takıp düşürmüş. O da kalem kutusunu ona fırlatmış."

Babam şaşkınlığını -bilemiyorum belki de o andaki korkusunu- üzerinden atmıştı. Hemen karşı saldırıya geçti. "Bakın," dedi. "Kızımı bu okulda çok üzüyorlar."

Bu sefer şaşkınlık sırası müdüre geçmişti. "Kim?" dedi hayretler içerisinde kalarak.

"Sınıftaki bazı arkadaşları. Daha dün akşam, bana okula gitmek istemediğini söyledi. Arkadaşları kızıma hindi taklidi yapıyor, onunla dalga geçiyorlarmış."

"Kızınızın böyle bir sorunu olduğunu bilmiyordum," dedi müdür sakin bir ses tonuyla.

"Bilmenize imkân yok çünkü kızım İngilizceyi henüz yeni yeni öğreniyor."

"Bence Piruze'yi bir dil kursuna göndermelisiniz. Bir an önce İngilizceyi öğrenmesi, onun faydasına olacaktır."

"Göndereceğim," dedi babam. "Siz de bu arada ona sahip çıkın. Arkadaşlarıyla konuşun. Bir daha kızımı üzmesinler. Ben sizin ülkenizde diplomat kimliğimle bulunuyorum. Yoksa sizi en üst makamlara şikâyet ederim."

Müdür, babama karşı yumuşamıştı. "Üst makamlara şikâyet etmenize gerek yok," dedi. "Bugünden tezi yok, bu olayla bizzat kendim ilgileneceğim."

Tam bir ay sonra, bir sabah, alelacele okul müdürünün odasına çağırdılar beni. Koşarak müdürün yanına gittim. Babam müdürün odasında oturuyordu. Şaşkın şaşkın babama baktım. "Hayrola baba," dedim. "Bir şey mi oldu? Bu saatte ne işin var burada?"

Babam gülümsedi. Eliyle işaret etti. "Gel otur," dedi. "Bu okuldan artık ayrılıyorsun."

"Ne?" dedim sevincimi gizlemeyerek.

"Chelsea'den taşınıyoruz."

"Nereye?

"Norwood'a."

Babama boş gözlerle baktım. "Norwood mu? Orası da neresi oluyor?"

"Güneyde bir yer," dedi.

"Oraya neden taşınıyoruz ki?"

"Senin yüzünden."

Şaşkınlığım büsbütün artmıştı. "Benim yüzümden mi?"

"Evet."

"Neden benim yüzümden taşınıyormuşuz ki?"

"Orada senin seveceğin bir okul buldum."

Sevincim iki kat arttı. "O günden sonra sınıftaki arkadaşların seninle hâlâ küsler mi?" diye sordu babam.

"Evet."

"Anlaşıldı," dedi. Sonra da oturduğu yerden ayağa kalktı. Elini müdüre uzattı. "Her şey için size teşekkür ederim," dedi. "Kızımın kaydını bu okuldan alıyorum. Hoşça kalın."

***

Bir sigara yakmak için konuşmama ara verdiğimde, yeni bir gülümseme uçuştu Kim'in dudaklarında. "Seninle gurur duyuyorum," dedi gözkapaklarını kırparken. "İngilizceyi çok kısa bir zamanda, mükemmel bir şekilde öğrendin."

Yanaklarımın kızardığını hissettim. "Sen olmasaydın, İngilizceyi o kadar kısa bir zamanda öğrenemezdim."

"Bu doğru olabilir; ama senin de dil öğrenmeye karşı yeteneğin varmış. Mesela benim dil öğrenmeye karşı hiç yeteneğim yok."

Gülümsedim. "Keşke en azından Türkçeyi öğrenseydin."

"Yıllar önce bana öğrettiğin üç-beş sözcüğü de unuttum gitti."

"Ya Ömer? O sana hiç mi öğretmedi?"

Yüzü utancından buruştu. "Birbirimizin içinde erime arzumuzdan olsa gerek, bana Türkçeyi hiç öğretemedi," dedi. "İkimiz ne zaman bir araya gelsek, bedenlerimize söz geçiremiyorduk."

"Desenize," dedim gülerek. "Sen saf aşkınızın kurbanı olmuşsun."

"Utandırma beni," dedi hınzırca gülerek.

O anda Kim'i bağrıma basmak istedim. Karşımda kırk beş yaşında bir kadın değil de, sanki on beş yaşında genç bir kız vardı. Yüzüne dikkatlice baktım. Nedenini bilmiyorum ama o anda bir damla gözyaşım yanaklarımdan aşağıya aktı. "N'oldu sana?" diye sordu Kim.

Ayağa kalktım. Kim'in yanına gittim. Onun dal gibi ince bedenini bağrıma bastım. "Seni özlemişim," dedim. "Meğerse seninle konuşmayı ne çok özlemişim."

Kim de bana sarıldı. İkimiz de hüngür hüngür ağlamaya başladık. Küçük yüzünü avuçlarımın içine aldım. Alnından öptüm. Sonra da kalkıp yerime oturdum. "Kusura bakma Kim," dedim gözyaşlarımı silerken. "Büyüdüğümüzü hiç fark etmemişim. Şimdi oturmuşuz, otuz yıl öncesinin anılarını konuşuyoruz."

"Kalleş zaman," dedi gülerek. "Bize de kazık attı."

Kim'e baktım. "Ömer'den sonra âşık oldun mu hiç?" dedim ciddi bir ses tonuyla. Başını 'hayır' anlamında salladı. "Ömer benim son aşk öykümdü. Daha doğrusu, aşkın olanaksızlığının öyküsü. Ömer'den sonra kendimi erken emekliye ayırdım."

"Neden? Karşına başka bir adam çıkmadı mı?"

"Çıktı çıkmasına ama hiçbiri bana aşkla bakmasını bilemediler. Onlar bana tutkuyla baktılar. Biliyorsun; onların tutkusu da en fazla üç dakika sürüyor."

Gülümsedim. "Âlem kadınsın," dedim.

Kim de güldü. "Bazen İngiliz olduğumdan şüphe ediyorum."

"Neden?"

"İngilizlere göre oldukça tutucu birisiyim. Âdeta geleneklerin polisi gibiyim. İngiliz kadınların geneli önce seks, sonra aşk ister. Bense önce aşk, sonra seks istiyorum. Ben bu gelenekçi yapımla acaba Türk kanı taşıyor olabilir miyim?"

Kahkahayı bastım. "Olabilir," dedim. "Belki de otuz yıl önce seni etkilemiş olabilirim. Eh! Ne de olsa üzüm üzüme baka baka kararıyor."

Kim güldü. "Hatırlıyor musun?"

"Neyi?"

"Peter'in o akşam verdiği partiden dönüşümüzü."

Kısa bir süre düşündüm. "Evet," dedim heyecanla. "Partiye bizimkilerden habersiz kaçmıştım. Babam da gecenin bir vakti, sokak ortasında yakalamıştı beni. Bir ton dayak atmıştı."

"O gece şaşkınlıktan küçük dilimi yutmuştum. Babanın seni dövmesine anlam verememiştim."

"O parti için ne babamdan, ne de annemden izin almıştım. Beni odamda göremeyince çok korkmuşlar."

"Biliyor musun? O gece hayatın farklı renklerini keşfettim."

"Nasıl yani?"

"O güne kadar İngiltere'yi dünyanın merkezi zannediyordum. Meğerse toprak ananın nice şaşılacak çocukları varmış. Bu farklı çocukların da nice şaşılacak gelenekleri varmış. Ben de zamanla bu geleneklerin önünde saygıyla diz çöküp oturdum."

Kim'e hayretler içinde baktım. "Sen çok değişmişsin," dedim. "Hem de çok."

Gülümsedi bana. "Ben değil, hayat değişti," dedi. "Hayat değişirken de beni dönüştürdü."

"Gördüğüm kadarıyla hayat seni mükemmel bir insana dönüştürmüş."

Kim yüzünü buruşturdu. "Bu dünyada belki aşk sahibi olamadım ama gönül sahibi oldum. Bu da bana yetiyor artık."

"Belli olmaz. Bakarsın bir gün benim gibi yine âşık olursun."

Kim şaşkınlıkla bana bakarken, kış yıldızlarının donuk ışıltısı gibiydi yüzü. "İlk kez ne zaman âşık oldun Piruze?" diye sordu.

"On dokuz yaşımda," dedim gözlerim buğulanırken. "O zamanlar ne yüzme biliyordum, ne de denizciydim. Ama güçlü bir hisse kapılıp, aşk denizinin ortasına attım kendimi..."

Sesim çatallaştı. Sözümün arkasını getiremedim. Kim uzanıp elimden tuttu. "Unutma ki," dedi. "İyi dalgıçlar denizin dibinden inci çıkarır. Biz iyi bir dalgıç olamadık belki. Bu yüzden kendini boş yere hiç üzme. Adını hatırlıyor musun?"

"Onun adı..."

Cep telefonum aniden çalınca cümlem yarım kaldı. Arayan Amer'di. Kim'e bakıp, "Pardon," dedim. "Amer arıyor."

Telefonu açtım. "Canım. Bir şey mi oldu?"

Birkaç dakika sonra telefonu kapattığımda, Kim pis pis sırıtıyordu. "Senin aşk trafiğini bir türlü çözemedim," dedi. "Bu trafik karşısında başım döndü doğrusu. Kocan Enver, aşığın Amer. Başkaları da var mı?"

Kim'e bakıp güldüm. "Var," dedim. "Bir gün hepsiyle tanıştıracağım seni."

Kim'in gözleri yuvasından fırlayacaktı sanki. Dudağını büzdü. "Pes vallahi," dedi. "Sen İngilizleşmişsin. Ben de Türkleşmişim. Allah'tan kötü bir aşk dalgıcısın! Yoksa erkekleri tespih taşı gibi ipe dizerdin."

Bu sefer de ben Kim'e bakıp güldüm. "Yıllar önce alçak bir adamın tokadını yedim; ama şimdi o tokatçı adamın balını büyük bir aşkla yiyorum," dedim.

O sırada telefon çaldı. Kim yerinden fırladı. Ceplerini, çantasını karıştırdı. Cep telefonunu bulduğunda ise telefon çoktan kapanmıştı. "Tüh," dedi. "Yetişemedim."

"Meraklanma," dedim. "Kim arıyorsa, tekrar arar."

Arayanın numarasına baktı. "Londra'dan," dedi. "Belki de iş için arıyorlardır."

"Sahi," dedim. "Sen ne iş yapıyorsun Kim?"

Bana bakıp gülümsedi. "İnan bana şu an ne iş yaptığımı hiç bilmiyorum. Olan biten her şeyi de başımdan defetmek istiyorum. Artık insanlarla uğraşmaktan sıkıldım. Bir dönem işlerim çok kötü gitti. Ortağım olacak adi herif kazık attı bana. İki evim vardı. Borçlarımı ödemek için onları satmak zorunda kaldım. Şimdi ise bir danışmanlık firmam var. Londra'ya dil eğitimi için gelen genç insanlara geçici işler buluyorum. Onlara kalacak yerler temin ediyorum."

"Ortağın sana nasıl bir kazık attı?"

"Bu, uzun bir hikâye. Adam evliydi. Dört tane de çocuğu vardı. Her akşam eve erzak poşeti taşımaktan çok, koluna metres takıp dolaştırmaya daha hevesliydi. Çok güzel bir kıza âşık oldu. Kız oldukça havalı birisiydi. Öyle bir kadını ancak paranın gücüyle elinde tutabilirsin. O da bu kadına para yetiştirebilmek için bana küçük küçük kazıklar atmaya başlamış. Bu durumdan çok geç haberim oldu. Gerçekleri öğrendiğimde ise iş işten geçmişti. Bankalar iki evime ipotek koydu. Evlerim elimden uçup gitti."

"Üzüldüm."

"Hiç üzülme. Ortaklıklarda bu tür şeyler olur. 'İşine ortak olacağına, karına ortak ol' diye boşuna söylememişler. Allah'ın yarattığı her varlığa şüpheyle bak bence. Ya sen? Sen ne iş yapıyorsun?"

"Tekstil."

"Tekstil mi? Bir gün senin işkadını olacağın hiç aklıma gelmezdi."

"Neden?"

"Bilmem," dedi Kim dudağını büzerek. "Yanlış hatırlamıyorsam sende daha çok ev kadını havası vardı. Anaç bir yapıya sahiptin. Bir düzine çocuk yapmak istiyordun. Unuttun mu?"

Dilimi ısırdım. Kim'e otuz yıl önce söylediklerim hâlâ dün gibi aklımdaydı. "Haklısın," dedim. "O sözlerimi kesinlikle unutmadım. Ama yürümek için ayağa nasıl ayakkabı lazım ise, benim de ayakta kalabilmem için işe ihtiyacım vardı."

"Ama şu dünyada iş ve para her şey demek değil."

"Bir düşünsene! Demiri yumuşatan, altını saf altın haline sokan ateş, taze ayva ve elmanın olgunlaşmasına yarar mı? Yaramaz. İşte parasızlık da şu dünyada benim işime yaramaz. Sakın şimdi, 'Ne aç gözlü bir kadın' diye düşünme. Ben şu dünyada bir demir gibi sertleştim. Zorluklara katlanan, meşakkatler çeken, dövülen, ezilen, hakaretlere maruz kalan... Şu hayatın çekiç ağırlığı altında yıllarca dövüldüm, dövüle dövüle tava geldim."

"Anlamıyorum seni," dedi Kim, soğuk bir ses tonuyla.

Acı acı güldüm. "Bilmem; belki de haklısın," dedim. "Nasıl ki demir tavında dövülmek için ejderha gibi olan ateşin alevini ister. Ben de şu dünyada sevdiklerime kavuşmak için paranın güçlü ateşini istiyorum. Emin ol ki, şu dünyada parasız kaldığım gün amaçsız kalırım."

"Allah aşkına kendine bir dön bak Piruze. Bence sen paranın kölesi olmuşsun."

"Paranın kölesi mi? Hayır, işte orada dur! Ben hiçbir zaman paranın kölesi olmadım. Ben sevdiklerimin kölesi oldum. Yıllardır onların hasretiyle yanıp tutuştum. Onlara kavuşmam için paranın aracılığı şart bana. Ben sana paranın amaç olmasından değil, araç olmasından söz ediyorum."

Kim sustu. Bana cevap vermedi. Ben de tekrar anlatmaya koyuldum.

***

İngiltere'de üçüncü senemizdi. O yıl yaz mevsimi bitmiş, okullar henüz yeni açılmıştı. Lady Croydon Edridge Lisesi'ne büyük bir heyecanla başladım. Bir akşamüstü İstanbul'dan gelen bir haberle sevincim kursağımda kaldı. Dedemi kaybetmiştik. Annemle odalarımıza kapandık, sabaha kadar hüngür hüngür ağladık.

Gece sonunda tükenmişti. Gecenin yoğun sessizliğini yalnızca annem ile benim hıçkırık seslerimiz bozuyordu. Şafak söktükten sonra annem odasından dışarı çıktı. Ağlamaktan gözleri şişmişti. Babama baktı. Babam da geceden beri hiç uyumamıştı. "Bana bir uçak bileti al," dedi bitkin bir halde.

Babam ayağa kalktı, anneme sarıldı. Kolundan tuttu, koltuğa oturttu. "Ağlayarak onu geri getiremeyiz," dedi. "Kendine biraz dikkat et. Yoksa hasta olacaksın."

"Acıma ağlıyorum," dedi annem kuru bir ses tonuyla.

Annemi öyle üzgün görünce, göğsümün sıkıştığını hissettim. Daha önce hiç bu kadar üzüldüğüne tanıklık etmemiştim. "Ben de seninle geliyorum," dedi babam.

"Çocuklara kim bakacak?" diye sordu annem. "Olmaz. Sen burada, onlarla kal."

"Hiç öyle şey olur mu? Sonra elâlem ne der? Bir daha annenin yüzüne nasıl bakarım? Ben de seninle geliyorum."

"Beni daha fazla yorma," dedi annem tıslayarak. "Ben yalnız başıma gidiyorum. Sen çocuklarla kalıyorsun. Elâlemin ağzı torba değil ki büzesin. Korkma! Kimse arkandan söz etmez. Ben de üç-beş gün kalıp döneceğim. Çocukları da peşimizden oralara kadar sürüklemeyelim. Okul henüz yeni açıldı. Derslerinden geri kalmasınlar."

Uykuyla uykusuzluk arasında gidip geliyordum. Annem üzüntüyle, "Baksana şu kızın haline. Daha şimdiden perişan oldu," diye mırıldandı.

Kendimi sersem gibi hissediyordum. Gece boyunca yaşadığımız acı o kadar yoğundu ki, koltuktan kalkacak gücüm kalmamıştı. Hemen oracıkta sızıp kaldım. Öğle üzeri uyandığımda, başucumda duran sehpanın üzerinde kısa bir not buldum:

Sevgili kızım,

Seni uyandırmaya kıyamadım. Birkaç güne kadar döneceğim. Baban ve Mesut beni havalimanına götürüyorlar. Birazdan eve dönecekler.

Sizlerin benimle gelmenizi istemedim. Çünkü ölü evi acı evidir. Acının olduğu yerde senin güzel yüzünün solmasını istemem. Benim manolya kokulu kızım, artık sen de kardeşine göz kulak olacak kadar büyüdün. Mesut'un karnını doyurmadan, onu sakın sabahları okula gönderme. Kendini de aç koyma. Seni o güzel yanaklarından öpüyorum. Allahaısmarladık...

Bir hafta sonra annem acısını yüreğine gömerek eve geri döndü. İster sonsuz, ister toplu iğne başı kadar küçük olsun, gerçek acıyla er ya da geç yüzleşiyor insan. Neyse ki annem babasının ölüm acısıyla geç yüzleşenlerdendi. Dedemin ölümünden bana geriye kalan ise, yedi yaşımdaki limonlu şeker hatırasıydı.

Yalan yok! İngiltere'yi çok sevmiştim. Oranın her şeyini çok fazla benimsemiştim. Her sabah uyandığımda yüreğim yeni bir heyecanla dolup taşıyordu. İngiltere benim genç kızlık günlerimin en güzel aşkıydı. Ben İngiltere kokuyordum, İngiltere de ben...

***

Kim lafımı kesti. Dudaklarını hiç kıpırdatmadan, "Baban nasıl?" diye sordu.

Kim'e baktım. "Dünyanın neresine gidersen git, erkekler hep aynı. Hiç değişmiyorlar. Kadınlar biraz yaşlanmaya başlayınca, kendilerine hemen küçük bir çıngıraklı peri buluyorlar," dedim.

"Abdullah Amca da mı? İnanmam sana," dedi şaşkınlıkla.

"Annem çok acı çekti."

"Peki ayrıldılar mı?"

"Yok canım. Kurt yaşlanınca, kuzu kuzu evinin yolunu tutarmış. Babam da çoktan eve döndü; ama bu sefer de evdeki kuzu kurda dönüştü. Annem geçmişi babamın başına devamlı kakıp duruyor."

"Ama yine de babanı eve almış."

"Bizde gelenekler böyle. Çapkınlık erkeğin elinin kiri gibidir. Yeter ki elini yıkasın, temiz bir şekilde evine geri dönsün. Evin kapısı sonsuza dek açıktır onlara."

"Gülten Hanım çok üzülmüştür."

"Hem de çok. Boşanmayı düşündü ama yapamadı."

"Neden?"

"Türk kadınları sizin gibi yetiştirilmiyor. Bize küçük yaştan beri bazı yanlışlar doğru diye öğretiliyor. Yanlış bir adamla da evlensek, o adamı sineye çekmemiz tembihleniyor."

"Yanlış ama."

"Biz de bunun yanlış bir şey olduğunu biliyoruz; ama yanlışı da bile bile sürdürüyoruz. Sürdürüyoruz çünkü cesaretimiz elimizden alınmış. Özgürlüğümüz erkeklerin çıkarına heba edilmiş."

"Bugün de hâlâ öyle mi?"

"Değişen pek bir şey yok. Bu sorun sadece Türk kadınlarının sorunu değil. Ortadoğulu tüm kadınların sorunu. Bu durum Arabistan'da, Beyrut'ta ve Suriye'de de aynı. Ortadoğulu kadınlar hep aynı acı kaderi paylaşıyorlar."

"Bu, korkunç bir şey."

"Bence şu yeryüzünde kadın olmak korkunç bir şey olsa gerek. Mesela Fransa'ya bak. Oradaki kadınların da metresleri var. Ve her Fransız kadın bu gerçeği biliyor. Peki ya onlara ne demeli? Onlar da Avrupalı. Gördükleri şeyi görmezden, duydukları sözleri duymazdan gelerek yaşıyorlar."

"Haklısın," dedi Kim içini çekerek. "Vesselam kadın olmanın kendisi zor."

"Kadın olmak çok zor; ama aynı zamanda da çok kutsal bir şey."

"Nasıl?"

"Keşke anne olabilseydin Kim. Kadını kutsallaştıran annelik duygusudur. İşte o zaman kocanı donunda sallıyorsun. İşte o zaman kocana sümüklü böcekmiş gibi bakıyorsun."

O anda Kim'in ses tonu ne sıradan, ne de huysuzdu. Yalnızca hüzünlüydü. "Allah vermedi işte," dedi. "Ne demek istediğimi anlıyor musun?"

"Sanırım evet."

"Şimdi hikâyene geri dönelim mi?" dedi Kim lafı çevirerek. "Dikkat ettim. Benden hiç bahsetmedin."

Güldüm. "Seni en sona sakladım."

"Neden?"

Eğildim. "Bana yaklaş," dedim kulağına fısıldayarak.

Bana yaklaştı. Yanağından öptüm. "Çünkü benim için sen, Londra tatlısının üzerideki kaymak gibiydin," dedim içim ürpererek.

Sözlerim Kim'i duygulandırmışa benziyordu. Gözleri yaşardı. "Canım arkadaşım," dedi boynuma sarılırken. "Seni yeniden bulduğuma çok sevindim."

"Kim?" dedim gülümseyerek. "Seninle tanıştığımız günü hatırlıyor musun?"

"O günü hiç unutur muyum? Seninle ilk kez Paris'te tanışmıştık."

"Biz de ne salakmışız. Londra'da aynı okulda okumamıza rağmen tanışmamışız."

"Ama farklı sınıflardaydık."

"Olsun. Ben seni her zaman görüyordum."

"Ben de seni."

"Paris ne kadar güzel bir şehirdi, öyle değil mi?"

"Oraya boşuna âşıklar şehri dememişler."

Bir anda katıla katıla gülmeye başladım. "Neden gülüyorsun?" dedi Kim.

"Ay," dedim hâlâ gülerken. "O iki hafta içinde hepiniz nasıl da yeni yetme Fransız oğlanlara âşık olmuştunuz."

Kim de güldü. "Hiç sorma," dedi. "Londra'ya döneceğimiz günü hatırlıyor musun?"

"Hiç hatırlamaz olur muyum? Birçoğunuz hüngür hüngür ağlıyordu. Tabii ki ağlayanların başında da sen geliyordun."

"O zamanlar ne kadar safmışız. Fransız oğlanlara baygın baygın bakmaktan, Paris'in güzelliklerini göremeden geri döndük."

"Ama çok güzel bir okul gezisiydi."

"Peki sen Paris'e veda gecemizi hatırlıyor musun?"

"Hem de çok iyi hatırlıyorum. Sevgilinle yapış yapıştın."

"Suzanne'ın, benim ve diğer birkaç kızın o sarhoş halleri hâlâ gözümün önünden gitmiyor."

"Sen o gece kırmızı bir mini etek giymiştin."

"Doğru," dedi gülerek. "Hiç unutmamışsın."

"Nasıl unutabilirim," dedim kahkahayı basarken. "Dans ettiğin Fransız oğlanın eli devamlı kısa eteğinin altındaydı."

"Sus. Beni daha fazla güldürme," dedi Kim.

İkimiz de sustuk. Sadece katıla katıla gülüyorduk. "Dans ederken oğlanın bana ne söylediğini biliyor musun?" dedi Kim.

"Nereden bilebilirim."

"Mini eteğim yüzünden popomun donacağını söylemişti bana."

"Peki sen ne söyledin ona?"

Kim katıla katıla gülmekten konuşamıyordu. Gözlerinden akan yaşları sildi. "Galiba gülmekten ölüyorum," dedi. "Uzun zamandır hiç böyle gülmemiştim."

"Çabuk söyle," dedim gülerken. "Ne söyledin çocuğa?"

"Tamam," dedi nefesini kontrol ederken. "Popomu biraz daha ellemeye devam ederse, eteğimin alev alacağını söyledim."

Bu kez gülme sırası bendeydi. "Allah senin iyiliğini versin," dedim. "Peki o sana nasıl bir tepki gösterdi?"

"Elini hemen popomdan çekti. Beni ters çevirdi, eteğimin arkası tutuşmuş mu diye baktı."

"Gerçekten mi?"

"Evet. Daha toy bir oğlandı. O güne kadar hiçbir kızla yatmamıştı."

"Sen bunu nereden biliyorsun?"

"O gece onunla yatmak istedim."

"Gerçekten mi?"

"Tecrübesizdi. Heyecanlandı. O işi yapamadı."

"Çılgınsın sen."

"Ergenlik döneminde çılgındım. Bir daha da öyle bir çılgınlık pek yapmadım."

"Ertesi gün gitme saati yaklaştığında, otelde yaşanan karmaşayı hatırlıyor musun?"

"Hiç hatırlamaz olur muyum?"

"Havlular, bluzlar, tersyüz olmuş kazaklar sağa sola saçılmıştı. Makyaj malzemeleri masaların üzerini kaplamıştı."

"Doğru. Suzanne ve diğer birkaçı bakireliğini Fransız oğlanlarına vermişlerdi."

"Gerçekten mi?" dedim şaşkınlıkla.

"Ya sen ne sandın?"

"Bundan haberim yoktu benim."

"Nasıl haberin olsun? Erkenden odana çekilip uyursan, olup bitenlerden tabii ki haberin olmaz."

"Benim için Paris'in en güzel tarafı neydi, biliyor musun?"

"Neydi?"

"Sendin. Birbirimizi orada tanıdık. Sonra da dost olduk."

Kim o anda uzaklara dalıp gitti. "Ne düşünüyorsun?" diye sordum.

"Hatırlıyor musun? Seninle İstanbul'da da bayağı eğlenmiştik. Orada da dayına âşık olmuştum."

"Hasan Dayım ona âşık olduğunu öğrenince ne gülmüştü sana."

"Ergenlik dönemi işte. O dönemde gördüğün her erkeğe âşık oluyorsun. Neyse, kaldığın yerden hikâyeni anlatmayacak mısın?"

Sessizce Kim'e baktım. "Sonunda doğduğum ülkeye geri döndüm," dedim kısık bir sesle. "Çok sevdiğim Londra'ya ve sana gözü yaşlı bir şekilde elveda diyerek."

"Sonra ne oldu?"

"En kötüsü, Kim, en kötüsü oldu. Yaklaşık iki yıl Ankara'da kaldıktan sonra, babamın tayini bu sefer Suriye'nin başkenti Şam'a çıktı. İşte o Arap şehrinde unufak oldum. Âdeta topraktan yapılmış bir çanak gibi çevreme dağıldım. Parçalarıma ayrıldım."

"Şimdi kaldığın yerden anlatacak mısın?" diye sordu Kim.

Sustum. Başımı kaldırıp gökyüzüne baktım. Öğlen ezanı, sicim gibi yağan yağmurun sesine karışmıştı. Şam hatıralarım saydam bir perde gibi gözümün önünde belirdi. Öğlen yemeğinden sonra, kaldığım yerden anlatmaya devam ettim.

ŞAM

1980 yazıydı.

Şam'a ayak bastığımız gün, şaşkınlık içinde kaldım doğrusu. Sokaklar bomboş ve pisti. Ortalarda kimsecikler görünmüyordu. Ayaklarımızın altında ateş gibi yanan toprağın bizi kavurduğunu hissettim. Daha ilk günümüzde, çok büyük bir hayal kırıklığına uğradım. Anneme, "On dokuz yaşındaki genç bir kız burada nasıl yaşar?" diye sordum.

"Bilmem," dedi annem. "İstersen daha ilk günden umutsuzluğa kapılma."

Aslında annem de benim gibi hayal kırıklığına uğramıştı; ama bu durumu bizlere pek belli etmemeye çalışıyordu. Babam da ilk günden içine düştüğümüz çıkmazı çoktan sezmiş olacaktı ki, "Merak etmeyin. Çok yakında buradaki yaşama da alışırsınız," dedi.

"Baba," dedim ağlamaklı sesimle. "Bütün bu insanlar nerede?"

Babam gülümsedi. "Buranın halkı saat iki ila dört arasında çalışmazlar."

"O nedenmiş?"

"Siesta yapıyorlar."

Sıcaktan bunalmıştık. Babam hiç zaman kaybetmeden bizi yeni evimize götürdü. Annem yaşayacağımız evi görünce gülmeye başladı. "Bu süsler de neyin nesi böyle?" diye sordu.

Babam anneme bakıp gülümsedi. "Şam işi," dedi. "Beğendiğine sevindim."

"Dalga geçme benimle," dedi annem. "Beğendiğimi kim söyledi?"

O sene, on bir yaşına basan kardeşim Mesut, hızla odalara girip çıkıyordu. "Anne," dedi bağırarak. "Bu oda benim olabilir mi?"

Annem bana baktı. "Sen odalara bakmayacak mısın kızım? Belki kardeşinin beğendiği odayı sen istersin."

Dudağımı büzdüm. "O benden küçük," dedim. "Madem ki o istiyor, oda onun olsun. Ben Londra'ya geri dönmek istiyorum."

Babam bana sert sert baktı. "Artık Londra'yı unut," dedi. "İki yıldır kafamın etini yiyip duruyorsun. Seni tek başına Londra'ya göndermem. Orada ne yapacaksın? Okulu da bitirdin artık."

"Orada üniversiteye gideceğim," dedim. "Belki orada akrabamız yok ama tanıdığımız çok fazla insan var. Onların yanında kalabilirim."

"Şimdi yine tartışmayalım," dedi babam. "Sonra konuşuruz."

Ağlamaya başladım. "İki yıldır beni hep oyalıyorsun. Ben Londra'ya gitmek istiyorum."

Babam anneme ters ters baktı. "Bu kızla konuş," dedi dişlerini birbirine sürterken.

Annem babama sesini yükseltti. "Onunla iki yıldır konuşuyorum. Konuşmaktan dilimde tüy bitti artık. Beni dinlediği mi var? Londra'ya gitmeyi kafasına koymuş. Ben ne yapabilirim?"

"Ne haliniz varsa görün," dedi babam sinirli sinirli. "Ana-kız beni canımdan bezdirdiniz."

Annem bana kötü kötü baktı. "Şimdi yaptığını gördün mü?" dedi.

"Of anne," dedim arkamı dönüp giderken. "Ben ne yaptım ki?"

O gün annemle bavullarımızı açtık, kıyafetlerimizi gardıroplara yerleştirdik. Yorgun olduğumuz için de akşam erken bir saatte yatıp uyuduk.

Ertesi sabah, saat dokuz sularında uyandım. Mutfağa gittim. Annem beni karşısında görünce gözleri parıltıyla parladı. "Kahvaltıya otur," dedi. "Çay da ocağın üzerinde kaynıyor."

"Babam yok mu?"

"Mesut'u okula kaydettirmeye götürdü."

Anneme bakıp güldüm. "Bu çölde okul var mı?" dedim.

"Sence yok mudur?" dedi gülümseyerek.

"Nereden bileyim," dedim. "Herhâlde bedevi çadırlarının birinde eğitim veriyorlardır."

Annem yanıma geldi. Sarı saçlarımı okşadı. "Sabah sabah beni güldürme," dedi. "Haydi! Şimdi kahvaltıya otur. Ben de seninle bir bardak çay içeceğim."

Yeni taşındığımız ev bir apartman katıydı. Üç oda, bir salondu. Evin içi tamamen Arap tarzıyla döşenmişti. Duvarlarda tuhaf tuhaf süsler vardı. "Sence babam bu evi çok aramış mıdır anne?"

Annem başını kaldırdı. Meraklı gözlerle mutfağı inceledi. "Bilmem," dedi tıslayarak. "Sen yat kalk da çadır bulmadığına şükret."

"Anne," dedim.

"Efendim kızım."

"Kahvaltıdan sonra biraz sokağa çıkalım mı? Etrafı şöyle bir kolaçan etmek istiyorum."

"Olur," dedi annem. "Birazdan çıkarız."

Annemle giyindik, hafif süslendik. Sonra da sokağa çıktık. Hava bir ejderha gibi üzerimize ateş kusuyordu. Dışarısı sıcaktan neredeyse kavruluyordu. "Acaba eve geri mi dönsek Piruze?" dedi annem alnındaki teri silerken. "Bu nasıl bir sıcak böyle?"

Sağa sola bakındım. "Şu dağ tarafına doğru gidelim," dedim. "Sonra da aşağıya ineriz."

Annem çok hoş bir kadındı. Uzun boylu, kızıl saçlı ve mavi gözlüydü. Bense o yıllarda bir selvi ağacı gibi boylanmıştım. Sarı saçlarım upuzundu. Yeşil gözlerim ise çakmak çakmak yanıyordu. Annemle sokakta kol kola yürürken, bir anda bütün esnaf boncuk taşı gibi dükkânların önüne dizilmeye başladı. Anneme iyice sokuldum. "İstersen daha fazla gitmeyelim," dedim. "Hemen eve dönelim."

O sırada önümüzden bir kamyon dolusu asker geçiyordu. Bir anda bizi çılgınca alkışlamaya başladılar. Şaşkınlığımızdan olduğumuz yerde çivilenip kaldık. Sonra havadan üzerimize haki renkte kepler yağmaya başladı. Neye uğradığımız şaşırmıştık. "Bu askerler manyak mı?" dedi annem sinirli sinirli. "Başlarındaki kepleri çıkarıp bize atıyor terbiyesizler. Bunların başında komutanları yok mu? Burası dağ başı mı?"

Sinirimden hem gülüyor, hem de ağlıyordum. Hemen karşımızda duran dağa baktım. "Evet, burası dağ başı anne," dedim. "Şu karşıya baksana! Koca dağ karşımızda duruyor. Bunlar insan değil, aç ayılar."

"Ben hayatım boyunca böyle insanlar görmedim," dedi annem sinirinden köpürürken.

Apar topar eve döndük. Birkaç saat sonra babam çıkageldi. "Mesut'a okul buldunuz mu?" diye sordu annem.

"Bulduk," dedi Mesut. "Hem de çok güzel bir okul bulduk."

"İyi," dedi annem. "Ne zaman başlıyor?"

"Okulun açılmasına daha var," dedi babam. "Şimdi sen okulu mokulu bırak da, bu kızın nesi var böyle? Suratından düşen bin parça."

"Ay," dedi annem. "Bugün başımıza gelenlere inanamazsın."

"N'oldu?"

"Boşuna söylememişler. Ne Şam'ın şekeri, ne de Arap'ın yüzü."

"N'oldu? Çabuk söyle."

"Bu sabah sokağa çıktık."

"Sokakta ne işiniz vardı?"

"Canım biz de insanız. Kafesteki kuş değiliz ya, değil mi? Dışarı çıkıp biraz hava alalım dedik. Dışarı çıkmamızla olanlar oldu. Bir kamyon dolusu asker bize laf attı. Terbiyesizler sadece laf atsalar iyi. Hiç utanmadan başlarındaki kepleri çıkardılar, kafamızdan aşağıya yağdırdılar. O kepler ordunun malı değil mi? Ordunun malını nasıl oluyor da tepemize atıyorlar?"

Babam çok sinirlenmişti. Bana sert sert baktı. "Yarından tezi yok," dedi. "Seni ilk trenle buradan gönderiyorum."

Oturduğum yerden havaya zıpladım. "Yaşasın!" diye çığlık attım. "Demek ki en sonunda beni Londra'ya gönderiyorsun."

Babamın yüzü asıldı. "Londra mı?" dedi kısık bir sesle. "Ne Londra'sı? Seni Hatay'a gönderiyorum."

Bu sefer de benim yüzüm asıldı. "Hatay mı?" dedim hayal kırıklığıyla. "Hatay da nereden çıktı?"

"Seni Reyhanlı'ya gönderiyorum. Orada biraz kal, kafanı dinle."

Şaşkındım. "Reyhanlı'da kim var anne?" diye sordum.

Annem gözlerini kırpıştırdı. Dudağını çekiştirdi. "Bilmiyorum kızım," dedi.

"Kuzenim Serpil var," dedi babam.

Ertesi gün Hatay'a gitmek için trene bindim. Bindiğim tren sanki yüzyıl öncesinden kalmış gibiydi. Hurda yığınından başka bir şeye benzemiyordu. Birkaç saat yolculuktan sonra Halep'e geldim. Oradan da başka bir trene bindim, Lazkiye'ye vardım. Sonra da Samandağı Hudut Kapısı'ndan Hatay'a giriş yaptım. Serpil Abla beni hudut kapısında karşıladı. Boynuma sarıldı. "Hoş geldin," dedi.

Bir hafta sonra babamı telefonla aradım. "Baba," dedim. "Şayet izin verirsen, İstanbul'a gitmek istiyorum. Yoksa burada sıkıntıdan patlayacağım."

Babam hiç itiraz etmedi bana. "Git kızım," dedi.

İstanbul'a ayak bastığım zaman, İstanbul benim bildiğim İstanbul değildi artık. Her gün sokaklarda onlarca insan silahla vurularak öldürülüyordu. Sağ sol çatışmaları tüm şiddetiyle sürüyordu. Ne yazık ki Hasan Dayım da aktif bir şekilde bu olayların içerisindeydi. Bir sabah erkenden anneannem beni uyandırdı. "Kalk Piruze," dedi. "Sobayı kuracağız."

Uyku sersemi kalktım. "Hayrola anneanne," dedim. "Aniden kış mı bastırdı? Yoksa dışarıda kar mı yağıyor?"

"Ne karı kızım?" dedi sinirli sinirli. "Hasan'ın kitaplarını yakacağız."

Yatağımdan bir anda fırladım. "Ne yapacağız anneanne?" diye sordum şaşkınlıkla.

"Hasan'ın kitaplarını sobada yakacağız."

"Neden?"

"Korkuyorum kızım. Onun okuduğu kitaplar, kötü kitaplar."

"Kitabın kötüsü olur mu hiç anneanne?" dedim gülerek.

"Olur," dedi. "Kitabın kötüsü de kötü kadın gibidir. Erkeğin başına iş açar."

Anneannemle sobayı kurduk. Kibrit kutusunu eline aldı. "Şimdi getir şu kitapları," dedi. "Bir tane bile bırakma."

Dayımın kütüphanesinde ne kadar kitap varsa, sobanın etrafına topladım. Anneannem kibriti çaktı, ilk kitabı tutuşturdu. "Keşke şimdi kış olsaydı," dedi. "Sobanın üzerinde kestane bile kızartırdık seninle."

Akşamüstü Hasan Dayım eve geldi. Yüzünde endişe vardı. "N'oldu dayı?" dedim.

"Bir yoldaşımızı bugün kaybettik," dedi.

Anneannem cahil bir kadındı. Okuma yazması yoktu. Hemen söze atıldı. "Arkadaşınızın adı yoldaş mıydı? O ne biçim bir isimmiş öyle?"

Dayım manasız manasız anneanneme baktı. "Yok," dedi. "Ölen arkadaşımın adı Kerim'di."

"Az önce yoldaş demedin mi sen oğlum?"

"Off," dedi dayım üfleyip püfleyerek. "Sana da bazen laf anlatılmıyor be anne."

"Ahh," dedi anneannem içini çekerek. "Şimdi rahmetli olacaktı ki sana gününü gösterecekti."

Dayım zoraki gülümsedi. "Rahmetliye hep sen gününü gösterdin. Babamın bana günümü gösterecek hali mi kalmıştı. Baksana! Bu havada bile sobayı kurmuşsun. Senin her şeyin ters anne," dedi ve sonra arkasını dönüp odasına gitti.

Birkaç dakika sonra odadan bir çığlık sesi yükseldi. Odanın kapısı açıldı. "Anne," diye bağırdı dayım. "Kitaplarım nerede? Onlara ne yaptın?"

Anneannem sobanın ızgarasını açtı. Sönmüş sobanın içine elini soktu. Bir avuç külü avucuna doldurdu. Külü dayımın üzerine serpti. "Al kitaplarını," dedi. "Al da iyice oku."

Dayımın gözleri yuvasından fırlayacaktı sanki. Dudağına yapışan külü, koluyla sildi. "Yoksa hepsini yaktın mı?" diye çığırdı.

"Yaktım," dedi anneannem sinirli sinirli. "N'olmuş? İstersen sen de beni şu sobaya at, kibriti çak, diri diri yak."

"Ders kitaplarımı da yakmışsın."

"Tüh sana," dedi anneannem. "Sen ne utanmaz bir herif oldun. Hangi ders kitaplarından bahsediyorsun? Sen üniversiteye giderken, bu kız daha ilkokula yeni başlamıştı. Kız liseyi bitirdi. Sen hâlâ üniversitede okumaktan bahsediyorsun bana."

Dayımın yüzü kıpkırmızı oldu. "Anneannem doğru söylüyor dayı," dedim.

"Konuş kız," dedi anneannem. "Konuş da belki yer yarılır, bu da içine giriverir."

Dayım kapıyı yüzümüze çarptı, sonra da evi terk etti. O akşam da eve hiç uğramadı. Anneannem bütün gece camın önünde dikilip durdu. Dayımın eve dönmesini bekledi. Bir ara baktım, camın önünde sessiz sessiz ağlıyordu. "Sen iyi misin anneanne?" diye sordum.

Anneannem çok açık sözlü bir kadındı. "Ağlıyorum kızım," dedi. "Evlat sahibi olmak çok zormuş. Bebekken sabaha kadar uyumazdı. Hiç durmadan ağlardı. İki yıl boyunca yorgun bedenim yatağa hasret kaldı. Ne zaman ki yatağa biraz uzanıveriyordum, bu deli oğlan ağlamaya başlıyordu. Yattığım yerden kalkıyordum. Kucağıma alıp pışpışlıyordum. Oğlan uyumuyor diye zaman zaman Allah'a sitem ediyordum. Bir gün, bu sitem dolu sözlerimi annem duydu. Bana kızdı. Allah'a sitem etmemem gerektiğini tembihledi. Şu günlerin kıymetini bilmem gerektiğini söyledi. Çocuk evde yorganın altındayken, bana hayatın kolaylığından bahsetti. 'Bak gör' demişti. 'Bu oğlan büyüyüp de o yorganın altından dışarı çıktığında, dertlerin katmer katmer artacak.' Hâlbuki benim o zamanlar tek isteğim, yorgun bedenimi birazcık olsun dinlendirmekti. Şimdi halimi görüyorsun kızım. Gecenin bir vakti hâlâ ayaktayım. Camın önünde durmuş onu bekliyorum. Keşke şimdi bebekken hiç uyumadığı o yorganın altında olsaydı. Şimdi onun nerede ve kimlerle birlikte olduğunu düşünmeseydim ben."

"Dayımı merak etme anneanne," dedim ağlayarak. "Bak gör! Yarın eve dönecek."

"Git buradan," dedi gözyaşlarını silerken. "Git."

İçerinin loş ışığında geriye doğru çekildim. "Nereye?" diye sordum şaşkınlıkla.

"Annenlerin yanına dön."

"Yoksa beni yanında istemiyor musun?" dedim sitemkâr bir şekilde.

"Seni hiç istemez olur muyum güzel yüzlüm. Seni tabii ki yanımda istiyorum. Ama sana da bir şey olmasından korkuyorum. Biliyorsun, bugünlerde ortalık fena karışık. Her gün sokakta onlarca masum insan ölüyor. Kahvehaneleri otomatik silahlarla tarıyorlar. Evleri basıyorlar."

"Öyleyse birkaç güne kadar giderim," dedim cılız bir sesle. "Sana yük olmam."

Saçlarımı okşadı. "Bana yük değilsin ki," dedi ağlarken. "Bu evde bana cansın. Eskiden senin için de çok korkuyordum."

"Neden?" diye sordum meraklı meraklı.

"Gâvur bir adamla evleneceğini düşündükçe, ödüm patlıyordu."

Güldüm. Anneannemi yanağından öptüm. "Neden böyle düşündün ki?"

"Maşallah çok güzel bir kızsın. Seni boş bırakmazlar. Şam Müslüman bir memleket. Orada seni isteyen biri olursa hemen evlen."

"Ben evlenmeyeceğim ki," dedim. "Londra'ya dönüp üniversite okuyacağım."

"Londra'yı aklından çıkar kızım. Babanı biraz olsun tanıyorsam, seni oraya göndermeyecek."

Anneannem o anda bütün hayallerimi gecenin sessiz karanlığına gömmüştü. Şimdi geriye dönüp baktığımda, meğerse ne kadar da haklıymış. Babamı benden daha iyi tanıyormuş.

***

Kim güldü. "Anneannenin sözünü ettiği gâvur biz mi oluyoruz?"

Bir an bile kuşku duymaksızın, "Sen anneanneme bakma. O biraz eski kafalıydı. Bunda alınacak bir şey yok," dedim.

"Dalga geçiyorum," dedi Kim. "Alındığım falan yok. Ama deminden beri kafama takılan bir şey var."

"Ne?"

"Kırk yıl düşünsem, senin bir âşığın olacağı hiç aklıma gelmezdi."

Kim'in sözleri karşısında şaşkına döndüm. "Âşığım mı? Bunu da nereden çıkardın?"

Kim afalladı. "Şaka mı yapıyorsun? Amer'den bahsediyorum. Amer âşığın değil mi?"

"Evet, âşığım."

"Eee," dedi Kim. "O zaman seninle daha neyi tartışıyoruz ki? Evlisin ve aynı zamanda başka bir erkeğe âşıksın."

Soluğumu tuttum. "Ben hayatım boyunca asla sadakatsiz kadınlardan biri olmadım. Ben Amer'e can veren kadınım. O benim oğlum," dedim bir çırpıda.

"Oğlun mu?" dedi şaşkınlıkla.

"Evet oğlum. Ahmak kuş bir avcıdan kuş sesi duyar da ona doğru nasıl uçarsa, ben de Amer'in çaldırdığı her telefona iki elim kanda bile olsa bakarım. Onun her sesi kulağımdaki geçmişin pasını siliyor, yüreğimdeki özlem ateşini söndürüyor. Seninle sabahtan beri konuşurken, o arar diye telefonu kapalı tutmuyorum."

Kim üzüntüyle, "Senden nasıl özür dileyeceğimi bilemiyorum," diye mırıldandı.

O esnada gök gürledi. Şimşekler peş peşe çaktı. Yağmur sicim gibi yağmaya başladı. "Üzülme," dedim. "Kalbimi kırmış değilsin. Bütün suç benim. Ta başından beri Amer'in oğlum olduğunu sana söylemeliydim."

"Şu anda nerede?"

"Şam'da."

"Şam'da mı? Ne işi var orada?"

"Orada yaşıyor."

"Gerçekten mi?"

"Evet," dedim ve sonra da gözlerimin önünde beliren anılarımı tekrar anlatmaya koyuldum.

***

İstanbul'dan Şam'a döndükten sonra, kardeşim Mesut'un gideceği İngiliz Okulu'nda yardımcı öğretmen olarak işe başladım. İngiliz Okulu tatildeydi ama İngilizce bilmeyen yabancı diplomatların çocuklarına şimdiden İngilizce, yaşça büyük olan öğrencilere de matematik dersleri veriyordum.

Yine bir akşamüstü işten eve döndüm. Salondaki bej rengi koltuğun üzerinde, genç bir kızı otururken buldum. Kulakları küpeli, temiz giyimli, çekici mi çekici güzel bir Arap kızıydı. Kız beni karşısında görür görmez afalladı. Hemen ayağa kalktı. O anda dikkat ettim. Nefis bir makyajla açık tenini koyulaştırmıştı. Bana elini uzattı. "Merhaba," dedi.

"Merhaba," dedim usulca elini sıkarken.

"Ev sahibimizin kızı," dedi annem. "Seninle tanışmaya gelmiş."

"Lütfen otur," dedim. "Ayakta kalma."

Kız yerine oturdu. "Benim adım Rima," dedi.

"Ben de Piruze. Tanıştığımıza memnun oldum."

Ortamın havası biraz donuktu. Bu donuk havayı dağıtmak istedim. "Eee," dedim. "Ne iş yapıyorsun Rima? Çalışıyor musun?"

Kız hafiften silkindi. Üzerindeki ruhsuz toprağı attı. "Çalışmıyorum," dedi.

"Yoksa öğrenci misin?"

"Liseyi yeni bitirdim. İnşallah üniversiteye gideceğim."

"Ne kadar güzel," dedim. "Burada üniversite var mı?"

Annem bana sert sert baktı. Kızla dalga geçtiğimi anlamıştı. "Şam'da üniversite neden olmasın kızım?" dedi. "Burası da kocaman bir şehir."

"Anneniz çok haklı," dedi. "Burada Şam Üniversitesi var. O üniversitenin de bir sürü bölümleri var."

"Öyle mi?" dedim cılız bir sesle.

"Şey," dedi çekinerek. "Senin için sakıncası yoksa ben seninle arkadaş olmak istiyorum."

"Oluruz," dedim gülerek. "Neden olmasın?"

Rima heyecanlanmıştı. Yerinden doğruldu. Beni öpeceği yerde, yanlışlıkla annemi öptü. "Sağ ol," dedi heyecandan titreyerek. "Böylece İngilizcemi geliştirebileceğim."

Bu açık sözlülüğü karşısında ona hayran kalmıştım. "Sana İngilizce bildiğimi kim söyledi?" dedim.

Rima tuhaf tuhaf yüzüme baktı. "Şimdi İngilizce konuşuyoruz ya," dedi. "Bir de seni İngiliz Okulu'nda çok samimi bir arkadaşım görmüş."

Yüzüm kızardı. "Haklısın," dedim. "İngilizce konuştuğumuzu bir an için unuttum. Ayrıca merak ettim. Beni okulda gören samimi arkadaşın da kimmiş? Onu tanıyor muyum?"

"Henüz tanışmadın onunla. Ama o da seninle çok tanışmak istiyor."

Gülümsedim. "Yoksa o da mı İngilizcesini geliştirmek istiyor?"

Rima'ya hemen kanım kaynamıştı doğrusu. Çok saf bir kıza benziyordu. "Hayır," dedi uzun kirpiklerini kırparak. "Onun İngilizcesi çok çok iyi. Yarın akşam iş çıkışı ona uğrayalım mı? Bizi evlerine davet etti."

Anneme baktım. "Gidebilirsin kızım," dedi. "Ben babandan izin alırım."

Ertesi gün, akşam yediye doğru Rima çıkageldi. Evden birlikte çıktık. Evin önünde siyah Mercedes bir araba bekliyordu. Şoför bizi görür görmez koştu. Kapıyı açtı. Arabaya bindik. "Gideceğimiz yer buraya uzak mı?" diye sordum.

"Çok değil. On dakika bile sürmez."

Bir süre gittikten sonra araba durdu. Şoför aşağı indi. Kapıları açtı. Dışarı çıktığımızda burnuma çok hoş kokular geliyordu. "Havadaki kokuyu sen de alıyor musun?" dedim.

Rima güldü. "Şam yasemin kokar," dedi. "Burada çok fazla yasemin ağacı var."

Etrafa şöyle bir göz gezdirdim. O sırada bir polis koşarak yanımıza geldi. Arapça bir şeyler söyledi. Ama konuşulanların tek bir kelimesini bile anlamıyordum. Rima polisle bir şeyler konuştu. Sonra da saray gibi bir evin bahçe kapısı açıldı. Etrafa bakındım. Çevrede yoğun güvenlik önlemleri alınmıştı. Neredeyse kuş uçurtmuyorlardı. Şaşkınlığım büsbütün artmıştı. "Nereye geldik böyle?" dedim. "Bu polisler de neyin nesi oluyor?"

Rima koluma girdi. "Pardon," dedi. "Sana söylemeyi unuttum. Birazdan tanışacağın arkadaşımın babası çok önemli bir devlet adamıdır."

"Arkadaşının babası ne iş yapıyor?"

"Dışişleri bakanı."

Bakan kızıyla tanışacağım aklımın ucundan bile geçmemişti doğrusu. "Birazdan tanışacağın arkadaşımın adı Mira'dır," dedi Rima. "Babasının adı da Abdul Halim Khaddam'dır."

Büyük demir kapıdan içeri girdik. Gördüğüm manzara karşısında âdeta dilim tutuldu. İlk kez bir saray görüyordum. Saray sanki cennetten bir köşe gibiydi. Bahçede rengârenk çiçekler açmıştı. Kuyruğunu yelpaze şeklinde açmış tavus kuşları etrafta dolaşıyordu. O sırada bir kız koşarak bize doğru geldi. Rima'nın boynuna sarıldı. "Hoş geldiniz," dedi.

Rima kızı öptü. "Seni Piruze'yle tanıştırayım," dedi.

Elimi uzattım. "Ben Piruze," dedim. "Sizinle tanıştığıma çok memnun oldum."

Kız çok güzeldi. Onun da gözleri tıpkı benimki gibi yemyeşil, saçları sapsarıydı. Elimi sıktı. Eğilip yanağımdan öptü. "Ben de Mira," dedi. "Demek İstanbullusun."

"Evet."

"Geçen gün seni ilk defa İngiliz Okulu'nda gördüm."

"Rima biraz bahsetmişti bundan."

"Aslında İngiliz Okulu, Şam'daki yabancı diplomatların çocukları için kurulmuş bir yer. Ama Suriye'de devlet kademesinde üst düzey görev yapan Şamlılar da, çocuklarını oraya gönderebiliyorlar. Küçük erkek kardeşim de, o okulda İngilizce öğreniyor."

"Öyle mi?" dedim şaşkınlıkla.

"Evet."

"Ne kadar güzel! Kardeşinin ismi ne? Belki benim öğrencimdir."

Mira başını 'hayır' anlamında salladı. "Bu sabah ona sordum. Seni tanımadığını söyledi; ama seninle devamlı karşılaşıyormuş. Adı Abeer Khaddam."

Kısa bir süre düşündüm. "Hayır," dedim. "Ben de onu tanımıyorum."

"Ama," dedi Mira gülerek. "Onun İngilizce öğretmeni olmadığına çok üzülmüş."

"Neden?"

"Laf aramızda," dedi gözleri parıldayarak. "Sana âşık olmuş. Seni çok güzel buluyormuş."

O anda ne söyleyeceğimi bilemedim. Yanaklarım kızarmaya başladı. "Ama sana karşı hiç şansı yok," dedi gülerek. "Çünkü yaştan kaybediyor."

Gülümsedim. "Kardeşin kaç yaşında?"

"Henüz on yaşında. İsterseniz şimdi içeri girelim. Seninle tanışmak için can atıyor."

"Neden olmasın?" dedim gülerek. "Küçük hayranımı daha fazla bekletmek istemem."

O akşamdan sonra Rima, Mira ve ben çok samimi arkadaş olduk. Artık Şam'da iki farklı çevre edinmiştim. Bir grup arkadaşım ülkedeki yabancı diplomatların, bir grup da Şam'ın en zengin ailelerinin çocuklarıydı.

***

"Böylece beni unuttun," dedi Kim sitemkâr bir ses tonuyla. "Yeni arkadaşların yüzünden mi bana mektup yazmadın?"

"Hiç öyle şey olur mu Kim? Sana her hafta mektup yazdım. Ama senden bir cevap alamadım. Hâlbuki o bunalımlı dönemlerimde senin desteğine o kadar çok ihtiyacım vardı ki."

"Ben de sana mektuplar yazdım."

"İnan bana gönderdiğin mektupların hiçbiri elime geçmedi. Sana telefonla ulaşmaya çalıştım. Telefon numaranız da değişmişti."

"Siz Türkiye'ye döndükten kısa bir süre sonra, oturduğumuz evden taşındık. Sana yeni taşındığımız evin adresini bile yazmıştım."

"Mektupları hangi adrese gönderiyordun?"

"İstanbul'daki adrese."

"İstanbul'daki adrese mi?"

"Evet. Uzunca bir süre sana mektup gönderdim. Senden bir cevap alamayınca da, sana yazmayı kestim. İstersen sizinkilere bir sor bakalım."

"Anneannem çoktan öldü," dedim. "Belki bir ara dayıma sorabilirim. Biz Londra'dan Ankara'ya döndük. O zamanlar hayatımda ne Şam, ne de Şamlılar vardı."

"Boş ver," dedi Kim. "Artık olan olmuş. Zamanı geri getiremeyiz. Hâlâ şoktayım. Senin anne olduğuna bir türlü inanamıyorum. Amer kime benziyor?"

"Bana," dedim gözlerim dolarken. "Tıpkı bana benziyor."

"Yoksa sen ağlıyor musun?" diye sordu Kim.

O anda freni boşalan damperli kamyon gibiydim. Dışarıda bardaktan boşalırcasına yağan yağmur gibi gözyaşlarım yanaklarıma damlıyordu. "En acı olan şey ne, biliyor musun Kim?" dedim iç çekerken.

Kim elinde tuttuğu kâğıt mendili uzattı bana. "Al, gözyaşlarını sil," dedi.

Mendili aldım. Yanaklarıma düşen gözyaşlarımı sildim. "En acısı..." dedim ve sustum.

Kim yerinden kalktı. Odaya girdi. Elinde bir bardak suyla geri döndü. "Al iç," dedi. "Belki biraz açılırsın."

Sudan bir yudum aldım. Kim o anda bana üzgün gözlerle bakıyordu. "En acısı..." dedim ve yine sustum.

Hüngür hüngür ağlıyordum. Kim arkama geçti. Bana sarılarak yanaklarını yanaklarıma dokundurdu. "İstersen kendini daha fazla zorlama," dedi. "Kendini hazır hissettiğinde anlatırsın."

Bütün vücudum gerilmiş, boğazım kurumuştu. Ağzımdan tıslamayı andıran kısa, kesik sesler dökülüyordu. Alnımdan terler akıyor, tırnaklarım etime batıyordu sanki. "Derin bir soluk al," dedi Kim, kireç gibi bembeyaz olmuş suratıyla.

O anda bedenim sarsıldı. Tir tir titremeye başladım.

"Sana neler oluyor böyle?" diye söylendi.

Kim'e baktım. Yüzü acıyla kasılmıştı. "Birazdan geçer," dedim boğuk bir ses tonuyla. "Kusura bakma. Zaman zaman böyle oluyorum işte."

"Doktora gittin mi hiç?"

"Benimki psikolojik," dedim. "Birkaç defa psikoloğa gittim."

"Ne dedi peki?"

"Çok ağır bir travma yaşadığımı söyledi. Ben de adama gülüp çıktım."

"Neden?"

"Ağır bir travma geçirdiğimi ben de biliyordum. O gün bana bir sürü saçma sapan şeyler söyledi. Benim dermanımın onun elinde olmadığını çok iyi biliyordum Kim. Bana derman olacak şeyi de çok iyi biliyordum. Sana az önce onu anlatmaya çalışıyordum. Şu dünyada en acı olan şey, bir annenin öz evlatlarından yoksun bir şekilde hayat sürdürmeye çalışmasıdır. Aslında ben bundan yaklaşık yirmi iki yıl önce öldüm. Şimdi sen bakma şu halime. Yeni yeni diriliyorum."

"Söylediklerinden hiçbir şey anlamıyorum," dedi Kim. "Yoksa Amer'den ayrı mıydınız?"

Başımı 'evet' anlamında salladım. "Bir tek Amer'den ayrı değildim."

"Nasıl yani?" dedi şaşkınlıkla. "Ayrı kaldığın biri daha mı vardı?"

"İmad'tan da ayrıydım."

"İmad da kim?"

"İkinci oğlum."

"Bir oğlun daha mı vardı?"

"Bir de en küçükleri var."

"Ne?" dedi Kim oturduğu sandalyeden havaya zıplarken.

"Onun da adı Rami."

Kim'in neredeyse dili tutulmuştu. "Aman Tanrım! Bu... Bu... Bu korkunç bir şey. İnan bana sana ne diyeceğimi bilemiyorum. Onca zaman çocuklarından ayrı mı yaşadın?"

Kim'e baktım. Koltuğun üzerine ağır bir demir hurdası gibi yığılıp kaldı. Gözyaşları solgun yüzünü yıkıyordu. "Şimdi sana bir annenin dramını anlatacağım," dedim ve sonra kaldığım yerden devam ettim.

EVLİLİK TEKLİFİ

Birkaç hafta içinde Rima'yla sıkı fıkı dost olmuştum. Rima gittiği her yere beni de götürüyordu. Yine bir akşamüstü, birlikte, bir doğum günü partisine gittik. Onu ilk defa orada gördüm ve görür görmez âşık oldum.

O akşam partiden eve döndüğümde, o gece bayram sabahını bekleyen çocuklar gibi gözüme uyku girmedi. Günümün nasıl geçtiğini de anlamadım. Akşama kadar iş yerinde onu düşünüyor, onu hayal ediyordum.

Akşamüstü işten eve dönerken, yolda Rima'yla karşılaştım. Kolumdan tutup beni bir kenara çekti. "Gel şöyle," dedi heyecanlı heyacanlı. "Seninle biraz ayaküstü laflayalım."

"Hayrola," dedim. "Bir şey mi var?"

Rima bana baktı. Manalı manalı gülümsedi. "Çok şey var," dedi.

"Ne gibi?" dedim şaşkınlıkla.

"İlk önce soruma cevap ver: Dün akşamki doğum günü partisini beğendin mi?"

"Bence çok güzel eğlendik. Her şey mükemmeldi."

Muzip bir ifade, o sevecen yüzüne yayıldı. "Pekâlâ," dedi. "Wassim'i nasıl buldun?"

"N'oldu ki?" dedim kızararak. "Neden soruyorsun?"

Eliyle hafifçe omzuma vurdu. Kıkırdayarak güldü. "Sana âşık olmuş," dedi bir çırpıda.

"Âşık mı?" dedim yüreğim küt küt atarken.

"Evet. Bugün seni bana sordu. Seni görür görmez yıldırım aşkına tutulmuş."

O anda eşsiz bir mutluluk, sevinç ve neşe içime doldu. Bu durumu Rima'ya pek belli etmemeye çalıştım. "Vay terbiyesiz adam," dedim.

Rima şaşkın şaşkın baktı. "Terbiyesiz mi dedin sen?"

Sevinçten ne söylediğimin farkında bile değildim. "Öyle söylemek istememiştim," dedim heyecanlı heyecanlı. "İnsan tanımadığı birine nasıl âşık olur ki? Beni daha tanımıyor bile." Rima mutluluktan parıldayan gözlerime baktı. Dudağını dişledi. "Anlaşıldı," dedi. "Sen de ona âşık olmuşsun."

Bir anda panik oldum. "Âşık olduğumu da nereden çıkardın? Ben ona âşık maşık değilim," dedim boncuk boncuk terlerken.

"Öyle olsun," dedi Rima alaycı bir ses tonuyla. "Yarın akşam bir parti daha var. Gelmek ister misin?"

"Bilmem," dedim.

"Wassim de gelecek," dedi gülerek.

"Bana ne ondan," dedim yüreğim çarparak. "Sen gelmemi istiyor musun?"

"Evet."

"O zaman anlaştık," dedim. "Yalnız bizimkilerden izni koparmak yine sana düşüyor."

"Sen o işi bana bırak," dedi Rima.

Ertesi gün akşamüstü, Rima'yla birlikte, Şam'ın en zengin ailelerinden birisinin muhteşem konaklarında verdiği partiye gittik. Yerleri ve duvarları baştan başa seçme halılarla döşenmiş olan bu konak, içinde yüzlerce meyve ağacı ve çeşit çeşit çiçekler bulunan bir bahçeye bakıyordu. Konağın her bir köşesi temizlenmiş ve yeni boyanmıştı. Avlusunda kocaman bir mermer havuz vardı. Havuzun yanına kurulmuş olan ipek döşemeli sedirlere, partiye erken gelenler oturmuş, nargilelerini fokurdatarak içiyorlardı.

Ben heyecan içinde onu görmeyi beklerken, göz alıcı taşlarla süslenmiş kıyafetiyle biri yanımıza çıkageldi. O kadar zarif giyinmiş, o kadar süslenmişti ki, onu neredeyse tanıyamadım. Bana gülümsedi. "N'aber Piruze?" dedi.

Ona dikkatlice baktım. "Kusura bakma Mira," dedim. "Seni tanıyamadım. Ne kadar hoş olmuşsun böyle. Ayrıca elbisen de çok yakışmış."

"Aynı Binbir Gece Masalları'ndaki cariyeler gibisin," dedi Rima gülerek.

Mira kahkahayı bastı. "Cariye mi?" diye sordu. "O zaman bu gece hükümdarımı aramaya çıkıyorum kızlar. Allah aşkına hiç kimse tutmasın beni."

Hepimiz katıla katıla gülüyorduk ki, "Durun," dedi Rima. "Piruze'nin hükümdarı geliyor."

Onu gördüğüm zaman heyecandan oracıkta düşüp bayılıverecektim. Gülümseyerek yanımıza geldi. Herkesle tokalaştı. Benimle tokalaşmayı en sona saklamıştı. Elini uzattı. Eli alev alev yanıyordu. Tıpkı benim o anda yanan yüreğim gibi. Kumral saçlarına limon suyu sürmüştü. Ela gözlerini bana dikti. Gözleri ışıl ışıl parıldıyordu. Gözlerinin derinliklerinde kaybolmuştum sanki. "Merhaba," dedi buğulu bir ses tonuyla.

Çevremizdekiler gülüşüyorlardı. "Seni ilk gördüğüm o andan beri aklımdan hiç çıkmıyorsun," dedi açık sözlülükle.

Ben ay gibi tutulmuştum âdeta. Ne söyleyeceğimi bilemiyordum. Benim bu tutuk halimi gören Rima araya girdi. "Kızcağızı utandırma Wassim," dedi. "Herkesin içinde bu tarz sözler söylenir mi hiç?"

"Bu gece aşkımı herkese haykırıyorum," dedi Wassim. "Bütün Şam duysun."

Wassim'in bu sözlerini duyan herkes kıkırdayarak gülüyordu. Mira dudak büktü. "Ayol," dedi. "Belki kız sana âşık değildir. Sana âşık olan başka birileri vardır."

O anda bütün başlar bana çevrildi. Herkes meraklı meraklı bakıyordu. Buz gibi bir rüzgâr sanki yüzümü yalayıp geçti. Donup kaldım. Ne söyleyeceğimi kestiremedim. Rima'yla göz göze geldik. "Allah aşkına kızcağızın daha fazla üstüne gitmeyin," dedi ve sonra da beni çekip oradan uzaklaştırdı.

Rima yardımıma hızır gibi yetişmişti. "Sana canımı versem azdır Rima," dedim iç çekerek. "Az önce çok zor bir durumda kaldım. Ne söyleyeceğimi bilemedim. Wassim hep böyle açık sözlü müdür?"

"O daha çok şakacı birisidir. Duygularını belli etmede de o kadar cimridir. Nasıl böyle açık sözlü biri oldu, ben de şaşırdım."

O sırada bir ses duyduk: "Yemekler hazır. Herkes sofraya otursun."

Senin de az çok tahmin edebileceğin gibi Kim, Wassim karşıma geçip oturdu. Bana bakıp güldü. "Yine mi sen?" dedim kızgınlıkla.

"Bugünlerde iştahım pek yok da," dedi.

"Neden?" diye sordum saf saf.

"İştahsızlığımın nedeni sensin," dedi gülerek.

Yarım saat içinde masada ne varsa hepsini silip süpürdü. Onun yemekleri iştahlı iştahlı yemesine bakıyordum. "Hani senin iştahın yoktu?" dedim.

Peçeteyle ağzını sildi. "İştahımı benden alan güzel, bu akşam karşımda oturmuş, iştahımı bana geri veriyor," dedi tatlı tatlı gülümseyerek.

Herkes bir anda gülüşmeye başladı. Masanın diğer ucunda oturan biri İngilizce bağırdı: "Sen şimdi bize bir aşk şiiri de okursun Wassim."

Wassim ayağa kalktı. Boğazını temizledi. Suyundan bir yudum aldı. Bana baktı. "Bu sözler senin için güzel dilberim," dedi ve arkasından şöyle mırıldandı:

Ayrılık bir rüzgâr eser de geçer
Bu hasret, bu özlem gün gelir de biter
Yeniden birleşir ayrılan eller
Sevgilim bir gün kavuşuruz kısmet olursa
Varsın umutlarım kalsın yarına
Sevgilim sen de her şeyi bırak zamana
Derler ki dağ dağa kavuşmaz, insan insana kavuşur
Kısmetse biz de kavuşuruz çok yakın bir zamanda.

Masadakiler Wassim'i çılgınca alkışlıyordu. O anda gözlerim yaşla, yüreğim ise onun aşkıyla dolup taştı. Yanımda oturan Rima ayağıma bastı. Eğilip kulağıma şu sözleri fısıldadı: "Bu aşkı karşılıksız bırakma."

O akşam yedik, içtik ve bol bol dans ettik. Bir ara müziğin gürültüsünden konuştuklarımızı neredeyse hiç duyamıyorduk. Bağırarak konuşmaktan boğazım şişmişti. Wassim kısa bir ara ortadan kayboldu. Geri döndüğünde elinde kırmızı karton kâğıtlar vardı. "Bu da ne?" diye sordum.

"Şimdi görürsün," dedi ve karton kâğıtları rulo yaptı. Rulo yaptığı karton kâğıdı kulağıma dayadı. "Sesim geliyor mu?" diye sordu gülerek.

Karton kâğıdı elinden çektim. Kulağına dayadım. "Benim sesim geliyor mu?" dedim bağırarak.

Parmağını kulağına soktu, kaşıdı. "Beni güzelliğinle kör etmiştin zaten, şimdi de sesinle sağır ettin," dedi kahkaha atarak.

Elimdeki kartonla kafasına vurdum. "Seni maymun," dedim. "İnsanı hep böyle güldürür müsün? Akşam yemekte okuduğun şiir kimindi?"

"Sözleri bana aitti," dedi gülerek. "Ama güftesinin kime ait olduğunu inan ben de bilmiyorum."

"İyi düşün," dedim. "Bana yalan söyleme."

"Pekâlâ," dedi. "Binbir Gece Masalları kitabından arakladım. Ama bazı kısımları da bendenize aittir."

"Uydurdun yani?"

Bana güzel güzel baktı. Dudağını büzdü. "Evet," dedi.

"Güzeldi," dedim başımı omzuna yaslarken. "Senden bir ricam var."

"Ne ricası?"

"Beni eve kadar bırakabilir misin?"

Bana dik dik baktı. "Şimdi mi? Saat daha çok erken."

"Anneme erkenden döneceğime dair söz verdim. Yoksa babam beni bir daha parti martiye göndermez."

Ayağa fırladı. "Öyleyse gidelim," dedi. "Seni bir daha görmemeye dayanamam."

Ertesi sabah erkenden uyandım. Başım ağrıdan çatlayacak gibiydi. Mutfağa gittim. Ağrı kesici aramaya başladım. O esnada babam mutfağa girdi. "Sabah sabah ne arıyorsun?" diye sordu.

"Ağrı kesici."

"Bir yerin mi ağrıyor?"

"Başım."

Çekmeceyi açtı. Bana ağrı kesiciyi uzattı. "Al," dedi.

İlacı biraz suyla yuttum. "Bugün pazar," dedim. "Sen niye erkencisin baba? Uyusaydın ya."

"Uyku tutmadı kızım. Dün akşam yine rakıyı fazla kaçırmışım. Meret sabaha kadar susatıp durdu beni."

"Sen de o kadar içmeseydin baba."

"Sen şimdi boş ver beni. Annen sana güzel haberi verdi mi?"

"Ne haberi?" dedim heyecanla.

"Tayinim Macaristan'a çıktı. İki haftaya kadar buradan ayrılıyoruz."

Bu sözler karşısında düşüp bayılacak gibi oldum. Kanım bedenimden çekilmişti sanki. Yüzüm sararıp soldu. "Sen iyi misin kızım?" dedi babam.

"Macaristan da nereden çıktı baba? Tayin döneminde değiliz ki. Daha yeni tayin olmadın mı buraya?"

O anda babamın gözlerinde bir şimşek çaktı. "Sen ne söylediğinin farkında mısın kızım? Her Allah'ın günü ağlayan, buradan gitmek istediğini söyleyen sen değil miydin? Ben mi yanlış hatırlıyorum? Her gün sizin zırlamanızı dinleyeceğime, ben de tayinimi istedim."

Âdeta şok içindeydim. Odama koştum. Hüngür hüngür ağlamaya başladım. Öğlene doğru Rima'yı aradım. Acilen bize gelmesini söyledim. Rima hiç zaman kaybetmeden geldi. Odama çekildik. "N'oldu?" diye sordu.

"Şam'dan ayrılıyoruz," dedim sinirimden ağlarken.

"Ne?" dedi şaşkınlıkla. "Ayrılıyor musunuz?"

"Evet."

"Nereye gidiyorsunuz?"

"Macaristan'a."

"Neden? Bir şey mi oldu? Daha geleli kaç ay oldu ki?"

"Hiç sorma. Annemle Şam'a bir türlü alışamamıştık. Geldiğimiz günden beri ikimiz de mutsuzduk. Buradan gitmek için sürekli babamın başının etini yiyip durduk. Adamcağız da ne yapsın. Baktı ki olmuyor. Ankara'yla yazışmış. Ailevi nedenleri sebep göstererek, başka bir ülkeye tayin istemiş."

"Babanın tayin istediğinden senin haberin yok muydu?"

"Yoktu."

"Eee," dedi Rima. "Şimdi sorun ne? Buradan gitmeyi sen istiyormuşsun."

"Sorun şu," dedim ağlarken. "Ben Wassim'e âşık oldum."

Rima'nın eli yüzünde kaldı. "Hay Allah," dedi. "Şimdi n'olacak?"

Umutsuz gözlerle ona baktım. "Bilmiyorum," dedim iç çekerek. "Şimdi ne olacağını bilmiyorum."

"Babanla konuşsan."

"Ne konuşacağım?"

"Şam'a artık alıştığını, buradan gitmek istemediğini falan filan söylesen işte"

"Olmaz. Pek mantıklı değil."

"Neden?"

"Kısa bir zaman öncesine kadar buradan gitmek için gözyaşları döküyordum. Kısa zamanda ne değiştiğini sormaz mı? Babama burada birine âşık olduğumu nasıl söyleyebilirim?"

Rima dudağını dişledi. "Hay aksi şeytan," dedi. "Wassim de bu haberi duyduğunda çok üzülecek."

"Ona bu haberi bir an önce vermeliyim. Bugün bir buluşma ayarlayabilir misin? Boş yere umutlanmasın garibim."

Birkaç saat sonra Wassim'le baş başaydık. Elinde kırmızı güller vardı. Güllerin yaprağına da küçük bir zarf iliştirmişti. Gülü masanın üzerine koydum. "Wassim," dedim.

"Az önce kalbimi kırdın," dedi. "Sana yazdığım notu okumayacak mısın?"

Küçük zarfı açtım. İçinden notu çıkardım. "Sesli oku," dedi.

"Pekâlâ," dedim ve sonra da başladım okumaya:

Gözümün yaşı durmaz akar
Sevgilim karşımda durmuş bakar
Ey sevgilim ne olursun ağlama
Herkes dönmüş bize bakar

"Şiirimi beğendin mi?" dedi Wassim gülerek.

Bir anda hıçkırarak ağlamaya başladım. "Neden ağlıyorsun?" dedi ağlamama şaşırarak. "Yoksa sana yazdığım şiiri beğenmedin mi?"

"Bugün Rima sana bir şey söyledi mi?"

"Hayır," dedi. "Bana bir şey mi söylemesi gerekiyordu?"

Belli ki Rima gerçekleri söylemeye cesaret edememişti. Kötü haberi benim vermemi istemişti. Gözyaşlarımı sildim. "Şam'dan ayrılıyoruz," dedim buğulu bir sesle.

Alt üst oldu. "Nereye?" dedi afallayarak.

"Macaristan'a."

Wassim'in göz kapakları sonuna kadar açıldı. Gözbebekleri büyüdü. "Ne?" dedi. "Macaristan'a mı? Ne işiniz var orada?"

"Babamın tayini çıktı."

"Bu kadar çabuk mu?"

"Ben çabuklaştırdım," dedim ağlamaya devam ederek.

"Sen mi? Nasıl?"

"Şam'daki hayata başından beri alışamadım. Burada yaşamak için bir nedenim yoktu. Bu şehir birkaç gün öncesine kadar bana çok car. sıkıcı geliyordu. Ama şimdi her şey bir anda değişti."

Elini elimin üzerine koydu. "Biliyor musun?" dedi.

"Neyi?"

"Bu gece gökyüzünde mehtap var."

"Eee," dedim. "Mehtaptan bana ne?"

"O mehtaba gitsen bile, senin peşini asla bırakmam. Senin kaderin bana yazılmış. Bana bir-iki gün müsaade et. Elbet bir yol bulacağım."

İki gün sonra Wassim okula geldi. Onun hakkında bildiğim tek şey, Reno 5 marka mavi renkli spor bir arabasının olduğuydu. "Hayrola," dedim. "Seni hangi rüzgâr attı buraya?"

"İşin bitti mi?"

"Birazdan bitiyor."

"Seninle konuşacaklarım var."

"Öyleyse on dakika beklemen gerekecek."

"Ölene kadar da olsa beklerim seni," dedi gülerek.

Ona tatlı tatlı gülümsedim. On dakika sonra dışarı çıktığımda, arabasına yaslanmış sigara içiyordu.

"Hadi, şimdi bin," dedi.

"Nereye gidiyoruz? Çok fazla vaktim yok. Bavullarımızı toplamaya başladık."

"Hem biraz gezer, hem de laflarız."

Arabaya bindim. Gaza bastı. "Beni iki gündür hiç arayıp sormadın," dedim sitemkâr dolu bir ses tonuyla.

"Doğru. Seni aramadım," dedi.

"Neden? Benden çabucak vaz mı geçtin?"

Aniden frene bastı. "Benimle evlenir misin?" dedi bir çırpıda.

O anda alt üst oldum. Elimi tuttu. Elleri titriyordu. Gözlerinden yaşlar boşanmıştı. Bir damla gözyaşı elimin üzerine düştü. Tenimi yaktı. Yüreğimi acıttı. Elimin tersiyle yanaklarına akan gözyaşlarını sildim. Oracıkta hiç düşünmeden ona, "Evet," dedim.

SEVİM TEYZE

Wassim o gün beni eve bıraktı. Konuyu derhal anneme açtım, annem de alelacele babama. Babamın fena halde canı sıkıldı. Öfkesinden titriyordu. Bunu gören annem, "Üzülme Abdullah," dedi. "Bu işin elbet bir çaresi vardır."

"Sus be aptal kadın," dedi babam hiddetle bağırarak. "Bunlar hep senin yüzünden oldu. Her akşam bu kızı o partiye, bu partiye gönderirsen olacağı buydu."

"Keşke göndermeseydim," dedi annem. "Allah benim cezamı versin. Ben nereden bilebilirdim ki, bu kızın gidip Arap bir oğlana âşık olacağını."

O esnada içli içli ağlıyordum. "Karşımdan yıkıl," dedi babam. "Gözüm görmesin seni."

"Onu seviyorum. Onunla evleneceğim," dedim gözlerimi yere dikmiş bakarken.

Bu sözlerime fena halde üzülen babam, "Bak kızım," dedi. "Bir baba olarak ben senin asla kötülüğünü istemem.

Sen güzel olduğun kadar akıllısın da. Sen burada yaşayamazsın. Bu çocukla evlenirsen, kendine çok yazık edersin. Tabii ki ben de günü geldiğinde senin evlenip barklanmanı isterim. Ama buradaki birisiyle değil. Anlıyor musun beni?"

Ne söyleyeceğimi şaşırmıştım. İçimi çektim. "Ben onsuz bir gün bile yaşayamam," dedim. "Kısa zamanda burada yaşamayı öğrenirim. Benim kaderim ona yazılmış."

Babam sözlerim karşısında şaşkına döndü. Sonra kendini toparlayarak, "Bütün bunlar senin suçun kadın," dedi kızgınlıkla anneme. "Bu kızı iyi yetiştiremedin."

Annemin altta kalmaya hiç de niyeti yoktu. "Sen şimdi beni mi suçluyorsun? Suçla bakalım, suçla. Hemen kolayını buldun. Bu kızın anası bensem, babası da sensin. Şayet onu İngiltere'ye gönderseydin, bunların hiçbiri başımıza gelmezdi. Dilimde tüy bitti. Bu kızı gönder de oralarda üniversite okusun diye. Ama beni dinleyen kim. Her zamanki gibi bildiğini okudun."

Bu sözleri işiten babam hemen ayağa kalktı. "Ne haliniz varsa görün," dedi. "İkiniz de gözüme görünmeyin. Karşımdan yıkılın."

Babamın bu hareketini gören annem kaşlarını çattı. "Kaç," dedi. "Kaçmak çözüm olsaydı, sorunlar kendiliğinden çözülürdü."

Babam evin kapısını çarparak çıktı. Annemle baş başa kaldık. "Kızım," dedi annem. "Bu çocuk neyin nesi, kimin fesidir?"

"Adı Wassim," dedim. "Soyadı da Tabba."

"Ne iş yapıyor?"

"Babasıyla birlikte çalışıyor."

"Babası ne iş yapıyor?"

Bir anda allak bullak oldum. O anda anladım ki, Wassim'e dair hiçbir şey bilmiyordum. "Bilmiyorum," dedim açık sözlülüğümle.

Bu sefer allak bullak olma sırası annemdeydi. "Ne?" dedi şaşkınlıkla. "Evlenmek istediğin çocuğun ne iş yaptığını bilmiyor musun?"

"Evet."

"Kaç yaşında oğlan?"

O esnada yine şu gerçeği anladım ki; aşk doğası gereği bir körlüktü. Ben de kör olmuştum. Belki de o günlerde içine düştüğüm boşluğu aşkla doldurmaya çalışıyordum. Evlenmek istediğim adamın yaşını bile henüz bilmiyordum. Acınacak bir durumdaydım. "Yirmi beş yaşında," diye yalan söyledim.

"Bu çocukla ne zaman tanıştın?"

"Bir hafta önce."

Yaşamında tek bir aşkı tanımıştı annem: Babamın aşkını. Başka hiç kimseyi sevmedi. Tümüyle babama bağlıydı. Babam onu başka bir kadınla aldattığında bile nefretini sineye çekmişti. Nefretine rağmen yine de yaşamının tek erkeği babamdı. Hayatına babamdan başka bir erkek sokmadı. Wassim'e körü körüne âşık olduğumu anlamıştı. O gün çaresizlikten onun karşısında ağlarken, başka da bir soru sormadı. "Geç oldu," dedi. "Hadi, yatalım şimdi. Yarın konuşuruz."

Ertesi gün, akşamüstü, aniden Sevim Teyze çıkageldi. Babam evde yoktu. Belli ki Sevim Teyze'yi benimle konuşması için babam göndermişti. O da yıllar önce evlenip Şam'a gelin gelmişti.

İlk önce kahveler içildi. Havadan sudan konuşmalar yapıldı. En sonunda da söz dönüp dolaşıp benim evlilik mevzuma geldi. Bir anda yüzüm asıldı. Bunun farkına varan Sevim Teyze güler yüzle, "Ne o Piruze?" dedi. "Yüzünden düşen bin parça."

Gözlerim yaşararak, "Beni anlamak istemiyorlar Sevim Teyze," dedim.

"Kim?"

"Kim olacak? Bizimkiler."

"Onlar bu düşüncelerinde haksızlar mı sence?"

"Bence önyargılılar."

"Sence biraz önyargılı olmaları doğal değil mi? Ne de olsa bizler bu memleketin yabancısı sayılırız."

"İkimiz de birbirimize layık gençleriz," diye mırıldandım.

Sevim Teyze gülümsedi. "Buna hiç kuşkum yok. Oğlanın adı neydi?"

"Wassim."

"Kaderde varsa olur kızım. Biliyorsun, kaderden kaçılmaz."

Şaşkınlıktan gözlerim fal taşı gibi açıldı. "Yani," dedim heyecanla. "Siz benim onunla evlenmek istememe hoşgörüyle mi bakıyorsunuz? Ben de sizi şey zannetmiştim..."

"Ne?"

"Buraya beni evlenme isteğimden vazgeçirmeye geldiğinizi sanmıştım."

"Ne haddime," dedi Sevim Teyze. "Ben buraya seni kararından vazgeçirmek düşüncesiyle gelmedim. Ben sana birtakım gerçekleri anlatmak için geldim."

Şaşkınlığım büsbütün artmıştı. "Sizi dinliyorum," dedim. "Bana hangi gerçekleri anlatacaksınız?"

Sevim Teyze biraz duraksadıktan sonra, "Bak güzel kızım," dedi tatlılıkla. "Yıllar önce evlendim. İstanbul'dan Şam'a gelin geldim. Anne oldum. İki oğlan çocuğu dünyaya getirdim. Oğlanlar eşek kadar oldular. Şimdi Amerika'da yaşıyorlar. Şunu bil ki, yıllar geçmesine rağmen bu ülkede hâlâ bir yabancı gibiyim. Bir gün aniden, buradaki insanlarla aynı dili konuşmadığımın farkına vardım. Burada her şeyin yalan bir dünyadan ibaret olduğunu gördüm. Beni durmadan dışladılar. Bu durum bende bir korku yarattı. Bir daha da onların aralarına katılamadım. Tek başıma kaldım; acı duymaya başladım. Ne onların içine karışabildim; ne onlara alışabildim; ne de onlara meydan okuyabildim. En sonunda da mutsuz bir kadın olup çıktım. Buradaki Arapların söyledikleri sözlere kesinlikle inanma. Şamlılar insana çok şey vaat ederler ama vaatlerinin hiçbirini yerine getirmezler. İşin en kötüsü ne biliyor musun?"

"Hayır."

"Bir Şamlıyla evliysen, kendine ait bir yuvan olmaz."

"Nasıl?"

"Şöyle ki: Burada, babalar çok mütehakkim insanlardır. Erkek çocukları evlenip baba da olsalar, babalarının sözlerinden dışarı asla çıkmazlar. Burada erkek çocukları babalarının ellerinde birer kukladan ibarettir."

Anneme baktım. Yüzü bir ölünün yüzü gibi bembeyaz kesmişti. Gözlerinden iki damla yaş süzüldü. "Şayet bu oğlanla evlenirsen, havada bir yuva kurmuş olursun," dedi Sevim Teyze.

"Siz o zaman neden evlendiniz?" diye sordum kendimce bir çıkış yolu ararken.

"Bana bu gerçekleri anlatan hiç kimse olmadı. Bu gerçeklerden habersiz evlendim."

"Sizde mi âşıktınız?"

Sevim Teyze kuru kuru gülümsedi. "Ne aşkı kızım? Kocamı gerdek gecesinden bir- iki gün önce gördüm."

"Ama benim durumum sizinkinden çok farklı. Biz birbirimizi seviyoruz."

Annem bana bağırdı. "Sus," dedi. "Bu ne biçim bir sevgi? Daha oğlanın ne iş yaptığını bile bilmiyorsun."

Sevim Teyze eliyle anneme 'sus' işareti yaptı. "Bak kızım," dedi. "Bir fincan kahvenizi içtim. Biz artık dost sayılırız. Benden sana zarar gelmez. Kulağını dört aç, beni iyi dinle. Çünkü bundan sonrası artık senin bileceğin bir iş. Sen nasıl bir karar verirsen ver, bize çok fazla söz düşmeyecek. Anlaştık mı?"

Başımı 'evet' anlamında salladım. "İyi," dedi. "Şamlıların içyüzünü sana biraz daha anlatayım: İstanbul'dan Şam'a gelin geldim. İstanbul kızı olduğum için ilk başlarda benimle gurur duyuyorlardı. İstanbul'dan kız aldıkları için de çevrelerindeki herkese hava atıyorlardı. Ben de onların bu davranışlarından dolayı kendimi bir halt zannettim. Meğerse her şey bir yalandan ibaretmiş. Kayınpederim despot bir adamdı. Kocam da az önce bahsettiğim gibi, babasının sözünden dışarı asla çıkmazdı. Babasının bir dediğini iki etmezdi. Bilmem; acaba kayınvalidemi de anlatsam mı sana? Ben ömür billâh böyle bir kadın görmedim. Beni devamlı kocasına ve babasına fitilliyordu. Babası tam tamına yüz yedi yaşındaydı. Adı da Ciddo'ydu. Belki bana inanmayacaksın ama, adamı o yaşta evlendirdiler. Hem de on dört yaşında bir Nusayri kızıyla."

"On dört yaşında bir kızla mı?"

"Evet. Peki sen, Nusayrilerin kim olduğunu biliyor musun?"

Dudağımı büzdüm. "Hayır," dedim.

"Nusayrilerin Arap halklarıyla etnik köken ve dini inanç bakımından ilgileri pek bulunmamaktadır. Seneler seneler evvel, Lazkiye şehrinin Kırdaha köyünden, Şam'a çok küçük yaşta Nusayri kızları getirilirmiş."

"Neden?"

"On, on bir yaşlarındaki bu kız çocukları ev işlerinde hizmetçi olarak çalıştırılırmış."

"Bu kızların aileleri yok mu peki?"

"Var, ama birçoğunun ailesi fakir. Aslında Nusayri erkekleri çok kuvvetli ve sert yapılıdırlar. Taşı sıksalar suyunu çıkarırlar. Ama gel gör ki parasızlık bellerini bükmüş. Yüreklerini dağlamış. Tek umutları da o küçücük kız çocukları."

"Yaşı küçük bu kızlardan beklentileri ne peki?"

"Arap erkeklerinin birçoğu kadınlara düşkün olur. Günün birinde bu kızlar, çocuk bir yaşta gebe kalır."

"Gebe mi kalıyorlar?" dedim şaşkınlıkla. "Kim tarafından?"

Sevim Teyze acı acı güldü. "Kim tarafından olacak kızım?" dedi. "Tabii ki o evin erkekleri tarafından."

Bir anda tüylerim diken diken oldu. "Ya sonra? Bu kızlara ne oluyor?"

"Çoğu o yaşta anne oluyor."

"Ya evin hanımı, o bu işe ne diyor?"

"Hangi evin hanımı? Burada bir evin tek bir hanımı olmaz. Burada şeriat kuralları geçerlidir. Bir erkek isterse dört kadınla evlenebilir."

Annem az kalsın baygınlık geçiriyordu. "Nasıl yani?" dedi.

"Bir silah ruhsatı düşünün," dedi Sevim Teyze. "Aldığın her yeni silahı nasıl ki o ruhsata işlettiriyorsan, burada da aldığın her kadını evlilik cüzdanına kaydettiriyorsun."

"Vay başımıza gelenler," dedi annem sinirli sinirli. "Bu yaştan sonra bunlara da mı şahit olacaktık?"

"Dahası var," dedi Sevim Teyze.

Annem gözlerini fal taşı gibi açmış, Sevim Teyze'ye bakıyordu. "Dahası mı var?" diye sordu âdeta soluğunu tutarak.

"Evet. Burada herkes birbirini gammazlar."

"Kime karşı?" dedi annem.

"Muhaberatlara."

"Kim onlar?"

"Suriye İstihbarat Servisi'nin adamları. Hepsi de Hafez al-Assad'ın köpekleridir. Bunların sayıları epeycedir. Şam'da her on kişiye bir muhaberat düşer. Bunlara karşı son derece dikkatli olmak gerekiyor. Unutmayın, bu ülkede demokrasi yoktur. Arap'ın ayak oyunları vardır."

"Şu dediğin adam, burada çok güçlü biri mi?" dedi annem. "Abdullah bu konuları bizimle pek konuşmaz da."

"Hafez al-Assad mı?"

"Evet."

"Bu ülkede her şey onundur. Dağ, taş bile. Aslında o da bir Nusayrili. Bir zamanlar Baas Partisi'nin askeri kanadında çok önemli görevler üstlendi. 13 Kasım 1970'te kansız bir darbeyle iktidarı ele geçirdi. 1971 senesi, mart ayında yapılan halkoylamasıyla da devlet başkanı seçildi."

Annem içini çekti. "Demek burada siz de çok mutsuzsunuz, öyle mi?" dedi.

"Hem de nasıl. Kayınpederim ve kayınvalidem bana bir gün olsun göz açtırmazlar. Çok bağnazdırlar. Başımı örtmeye kalktılar. Ben de mecbur kalıp örtündüm."

"Ama şimdi başınız açık," dedim.

Gülümsedi. "Artık başım açık olsa ne olacak kızım? Koçam çoktan öldü. Bunlar ömrümü yiyip bitirdiler. Gençliğimi çaldılar. Onlarla her kavga ettiğimde, İstanbul'a kaçıp geldim. Ama her defasında da babam yüzünden geri dönmek zorunda kaldım. Ailem bana arka çıkmış olsaydı, belki de hayatımı çoktan kurtarmıştım."

"Kayınvalideniz çok mu kötü birisiydi?" diye sordu annem.

"Vallahi genelde herkes kaynanasından çok çeker. Fakat ben daha çok kayınpederimden çektim. Bana kaynanalığı o yaptı. Oğluna çok düşkündü. Onun bir işte çalışmasına asla müsaade etmezdi. Cebine parayı koyar, elini hiçbir işe sürdürtmezdi. Babanın oğluna olan bu düşkünlüğü ne yazık ki benim hayatımı mahvetti. Kayınpederimin üç tane kızı vardı. Ama onlar, bana göre daha serbest bir hayat yaşıyorlardı. Onlar sokağa çıktıkları zaman, çoraplarını ve başörtülerini çıkarıp bahçedeki saksıların arasına gizliyorlardı. Eve döndüklerinde de çoraplarını ve başörtülerini sakladıkları yerden çıkarıp tekrar örtünüyorlardı. Tam manasıyla esir bir hayat yaşadım. Hiç nazlı bir gelin olamadım."

Annem bana baktı. "Kulağını aç da iyi dinle," dedi. "Belki aklın başına gelir."

Ne yazık ki aklım başıma gelmedi. İki gün sonra beni bir tanecik oğullarına istemeye geldiler.

DÜĞÜN

"Demek en sonunda muradına erdin," dedi Kim.

Acı acı güldüm. "Aşktan kör olmuş birine nasihat vermek, sarhoş birinin eline kılıç vermeye benzer. Ben aşk sarhoşluğu içindeyken, Sevim Teyze o gün yanlış bir insana akıl veriyordu. Hâlbuki o zamanlar benim mayam bir kere bozulmaya yüz tutmuş ve ben ekşimeye başlamıştım."

"Gözü karaymışsın," dedi Kim. "O genç yaşta büyük bir iş sergilemişsin."

"Ama ne iş?" dedim burun kıvırarak. "Ben meğerse deliliğe âşıkmışım. Bu delilik de beni gerçeklerden uzaklaştırdı. Şu dünyada tek suçum, masumane bir şekilde, bir erkeğe âşık olmaktı. Bugün bile hâlâ bunun bedelini ödüyorum."

Kim acı acı gülümsedi. "Seni çok iyi anlıyorum," dedi. "Aşk önce birleştirir, sonra ayırır. Yoksa başka nasıl büyürdük ki."

"Biliyor musun Kim?" diye sordum. "Erkeklerin en çok sevdiği kadınlar, fahişe ruhlu olanlarmış. Hâlbuki biz, bizi en çok yaralayan kişiyi sevmek için yaratılmışız. Erkeklerin asıl sevdikleri kadınlar, hep öteki âşıkları olmuştur. Belki bu yüzden çok fazla yara aldım. Bir erkeğin çocuklarının anası olabiliyorsun ama o erkeğin hiçbir zaman gerçek âşığı olamıyorsun."

"Haklısın. Bana öyle geliyor ki, günümüzün en büyük düş kırıklığı aşk. Biz kadınlar her nedense çöp yerine konulmaya alışığız."

Sinirlerim boşalmıştı. Bir anda katıla katıla gülmeye başladım. "N'oldu?" dedi Kim şaşkınlıkla. "Neden gülüyorsun?"

"Kusura bakma," dedim. "Şimdi aklıma gelince sinirlerim bozuldu. Evliliğimizin ilk günlerinde, Wassim beni hep 'aşk böceğim' diye çağırıyordu. Şimdi senin şu söylediklerinden sonra daha iyi anlıyorum ki, meğerse ben onun çöp torbasıymışım."

"Sonra ne oldu?" dedi Kim meraklı meraklı.

Kim'e baktım. "Ne zamanki aşk kışkırtıcı değil de ürkütücü bir hale dönüştü, ben de o günden sonra elem biriktirmeye başladım."

Kim düşünceli bir şekilde, "Anlatsana," dedi. "Sonra n'oldu?"

Başımı gökyüzüne çevirdim. Neredeyse akşam olmak üzereydi. Kim'in isteği üzerine hikâyeme devam ettim.

***

Wassim'in babası Nadeem, Allah'ın emri, peygamberin kavliyle beni oğullarına istedikten sonra, "Mademki Allah'ın takdiri böyle, varsın olsun," dedi babam iç çekerek. "Kadere ne yazık ki karşı konulmuyor. Ben de kızımı oğlunuza verdim, gitti."

O anda babama baktım. Düş kırıklığı yüzünden okunuyordu. Körün kuyuya düşmesine şaşılmaz; asıl şaşılacak şey, yol bilen kişinin düşmesidir. Benden çok babam bu kuyuya bile bile gidip düşmüştü. O akşam içi kan ağlayarak beni onlara gelin verdi. O günden sonra ise buruk bir sevinç yüreğime oturdu.

Ertesi gün öğle üzeri, Wassim aniden evimize çıkageldi. Babam çoktan işe gitmişti. Mesut ise okuldaydı. Annem Wassim'e dönerek, "Dün akşam hiç konuşamadık oğlum," dedi. "Kaç yaşındasın?"

"Yirmi sekiz."

Annem pis pis baktı bana. "Demek yirmi sekiz yaşındasın. Ben de seni yirmi beş yaşında zannediyordum. İngilizceyi de pek bir güzel konuşuyorsun. Nerede öğrendin?"

"İngiltere'de," dedi. "İki yıl orada, babamın yanında kaldım."

Annemin merakı büsbütün artmıştı. "Yoksa baban Şam'da yaşamıyor mu?"

"Hayır," dedi Wassim. "Babam Londra'da yaşıyor."

Annem dudağını büzdü. "Kadere bak," dedi. "Biz de Londra'da uzunca bir süre kaldık. Baban orada ne iş yapıyor?"

"Babam, bazı Kuveytli işadamlarıyla birlikte çalışıyor. Onların Londra'daki işlerini takip ediyor. Ayrıca Londra'da bir antika mağazası var."

"Peki sen ne iş yapıyorsun oğlum?"

"Ben de babamın işlerine yardımcı oluyorum."

"Kaç kardeşsiniz?"

"Dört erkek, bir kız. İki tane de üvey erkek kardeşim var."

Annem neredeyse baygınlık geçirecekti. "Ne?" dedi şaşkınlıkla. "Baban başka bir kadınla daha mı evli?"

"Lübnanlı birisiyle evliydi. Ama biz o kadınla pek görüşmüyorduk."

"Demek öyle," dedi annem şaşkın şaşkın. "Arap erkekleri hep kadınlara düşkün mü olur?"

Annemin sormuş olduğu bu soru, aslında bir tuzaktı. Wassim sorunun tuzak olduğundan habersiz bir şekilde, "Evet," dedi böbürlenerek.

Annemin yüzü asıldı. Wassim kırdığı potu çok geçmeden anlamıştı. "Aslında hepsi öyle değil," dedi durumu kurtarmaya çalışarak. "Bazıları öyle."

Wassim'e ekşimiş bir suratla baktım. Alelacele ayağa kalktı. "İzin verirseniz Piruze'yle biraz dışarı çıkabilir miyiz?" dedi.

Annem hâlâ kendine gelememişti. "Ne dedin?" diye sordu dalgın dalgın.

"Piruze'yle biraz dışarı çıkabilir miyiz? Düğün tarihini kararlaştıracağız."

Wassim'e şaşkınlıkla baktım. "Düğün tarihi mi?"

"Evet," dedi Wassim sakin sakin. "N'oldu ki?"

"Düğün için daha erken değil mi?" diye sordu annem.

"Dün gece babamla konuştum. O, düğünün bir an önce yapılmasını istiyor."

Annem boğuk bir ses tonuyla, "Siz bilirsiniz," dedi. "Bizler buranın adetlerine son derece yabancıyız. Biz size mecburen uyacağız."

Wassim giderayak, "Pardon efendim," dedi. "Macaristan işi ne olacak? Buradan hemen ayrılacak mısınız?"

Annem, "Sen o işi merak etme oğlum," dedi. "Herhâlde gitmeyeceğiz. Artık gitmek için bir nedenimiz yok, üstüne üstlük burada kalmak için bir nedenimiz var."

Annemin yanından ayrılıp dışarı çıktığımızda, Wassim'e çok sert çıkıştım. "Ne yaptın sen?" dedim hiddetli bir şekilde.

"Senden çok özür dilerim," dedi usulca. "Pot kırdığımı çok sonradan anladım. Ama anlamadığım şu: Annen neden beni tuzağa düşürdü?"

"Sana karşı dürüst olmamı istiyor musun?"

"Elbette."

"Bizimkiler size karşı biraz önyargılılar."

"Hangi konuda?"

"Şeriatla yönetilen bir rejiminiz var. Ve bu şeriat kanunları erkeklere dört kadın alma hakkını veriyor."

"Eee," dedi Wassim şaşkınlıkla. "N'olmuş yani?"

"Annemler korkuyor. Ya sen de benim üzerime gidip bir kuma getirirsen, o zaman ne olacak?"

Wassim katıla katıla gülmeye başladı. "Bütün endişeleri bu mu?"

"Bu endişeyi bir tek onlar taşımıyor. Ben de taşıyorum."

Eğilip yanağımdan öptü. "Sen çıldırdın mı?" dedi. "Senin üzerine başka bir gül koklar mıyım ben?"

Kısa bir süre düşündüm. "Baban neden annenin üzerine başka bir gül kokladı? Sen de o babanın oğlu değil misin?"

"Bunu babama sor," dedi gülerek. "Ben babamın oğluyum ama aynı kişi değilim."

Bu sözleri yüreğime biraz olsun su serpti. "Bana söz ver," dedim. "Benden başka hiçbir kadını hayatına sokmayacaksın."

"Söz," dedi heyecanlı heyecanlı. "Bunu, günü geldiğinde sana ispat edeceğim."

***

1980 yazıydı. O gün benim için çok büyük bir gündü. Aşk nihayetinde galip gelmiş, beni ve Wassim'i birbirimize bağlamıştı. Düğünüm iki gün iki gece sürdü. İlk gün sadece kadınlar vardı. Bu kadınların birçoğu da Kuveyt'ten gelmişlerdi. O ilk gün inanamayacağın kadar çok altın takılar takıldı bana. O kadar çok altın takıldı ki, bir süre sonra o takıların ağırlığı altında âdeta ezildim, yorgun düştüm.

İkinci gün düğünümde erkekler de vardı. Herkes çılgınca oynuyor, eğleniyordu. Nihayetinde gece olup düğün sona erdiğinde, odamıza çekildik. O anda Wassim'i görmeliydin. Mutluluğu yüzünden okunuyordu. Onun yüzüne yayılan mutluluğa gönülden inanarak peçemi kaldırdım, o anda sahibi bulunduğum bütün güzelliklerimi faydalanması için onun gözleri önüne serdim. Ne de olsa aşk söz konusu olunca, gizlilikten söz edilemezdi.

Ertesi gün gözlerimi açtığımda öğlen ezanı okunuyordu. Wassim'in sırtı bana dönüktü. "Uyuyor musun?" diye sordum cılız bir sesle.

Wassim kollarını iki yana açıp gerindi. "Şimdi senin güzel sesine uyandım," dedi.

"Sana bir şey sorabilir miyim?"

"Sor tabii ki."

"Sen ameliyat mı olmuşsun?"

Wassim yüzünü bana döndü. "Evet," dedi. "N'oldu ki?"

"Ne ameliyatı oldun? Keşke bana daha önce söyleseydin."

Wassim hafiften üzerine örttüğü pikeyi kaldırdı. Ameliyat yerine baktı. "On yedi yaşında testis kanserine yakalandım," dedi. "İlk önce Beyrut'ta, sonra da İsviçre'de ameliyat oldum."

Duyduğum bu sözler karşısında âdeta yıkılmıştım. "Şimdi nasılsın? Kanseri yenebildin mi bari?"

Yanağımdan öptü. "Merak etme," dedi. "Kanseri çoktan yendim."

İçimi bir anda huzur kapladı. "Hele şükür," dedim. "Yüreğim ağzıma geldi."

Wassim komik bir adamdı. "Ama bir şey var," dedi.

O anda yürek çarpıntısından elim ayağım boşaldı. "Yoksa kötü bir şey mi?"

Üzerime abandı. Beni öptü. "Tek testisim var."

"Eee," dedim. "Ne var bunda?"

"Sağlıklı bir erkekte, iki testisin olması gerekiyor," dedi. "Bende ise tek testis var."

"Bunun kötü tarafı ne?"

Kahkahayı bastı. "Kötü tarafı ne mi? Daha ne olsun aşkım. Bir tarafım her zaman daha ağır basıyor."

Elimle omzuna vurdum. "Çok kötü espriydi," dedim.

Bir anda yüzü asıldı. "Şaka bir yana," dedi. "Doktorlardan biri ileride çocuğumun olamayacağını söylemişti bana."

Yattığım yerden doğruldum. "Ne?" dedim şaşkınlıkla. "Sen az önce ne söyledin? Çocuğun olmayabilir miymiş?"

Wassim suskunluğa büründü. "Evet," dedi buğulu bir ses tonuyla. "Ne yazık ki böyle bir ihtimal varmış."

Ne diyeceğimi kestiremedim. Evliliğimin daha ilk gününde kötü bir sürprizle karşılaşmıştım. "Şaka yapmıyorsun değil mi?" diye sordum.

"Hayır. Yoksa bu gerçeği senden sakladığım için öfkelendin mi bana?"

Altüst olmuştum doğrusu. "Öfkelenmek mi?" dedim üzüntümü gizlemeye çalışarak. "Onu da nereden çıkardın? Allah nasip ederse elbet bir gün çocuğumuz olur."

Yataktan canı sıkkın bir şekilde kalktı. "Ben duş alacağım," dedi.

Wassim banyoya girdi. O sırada telefonun zili odanın içinde yankılandı. Ahizeyi kaldırıp kulağıma dayadım. "Efendim," dedim.

"Günaydın Meysun," dedi.

"Meysun mu?" dedim şaşkınlıkla. "Siz kimi aramıştınız?"

Telefonun diğer ucunda bir kahkaha koptu. "Benim güzel gelinim," dedi. "Ben kayınpederin Nadeem."

Ben de güldüm. "Kusura bakmayın," dedim. "Sizi tanıyamadım..."

Lafımı kesti. "Ben senin artık baban sayılırım. Senin için de bir sakıncası yoksa, bundan sonra bana baba demeni istiyorum."

Bir anda duraksadım. "Ne sakıncası olacak ki?" dedim. "Siz artık benim babam sayılırsınız."

"Güzel," dedi. "Ben de sana bundan sonra Meysun diyeceğim."

Şaşırmıştım. "Yoksa Piruze adını beğenmediniz mi?"

"Beğenmez olur muyum hiç? Ama benim içimden sana Meysun demek geliyor. Seni çok sevdim İstanbullu gelinim."

Güldüm. "Benim için hiçbir sakıncası yok," dedim. "İstediğiniz gibi hitap edebilirsiniz bana."

"Wassim nerede?"

"Banyoda."

"İyi," dedi kıs kıs gülerek. "Sana bir teklifim var kızım."

"Şey," dedim çekinerek. "Ne teklifi?"

"Daha önce Londra'da yaşamışsın, doğru mu?"

"Evet."

"Peki Londra'yı hiç özledin mi?"

"Tabii ki Londra'yı çok özledim. Âdeta burnumda tütüyor."

"Yarın sabah Londra'ya dönüyorum. Sizi de balayı için oraya götürmemi ister misin? Londra'da birkaç hafta kalırsınız."

"Gerçekten mi baba?" dedim heyecanımı gizlemeyerek. "Şaka yapmıyorsunuz, değil mi?"

"Teklifimde ciddiyim."

Bir anda suskunluğa büründüm. "Alo," dedi kayınpederim. "Orda mısın?"

"Şey," dedim. "Ben gelirim de Wassim bu işe ne der acaba?"

Kayınpederim kahkahayı bastı. "Sen onu düşünme," dedi. "Oğullarımın hükmü bana sökmez. Müsait olduğunuzda sizi eve bekliyorum. Çok geç kalmayın."

Telefonu kapattım. Wassim banyodan çıktı. "Kimdi o?" diye sordu.

"Arayan babandı."

"Babam mı? Ne diyor?"

"Yarın sabah bizi Londra'ya götürüyor."

Wassim'in şaşkınlığı yüzünden okunuyordu. "Londra mı? Londra da nereden çıktı şimdi?"

"Bilmem," dedim gülerek. "Birazdan babana sorarsın."

Londra'da tam iki hafta kaldık. Balayımız rüya gibi geçti. Wassim'i ilk kez orada tanıma fırsatı buldum. Benim üzerimde çok iyi bir etki bırakmıştı. Londra'da her sabah uyanıp ona baktıkça âdeta yüreğim genişliyor, içim ferahlıyordu.

BEBEK

Londra'dan Şam'a döneli tam bir buçuk ay olmuştu. O ay periyodum gecikmişti. Galiba hamileydim. İçimdeki bebek de henüz bir kum tanesi kadardı. Heyecandan neredeyse ölmek üzereydim. O gün büyük bir sabırsızlıkla Wassim'i bekledim.

Wassim akşamüstü eve geldi. Elinde renkli rulo kâğıtlar vardı. Bu rulo kâğıtlar, kırmızı kurdeleyle fiyonk şeklinde bağlanmıştı. Bana uzattı. "Al," dedi yanağımdan öperken. "Bunlar senin."

"Bunlar da ne?"

"Aç, kendin gör."

İlk önce sarı olanı açtım. Büyük harflerle 'SENİ SEVİYORUM' yazıyordu. Sonra kırmızı olanı açtım. Onda da büyük harflerle 'SENİ YİNE SEVİYORUM' yazıyordu. O anda yüzüme tatlı bir gülümseme yayıldı. Sonuncusunu açtım. "Yüksek sesle oku," dedi Wassim.

Ben de onun isteği üzerine yüksek sesle okudum:

Sen Şam işi gibisin
Sen hem zor hem güzelsin
Sen şiirlerimdeki sözler gibisin
Sen benim en tatlı sevgilimsin

O anda sıçrayıp boynuna sarıldım. Hüngür hüngür ağlamaya başladım. Parmaklarıyla yanağıma düşen gözyaşlarımı tek tek topladı. "Yine n'oldu?" dedi. "Vallahi de, billahi de, tallahi de bu sözleri ben sana yazdım. Senin aşkından hem deli divane oldum, hem de şair."

Elimi karnıma bastırdım. "Galiba hamileyim," dedim.

Wassim sözlerim karşısında dünyaya yeniden gelmiş gibiydi sanki. Bir anda çığlık attı. Sonra da bir çocuk gibi ağlamaya başladı. Karşımda diz çöktü. Ellerimi dudaklarına götürdü. Defalarca öptü. "Ama çok da emin değilim," dedim usul usul. "İstersen hemen heyecanlanma."

Ayağa kalktı. Eliyle gözyaşlarını sildi. "Ne demek şimdi bu?" dedi kızgın kızgın bakarken.

Kızgın bakışları karşısında korkmuştum. Ona bu haberi vermekle yanlış yaptığımı düşündüm. Kollarını boynuma doladı. "Aşkım," dedi. "Sen emin değilsen, biz de emin oluruz. Şimdi derhal bir hastaneye gidiyoruz."

Bu sözleri beni rahatlattı. Hemen giyindim. Dışarı çıktık. Eve çok yakın bir hastane vardı. Beni oraya götürdü. Kan testi yaptırdık. Sonra eve geri döndük. Bir süre sonra heyecandan yerinde duramamaya başladı. "Çıkıyorum," dedi heyecanlı heyecanlı.

"Nereye?"

"Hastaneye. Daha fazla bekleyemeyeceğim. Sonucu hemen öğrenmeliyim."

"Doktor telefonla haber verecek ya," dedim gülerek. "Bu acele de neyin nesi?"

"Olsun. Belki aramayı unutmuştur. Bir başka hasta gelmiştir. Onunla ilgileniyordur."

"Sen bilirsin," dedim. "İstersen çık."

"Yoo," dedi. "Öyle tek başıma gitmem. Sen de benimle geliyorsun."

"Ben neden geliyormuşum?"

"İstiyorum ki mutlu anlarımızda hep birbirimizin yanında olalım. Kulaklarımın duyacağı en mutlu haber, senin yanımdaki varlığınla daha da taçlanacaktır."

"Kes," dedim gülerek. "Senin kadar tatlı bir şey görmedim. Pekâlâ, ben de seninle geliyorum."

Hastanenin kapısından içeri girdiğimizde, doktor karşımızda durmuş bize bakıyordu. Wassim koşarak yanına gitti. "Eee," dedi heyecanlı heyecanlı. "Sonuçlar çıktı mı?"

"Az önce çıktı," dedi doktor gülerek.

"Ölümü görün, çabuk söyleyin. Karım hamile mi?"

"Evet, karınız bir aylık hamile."

Wassim şaşkın ördek gibiydi. Bana gülümseyerek baktı. Sonra da heyecandan düşüp bayılıverdi.

Ertesi gün, öğle üzeri kapı zili çaldı. Kapıyı açtım. Karşımda kayınpederim sırıtarak duruyordu. "Baba," dedim şaşkınlıkla. "Sizin ne işiniz var burada?"

Neşeyle gülümsedi. "Gel seni öpeyim," dedi. "Beni çok mutlu ettin Meysun."

Beni kendine doğru çekip öptü. "Hamile olduğunu duyar duymaz ilk uçağa atlayıp geldim. Wassim nerede?

"Az önce dışarı çıktı. Birazdan gelir. İçeri girmez misiniz?"

İçeri girdi. "Size hemen bir kahvaltı hazırlayayım."

Elimden tuttu. "Bırak kahvaltıyı," dedi. "Sen en iyisi bir kahve pişir. Şöyle karşılıklı oturup içelim."

Kahveleri pişirdim. "Buyurun," dedim. "Afiyet olsun."

Kahvesinden bir yudum aldı. Cebinden küçük bir kutu çıkardı. Bana uzattı. "Al, bu senin hediyen," dedi.

Yanaklarım kıpkırmızı oldu. "Nedir bu?" diye sordum utanarak.

"İstersen aç, kendin gör."

Kutuyu büyük bir heyecanla açtım. "İnanmıyorum," diye bir çığlık attım. "Bu... Bu çok güzel bir şey."

Heyecandan âdeta dilim tutulmuştu. "Parmağına tak bakalım, olacak mı?" dedi. Kocaman taşlı pırlanta yüzüğü parmağıma geçirdim. "Tam oldu," dedim.

Kayınpederim gülümsedi. "İnanabiliyor musun Meysun?" dedi. "Gecenin bir vakti arkadaşımı yatağından uyandırdım. Bu yüzüğü sana alabilmek için, kuyumcu dükkânını ona zorla açtırdım."

Yüzüğe baktım. "Ne gereği vardı baba?"

"Sana eli boş gelemezdim ya kızım. Bana şu dünyada duyup duyabileceğim en güzel haberi verdiniz dün gece. Baksana! Bu pırlanta yüzük bile senin ışıltının yanında sönük kaldı."

Yerimden kalktım. Kayınpederimin gidip elinden öptüm. O sırada kapı açıldı. Wassim içeri girdi. "Baba," dedi. "Senin ne işin var burada?"

Wassim'e koştum. Parmağıma taktığım pırlanta yüzüğü gösterdim. "Bak," dedim. "Bunu bana babam almış."

Wassim pırlanta yüzüğü inceledi. Başını salladı. "Vay be baba," dedi. "Paraya kıymışsın."

Kayınpederim ayağa kalktı. Kollarını omuzlarına kadar açtı. "Gel koçum," dedi. "Babana bir sarıl bakalım."

Wassim koştu, babasına sarıldı. Bir anda baba-oğul ağlamaya başladılar. Wassim babasının gözyaşlarını eliyle sildi. "Vay koca Nadeem," dedi. "Demek yakında dede oluyorsun."

Wassim ailenin ilk çocuğuydu. İkisi arasında inanılmaz bir ilişki vardı. Baba-oğul değil de sanki kardeştiler. Babası ceketinin iç cebinden bir paket çıkardı. "Bu da senin hediyen oğlum," dedi.

Wassim hediye paketini açtı. "Bir tane Rolex saatle beni kandıramazsın baba," dedi gülerek.

Kayınpederim kahkahayı bastı. "Erkek torunum doğsun, bakın o zaman neler alacağım size."

Wassim suskunluğa büründü. "Ya kız olursa baba?" diye sordu cılız bir sesle.

"Oğlan olacak," dedi babası gülerek. "Adını da Amer koyacağım."

O anda üzerimde korkunç bir baskı hissettim. "Allah'ın takdiri baba," dedim. "Kız da olabilir."

Kayınpederim bozuk bir plak gibiydi. "Oğlan olacak," dedi.

Wassim'le göz göze geldik. "Duydun babamı," dedi bir aslan gibi kükreyerek. "Amer'i doğurmaktan başka şansın yok."

"İstanbul'u hiç özlemedin mi kızım?" diye sordu ansızın kayınpederim şakayla karışık.

Wassim babasına baktı. "Ne o baba?" dedi. "Yoksa bu sefer de bizi İstanbul'a mı götürmeye niyetlisin?"

Kayınpederim bana baktı. "Gitmek ister misin?" diye sordu.

"Bilmem ki," dedim çekinerek.

"Tamam," dedi kayınpederim. "İki gün sonra İstanbul'a gidiyoruz. Benim de orada birtakım işlerim var. Hem Wassim de senin ülkeni görmüş olur."

Babam, kayınpederimle İstanbul'a gideceğimizi duyunca çılgına döndü. "Ne işiniz var İstanbul'da?" dedi. "Memlekette sağ sol çatışması patlak vermiş. İnsanlar sokaklarda birbirlerini vurup öldürüyorlar."

Son zamanlarda babama karşı hınçla doluydum. Evlendiğim gün bir tane çeyrek altın bile takmamıştı bana. Annem, kendi biriktirdiği parasıyla gelinliğimi diktirmişti. "Sen bana karışamazsın," dedim haykırarak. "Evlendiğim gün küçük bir takı bile takmadın bana. Beni herkesin içinde rezil rüsva ettin. İnsanlar günlerce arkamdan seni konuşup durdular."

Kurşun gibi ağır sözlerim karşısında babam sararıp soldu. "Bir Arap'la evlenmeni ben istemedim senden," dedi.

"Onlar seni istedi, sen de onları. Daha iyi ya işte. Ben sana bir şey takmadım, onlar taktı. Belki daha fazla mutlu olmuşsundur."

Annem aramıza girdi. "İkiniz de çocuk gibisiniz," dedi. "Tartışmayı kesin."

Parmağımdaki koca pırlanta yüzüğü babama uzattım. "Şuna bak," dedim. "Kayınpederim taktı. Hiç utanıyor musun?"

Bakışları titretti beni. "Karşımda çemkirip durma," dedi bağırarak.

"Sen de karşımda bağırıp durma," dedim. "Hangi hakla yaşamıma hükmetmeye kalkışıyorsun? Benim bir kocam, bir de baba yerine koyduğum kayınpederim var. Bana ancak onlar karışabilir."

Ne var ki o an içimdeki hınç, kasırgaya dönüşmüştü. Hamilelik beni son derece duygusal biri yapmıştı. Ağlamaya başladım. "Gördün mü?" dedi annem. "Hiç utanmıyor musun hamile kızı ağlatmaya?"

Babam yaygarayı basarak ayağa fırladı. "Ne haliniz varsa görün," dedi, sonra da çekip gitti.

***

İstanbul'a geleli henüz bir-iki gün olmuştu. 1980 yılının sonbaharında, bir sabah gün ışığı karanlık gökyüzünü usulca, kararlılıkla ağartırken, sokaktan sıra dışı sesler kulağıma gelmeye başladı. Wassim banyoda ellerini, yüzünü yıkıyordu. Anneannem çaydanlığı ocağa koymakla meşguldü. Hasan Dayım da odasındaydı. Oturma odasının perdesini azıcık aralayıp dışarıya baktım. Sokakta tanklar yürüyordu. Ağzım dilim kurudu. "Anneanne," diye bağırdım.

Anneannem yanıma koştu. Soluk soluğa kalmıştı. "Ne oldu kızım?" diye sordu. "Yoksa sana bir şey mi oldu?"

O sırada Hasan Dayım koşarak yanımıza geldi. "N'oldu kız?" dedi. "Bir şey mi oldu?"

Heyecandan dilim tutulmuştu. "Ta... Ta... Tanklar," dedim kekeleyerek.

"Ne tankı?" diye sordu dayım.

Perdeyi araladım. İşaret parmağımla sokağı gösterdim. Dayım koşarak pencerenin önüne geldi. Dışarı baktı. "Hayır, olamaz," dedi büyük bir panikle. "Herhâlde askeri darbe oldu."

Anneannem sokakta yürüyen tanklara baktı. Ellerini havaya kaldırdı. "Hele şükür Allah'ım," dedi ağlarken. "Asker geç de olsa başa geldi."

Dayım anneanneme pis pis baktı. "Manyak mısın sen be kadın?" dedi. "Askerin yönetime el koymasının neresi güzel?"

Wassim şaşkın şaşkın bize bakıp duruyordu. "N'oldu?" diye sordu.

"Galiba askeri darbe oldu."

"Ne?" dedi. "Askeri darbe mi oldu?"

"Evet."

"Susun," dedi dayım, sonra da gidip televizyonu açtı.

Hiç unutmam. Rahmetli anneannemin Grundig marka siyah-beyaz bir televizyonu vardı. O yıllarda şimdiki gibi bir sürü kanal da yoktu. Sadece devlet yayın organı TRT vardı. 12 Eylül askeri darbesinin mimarı Genelkurmay Başkanı Orgeneral Kenan Evren, Türk halkına televizyondan şöyle bir açıklamada bulunuyordu:

Aziz yurttaşlarım,

Bir defa daha belirtiyorum ki, silahlı kuvvetler aziz Türk milletinin hakkı olan refah ve mutluluğu, vatan ve milletin bütünlüğü ve gittikçe etkisi azaltılmaya çalışılan Atatürk ilkelerine yeniden güç ve işlevlik kazandırmak, kendi kendini kontrol edemeyen demokrasiyi sağlam temeller üzerine oturtmak, kaybolan devlet otoritesini yeniden tesis etmek üçün, yönetime el koymak zorunda kalmıştır.

Komutan, subay, astsubay ve erler olarak hepimiz; vatan ve milletin refah ve mutluluğu uğruna her şeyimizi, bu arada, hayatımızı dahi seve seve feda etmeye hazırız.

Memlekette her zaman bulunabilen ve özellikle son zamanlarda çokça olan kötü niyetli birçok kişi ve kuruluşlar sizlere yalanlar dizerek, bunun aksini söyleyebilecekler ve menfi propagandalara başvurabileceklerdir...

"Şimdi hapı yuttuk," dedi dayım.

"Helal olsun askere," dedi anneannem. "Allah askeri başımızdan eksik etmesin. Onların yokluğunu bize göstermesin."

Dayıma baktım. Sinirinden tırnaklarını yiyordu. "Şimdi ne olacak dayı?" dedim alaycı bir ses tonuyla. "Sizin yapacağınız devrim başka bir bahara kaldı."

"Git başımdan kız," dedi. "Şimdi seninle uğraşamam."

Wassim bana baktı. "Şimdi ne olacak?" diye sordu.

"Ne gibi?" dedim.

"Suriye'ye geri dönebilecek miyiz?"

Tam Wassim'e cevap vermek üzereydim ki, sokaktan yapılan bir anons evin içinde yankılandı. "Eyvah," dedim. "Şimdi ne yapacağız?"

"N'oldu?" dedi Wassim. "Dışarıdan gelen bu sesler de neyin nesi?"

"Sokağa çıkma yasağı ilan edildi," dedim. "Ne yazık ki Şam'a şimdilik dönemiyoruz."

Wassim ayağa fırladı. "Babam," dedi heyecanlı heyecanlı. "Onu unuttuk. Acaba otelde ne yapıyor?"

"Panik olma," dedim. "Şimdi telefon açar, ne yaptığını öğreniriz."

***

Aradan bir hafta geçti...

Şam caddeleri, sokakları çamur içindeydi. Ayakkabılar kayıyor, arabalar balçığa saplanıyordu. İncir yüklü eşekler ağır ağır, zahmetle ilerlerken, toynakları birikintilerden etrafa çamurlu su sıçratıyordu. "Memleketin haline bak," diye kendi kendime söylendim.

Wassim koluma girmişti. "Sus. Şikâyet etme," dedi gülerek. "Senin memleketini de gördük. Daha doğrusu askeri darbesini gördüm desem yeridir. Neredeyse bir hafta evden dışarı çıkamadık. İstanbul'u gezemeden, gerisin geri Şam'a döndük."

Kurşun rengi göğün altında, gölcüklere dalıp çıkan çocuklara baktım. "Velhasıl şanssız bir adamsın," dedim Wassim'e. "Bizim ülkede on yılda bir askeri darbe oluyor. O darbe de sana denk geldi. Hâlbuki babam İstanbul'a gitmememiz konusunda beni uyarmıştı. Belki de darbenin olacağını biliyordu."

Babamın adını duyunca, "Hıı, hıı," dedi Wassim isteksizce.

Babamla Wassim'in yıldızları bir türlü barışmamıştı. İkisi de birbirlerini pek sevmiyorlardı. Birbirlerine karşı sevgisiz olmalarında elbette benim de katkım yok değildi. Bu arada, Arapçayı yeni yeni öğreniyordum. Doğrusu en çok da Wassim'in annesine üzülüyordum. Kayınvalideme üzülmemin nedeni de, ben Arapça konuşamıyordum, o da İngilizce. El işaretleriyle anlaşmaya çalışıyorduk. Kayınvalidemin adı Afaf'dı. Ailede bir tek o esmer tenliydi. Şamlılar ve Lübnanlılar, Ortadoğulu Araplara tip olarak pek benzemiyorlardı. Bu iki milletin insanları genelde sarışın ve yeşil gözlülerdi. Tenleri de oldukça açıktı. Ben de tip olarak onlara daha çok benziyordum. Bu yüzden de beni kendi milletlerinden biriymişim gibi görüyorlardı.

Bir zamanlar Suriye, İngilizler ve Fransızların sömürgesi altındaymış. Daha sonraları İngilizler ile Fransızlar kendi içlerinde kavgaya tutuşmuşlar. Bunun üzerine Lübnan, yeni bir devlet olarak Suriye'den ayrılmış. İngilizler Suriye'yi, Fransızlar da Lübnan'ı sahiplenmişler.

Wassim'le Şam'ın sokaklarında turlarken, bir ara kolundan çektim. "Bana baksana," dedim. "Dikkatimi çekti.

Babanla anneni birbirleriye konuşurken hiç görmedim. Yoksa küsler mi?"

Wassim'in bir anda sesi gidiverdi. Bir süre durdu. Genzini temizledi. Sonra da, "İki yıldır birbirleriye konuşmuyorlar," dedi.

"Neden?"

Wassim yine sustu. "Pekâlâ," dedim tatlılıkla. "Bana bir şey açıklamak zorunda değilsin. Unut gitsin."

"Yoo," dedi. "Ailem hakkında bazı gerçekleri bilmek elbette senin de hakkın. Annem, babamın Lübnanlı bir kadınla evli olduğunu bilmiyordu. Üstüne üstlük babam, bu Lübnanlı kadından iki tane de çocuk yapmış."

"Üvey kardeşlerin neden annenle birlikte yaşıyor?"

"Bakma sen annemin öyle olduğuna. Benim annem aslında çok büyük bir kadın. Babamın Lübnanlı eşi iki yıl önce göğüs kanserinden öldü. Üvey kardeşlerim orada sahipsiz kaldı. Babam onları Lübnan'dan aldı, Şam'a getirdi. Onları bizlerle tanıştırdı. O gün hepimiz âdeta şok olduk. Sen de az çok tahmin edersin ki, annem daha çok şok olmuştu. Babam annemden üvey kardeşlerimize analık yapmasını istedi. Annem onlara analık yapmayı kabul etti fakat o günden sonra babamla bir daha hiç konuşmadı."

Tüylerim diken diken olmuştu. "Annen için ne kadar korkunç bir şey," dedim.

"Haklısın," dedi. "Fakat o çocukların da hiçbir suçu yok. Bazen onlara da acımıyor değilim. Neyse ki bir-iki hafta içinde Şam'dan ayrılıyorlar."

"Ayrılıyorlar mı? Nereye gidiyorlar?"

"İsviçre'de beyin cerrahı olan bir amcam yaşıyor. Babam üvey kardeşlerimi onun yanına gönderiyor. Hatta amcam şimdiden onlara yatılı bir okul bile buldu. Belki onlar için böylesi daha iyi olacak."

"Ya diğer kardeşlerin? Onlarla aran nasıl?"

"Şöyle geriye dönüp baktığımda, neredeyse hepimiz kocaman adamlar olduk. Kardeşlerim Aboude ve Maher, Londra'da üniversitede okuyacaklar. En küçüğümüz Mazen de babamın yanında çalışacak. Yani senin anlayacağın, Şam'da bir tek ben ve kız kardeşim Lina kalıyor."

"Lina da çok tatlı bir kız."

"Öyledir," dedi Wassim. "Hazır buraya kadar gelmişken, annemlere uğrasak mı acaba?"

Kayınvalidemin evine çok yakın bir mesafede oturuyorduk. Şam'ın en lüks caddesi üzerindeydi evlerimiz. Bu caddenin adı da Aburamaneh'ydi. Wassim'e baktım. "Neden olmasın?" dedim. "Hem ben de biraz soluklanmış olurum."

***

Günler günleri, aylar ayları kovaladı. Büyük gün en sonunda gelip çatmıştı. Amer, 1981 yılının Mayıs ayında, bir hastane odasında dünyaya gözlerini açtı.

İlk günler sudan çıkmış balık gibiydim. Amer'in ciyaklaması odanın içinde bir yükseliyor, bir alçalıyordu. Günlerimi daha çok emzirme, sallama, pışpışlama, gezdirme döngüleriyle evde tüketiyordum. Amer uyuduğu zaman bile, çitilenmeyi ve kaynar suyla dezenfekte edilmeyi bekleyen kirli alt bezleri vardı. Ayrıca yıkanıp asılacak tulumlar ve ev işleri. Sağ olsun! O dönem annemin desteğini hiç unutamam. Beni bir gün olsun yalnız bırakmadı. O da benim gibi çok yoruluyordu.

Bir akşamüstü Wassim eve geldi. Amer'i kucağına aldı. Onu öptü, kokladı. "Bak Wassim," dedim. "Tek başıma bu çocuğa yetişemiyorum. Annem de nereye kadar yardım edecek. O da çok yoruluyor. Eve bir hizmetçi almanı istiyorum."

Wassim o zamanlar bana deliler gibi âşıktı. Bu büyük aşkı, Amer dünyaya geldikten sonra kat be kat artmıştı. Bir söylediğimi iki etmiyordu.

Ertesi gün erkenden kapı zili çaldı. Annem kapıyı açtı. "Piruze," diye yüksek sesle bağırdı. "Kapıda bir kadın var. Baksana ne istiyor?"

O sırada telefon çaldı. "Bir dakika anne," dedim. "Hemen geliyorum."

Telefonun ahizesini kaldırdım. "Efendim," dedim.

"Günaydın kır çiçeğim," dedi Wassim.

Güldüm. "Oğlun yine sabaha kadar uyutmadı beni. Babasından değil ama oğlundan çok çekiyorum."

"Oğluma söz yok," dedi. "Ben ona kurban olurum. Eve gönderdiğim kadın geldi mi?"

"Hangi kadın?"

"Az önce eve hizmetçi bir kadın gönderdim."

Kısa bir süre düşündüm. "Aaa!" dedim. "Az önce bir kadın geldi. Daha görüşmedim onunla. Şu an kapıda beni bekliyor. Herhâlde o kadındır. Sen şimdi telefonu kapat. Ben kadına bakmaya gidiyorum."

Telefonu kapattım. Kapıya koştum. Genç ve çekik gözlü bir kadın, eşikte duruyordu. "İçeri girin lütfen," dedim Arapça konuşarak. "Dışarıda beklemeyin."

Kadın Nuh dedi peygamber demedi. Kadına baktım. "Arapça biliyor musun?" diye sordum.

Kadın manasız manasız baktı bana. Bu sefer kadına İngilizce seslenip, "Seninle nasıl anlaşacağız?" diye sordum.

Kadın gülümsedi. "İngilizce," dedi.

"Adın ne senin?"

"Marilyn."

Kadına oracıkta kanım kaynamıştı. Sıcakkanlı birine benziyordu. Elini uzattı, elimi sıktı. "Sri Lankalıyım," dedi.

Marilyn'in İngilizcesi neredeyse kusursuza yakındı. "Aksanın aynı İngilizler gibi," dedim. "İngilizce konuşmayı nerede öğrendin?"

"Lütfen bana Mari deyin," dedi. "Beni herkes böyle çağırıyor."

"Olur," dedim. "Benim için hiçbir sakıncası yok Mari."

"Ülkem," dedi. "Yüz yıl Portekiz, iki yüz yıl Hollanda ve en son olarak da yüz elli yıl İngiltere'nin sömürgesi altındaydı... Ben buradayım çünkü onlar benim ülkemi mahvettiler. Sömürdüler. Ülkemde ne iş var, ne de aş."

Katıla katıla gülmeye başladım. "N'oldu kızım?" diye sordu annem.

"Mari'nin haline gülüyorum," dedim.

Mari hayret dolu bakışlarla bana baktı. "Neden gülüyorsunuz?" diye sordu.

"Nasıl gülmeyeyim ki?" dedim. "Bir İngiliz sömürgesi olan ülkenden kaçıp buralara kadar gelmişsin. Bir zamanlar Şam da İngilizlerin sömürgesi altındaydı."

"Gerçekten öyle mi?" dedi Mari şaşkınlıkla. "Bu gerçeği bilmiyordum."

O sırada odadan ciyak ciyak ağlama sesleri duyuldu. "Amer uyandı," dedim panikle. "Ben hemen geliyorum."

Amer'in odasına girdim. Onu kucağıma aldım. Salona geri döndüm. Mari yanıma sokuldu. "Kucağıma alabilir miyim?" diye sordu.

Amer'i kucağına verdim. Parmağıyla çenesine dokundu. Amer'i bir süre sevdi. "Çok güzel bir çocuk," dedi. "Aynı size benziyor."

"Yok canım," dedim. "Babasına daha çok benziyor."

"Beyefendiyi henüz görmedim," dedi. "Şimdilik bir yorum yapamayacağım."

"Nasıl yani?" dedim şaşkınlıkla. "Seni buraya kocam göndermedi mi?"

"Beni Cemil Bey gönderdi. Cemil Bey'i tanıyor musunuz?"

Başımı 'hayır' anlamında salladım. "Onunla sadece bir kere düğünümde karşılaşmıştım."

"Galiba ikisi çok samimi arkadaşlar."

"Wassim ondan hep bahsedip duruyor. Ama öyle oturup genişçe sohbet etme imkânımız olmadı henüz. Sen Cemil Bey'le nasıl tanıştın?"

"Ben Cemil Bey'in ahbaplarının yanında çalışıyordum. Fakat o ahbapları Şam'dan ayrıldılar. Riyad'a yerleştiler.

Onlar da buradan ayrıldıklarında beni Cemil Bey'e emanet ettiler. Bana kefil oldular. Cemil Bey'den bana bir iş bulmasını rica ettiler."

"Ne zamandan beri Şam'dasın?"

"Henüz bir yıl olmadı."

"Ailen var mı?"

"İki kızım var."

"Kaç yaşındasın?"

"Otuz."

"Kızların nerede?"

"Memlekette."

"Kocan yok mu?"

"Onu boşadım."

"Neden?"

"Alkolik ve tembelin tekiydi. Ayrıca benim kazandığım paralarla, kötü kadınlardan kendisine dost tutmuştu."

O anda annemin gözleri yuvalarından fırlayacaktı sanki. "Nasıl yani?" diye sordu meraklı meraklı.

O anda kendimi tutamayıp gülmeye başladım. Yıllar önceki bir sahne gözlerimin önünden kısa bir film şeridi gibi geçti. Karısı tarafından aldatılan İngiliz müdürü hatırladım. Annemin ona meraklı meraklı sorduğu soruları... Benim annem böyle birisiydi işte. Değişmeye de hiç niyeti yoktu. "Anlatayım," dedi Mari. "Ben başka ülkelere çalışmaya gidiyorum. Buralarda kazandığım paraları deyim yerindeyse dişimden tırnağımdan artırıyor, biriktirdiğim bu paraları memlekete gönderiyordum. Kocam olacak aşağılık herif de, benim gönderdiğim bu paralarla, memlekette har vurup harman savuruyormuş. El âlemin karılarından kendisine dost tutmuş, bu paraları onlara yedirmiş. Tabii bu gerçekleri öğrenince deliye döndüm. Benim herifi anında kapının önüne koydum."

"İyi etmişsin kız," dedi annem heyecanla. "Zıkkımın kökünü yeseydi."

Anneme baktım. Ona kaş, göz işareti yaptım. "Ne var?" dedi annem.

"Ah, anne," dedim Türkçe konuşarak. "Vallahi âlem kadınsın. Şimdi bırak dedikodu yapmayı. Kadını gözün tuttu mu? Bakıcı olarak alalım mı?"

"Vallahi al," dedi annem çabuk çabuk. "İyi kadına benziyor. Hem baksana, konuşkan birine de benziyor. Evde canın sıkılmaz."

Anneme bakıp güldüm. "Tamam Mari," dedim. "Seni çok sevdim. İnşallah senden memnun kalırım."

"Bana bir hafta süre verin," dedi gülerek. "Şayet benden bu zaman içinde memnun kalmazsanız, kendim çekip giderim."

"Öyleyse anlaştık," dedim. "Aylık kaç para istiyorsun?"

"Sizinle para mevzularını konuşmamam tembihlendi. O kısmı beyefendi halledecekmiş."

"Pekâlâ," dedim. "Sana şimdi kalacağın yeri göstereyim. Ailemize hoş geldin Mari. Bundan sonra artık Amer senin de oğlun sayılır. Lütfen onu birlikte sevgiyle büyütelim, olur mu?"

ÖLÜM

"Ben çok acıktım," dedi Kim. "Ya sen?"

Daldığım düşlerin büyüsünden uyandım. Hemen bir sigara yaktım. Dumanı ciğerlerimden dışarı salarken kararan havaya baktım. "Ben de acıktım," dedim.

"Etli ekmek yer misin?"

Kim'e bakıp gülümsedim. "Sen etli ekmeği nereden biliyorsun?"

"Nasıl bilmem? Bizler Türkiye'nin zenginliklerini sizlerden daha iyi biliyoruz. Şimdi bana söyler misin? Acaba kaç milyon Türk, bu şehri, Mevlana'yı ziyarete gelmiştir?"

"Çok fazla Türk'ün buraya geldiğini sanmıyorum."

Kim gülümsedi. "Mevlana'yı bile biz yabancılara doğru dürüst tanıtamamışsınız. Şayet Ömer'le tanışmasaydım, ben de Mevlana'yı tanımayacaktım. Ömer'in bana şu dünyada en büyük hediyesi, Mevlana'dır."

"Haklısın," dedim. "Yemeği nerede yiyelim?"

"Bence yemeğimizi odamıza söyleyelim. Şimdi dışarı çıkıp da zaman kaybetmeyelim. Anlatacaklarını sabırsızlıkla bekliyorum."

"Dışarı çıkmak istemediğinden emin misin?"

"Eminim. Biz kadınları bilmez misin? Bir saate zor hazırlanırız."

O esnada cep telefonum çaldı. Arayan Enver'di. Sesi oldukça kötü geliyordu. "N'oldu canım?" dedim. "Sesin neden kötü çıkıyor? Bir şey mi oldu?"

"Hâkim davayı yine ileri bir tarihe erteledi," dedi boğuk bir sesle.

"Ne var bunda?"

"Artık bunaldım. Bu kaçıncı gelişim Antalya'ya. Bu davayı aldığım güne lanetler okuyorum."

"Sıkma canını," dedim. "Sen elinden geleni fazlasıyla yapıyorsun. Türk mahkemeleri böyle işte. Hâkimler ileri bir tarihe hep gün atıp dururlar. Bu yüzden de davalar üç seneden önce sonuçlanmaz."

"Lanet olsun," dedi. "Sen beni boş ver. Sen neler yapıyorsun?"

"Sen beni hiç merak etme. Çok eski bir arkadaşımla karşılaştım. Onunla saatlerdir oturmuş laflıyoruz."

"Kimle karşılaştın?"

"Kim'le."

"Kimle?"

"Kim'le."

Enver'in gülümsemesi kulaklarımda çınladı. "Aşkım," dedi. "Sözlerimi neden tekrarlıyorsun?"

Ben de gülmeye başladım. "Bak aşkım," dedim. "Senin sözlerini tekrarlamıyorum. Arkadaşımın adı Kim. Onunla ta İngiltere'den tanışıyoruz."

"Arkadaşının Konya'da ne işi var?"

"Uzun hikâye," dedim. "Buraya geldiğinde onunla tanışacaksın. Yarın saat kaçta geliyorsun?"

"Akşama doğru anca gelirim."

"O zaman yarın görüşürüz," dedim ve telefonu kapattım.

Kim yanıma geldi. "Telefonda konuştuğun için soramadım," dedi. "Sana ayran söyledim. Yoksa kola mı içmek isterdin?"

"Fark etmez," dedim. "Ne olsa içerim."

"Etli ekmeğin yanında ayran güzel gidiyor," dedi Kim. "Arayan kimdi?"

"Enver. Yarın akşama doğru geliyormuş. Biraz canı sıkkındı."

"Neden?"

"Sana söylemedim, değil mi? Enver bir avukat. Antalya'da bir davası vardı. Hâkim davayı yine ertelemiş. Onun da canı bu yüzden biraz sıkkındı."

"Ben de sana sormayı unuttum Piruze. Konya'da ne işin var?"

"Kapadokya'ya hiç gittin mi?"

Kim kısa bir süre düşündü. "Kapadokya mı? Hayır."

"Çok güzel bir yer. Mutlaka görmelisin. Bu bölge; altmış milyon yıl önce Erciyes, Hasandağı ve Güllüdağ'ın püskürttüğü lav ve küllerin oluşturduğu yumuşak tabakaların milyonlarca yıl boyunca yağmur ve rüzgâr tarafından aşındırılmasıyla ortaya çıkmış. Kapadokya bölgesi; başta Nevşehir olmak üzere Kırşehir, Niğde, Aksaray ve Kayseri illerine yayılmış bir bölgenin genel adıdır."

"İlginç," dedi Kim dudağını büzerek. "Yoksa Enver'le buraları mı ziyaret ettiniz?"

"Henüz ziyaret etmedik. Enver Antalya'ya gitmeden önce beni Konya'ya bıraktı. Ben de güya burada bir gün kalıp Mevlana'yı ziyaret edecektim. O da Antalya'daki işlerini bitirdikten sonra beni buradan alıp Kapadokya'ya götürecek. Bu yüzden Konya'dayım."

"İstanbul'a ne zaman dönüyorsunuz?"

"Hep birlikte döneceğiz ya. Sen de bizimle geliyorsun."

"Gelmesine gelirim de," dedi Kim. "Size yük olmak istemem. Belki kocan seninle baş başa kalmak istiyordur."

Kim'e gülümsedim. Elinden tuttum. "Benim kibar, düşünceli arkadaşım," dedim. "Senin bu yönünü her zaman takdir etmişimdir. Ama inan bana, Enver de seni tanıdığına çok mutlu olacak. Onu tanımanı istiyorum. O, dünyanın en tatlı erkeğidir."

Kim; hem insancıl, hem de içten birisiydi. Elimi sıktı. "Sizin için sorun değilse, benim için hiç değil," dedi. "Size seve seve eşlik ederim."

Yemeklerimizi yedik, ayranlarımızı içtik. Odamıza söylediğimiz Türk kahvesinden bir yudum alır almaz, "Hikâyeni anlatmaya hazır mısın?" dedi Kim.

Sigaramı yaktım. Acı kahvemden bir yudum daha içtim. Ona meraklı gözlerle baktım. Sonra da anlatmaya başladım.

***

Amer altı aylıkken, annemler Ankara'ya döndü. Şam'da yapayalnız kalmıştım. Artık bir başımaydım. Üzüntümden günlerce hüngür hüngür ağladım. Bir gün, "Yeter artık," dedi Wassim. "Senin ailen burada, Şam'da. Neden ağlıyorsun?"

Wassim nihayetinde bir erkekti. Ondan beni anlamasını beklemiyordum. Sen de çok iyi biliyorsun ki Kim, erkekler, anne babalarına bizim kadar düşkün olmazlar. En azından büyük bir çoğunluğu. Ama her aileden de bir tane eşek evlat çıkıyor. Onlar da ne yazık ki karılarının kıymetini bilmiyorlar, analarının lafıyla oturup kalkıyorlar.

Her neyse, o yıl uğursuz bir yıl oldu. Annemlerin Şam'dan ayrılmasından tam bir ay sonra, kayınpederim Nadeem çıkageldi. Şam'a gelirken de yanında bir bavul dolusu oyuncak ve çocuk kıyafetleri getirmişti. "Bütün bunlara ne gerek vardı baba?" dedim. "Çok zahmet etmişsiniz."

"Meysun," dedi, Amer'i havaya atıp tutarken. "Torun sevgisi evlat sevgisine hiç benzemiyormuş. Bırak da bu sevgiyi istediğim gibi yaşayayım. Onu biraz şımartayım."

"Size bir şey dediğimiz yok baba. Size karışmak haddimize mi düşmüş."

Kayınpederim, Wassim'e baktı. "Haddinize düşmez," dedi. "Öyle değil mi oğlum?"

"Evet, baba," dedi Wassim. "Torun senindir. Bize söz düşmez ama ben diyorum ki biraz da şu oğluna sevgi gösterisinde bulunsan hiç fena olmaz."

Kayınpederim elini cebine attı. Kırmızı parlak bir kâğıtla sarılmış küçük bir kutu çıkardı. Kutuyu bana uzattı. "Al, melek yüzlü Meysun'um," dedi. "Bu hediyeyi sana aldım."

"Bana bir şey yok mu baba?" diye sordu Wassim. "Bilesin ki sırf bu yüzden Piruze'yi kıskanıyorum. Kendimi üvey evlat gibi hissediyorum."

"O benim öz kızım gibidir," dedi. "Onun Lina'dan hiçbir farkı yoktur."

Utancımdan kıpkırmızı olmuştum. Kutu elimde kalmıştı. "Hediyeni açsana," dedi.

Kutuyu açtım. İçinden mavi beyaz bir inci kolye çıktı. "İsimler sözlüğüne baktım," dedi kayınpederim, Amer'i gıdıklarken. "Piruze'nin anlamı; mavi renkli, değerli bir süs taşı demekmiş. Ben de sana parada değerli ama senden değersiz bu inci kolyeyi aldım. Bu kolyeyi boynundan hiç çıkarma, olur mu? Bana söz ver."

Kolyeyi boynuma takması için Wassim'e uzattım. "Söz baba," dedim. "Bu kolye ölene kadar boynumda kalacak..."

***

O anda konuşmama daha fazla devam edemedim. Elimi boynumda takılı duran mavi-beyaz inci kolyenin üzerine koydum. Sonra da hüngür hüngür ağlamaya başladım. Kim masanın üzerinde duran kâğıt mendili bana uzatırken, "Yoksa bu kolye?" diye sordu şaşkınlıkla.

"Evet," dedim gözyaşlarımı silerken. "O gün kayınpederime verdiğim söze hiçbir zaman ihanet etmedim. Bu kolye ancak öldüğüm zaman boynumdan çıkacak."

"Kaç sene oldu?"

Kolumdaki saatin takvimine baktım. 2007 yılı, mayısındaydık. Kısa bir süre düşündüm. "Tam tamına yirmi altı yıl olmuş," dedim. "Düşünebiliyor musun Kim? Dile kolay. Tam yirmi altı yıl. Hâlbuki daha dün gibi geliyor bana."

"Zaman dur durak bilmez," dedi Kim. "Bizler zamanın karşısında gün geçtikçe cansızlaşıyoruz. Âdeta yok olup gidiyoruz. Bir düşünsene. Bir meyvenin yetişmesi için güneş ışığı ve su gerekiyor. Bir yağmurun yağması için bulut gerekiyor. Bizim gerçekleri görebilmemiz için ise zamanın geçmesi gerekiyor. Geçen bu zaman aklımızı başımıza anca getiriyor."

"Yerden göğe kadar haklısın," dedim. "Benim de aklım başıma çok sonradan geldi. Ama nereden bilebilirdim ki, aşk ile aşığın bir araya gelse de birlikte yaşayamayacağını."

Kim kuru kuru gülümsedi. "Çok haklısın," dedi. "Aşk; nefsi sarhoş eden, duyguları azdıran kötülük şarabı gibidir. Ne yazık ki o korkunç aşk açlığı bizleri duygularımıza yenik düşürüyor. Sonra da gözümüzü yaşlı kılıyor."

"Allah kahretsin erkekleri," diye haykırdım. "Onlar yalnızca diri güzelleri seviyorlar. Yaşını başını almış kadınlar, onlar için ölüm gibiler sanki. Bu yüzden olsa gerek her zaman gidip diri güzellere dört elle sarılıyorlar."

Kim gülümsedi. "Diri güzel ha," dedi. "Sevdim bu lafı."

"Evet," dedim sinirli sinirli. "Erkeklerin mayası, yaşıtları kadınlarla ekşiyor sanki. Diri kızlarla da gevşiyor."

Kim katıla katıla gülüyordu. Çantamdan Marlboro Light paketini çıkardım. Jelâtinini açtım. Bir sigara çıkardım. Sinirden titreyen ellerimle çakmağı çaktım. Dumanı ciğerlerimden dışarı saldım. Sonra da, "Erkeklerin kadınlara bakış açısı," dedim. "Şeytanın baş döndüren şarabı gibi. İlk önce bizi aşklarıyla sarhoş edip başımızı döndürüyorlar, sonra da bizi, sızıp kaldığımız yerde terk edip gidiyorlar. Hâlbuki erkekler bilmiyorlar ki; aşk sarhoşluğuyla kafayı bulmuş kadınlar sağa sola yalpa vururlar. Bazen biz kadınlar yola yıkılırız, çamurun içine düşeriz. Peki ahmak erkekler bizim düştüğümüz durum karşısında ne yapıyorlar?"

"Sadece bakıp gülüyorlar," dedi Kim.

"Doğru," dedim sinirimden dudaklarımı ısırırken. "Doğru söylüyorsun. O ahmak erkekler bizlere bakıp hiç utanmadan gülüyorlar. Onlara âşık olduğumuz için bizi ahmaklıkla suçluyorlar. Hâlbuki ahmak olan onlar, biz değiliz."

Kim bir anda suskunluğa büründü. Sonra da, "Ya diri güzellere ne demeli?" dedi. "İnce, beyaz tül bir perdenin arkasına geçip diri bedenleriyle, ahmak erkeklere cilve yapıyorlar. Onların yüreklerini yerinden oynatıyorlar. Onları baştan çıkarıyorlar."

Acı acı gülümsedim. "Saçmalama Kim! Sen hiç şehvete karşı durabilen bir erkek gördün mü? Baban anneni bir başkası için terk etmedi mi? Babam annemi bir başkasıyla aldatmadı mı? Ve Wassim," dedim boğazım düğümlenerek ve sonra tekrar geçmişe dönerek hikâyeme kaldığım yerden devam ettim:

***

Wassim babasının aldığı kolyeyi boynuma taktı. Yerimden fırladım. Aynanın önüne koştum. Elimi kolyenin üzerinde gezdirdim. Hafiften sağa, sonra da sola döndüm. Kolyenin boynumdaki duruşuna baktım. "Baksana baba," dedim. "Yakıştı mı?"

O anda kayınpederimin alnından boncuk boncuk ter dökülüyordu. Yanına koştum. "Neyiniz var baba?" diye sordum güçlükle.

"Göğsüm sıkışıyor. Nefes alamıyorum."

O esnada Wassim banyodaydı. "Wassim koş," diye bas bas bağırdım.

Wassim koşarak odaya girdi. "N'oldu?" dedi.

"Ba... Ba... Babam," dedim kekeleyerek. "Ona bir şeyler oluyor."

Wassim babasının üzerine eğildi. "Neyin var baba?"

"Göğsüm sıkışıyor oğlum."

Wassim yerinden fırladı. "Hemen bir ambulans çağırıyorum," dedi.

Koşup bir sandalye getirdim. Kayınpederimi kolundan tutup kaldırdım. Sandalyenin üzerine oturttum. Limon kolonyasını avucuma döktüm. Kolonyayla yüzünü sildim. Elimden tuttu. Gözlerinden akan bir damla yaş tenime düştü. Yüzüne baktım. O anda içim paramparça oldu. "Buraya kadarmış kızım," dedi. "Hiç boşuna uğraşma."

Hıçkırarak ağlamaya başladım. "Saçmalamayın baba," dedim. "Ölmek için henüz çok gençsiniz. İkinci torunuz da yolda. İnşallah yakında onu da kucağınıza alacaksınız."

Kayınpederimin bir anda gözleri doldu. "Wassim biliyor mu?" diye sordu güçlükle.

"Ona henüz söylemedim."

"Bak, gör. Bu seferki de erkek olacak," dedi. "Onun adını İmad koyacaksın."

O sırada Wassim yanımıza geldi. O da babasına bakıp hüngür hüngür ağlıyordu. "Sana n'oldu böyle koca Nadeem?" dedi.

Kayınpederim elini usulca kaldırdı. Wassim'in elinin üzerine getirip koydu. "Hakkınızı helal edin oğlum," dedi. "Benim yaşamım buraya kadarmış."

O anda Wassim'i görmeliydin. Bir çocuk gibiydi. Babasının karşısında tir tir titriyordu. "Saçmalama koca Nadeem," dedi elini şefkatle babasının yüzünde gezdirirken.

Birkaç dakika sonra ambulansın sireni, odanın içine doldu. Wassim kapıya koştu. Mari'yi çağırdım. "Amer sana emanet," dedim ağlarken. "Biz hastaneye gidiyoruz."

Kayınpederim elimden tuttu. "Torunumu son bir kez öpmek istiyorum," dedi ağırlaşmış bedenini sandalyeden kaldırmaya çalışırken.

Amer'i ona doğru yaklaştırdım. Onu öptü, kokladı. "Artık ölebilirim," dedi.

O sırada içeri doktor girdi. Kayınpederime baktı. "Hemen sedyeyi açın," dedi bağırarak. "Kalp krizi geçiriyor. Hastayı bir an önce hastaneye yetiştirmemiz gerekiyor."

Kayınpederim o gün hastaneye yetişemeden yolda ölüverdi. Ambulansın içinde, hemen yanı başında donup kalmıştım. Onun cansız bedenine boş gözlerle bir süre baktım. Sonra da düşüp bayılıverdim. Gözlerimi açtığımda, bir hastane odasında yatıyordum.

Birkaç saat sonra kayınvalidem Afaf, odanın kapısını vurup içeri girdi. Yattığım yerden doğruldum. O sırada Wassim de içeri girdi. Kayınvalidem elimden tutup öptü. Sonra da hüngür hüngür ağlamaya başladı. Wassim'e baktım. O da karşımda durmuş, bir çocuk gibi ağlıyordu. "Allah'ın takdiri," dedim ağlarken. "Elimizden ancak bu kadarı gelebildi."

Wassim gözyaşlarını sildi. "Hamile olduğunu biliyor muydun?" diye sordu üzgün bir sesle.

Kayınvalidem bana bakıyordu. Onun elinden tuttum. "Evet," dedim.

Wassim şaşkındı. "Bana neden söylemedin?"

"Bu sefer emin olmak istedim."

"Başka bilen var mıydı?"

"Bir tek baban biliyordu," dedim iç çekerek. "Ölmeden önce ona söyledim."

"Ne?" dedi şaşkınlıkla. "Babama mı söyledin?"

"Evet. Ona moral vermek istedim."

"Peki o sana ne dedi?"

"Oğlumuzun adını koydu."

Wassim allak bullak oldu. "Oğlumuz mu? Oğlumuz olacağını nereden biliyor?"

Acı acı gülümsedim. "Sen babanı hiç tanımaz mısın? Aklından geçeni hemen söyleyiverirdi."

Wassim hıçkırarak ağlıyordu. "Adını ne koydu peki?"

"İmad."

Wassim eğilip alnımdan öptü. Gözyaşları yüzümü yıkıyordu. "Acımla sevincim birbirine karıştı," dedi. "Sana ne söyleyeceğimi bilemiyorum."

Wassim'e baktım. "Siz hamile olduğumu nasıl öğrendiniz?" diye sordum meraklı meraklı.

"Bize de az önce doktor söyledi," dedi. "Hamile olduğun, yapılan kan tahlilinde ortaya çıkmış. Bir aylık hamileymişsin."

O anda acımdan sevinemedim. "Baban nerede?"

"Aşağıda, morgda."

"Şimdi n'olacak?"

"Yarın tören yapacağız. Sonra da taziyeleri kabul edeceğiz."

Kayınpederime son görevimizi yaptıktan sonra, kayınvalidemin evine geçtik. Orada taziyeleri kabul ettik. Şamlıların âdetleri son derece ilginç gelmişti bana. Suriyeli Arapların yas tutma şekilleri daha çok Hıristiyanlarınkine benziyordu. Kayınvalidem siyah, bense lacivert renkli kıyafet giymiştim. Boş bir odanın içine iki sandalye kondu. Ev halkından birkaç kişi de yere bağdaş kurup oturdu. Eve, taziye ziyaretine gelenler, ikişerli olarak bu odaya alınıyor, sandalyeye oturtuluyordu. Duasını okuyan dışarı çıkıyordu. Erkekler daha çok akşamüzeri geliyordu. Onlara, gündüz gelenlerden farklı olarak acı kahve ikram ediliyordu. Bu ritüel tam üç gün sürdü. Taziye ziyaretleri böylece bitmiş oldu. Ama biz, dört ay boyunca kayınpederimin yasını tuttuk.

Kayınpederim Nadeem'in aniden ölmesi, beni derinden sarsmıştı. Artık o günden sonra hiçbir şey eskisi gibi olmadı. Hayatım bir çorap söküğü gibi çözülmeye başladı. Ben artık eski ben değildim. Wassim de delicesine âşık olduğum erkek değildi. Aniden patlayan bir balon gibi, yaşamım ters yüz olmuştu. Havaya karışan toz bulutlarının içinde gerçekleri görmeye çalıştım ve karşımdaki manzara daha önce gördüğümden farklıydı.

***

Boğazım düğümlendi. Konuşmaya daha fazla devam edemedim. Bir sigara yaktım. Sigaranın dumanını havaya üfledim. "Mini barda içecek bir şeyler var mı?" diye sordum Kim'e.

Kim yerinden doğruldu. "Bir şeyler olacaktı," dedi.

Balkon kapısından geçip odaya girdi. Mini barın kapağını açtı. "Biramız, şarabımız, viskimiz var. Hangisinden içmek istersin?" diye seslendi.

"Viski olsun."

Kim elinde tuttuğu viski kadehini bana uzattı. "Ben de bir kadeh şarap içeceğim," dedi. "Hadi, şerefe."

Kadehi kaldırıp bardağına dokundurdum. "Şerefe."

"Bir saniye," dedi heyecanlı heyecanlı. "Neye içiyoruz?"

"Yeniden kavuşmamıza içelim, olmaz mı?"

"Yeniden kavuşmamıza," dedi gülerek ve daha sonra elinde tuttuğu kadehi bardağıma hafifçe vurdu.

Kim karşıma geçip tekrar oturdu. "Sana bir sorum olacak," dedim. "Evlilikler sorumluluk ve mecburiyetten dolayı mıdır ki, zamanla anlamını yitirip sadece göreve dönüşüyor?"

"Bilmem," dedi. "Bu soruyu aslında erkeklere sormak gerekmiyor mu? Ne de olsa kocalarına sıkı sıkıya bağlı olan bizler değil miyiz?"

"Gerçekten bir kadın olarak canım acıyor. Erkekler için bir sürü fedakârlıklar yapıyorsun ama yine de onlara yaranamıyorsun. Şimdi geriye dönüp baktığımda, çok genç bir yaşta mutluluğu tatmışım. Ama aynı zamanda çok genç bir yaşta da yalnızlığı görmüşüm. Wassim ilk başlarda beni delicesine sevdi. Sonrasında ise beni kendisine köle yapmak istedi. Onun kölesi olmaya razı olsaydım, belki de evliliğimiz hâlâ sürüyor olacaktı."

"Bu erkekler anlaşılmaz yaratıklar. İçlerinde sadece birkaç tane iyi var. Onları da ya başkaları kapmış, ya da benim gibi toprağa gömmüşler."

"Haklısın. Hem de yerden göğe kadar haklısın. Erkekler şu dünyada para kazanmayı marifet sanıyorlar. Ev kirasını, elektrik, su ve telefon faturalarını ödemeyi erkeklik olarak görüyorlar. Hâlbuki erkek olmak, fatura ödemek değil ki. Erkek olmak; bir kadına, kadınlığını hissettirmektir. Ona ilgi göstermektir. Karşısına geçip yarım saat onunla sohbet etmektir. Yatağa atmadan önce, bir-iki dakika delicesine öpüşmektir. Ya onlar bize ne diyorlar, sen onu biliyor musun?"

"Hayır, bilmiyorum."

"Yok yok. Vallahi erkekler çok terbiyesiz yaratıklar. Bunlar zeytinyağı gibi suyun üstüne çıkmayı seviyorlar.

Her zaman onlar haklı, biz kadınlar haksızız. Yok faturaları ödüyormuşlar da... Yok eve ekmek getiriyormuşlar da... Bir de hiç utanmadan neyin eksik demezler mi? Gel de fıttırma! Onlara, 'Bu evde eksik olan sensin' dediğinde de, öküzün trene baktığı gibi suratına bön bön bakıyorlar."

Kim kahkahayı bastı. "Ağzından bal damlıyor," dedi. "Gerçekler aynen söylediğin gibi. Erkekler, eksik olan şeyin kendileri olduklarını bir türlü göremiyorlar."

Oldukça sinirlenmiştim. "Şu gerçeği unutma," dedim burnumdan soluyarak. "Biz kadınların zayıflığı, çocuklarımızdan geliyor. Annelik başka bir duygu. Erkeğin babalık duygusu gibi değil. Yoksa bu aşağılık heriflere bir saniye bile olsa katlanmazdık. Bıçak kemiğe dayanmadan önce, onları kapının önüne koyardık. Kollarına sepeti takıp onları geldikleri yere postalardık."

Kim güldü. "Hakikatleri söylüyorsun," dedi. "Ağzına sağlık."

"Bir düşünsene Kim. Sen hiç parkta çocuklarıyla oynayan babalara rastladın mı? Peki sen hiç çocuklarıyla şakalaşan babalar gördün mü? Bence bu erkekleri çok fazla göremezsin. Çünkü para kazandıkları için her zaman yorgundurlar. Ama ne hikmetse, aynı adamlar diri güzellerle düşüp kalkmasını gayet iyi biliyorlar. Onları yatakta mutlu etmek için ağır işçiler gibi harıl harıl çalışmasını da biliyorlar. Ama iş karılarıyla sevişmeye gelince, 'tak fişi bitir işi' mantığıyla hareket ediyorlar. Sanki o anda karılarıyla sevişmiyorlar da cenaze kaldırıyorlar."

Freni boşalan kamyon gibiydim. Sinirimden konuştukça konuşmak istiyordum. Kim ise karşımda kıkır kıkır gülüyordu. "Gülme," dedim. "Sana gerçekleri söylüyorum. Erkeklere 'bu evde eksik olan sensin' dediğimizde, adamların yüzleri asılıyor. Biz kadınları, çok film izlemekle suçluyorlar. Hayat hep haksızlıklarla mı dolu? İnsan olmak, insan yerine konmak için biz kadınların hep esip gürlemesi mi gerekiyor? İçimizdeki suskunluklarla dolup taşan yüreğimize kim su serpecek? Erkekler mi? Asla. Keşke evlendikten sonra da ellerimizi tutabilselerdi. Başımızı dizlerinin üzerine yatırıp saçlarımızı okşasalardı. Tenimize dokunsalardı. Erkekler evlendikten sonra bunları neden yapmıyorlar? Bunları onlardan istemek neden şımarıklık olsun ki? Sahi, bunlar hep filmlerde mi yaşanıyor Kim? Bizler gerçek hayatta bunları hiç mi yaşayamayacağız?"

Kim manalı manalı baktı bana. "Erkekler," dedi boğuk bir sesle. "Ne yazık ki onlar içimizdeki boşluk olarak kalacaklar. Bir gün sevgililerimden birine kapıyı gösterdiğimde 'neden' diye sormuştu. 'Çünkü' demiştim ona, 'sen içimdeki boşluksun. Bu boşluğu doldurmaya yetemiyorsun.' İşte böyle canım arkadaşım. Erkeklerin birçoğu içimizdeki boşluktan ibaretler. Bir de kendilerini bulunmaz Hint kumaşı zannetmezler mi? İşte o zaman gidip boğazlarına var gücümle yapışmak ve onları oracıkta boğmak istiyorum."

Kim'e baktım. "Öyleyse," dedim. "İçimizdeki boşluk nasıl dolacak?"

"Sana içimizdeki boşluğun dolacağını kim söyledi? Hayat bir oyun sahnesiyse, biz kadınlara düşen görev de yalnızlığımızla yetinen, sabırla hayatı sürdüren, sıradan bir kadın olmakmış."

"Ne acı," dedim. "Desene bizim için felaket bir durum bu. Bu devirde bir erkekle evli olmak her gün ölüp dirilmek gibi bir şey."

"Dünyanın neresinde olursan ol," dedi Kim. "Kadınlar evlenince mezara giriyorlar. Eşlerine karşı susup gurursuzlaştırılıyorlar."

"Son derece haklısın," dedim. "Evli bir kadın olmak her şeye engel, doğru mu?"

"Evet. Ama evli bir kadın olmak sadece bir tek şeye engel değil: Ev işlerine! Bu ev işleri de öyle bir yapboz işi gibi ki kardeşim, her gün yap yap bitmiyor."

"O mevzuya hiç girmek istemiyorum. Bir konuşursam pir konuşurum. Ev işi ne yazık ki biz kadınların kamburu."

Kim aniden sustu. Bana baktı. İnsanın sevdiği birine acıyarak bakması, bakarken de onu çaresizce seyretmesi, o an en büyük ızdırapmış gibi geldi bana. "Sonra n'oldu?" diye sordu acı dolu sesiyle.

Kim'e baktım. "Kendi evimizden çıktık, yarım yamalak da olsa kayınvalidemin evine yerleştik," dedim buğulu bir ses tonuyla ve sonra da kaldığım yerden anlatmaya koyuldum.

KAYINVALİDE

O günlerde bana öyle geliyordu ki, kayınpederimin ölmesi, benim birliğimi, düzenimi bozmuştu. Artık ben, kırık bir aynadan başka bir şey değildim. Sanki her parçam, kendi hayatını yaşamaya gitmişti. Tabii ki aldığım bu darbelerin etkisiyle ölmedim; ama ayrı ayrı 'ben'lere bölündüm. Bana kalan hayat gözyaşlarından başkası değildi.

Hiç unutmam. Bir akşamüstü sofrayı kurmuş, yemeğe oturmuştuk. Wassim sakin ama kararlı bir sesle, "Sana nasıl söyleyeceğimi bilemiyorum. Bu evden taşınıyoruz," dedi.

O anda beni görmeliydin. Sanki beynimin içi uyuştu. Kıpırdamadan öylece kalakaldım. Wassim hâlâ konuşuyordu. Wassim'in sesi ta uzaklardan, karanlık bir tünelin ucundan kulağıma geliyordu sanki. Fark ettim ki, onu dinlemiyordum. Gözyaşlarım bütün yüzümü yıkadı. "Neden?"

diye sorabildim cılız bir sesle. "Ben, bu evde yaşamaktan son derece mutluydum."

"Hesaplar değişti," dedi Wassim sakinliğini hiç bozmadan.

"Hangi hesaplar?"

Bir süre sustu, sonra içini çekti. "Annemle kız kardeşimi yalnız bırakamam."

Bir anda kanım çekildi. Sanki bütün gücüm tükenmişti. "Ne?" diye sordum şaşkınlıkla. "Annen ve kız kardeşin için kurulu düzenimizi mi bozacağız?"

Wassim zafer kazanmış bir komutan edasıyla, "Onlar benim parçam. O eve bir erkek lazım," dedi.

"İyi düşündün mü?" dedim sakin bir sesle. "Bu durum ilişkimizi bozmasın."

Bana pis pis baktı. "Sen ne konuştuğunun farkında değilsin galiba. Onların yanına taşınmamız ilişkimizi niye etkilesin? Yoksa sen annemin cadaloz bir kadın olduğunu mu düşünüyorsun?"

"Sözlerimi çarpıtma. Annen hakkında öyle bir düşüncem olduğunu sana kim söyledi?"

"Ama sözlerinden bu sonucu çıkarıyorum."

"Sana öyle geliyor canım. Ben öyle bir şey söylemedim," dedim ilk kez sesimi yükselterek.

"Bana sesini yükseltme," dedi sofradan hızla kalkarken.

O gece yatağa dargın girdik. Birbirimizle hiç konuşmadık. Wassim'i ilk kez bana karşı böyle soğuk görüyordum. Bu tavrı, alışık olmadığım bir tavırdı. Gerçeği söylemek gerekirse, o gece bu tavrına çok üzülmüştüm.

Sabaha kadar gözüme uyku girmedi. Başımın içi zonkluyordu. İşin kötü tarafı, ne yapacağımı bilemiyordum. Ben gitmemek için ayak sürüyecektim, o da beni bu evden koparmak için elinden geleni ardına koymayacaktı. Âdeta köşeye sıkışmıştım. Gece boyunca Wassim'i suçlayıp durdum ama bu suçlamalarım neyi değiştirecekti ki?

Sabaha doğru yatakta sızıp kaldım. Uyandığımda Wassim yanımda yoktu. Salona geçtim. Mari, Amer'e mamasını yediriyordu. "Günaydın Mari," dedim uykulu gözlerimi ovuştururken. "Amer nasıl? Dün gece rahat uyuyabildi mi?"

"Çok iyi uyudu. Gıkı bile çıkmadı."

Amer'in yanına geldim. "Benim güzel oğlum," dedim onu öperken. "Yakında ağabey olacaksın ama hâlâ altına işiyorsun."

Mari güldü. "İnşallah bu sefer kız olur hanımefendi," dedi. "İnanın bana, kız çocuğu gibisi yok."

"Hayırlısı neyse o olsun Mari. Biliyorsun, her şey Allah'tan."

Mari 'evet' anlamında başını saldı. Sonra da, "Size bir şey sorabilir miyim hanımefendi?" dedi yutkunarak.

Mari'ye baktım. "Tabii ki sorabilirsin."

"Dün istemeden de olsa konuşmalarınıza kulak misafiri oldum. Bu evden taşınıyor musunuz?"

"Bilmiyorum Mari. Taşınıp taşınmayacağımızı yakında göreceğiz."

Amer'i kucağıma aldım. Pencerenin önüne götürdüm. Pencereyi açtım. Dışarıda yağmur yağıyordu. Islak ağaçların ve ıslak toprağın kokusu içeri doldu. "Hanımefendi," dedi Mari.

"Efendim."

"Şayet bu evden taşınırsanız, ben de sizinle gelecek miyim?"

Kısa bir süre düşündüm. "Saçmalama Mari," dedim. "Taşınırsak elbette bizimle geleceksin. Amer'e kim bakacak? Bir tanesi de yolda. Sensiz ikisiyle nasıl başa çıkarım?"

Mari gülümsedi. "Sizin yanınızda olduktan sonra, benim nerede yaşadığımın hiçbir önemi yok. Çünkü sizi çok seviyorum hanımefendi."

"Mari," dedim. "Bugün bir-iki saat ortadan kaybolacağım. Birine uğramam gerekiyor. Amer'i tek başına idare edebilir misin?"

"Tabii ki," dedi Mari. "Siz keyfinize bakın. Dışarı çıkıp biraz hava alın. Ben öğlen üzeri Amer'i uyuturum. Sonra da ev işlerine girişirim."

Telefona sarıldım. Sevim Teyze'yi aradım. Ona kahve içmeye geleceğimi söyledim. O da beni beklediğini söyledi.

Hemen giyindim. Dışarı çıktım. Yağmur sicim gibi yağıyordu. Elimi kaldırdım, yoldan geçen bir taksiyi çevirdim. Taksiciye Arapça, "Mezze'ye gidelim," dedim.

Taksici gaza bastı, yola koyuldu. Bir süre gittikten sonra arkasını döndü, bana baktı. "Nerelisiniz hanımefendi?" diye sordu.

Sarı saçları, açık yeşil gözleri, iyice açık renkli teni, küçük burnu, ince ve düzgün hatlarıyla oldukça yakışıklı bir gence benziyordu. "Şamlıyım," dedim.

Eliyle dikiz aynasını düzeltti. Bu sefer aynadan bana baktı. Yeşil gözlerinin içi gülümsüyordu. "Siz buralı değilsiniz," dedi İngilizce konuşarak. "Hangi ülkedensiniz?"

"Buralı olmadığımı nereden anladınız?" diye sordum İngilizce.

"Arapça konuşmanızdan. Hiçbir Şamlı bu şekilde konuşmaz."

"Çok mu kötüyüm?"

Başını salladı. "O kadar da değil," dedi kibarca. "İdare eder işte."

"Arapçayı henüz yeni öğreniyorum. Ama kocam Şamlıdır."

Genç taksici içini çekerek, "Demek evlisiniz," dedi. "Kocanız şanslı bir adam. Sizin gibi nadide güzeller Şam'da pek az bulunuyor."

Utancımdan kıpkırmızı olmuştum. "İltifatınız için teşekkür ederim. Hatta bir oğlum var. Bir çocuğuma da hamileyim."

Taksici arabayı yavaşlattı. Başını çevirip bana baktı. "Anne olduğunuza inanamıyorum. Anne olamayacak kadar gençsiniz."

Taksiciye gülümsedim. "İstanbulluyum," dedim.

Dikiz aynasından yine bana baktı. "Türk kızları esmer değil miydi yahu?" dedi. "Londra'da iki Türk arkadaşım var. Kızların ikisi de esmer. Siz daha çok tip olarak biz Şamlılara benziyorsunuz."

"Siz de," dedim. "Araplara hiç benzemiyorsunuz. Neredeyse bütün Şamlılar sarışın ve yeşil gözlü. Londra'da mı yaşıyorsunuz?"

"Evet. Londra'da üniversitede okuyorum."

"Ben de bir zamanlar Londra'da kalmıştım."

Taksici gülümsedi. "İngilizcenizden belli," dedi. "Kusursuz bir İngilizceniz var. Yoksa kocanızla Londra'da mı tanışmıştınız?"

Başımı iki yana salladım. "Hayır," dedim. "Burada tanıştık. Benim babam diplomat. Tayini buraya çıkmıştı. Sonra da eşimle burada tanıştım. Eşimin adı Wassim Tabba."

Genç taksici kısa bir süre düşündü. "Tabbalar," dedi. "Onları tanıyorum. Şam'ın en köklü ailelerindendirler. Hatta hafızam beni yanıltmıyorsa geçen gün eşinizin babası ölmüştü, doğru mu?"

Taksicinin, rahmetli kayınpederimi tanımasına şaşırmıştım. "Doğru," dedim. "Siz onları nereden tanıyorsunuz?"

Taksici güldü. "Şam küçük bir yer. Burada herkes birbirini az çok tanır."

"Haklısınız," dedim. "Taksi kimin?"

"Eniştemin. Çocuğu hasta. Ben de onun yerine işe çıktım. Bir hafta sonra da Londra'ya geri dönüyorum."

"Londra'nın kıymetini bilin," dedim içten içe hayıflanarak. "Londra burnumda tütüyor. "

"Bakın," dedi taksici endişeli endişeli. "Siz iyi bir insana benziyorsunuz. Size bir şey söyleyeceğim ama sakın kimseye söylemeyin."

"Bana ne söyleyeceksiniz?"

"Çok yakın bir zamanda Suriye karışacak. Dikkatli olun."

Taksicinin sözleri karşısında allak bullak olmuştum. "Kim karıştıracak?" diye sordum meraklı meraklı.

"Assad kardeşler."

"Hafez al-Assad mı?"

"O ve kardeşi."

"Çok saçma," dedim. "Söylediklerinizi aklım almıyor. Bir lider kendi ülkesini neden karıştırsın ki? Bence siz rüya görüyorsunuz."

Taksici arkasına dönüp bana baktı. "O zaman söylediklerimi unutun gitsin," dedi. "Ama yine de muhaberatlara çok dikkat edin."

Sevim Teyze'nin evine varana kadar bir daha taksiciyle hiç konuşmadım. Varacağımız yere geldiğimizde, taksici arabayı durdurdu. Ona ücretini ödedim. Arabadan inerken, "Size iyi günler," dedim.

Taksici yüzüme bile bakmadı. Gaza bastı, yanımdan olanca hızla uzaklaştı.

Sevim Teyze'nin oturduğu apartmanın kapısı açıktı. Ter kokan birkaç amele, yukarı kata koltuk taşıyorlardı. Apartmanın içi buram buram ter kokuyordu. Burnumu elimle kapatarak birinci kata hızla çıktım. Kapının ziline bastım. Kapı açıldı. Sevim Teyze, "Hoş geldin kızım," dedi.

İçeri girdim. Uzattığı eli öptüm, alnıma koydum. "Hoş bulduk," dedim.

"Salona geçelim."

İçeri geçer geçmez kahverengi koltuğa çöktüm. "Nasılsın kızım?" diye sordu. "Tekrar başınız sağ olsun."

"Kalanlar sağ olsun," dedim buğulu bir sesle. "Yaşadığımız şoku henüz yeni yeni üzerimizden atmaya çalışıyoruz."

"Ansızın gelen ölümler hep böyle olur."

"Hâlâ şoktayım Sevim Teyze. Üstelik çok gençti. Wassim'le arkadaş gibiydiler."

"Kaç yaşındaydı?"

"Elli iki."

"Benzetmek gibi olmasın, benimle yaşıtmış."

Sevim Teyze yaşına göre çok hoş bir kadındı. Mavi gözlü, açık tenliydi. Saçlarına yer yer aklar düşmüştü. Babası İstanbullu, annesi de İsveçliymiş. Annesi, döneminde, Göteborg'un en güzel kadınlarındanmış. Ailesi İstanbul'un Yeşilköy semtinde, deniz boyunca uzanan geniş caddedeki bir evde oturuyormuş.

"Kahveni nasıl içersin?" diye sordu Sevim Teyze.

"Orta," dedim.

"Sen otur," dedi. "Ben kahveleri pişirip hemen geliyorum."

Salona bir göz attım. Ev son derece sade bir şekilde döşenmişti. Sevim Teyze birkaç dakika sonra elinde tepsiyle içeri girdi. "Eviniz çok güzelmiş," dedim.

Kahveyi uzattı. "Buyur," dedi.

Tepsiyi sehpanın üzerine koydu. Kahvesinden bir yudum içti. "Bir göz evin olsun ama senin olsun," dedi. "Yıllardır bu ev için çok mücadeleler verip durdum. Ama şimdi neye lazım."

"Neden böyle düşünüyorsunuz?" diye sordum kahvemi yudumlarken.

"Ah kızım," dedi içini çekerek. "Çocuklarımla yaşayamadığım bir ev ne işe yarar ki? Onların, şu evin içinde sağa sola koşuşturmalarını isterdim. Şimdi ikisi de kocaman adamlar oldular. Amerika'da bir başlarına yaşıyorlar."

Kahvemi içip bitirdim. "Kapat," dedi Sevim Teyze. "Bir niyet tut. Falına bakıvereyim."

Fincanı tabağın üstüne kapattım. "Neyse halim, çıksın falım," dedim. "Bu arada, siz kahve falına bakıyor muydunuz?"

Gülümsedi. Gülümserken gözaltlarındaki kırışıklıklar ortaya çıktı. "Herkese bakmam," dedi. "Ancak sevdiğim insanların kahve fallarına bakıyorum. Yüzüğünü parmağından çıkar. Fincanın üstüne koy."

Bana söyleneni yaptım. Alyansımı çıkarıp sarı işlemeli kahve fincanının üstüne koydum. "Ha, bu arada," dedi Sevim Teyze. "Dün annenle telefonda konuştuk. Anneanen hastaymış, öyle mi? Büyük geçmiş olsun."

"Evet," dedim. "Artık iyice yaşlandı. Onunla keşke tanışabilseydiniz Sevim Teyze. Çok komik bir kadın."

"Gerçekten mi?"

"Evet," dedim tebessüm ederken. "Benim Hasan Dayım komünistti. Nuriye Anneannem de dini bütün bir insandı. Bir gün sıcak bir havada sobayı kurdu. Hasan Dayım'ın kütüphanede ne kadar kitabı varsa, hepsini cayır cayır yaktı. O gün suç ortağı da bendim. Hasan Dayım eve geldiğinde kızılca kıyamet koptu. Anneannem sobanın ızgarasını açtı. Sönmüş sobanın içine elini daldırdı. Bir avuç külü avucuna doldurdu. Külü dayımın üzerine serpti. 'Al kitaplarını. Al da iyice oku' diye söylenmeye başladı."

Sevim Teyze kahkahayı bastı. "Allah ona şifa versin," dedi.

"Âmin."

Sevim Teyze oturduğu yerden doğruldu. Kahve fincanını eline aldı. "Şimdi falına bakayım," dedi.

Fincanı, kulpu alta gelecek şekilde tuttu. Fincanı saat yelkovanı yönünde çevirdi. Fincanın içindeki telvenin oluşturduğu şekillere bir süre baktı. Başını kaldırdı. Mavi gözlerini bana dikti. "Senin içinde bir sıkıntı oluşmuş," dedi.

Bir anda içimi sıkıntı bastı. "Başka," dedim meraklı meraklı.

Bu sefer de fincanı soldan sağa doğru yavaş yavaş çevirdi. "Bir kısa, iki tane de uzun yolun var. Kısa yola çok yakın bir zamanda çıkacaksın. İki uzun yola da çok sonraları çıkıyorsun."

Fincanı biraz daha döndürdü. "Büyükçe bir evde, genç bir kız çocuğu görüyorum. Bu kıza dikkat et. Yine bu evin içinde, orta yaşlarında bir kadın görüyorum. Bu kadınla yüz yüze geleceksin. Sanki bu kadınla bir süre aynı evin içinde yaşayacaksın."

Tüylerim diken diken oldu. Bir ara, Sevim Teyze'den şüphelenmeye başladım. Sanki dün akşam Wassim'le konuşan ben değildim, oydu. "Başka ne görüyorsunuz?" dedim moralim bozuk bir şekilde.

Parmaklarının ucunda fincanı çevirdi. Başını kaldırdı, "Sen hamile misin?" diye sordu.

"Yok, daha neler," diye kendi kendime söylendim.

"Bir şey mi söyledin?" dedi Sevim Teyze.

Şaşkınlıktan küçük dilimi yutacak gibiydim. "Evet," dedim.

"Annen hamile olduğunu biliyor mu?"

"Evet. N'oldu ki?"

"Bana hamile olduğunu söylemedi."

"Unutmuştur."

"Ne unutması kızım," dedi bozuk bir ses tonuyla. "Annene dün telefonda özellikle sordum. 'Kız tekrar doğurmayı düşünüyor mu' diye. Annen de bana senin ne düşündüğünü bilmediğin söyledi."

Annemi anlayabiliyordum. Büyük ihtimalle nazar değmesin diye hamile olduğumu söylememişti. "Siz annemi tanımazsınız," dedim gülerek. "Duyulmasını istememiştir."

"Hamile olman devlet sırrı değil ya kızım," dedi Sevim Teyze haklı olarak. "Ben yabancı mıyım?"

"Daha iyi ya," dedim işi arsızlığa vurarak. "Hamile olduğumu benden duymuş oldunuz. Falımda başka ne görüyorsunuz Sevim Teyze?"

"Alacağı olsun Gülten'in," dedi sitemkâr dolu bir ses tonuyla. "Ben ona ne söyleyeceğimi biliyorum."

Sevim Teyze annemin ketumluğuna çok bozulmuştu. Doğrusu haksız da sayılmazdı. Kızgınlıktan elleri titriyordu. Fincandaki fala baktıktan sonra, kahve tabağındaki telveyi fincanın içine süzdü. Tabağı dik tuttu. "Ne görüyorsunuz?" diye sordum.

Yerinden doğruldu. "İyi çıkmadı," dedi. "Biçimsiz şekiller görüyorum."

"Biçimsiz şekiller mi? Bunun anlamı ne peki?"

"Dert, sıkıntı demek kızım. Sen otur, ben şu tabağı yıkayıp geliyorum."

Bozuk olan moralim iyice bozulmuştu. Sevim Teyze geri döndüğünde bana baktı. "Bu ne surat?" dedi. "Sakın moralini bozma. Geleceği bir tek Allah bilir."

Şimdi sağlıklı bir şekilde düşündüğümde, o gün Sevim Teyze son derece haklıydı. Geleceği bir tek Allah biliyordu. Çünkü biz insanlar, yaşamın akışı içinde geleceği öngöremiyoruz. Sadece geçmişi hayallerimizde canlandırıyoruz. Geçmişle, bazen de geçmişe saplanıp kalan kendimizle hesaplaşıp duruyoruz. Sevim Teyze bana baktı. "Seni hangi rüzgâr attı buraya?" dedi. "Şimdi söyle bana. Ne sıkıntın var?"

Gözlerim buğulandı. "Wassim," dedim. "Annesinin yanına taşınmamızı istiyor."

Sevim Teyze bir şey söylemek için ağzını açmıştı ki, "Dün akşam onunla tartıştım," dedim çabuk bir şekilde.

Sevim Teyze'nin yüzünden geçen kara bulutları, kararan yüz hatlarını görüyordum. "Çok kötü," dedi. "Sen o kadınla aynı evde yapamazsın."

Bir anda sinirim bozuldu. Ağlamaya başladım. "Ben de bundan korkuyorum," dedim. "Bu durum ister istemez ilişkimizi etkileyecek. Ne yapacağımı bilemiyorum."

"Kesin mi?" diye sordu Sevim Teyze.

"Wassim eşyaları taşımak için belki de şu an bir nakliye firması arıyordur."

Sevim Teyze derin bir soluk aldı. "O zaman yapacak bir şey yok kızım," dedi. "Kocan kararını çoktan vermiş. Mecburen taşınacaksın."

"Ben kendi evimizde çok mutluydum," dedim ağlarken.

"Ağlamayı kes," dedi. "Kendini harap etme. Canında bir can taşıyorsun. Artık çocuk da sayılmazsın. Bazı şeyleri kabul etmek gerekiyor. Unuttum, kayınvalidenin adı neydi?"

"Afaf."

"Kayınpederin gibi değil bu kadın. Kayınpederin çocuklarına karşı mütehakkim bir adammış; ama duyduğum kadarıyla sana çok düşkünmüş, doğru mu?"

O anda içime bir keder dalgası yayıldı. "Bana Meysun derdi," dedim. "Allah var, bir dediğimi iki etmezdi. O kadar iyi bir insandı."

"Bu kadına çok dikkat et. Sonra yuvanı yıkmasın. Sakın onu karşıma alayım deme."

"Bu iş nasıl olacak? Elbet bir gün damarıma basacak."

"Yine de bu kadına dikkat et. Ne yazık ki şimdilik elden daha fazlası gelmez."

Umutlarım iyiden iyiye tükenmişti. "Pekâlâ," dedim. "Sizin de söylediğiniz gibi, katlanmaktan başka çarem yok. Bakalım, gelecek bana neleri gösterecek."

"Moralini bozma," dedi Sevim Teyze. "Metanetli ol. Bakarsın her şey daha iyi olur. Bir kahve daha içer misin?"

"Yok, sağ olun," dedim. "Ben artık müsaadenizi istiyorum."

"Müsaade senindir kızım. Yine gel, olur mu?"

"Ha, bu arada Sevim Teyze," dedim. "Aklıma gelmişken, beni buraya getiren taksici bazı şeyler söyledi."

"Ne gibi şeyler?"

"Suriye'de yakın bir zamanda birtakım olaylar çıkacakmış."

Sevim Teyze salonun içinde etrafına bakınıp durdu. "Aman sus kızım," dedi. "Sessiz konuş. Bu aralar her taraf muhaberat kaynıyor. Herkes birbirini muhaberatlara gammazlıyor."

"N'oldu ki? Benim hiçbir şeyden haberim yok."

"Daha ne olsun. Sana daha önce de söylemiştim. Hafez al-Assad bir Nusayri. Bunların dini inançları hemen hemen hiç yok. Bunlar Suriye'de çok güçlü bir konuma gelince, ülkedeki Sünni grupların tepkisini çektiler. Şimdi de Assadlar ile Sünni Müslüman Kardeşler adlı bir örgüt savaşa tutuşmuşlar."

"Sünni Müslüman Kardeşler ne istiyor?"

"Suriyelileri, kafir olarak adlandırdıkları Assadlara karşı ayaklanmaya çağırıyor."

Sinirim bozuldu. "Türkiye'de askeri darbeyi gördüm. Şimdi de burada çıkacak bir ayaklanmayı mı göreceğim?" dedim. "Bendeki bu şans da neyin nesi böyle?"

"Diline sahip ol," dedi Sevim Teyze panikleyerek. "Konuştuğumuz konuların şakaya gelir tarafı hiç yok. Anında ortalıktan kayboluverirsin. Kimseler de nerede olduğunu bulamaz."

Oturduğum yerden kalktım. "Siyasetten hiç anlamam ki ben," dedim. "Bütün gün Amer'le uğraşmak bana yetiyor da artıyor. Bir kahve içmek için de olsa sizi mutlaka evime bekliyorum. Gelmeden önce bir telefon açsanız kâfidir. Şimdilik hoşça kalın."

BOMBA

Aradan üç gün geçti.

Sabah dokuz buçuk sularıydı. Salondaki koltuğun üzerine uzanmıştım. Derin derin aldığım her nefes sanki burnumun ucunu yakıyordu. Elektrikler aşırı yağmurdan dolayı kesikti. O esnada yanı başımda duran telefon çaldı. Ahizeyi kaldırdım. "Alo," dedim.

"Bugün dışarı çıkma sakın," dedi Wassim heyecanlı heyecanlı.

Yattığım yerde doğruldum. "Neden?" dedim korku dolu bir ses tonuyla. "Kötü bir şey mi oldu?"

"Bo... Bo... Bombalar," dedi kekeleyerek. "Az önce gözlerimin önünde yüzlerce insan öldü."

O anda dışarıdan sesler gelmeye başladı. Patlayan bombaların ta uzaklardan gelen gürültüsü; sonra, daha yakından, bir makineli tüfeğin kısa, kesik takırtısı; ardından bir başkası. Korkudan ağlamaya başladım. "Dışarıda neler oluyor böyle Wassim?" dedim. "Patlama ve silah sesleri evin içinde yankılanıyor."

Wassim panik halinde, "Çabuk Amer'i al, arka odaya saklanın. Pencerelerden de uzak durun. Ben de ortalık biraz durulur durulmaz, hemen eve geleceğim."

Telefondan 'dıııt' sesi geldi. Ahize elimde kalmıştı. Korkudan dilim damağım kurudu. Mari ağlayarak yanıma koştu. "Dışarıda insanların üzerlerine silahla ateş açıyorlar," dedi.

Zihnim bulandı. Sağlıklı düşünemiyordum. "Sen rüya mı görüyorsun Mari?" diye sordum.

Mari şaşkın şaşkın bana baktı. "Ne rüyası hanımefendi?" dedi. "Az önce perdeyi açtım. Dışarı baktım. Askerler insanları yere yatırmış, kurşuna diziyorlar."

"Sen ne diyorsun? Bütün bunlar şimdi mi oldu?"

"Evet. Sokak kana bulanmış. Bana inanmıyorsanız, dışarıya kendiniz bakın."

Mari'ye sert sert baktım. "Pencereden uzak dur," dedim sinirli sinirli. "Amer nerede?"

"Odasında uyuyor."

"Hemen kaldır, arka odaya götür."

Mari hızlıca yanımdan uzaklaştı. Heyecanla telefona sarıldım. "Neler oluyor böyle Sevim Teyze?" dedim heyecandan titreyen sesimi kontrol etmeye çalışarak.

"Aman kızım," dedi. "Hiç sorma. Dışarıda neler olmuyor ki. Dışarısı âdeta mahşer yeri gibi. Az önce dışarıdan geldim. Her tarafta bombalar patlıyor."

"Bombaları kim patlatıyor?"

Heyecandan neredeyse soluğum kesilmişti. Güçlükle nefes alıyordum. "Sünni Müslüman Kardeşler Örgütü'nün militanları," dedi Sevim Teyze. "Korkarım ki bu bir başlangıç. Daha çok kan dökülecek."

Telefonu kapattım. Wassim'i büyük bir sabırsızlıkla beklemeye koyuldum. Epey bir zaman sonra Wassim eve geldi. Boynuna sarıldım. "Sen iyi misin canım?" dedim.

Üzerindeki kanlı gömleği gösterdi. "Beni merak etme," dedi. "Allah'a şükür ben iyiyim. Şimdi izninle ellerimi, yüzümü yıkamak istiyorum."

O sırada Mari, Amer'e mamasını yediriyordu. Wassim banyodan çıkıp yanımıza geldi. "Benim güzel oğlum ne yapıyor?" dedi Amer'i kucağına alırken.

"Haydi, çabuk anlat," dedim. "Yoksa meraktan çatlayacağım. Bugün n'oldu?"

Wassim Mari'ye baktı. "Çok acıktım," dedi. "Sofrayı hazırlar mısın?"

"Hemen hazırlıyorum," dedi Mari, sonra da hızlıca mutfağa gitti.

"En sonunda Hafez al-Assad ile Sünni Müslümanlar Kardeşler Örgütü militanları birbirlerine kılıçları çekti," dedi Wassim. "Bugün bomba yüklü üç arabayı, şehrin göbeğinde havaya uçurdular. Yüzlerce insan oracıkta öldü."

"Bombalar patladığı zaman sen neredeydin?"

"Verilmiş sadakam varmış. Bugün ölümden döndüm. Birinin dükkânına tesadüfen girmesem, şimdi çoktan ölmüştüm."

Yüreğim ağzıma gelmişti. "Allah korusun," dedim.

Gülümsedi. "Merak etme. Zaten korudu."

"Bunlar birbirlerinden ne istiyorlar?"

"Hafez al-Assad eli kanlı bir diktatördür. Kendisinden daha kötü olan bir kardeşi var. Onun adı da Rifaat al-Assad'dır."

"O ne iş yapıyor?"

"O, Suriye ordusunun başında. Ayrıca ahlaksız adamın tekidir. Ha, bu arada, ahlaksız dedim de şimdi aklıma geldi. Sana söylemedim değil mi?"

Kulağımı kabarttım. "Neyi?"

"Rima'nın başına gelenleri."

Şaşkınlığım büsbütün artmıştı. "Bizim Rima'dan mı bahsediyorsun?"

"Evet. Kızcağızı evlendirmişler."

Bir süre öylece kalakaldım. "İnanmıyorum," dedim şaşkınlıkla. "Rima'ya şimdi küstüm. İnsan düğününe çağırmaz mı?"

"Sofra hazır," dedi Mari.

Hep birlikte sofraya oturduk. Wassim sıcak çorbasına kaşığı salladı. Kaşığı çorbayla doldurdu. Çorbaya üfledi, sonra da içti. "Hımm," dedi boğuk bir sesle. "Güzel çorba yapmışsın hanım. Eline sağlık."

Mari'yle birbirimize bakıp kıkır kıkır güldük. "Bak, Wassim Efendi," dedim. "Hanım olacak kadar daha yaşlanmadım ben. Lütfen sözlerinize dikkat ediniz!"

Wassim gülümsedi. "Yoksa sana hanım mı dedim? Hanım kelimesini söylemek de nereden aklıma geldi, bilmiyorum."

"Şaka yaptım. Şimdi sen bunları boş ver," dedim. "Rima ne zaman ve kiminle evlenmiş?"

"Kıza çok yazık oldu," dedi Wassim çorbasını içerken. "Onun başına gelenleri duyduğumda, bugün kahrımdan oturup hüngür hüngür ağladım."

"N'oldu ki?"

"Rima bir akşamüstü Mira'ya gitmiş. Miraların sarayında da Rifaat al-Assad varmış. Assad, o akşam Mira'nın babası Abdul Halim Khaddam'ın davetlisiymiş. Bir ara Mira, Rima'yla birlikte babasının yanına uğramış. O esnada Assad, Rima'yı görmüş. Ona vurulmuş. Rima'yı yanına çağırmış. Uzunca bir süre onunla sohbet etmiş. Ertesi gün Rima'yı evlerinden askerler alıp götürmüşler. Söylentilere göre Assad, Rima'nın o gün ırzına geçmiş. Sonra da Rima'yı emrindeki subaylardan birisiyle nikâhlamış."

İşittiğim sözler karşısında âdeta kanım dondu. Allak bullak oldum. Yüreğim Rima'ya duyduğum acıyla kabardı. Gözlerimden yaşlar süzüldü. Elim yüzümde kalmıştı. "Bu nasıl olabilir?" dedim ağlarken. "Bu adam hayvan mı?"

"Sen de dikkatli ol," dedi Wassim. "Bu aralar her taraf muhaberat kaynıyor. Başımıza bir iş gelmesinden korkuyorum. Bilmiyorum, sana söyleyip söylememekte kararsızım."

Gözlerimi dört açtım. Wassim'e baktım. "Bu sefer ne söyleyeceksin?" dedim.

Yüreği deli gibi atıyordu. Ağzı kurumuştu. Masada duran suyu aldı, kafasına dikti. Suratı bembeyaz oldu. "Ne o?" diye sordum. "Suratın neden düştü?"

Su bardağını masaya bıraktı. "Geçen gün," dedi heyecanlı heyecanlı. "Muhaberatlar iş yerime geldi. Senin hakkında benden bilgi almak istediler. Ayrıca burada yaşayan Türklere karşı da casusluk yapmamı istediler."

Ağzım bir karış açık kaldı. "Bu söylediklerin şaka mı?"

Elini masada duran ekmeğin üzerine koydu. "Sana eğer yalan söylüyorsam beni ekmek çarpsın."

"Sen ne söyledin?"

"Senin benim karım olduğunu, gizlimiz saklımız olmadığını söyledim. Ayrıca onlara, casusluk yapamayacağımı da söyledim."

"Peki bu durumda onlar sana ne dedi?"

"Kapıyı suratıma çarpıp gittiler."

O akşam Wassim'in söyledikleri beni ürkütmüştü. Ertesi sabah erkenden evden çıktım. Hemen karşı sokağımızdaki Türk elçiliğine gittim. Büyükelçi Abbas Amca'yı babamın görev yaptığı zamandan beri tanıyordum. Elçiliğin kapısından içeri girdim. Koridorda yürümeye başladım. Abbas Amca koridorun sonunda göründü. "Gel bakalım benim hayırsız kızım," diye yüksek sesle bağırdı. "Sen yaşıyor musun?"

Hızlı adımlarla ona doğru yürüdüm. Abbas Amca'nın boynuna sarıldım. "Kusura bakmayın," dedim. "Anne olmanın sıkıntılarını yaşıyorum. Bütün gün çocukla uğraşıyorum."

Elimden tuttu. "Gel bakalım," dedi. "Baban nasıl?"

"Çok çok iyiler. Onlarla ancak telefonda görüşebiliyorum."

"Burada bir sıkıntın var mı? Unutma ki sen bize emanetsin."

"Allah'a şükür bir sıkıntım yok. Ama size haberlerim var."

Abbas Amca gözlerini bana dikti. "Ne haberi?"

"Muhaberatlar," dedim heyecanlı heyacanlı. "Burada yaşayan Türkleri fişliyorlarmış."

"Sana bunları kim söyledi?" dedi sakin sakin.

Bir süre düşündüm. "Söyleyeceğim isim aramızda kalabilir mi?"

"Tabii ki kızım. Bana güvenebilirsin."

"Kocam Wassim. Geçen hafta muhaberatlar onun iş yerine gitmişler. Ondan bize karşı casusluk yapmalarını istemişler."

Abbas Amca sinirlenmişti. "Aşağılık köpekler," dedi. "İstedikleri kadar çöplüğü eşelesinler. Bir halt bulamazlar. Sen bizi merak etme kızım. Bizim elimiz de burada armut toplamıyor. Biz de gerekli istihbarat çalışmalarını yapıyoruz."

O gün Abbas Amca'nın yanında yarım saat kaldım. Genelde havadan, sudan konuşmuştuk. Sonra beni öptü, kapıya kadar yolcu etti. Elçiliğin kapısından dışarı çıkmak üzereydim ki, Pınar Abla'yla karşılaştım. Pınar Abla'nın kocası Hüseyin, elçiliğin istihbarat elemanıydı. Aslında her Türk elçiliğinde bir istihbarat elemanı vardı; ama güya hiç kimse o istihbaratçının kim olduğunu bilmezdi. Pınar Abla boynuma sarıldı. "Sen çok hayırsız çıktın," dedi.

Pınar Abla, otuz yaşlarında ve çocuksuzdu. Siyah saçlı ve koyu tenliydi. İnci gibi dişleri vardı. "Haklısın Pınar Abla," dedim. "Ne söylesen haklısın."

"Kaç zamandır nerelerdesin? Elçiliğin düzenlemiş olduğu etkinliklere de pek katılmıyorsun. Sen iyi misin?"

Gülümsedim. "Ne bileyim Pınar Abla," dedim. "Şam'a geldim geleli hamileyim."

Pınar Abla güldü. "Yoksa," dedi.

"Evet. İkinci çocuğuma hamileyim."

Koluma girdi. "Biraz zamanın var mı?"

Kolumdaki saate baktım. "Var."

"Sana çay ısmarlayayım. Hem de biraz dertleşiriz."

Pınar Abla'yla sokağa çıktık. Elli metre yürümemiştik ki, aniden yolumuz kesildi. O anda heyecandan düşüp bayılacaktım. Yolumuzu kesen silahlı kadınlardan birisi Arapça bağırdı. Pınar Abla'yla birbirimize baktık. "Acaba bize mi bağırıyor?" dedi Pınar Abla.

Silahlı kadın sinirlenmişe benziyordu. "Çıkar," diye bağırdı.

"Neyi çıkaracağız?" dedi Pınar Abla.

Kadın, elinde tuttuğu otomatik silahı arkadaşına verdi. Pınar Abla'ya doğru yaklaştı. Pınar Abla'nın giydiği kalın çorabı eliyle çekiştirip paramparça etti. Bunu gören arkadaşları gülüşmeye başladılar. Pınar Abla'nın sinirleri bozulmuştu. Bir anda hüngür hüngür ağlamaya başladı. "Bize bunu neden yapıyorsunuz?" diye yüksek sesle bağırdım.

Kadınlardan biri burnumun dibine kadar sokuldu. "Bundan sonra sokağa çıktığınızda mini etek giyeceksiniz," dedi. "Kesinlikle kapalı kıyafetler giymeyeceksiniz."

Eli silahlı kadınlara baktım. Sanki her biri defileden fırlamıştı. O sırada elçilikten bir görevli koşarak yanımıza geldi. "Onları rahat bırakın," dedi sinirli sinirli. "Onların bu ülkede dokunulmazlıkları var."

Kadınlar geriye doğru çekildiler. Beş kadın, geldikleri gibi arabalarına binerek toz oldular. "Onlar kimdi?" diye sordum sinirli sinirli.

Türk elçiliğinde çalışan adam Arap'tı. "Onlar, Paraşütçü Kızlar Birliği'nden," diye yanıtladı.

"Ne birliği?" dedim şaşkınlıkla.

"Paraşütçü Kızlar Birliği. Bu kadın askerler, Rifaat al-Assad'ın ordusunun kadın kolu."

Sinirimden gülmeye başladım. "Böyle askerleri de hayatımda ilk kez görüyorum. Bunlar nasıl askerler? Bu kış gününde bile açık saçık kıyafetlerle dolaşıyorlar. Bunların üniformaları yok mu?"

Adam bana bakıp gülümsedi. "Biliyorsunuz, Rıfaad al-Assad bir Nusayri."

"Biliyorum," dedim.

"O, İslam dinine karşı biri. Örtünen kadınları silah zoruyla açmaya çalışıyor."

Acı acı güldüm. "Belli," dedim. "Assadlar bir tek örtünenlere değil, kalın çorap giyenlere de karşılar. Ne yapalım? Biz de bundan sonra mini etek giyip, tül çorapları bacaklarımıza geçiririz."

"Ben artık işime geri döneyim," dedi adam.

Pınar Abla'ya baktım. "Sen iyi misin?"

"Hâlâ şoktayım," dedi. "Elim ayağım tutmuyor. Çarşafa girmek istemeyen kadınların baskıya maruz kaldığını biliyordum da, çarşafa girmiş kadınların açılmaları için baskıya maruz kaldığına ilk kez şahit oluyorum. Bir yaşıma daha girdim."

"Demek ki," dedim gülümseyerek. "En azından bu konuda bir eşitlik sağlanmış. İran ve benzeri ülkelerde kadınlar zorla çarşafın içine sokulurken, Suriye'de de çarşafa giren kadınlara silah zoruyla başları açtırılıyor. İlahi adalet bu olsa gerek."

"Vallahi bu kış günü bacağım üşüdü," dedi Pınar Abla gülerek. "Haydi, şu dükkânlardan birine girelim de, kendimize seksi çoraplar alalım."

İkimiz de aynı anda kahkahayı bastık. Kol kola girdik. Çorap satan bir dükkân aramaya başladık.

Yaklaşık yarım saat sonra bir pastaneye oturduk. Dışarıdaki soğuk hava insanın içine işleyen cinstendi. Çaylarımızı söyledik. "Anlat abla," dedim. "Şam'da neler yapıyorsun?"

Pınar Abla'nın gözleri buğulandı. "Birisiyle dertleşmeye çok ihtiyacım vardı," dedi. "Burada kendimi çok yalnız hissediyorum."

Elimi elinin üstüne koydum. "İstersen bana açılabilirsin."

"Hüseyin'le sürekli kavga ediyoruz."

"Neden abla?"

"Bir çocuğumuzun olmasını çok istiyor; ama ona ne yazık ki bir çocuk doğuramıyorum."

"Doktora gittiniz mi?"

"Gittik; ama doktorların söyledikleri hep yalan yanlış şeyler. Sonuç ortada."

"Sakın umutsuzluğa düşme abla."

"Düştüm bile," dedi ağlarken.

"N'olursun ağlama."

"Ben ağlamayım da kimler ağlasın Piruze? Bu sıkıntılarım sanki bana yetmezmiş gibi, başka sıkıntılar da baş göstermeye başladı."

"Ne gibi sıkıntılar?"

"Hüseyin'in burada bir dostu var."

"Emin misin?" dedim şaşkınlıkla.

"Eminim."

"Sen kadını gördün mü?"

"Hayır. Henüz neyin nesi, kimin fesi olduğunu bilmiyorum."

"Hay Allah," dedim iç çekerek. "Bu konuda ne yapabiliriz?"

"Gelecek hafta Türkiye'ye tatile gidiyorum. Orada bir karar vereceğim. Belki de bir daha buraya dönmem."

"Saçmalama abla. Hemen boşanmak olur mu?"

Eliyle gözyaşlarını sildi. "Belki de en doğrusu bu Piruze. Hüseyin, baba olmak istiyor. Ben de onun bu isteğini karşılayamıyorum. Zorla güzellik olmaz ya."

"Çocuk şart mı abla? Sevgiyle her şey aşılır."

"Yanlış düşünüyorsun Piruze. Bir ailenin temeli çocuklardır. İşin garip tarafı, çocuk isteyen bir tek Hüseyin değil. Ben de yana yakıla bir çocuk sahibi olmak istiyorum."

Pınar Abla'nın sözleri yüreğimi dağladı. Karşımda durmuş, hıçkırarak ağlıyordu. "Yeter, ağlama artık abla," dedim. "Kendini yiyip bitirme."

Daha önünde duran çayını bile içmemişti. "Haydi, kalkalım," dedi yaşlarını silerken. "Kendimi çok kötü hissetmeye başladım."

Hesabı ödedim, dışarı çıktık. Dışarıda bardaktan boşalırcasına yağmur yağıyordu. Elinde tuttuğu şemsiyesini bana uzattı. "Al bu şemsiyeyi," dedi. "Islanma."

"Olmaz abla. Şemsiyeni bana verirsen, bu sefer de sen ıslanacaksın."

"Al," dedi sinirli sinirli. "Hamilesin. Böyle havalarda senin kendine dikkat etmen gerekiyor. Korkma! Bana hiçbir şey olmaz. En fazla bir hafta soğuk algınlığından yatarım. Sonra da ayağa kalkarım."

Şemsiyeyi elime sıkıştırdı. Boynuma sarıldı. "Hakkını helal et," dedi ağlarken. "Belki birbirimizle bir daha görüşemeyebiliriz."

"Hakkımı helal ediyorum," dedim çatallaşan sesimle. "Sen de hakkını helal et abla."

Yanağımdan öptü. Sonra da arkasını dönüp yanımdan hızlıca uzaklaştı. Bir süre arkasından öylece bakakaldım. Boynu bükük bir şekilde, evlerinin yolunu çoktan tutmuştu bile.

TAŞINMA

"İrade olan yerde elbet bir çare de olurmuş. Ben iradem̲i kaybettiğim için, bir çare, yol da bulamadım. Wassim'e daha fazla direnemedim, kayınvalidem Afaf'ın evine taşınmak zorunda kaldım. O eve taşındığım günden beri de yalnızlık duygusu soluk almamı engelledi. Tuhaf olan ne, biliyor musun?"

Kim siyah gözlerini yerden kaldırıp bana baktı.

"Wassim'in annesinin oturduğu ev oldukça genişçeydi. Kocaman ev, soğuk taşlarla döşenmişti. Tıpkı ruhsuz bir kalbin soğuması, donması gibi. O günden sonra ruhum ne bedenimin sıcakliğını hissedebildi, ne de bedenim ruhsuz parmaklarımı kımıldatabildi."

Kim gözyaşlarımı çoktan fark etmişti. "Ağlama," dedi boğuk bir sesle. "Şunu bilmiş ol ki, beden kadife bir elbiseye benzer. O kadife elbiseli bedene el değdikçe, ruh kendisini bulur. Beden kanlanıp canlanır. Ama gel gör ki, erkekler bu kadife elbiseli bedeni okşayacaklarına, gidip bu elbiseyi giyen başka bedenleri ararlar. O bedeni okşarlar. Bu beden anneleri de olabilir, sevgilileri de."

Gözyaşlarımı sildim. "Haklısın," dedim. "Bozulanlar, değişenler bedene ait olan duygularımız, huylarımızdır. Değişimin yaşandığı yer bedendir. Ölümsüz olan ruh ise hiç değişmez, başka bir şeye dönüşmez. Çünkü o ruh başka bir yere aittir. Ne yazık ki Wassim'in genç bedeni, erken değişmeye başlamıştı. Nereden bilebilirdim ki, aklını yitireceğini."

Kim duraksadı. "Aklını mı yitirdi?" dedi şaşkınlıkla.

"Evet. O da hemcinsleri gibi delirdi."

"Seni anlamıyorum."

"O zaman anlatayım," dedim ve kaldığım yerden hikâyeme şöyle devam ettim:

***

Akşamın erken saatlerinde kapının kilidi açıldı. Wassim soluk soluğa içeri girdi. "Hayrola," dedim. "Bu ne telaş?"

Arkasını bana döndü. "İçeriye girin," diye bağırdı.

Açık olan kapıdan, üç tane kötü giyimli adam girdi. Ellerinde büyükçe boş karton kutular vardı. "Neler oluyor Wassim?" diye sert çıkıştım.

Wassim yüzüme bile bakmadan, "Taşınıyoruz," dedi bir çırpıda.

Elim kolum bağlanmıştı. "Nereye?" diye sordum şaşkınlıkla.

"Nereye olacak canım, anneme."

O anda haykırmak geliyordu içimden; ama yapamadım. Mantıklı olabilmesi için onunla sakince konuşmaktan başka çarem yoktu. "Bu kış gününde mi?" diye sordum. "Bari baharı bekleseydik."

Wassim sözlerime aldırış bile etmiyordu. "Kırılacak eşyaları kutulara dikkatlice yerleştirin," dedi adamlara.

"Sen beni dinliyor musun?" dedim sinirli sinirli.

Kolumdan tuttu. Beni boş odalardan birine sürükledi. "Sen kim oluyorsun?" dedi ağzından ateşler saçarak. "Bugün yaptığın hiç de doğru bir şey değildi. Sana güvenemeyecek miyim ben?"

O anda başımdan aşağı kaynar sular döküldü sanki. "Ne yaptım ki?" diye sordum telaşlı telaşlı.

"Ne mi yaptın? Bugün sizinkilere koşup beni ele verdin. Bu kötülüğü kocana nasıl yaparsın?"

Âdeta donup kaldım. "Sana nasıl kötülük yapabilirim? Sen benim kocam, çocuğumun babasısın. Senin tek bir kılına bile zarar gelmesini hiç ister miyim ben?"

"Görünüşe bakılırsa istemişsin. Başımı büyük bir belaya sokabilirdin."

Suda eriyen buz parçası gibi çözüldüm. "Sen nasıl öğrendin?" diye sordum ağlamaklı sesimle.

"Çocukluk arkadaşım söyledi."

"Çocukluk arkadaşın mı?"

"Evet."

O an Wassim'e her nedense içimden inanmak gelmiyordu. Bana yalan da söylüyor olabilirdi. Ona inanmadığımı çoktan sezmişti. "Yoksa bana inanmıyor musun?" diye sordu.

Ağzımı açmadım. Hiçbir şey söylemedim. "Bak," dedi. "Bugünlerde Suriye'nin her tarafı muhaberat kaynıyor. Çocukluk arkadaşım, bu muhaberatlardan sadece bir tanesi. Sizin elçilikte görev yapan salak istihbaratçıdan öğrenmiş."

Gözlerim fal taşı gibi açıldı. "Bizim Türk elçiliğinde istihbaratçı olmaz," diye yalan söyledim.

Wassim acı acı güldü. "Sen onu benim külahıma anlat."

"Doğru söylüyorum."

Wassim'in sinirden attığı kahkaha kulaklarımı tırmaladı. Gözlerine baktığımda anlamsız bir gurur gördüm. "Ben her şeyi biliyorum," dedi böbürlenerek. "Adamın adı Hüseyin."

Şaşkınlığım büsbütün artmıştı. "Hü... Hü... Hüseyin mi?" diye kekeledim.

"Hüseyin ya."

"Hüseyin Ağabey olamaz. O sadece bir elçilik görevlisi."

"Sen öyle san. O adamdan bırak istihbaratçıyı, bir cacık bile olmaz."

"Neden?" dedim mağdur bir ses tonuyla.

"Neden olacak canım," dedi kahkaha patlatırken. "Bu salak adam, Suriye İstihbarat Servisi'nde çalışan çocukluk arkadaşıma kör kütük âşık olmuş."

Duyduğum sözler karşısında beynimden vurulmuşa

döndüm. Bir an için Pınar Abla'yı düşündüm. "Yalan söylüyorsun," dedim haykırarak. "O evli."

Wassim'in yüzü gerildi. "O şerefsiz belki evli olabilir ama burada bir ilişkisi var. Karısı ona çocuk doğuramıyormuş."

Wassim'in söylediklerine artık inanmaya başlamıştım. "Pekâlâ," dedim kararlı bir ses tonuyla. "Doğru söylediğini bir an için kabul edelim. Peki o kadın, Hüseyin Ağabey'e gerçekten âşık mı?"

Wassim acı acı güldü. "Sen hangi aşktan bahsediyorsun?" diye sordu. "Kız arkadaşım, o salaktan birtakım bilgiler alıyor. O da arkadaşımın çıplak koynunda bülbül gibi şakıyor."

Pınar Abla'ya içten içe üzüldüm. Wassim'e karşı yenilgimi kabul etmiştim artık. "Kötü bir niyetim yoktu canım," dedim. "Galiba milliyetçilik duygumla hareket ettim. Senden özür dilerim."

Wassim'in siniri geçmişti. "Bak aşkım," dedi elimden tutarak. "Bu işlerin şakaya gelir tarafı yok. Eğer o istihbarat elemanı, benim tanıdığım biri değil de başka biri olsaydı, şu anda hapisteydim. Beni bu seferlik üstlerine rapor etmedi, ama sözlü olarak uyardı. N'olur Piruze. Sana yalvarıyorum. Bu tür işlere kalkışıp beni de, kendini de ateşe atma. Ailemizi düşün. Milliyetçilik yapmak sana mı kalmış?"

Kolum kanadım kırılmıştı. Pazarlık gücüm hiç kalmamıştı. Boynumu sessizce aşağı eğdim, eve doluşan adamların çalışmalarını seyrettim. Bir süre öylece kalakaldım.

Yuvamızı dağıtmanın acısıyla haykırmak istiyordum ama kendi acımı düşünecek durumda değildim. O anda Pınar Abla'yı düşünüp durdum. Birkaç damla gözyaşımı, oracıkta onun için akıttım.

Ertesi gün erkenden apartmanın önüne bir kamyon yanaştı. Wassim'in yüzünde telaşlı bir ifade vardı. "Artık gidiyoruz," dedi.

Kapı aralıktı. Birkaç adam içeri girdi. Bir önceki gün paketlenen kutuları hiç zaman kaybetmeden nakliye kamyonuna taşımaya başladılar. O günü hiç unutamam. 1982 yılı, ocak ayının ortalarıydı. Adamlar kutuları taşırken, Wassim yanıma sokulup kısık bir sesle, "Seninle konuşmamız gerekiyor," dedi.

Mutfağa geçtim. "Yine n'oldu?"

"Mari bizimle gelmiyor."

Bir anda gözlerimden yaşlar taştı. "Sen ne söylediğinin farkında mısın? Mari bizimle neden gelmiyor? Ben onsuz ne yaparım?"

"Annem böyle istiyor. Annemin evinde bir çalışan var. İkinci bir kadına gerek olmadığını söyledi."

Şaşkındım. Ne söyleyeceğimi bilemiyordum. Kendimi toparlamaya çalıştım. "Mari çocuk bakımından anlıyor," dedim. "Herkesin eline çocuk verilmez ki. Bunu sen de biliyorsun."

"Kendime özel bir şoför tuttum," dedi. "Bugünlerde harcamaları biraz kısıyorum. Babamdan sonra işler eskisi gibi değil. İşleri yoluna koyana kadar idare et."

İçim sızladı. "Demek öyle," dedim sinirli sinirli. "Sen özel şoförlerle gezeceksin diye, ben evde perişan mı olacağım? Sakın annen bu işin bahanesi olmasın?"

"Saçmalama. Şoförün sana da yardımı dokunur."

"Bana, evde bir kadın lazım," dedim ağlarken. "Ben dışarıdaki şoförü ne yapayım?"

"Bu konu, burada kapanmıştır," dedi kestirip atarak. "Mari bizimle gelmiyor."

Birden içime bir acı çöktü. Wassim'in arkasından dışarı çıktım. Mari karşımda durmuş, bana bakıyordu. Yüzünde üzüntülü bir ifade vardı. Kucağında Amer'i tutuyordu. Amer'i bağrına bastı. Yanaklarından öptü. "Ne yapalım?" dedi hüngür hüngür ağlarken.

Mari'ye sarıldım. "Sakın ağlama," dedim. "Ben de çok üzgünüm."

Elleri titriyordu. Amer'i bana doğru uzattı. "Ben de valizimi alayım," dedi. "Bu kış günü kendime yeni bir iş ve başımı sokacak bir yer bulmam gerekiyor."

Mari'ye sarıldım. Hüngür hüngür ağlamaya başladım. "Siz çok iyi bir insansınız," dedi.

"Hemen bir iş bulabilecek misin? Sana bir iş bulması için, Wassim'le konuşmamı ister misin?"

Gözleri çakmak taşı gibi yandı. "Asla," dedi kararlı bir ses tonuyla. "Beyefendiden asla bir şey istemem. Boşuna zahmet etmeyin."

Her halinden belli oluyordu, kadınlık gururu kırılmıştı. "Ben sadece," dedi gözyaşlarını akıtırken, "Amer'i ve sizi çok özleyeceğim. Amer'e çok alışmıştım. Ondan ayrılmak, onun kokusundan ayrı düşmek, bana fazlasıyla acı gelecek."

Sustum. Ona daha fazla bir şey söylemedim. O sırada içeri ince yapılı, uzun boylu, çember sakallı, açık tenli ve otuzlu yaşlarında bir adam girdi. Elinde tuttuğu parayı bana uzattı. "Wassim Bey gönderdi," dedi. "Adım Tarek Ramlawi. Wassim Bey'in yeni şoförüyüm."

"Bu para ne için?"

"Bakıcınıza verecekmişsiniz."

Parayı Mari'ye uzattım. "Bu para bizden alacağın. İstersen say," dedim üzgün bir ses tonuyla. "Eksikse tamamlayayım."

"Saymama gerek yok," dedi gözyaşlarını silerken. "Ben artık toparlanayım."

Çok geçmeden koliler kamyona yüklendi. Wassim yanımıza geldi. "Haydi, gidiyoruz," dedi.

Wassim'e baktım. "Eşyalar daha yüklenmedi. Dolaplar olduğu gibi duruyor. Bu durumda nereye gidiyoruz?"

Wassim Mari'ye baktı. "Kusura bakma," dedi. "Umarım bir gün yine çalışma imkânımız olur."

Mari umursamaz bir şekilde başını saldı. Sırtını hafifçe Wassim'e döndü, bana baktı. "Sizi istemeden üzdüysem çok özür dilerim," dedi.

"Seni istemeden kırdıysam, asıl ben senden çok özür dilerim," dedim.

Elinde tuttuğu küçük valiziyle boynuma sarıldı. İkimiz de oracıkta hüngür hüngür ağlaşıyorduk. Bir ara benden çözüldü. Amer'i kucağına aldı. Bağrına sımsıkı bastı. "Seni çok özleyeceğim küçük adam," dedi. "Seni çok özleyeceğim. Bir an önce büyü. Akıllı bir çocuk ol. Yakında dünyaya gelecek kardeşine de iyi bir ağabey ol."

Amer'i son kez öptü. Kucağıma verdi. Wassim'in yüzüne bile bakmadan, "Hoşça kalın hanımefendi," dedi. "Kendinize çok çok iyi bakın."

Mari aralanmış kapıdan soğuk bir rüzgâr gibi eserek çıktı. Wassim arkasından öylece bakakaldı. "Terbiyesiz kadın," dedi. "Bunları işe alırken iyi, işten çıkarırken kötü."

"Kadın haklı," dedim ağlarken.

"Nesi haklıymış?" diye terslendi. "Bu kadın senden yüz bulmasaydı, şimdi bu terbiyesizliği yapamazdı bana."

"Ne münasebet canım. Asıl terbiyesizliği yapan kim? Kadıncağıza daha önceden haber vermeden, onu işten çıkardın. Onu işten çıkarsan iyi. Bu kış günü, onu sokağa attın. Şimdi nereye gidecek? Hiç düşündün mü?"

"Canı cehenneme," dedi Wassim sinirli sinirli. "İnşallah bir an önce geberir, cehenneme gider."

Wassim'i ilk kez böyle duygusuz görüyordum. Onun bu duygusuzluğu, doğrusu beni korkutmuştu. "Bir an önce gidelim," dedi soğuk bir şekilde.

"Dolaplar ne olacak?" dedim üzgün bir ses tonuyla.

"Gereksiz şeyleri burada bırakıyoruz. Annemin evinde yeterince eşya var zaten. Bu evde kalan her şeyi daha sonra eskicilere satacağım."

O gün kayınvalidemin evine taşınıyor olmamız, beni son derece rahatsız etmişti. İçim burkularak son kez eve baktım. Hüngür hüngür ağlamaya başladım. "Hadi, artık gidelim," dedim boynu bükük bir şekilde. "Amer'in uyku saati çoktan geldi."

HAMA KATLİAMI

Kayınvalidem Afaf'ın evine taşındığımız gün, şunu çok iyi biliyordum ki, evliliğim er ya da geç sararıp solacak, git gide bir felaket halini alacaktı. Güya sevenle sevilenin arasına hiç kimse giremezmiş. Külliyen yalan! Çünkü evli bir erkeğin arkasında mutlaka başka bir gölge kadın vardır. Benim arkamda da bir değil, birden fazla kadın vardı. Bu gölge kadınlardan ilki, ne yazık ki kayınvalidem Afaf'tı.

Afaf, elli yaşlarında, esmer tenli, kısa boylu ve siyah, uzun saçlıydı. Şam'ın en pahalı semtlerinden biri olan Aburamaneh Caddesi'nde oturuyordu. Taşlarla döşeli olan bu evin tavanları oldukça yüksekti. Yerlerde delikli ızgaralar vardı. Yazın yerler bol suyla yıkanıyor, evin içi serinletiliyordu. Ayrıca avluda fıskiyeli bir havuz vardı. Bu fıskiyenin sularının sesi, her gün âdeta neşeden çağıldar gibi duyuluyordu. Evin çok hoş bir terası vardı. Bu terasa güzelliğini veren de büyük saksılar içindeki acımsı bir tada sahip küçük portakal ağaçlarıydı.

O gün kayınvalidem bizi kapıda karşıladı. "Hoş geldiniz," dedi.

Wassim annesinin boynuna sarıldı. Onu yanaklarından öptü. "Hoş bulduk anne," dedi.

Kayınvalidemin uzattığı eli öptüm. "Üzgün olduğunu görüyorum," dedi. "Sakın üzülme. Yakında burada yaşamaya alışırsın. Artık burası senin de evin sayılır."

"Sizin yanınıza taşındığımız için üzülmedim," diye yalan söyledim. "İki gecedir doğru dürüst uyuyamadım. Beni asıl üzen şey, Mari'nin gitmesi oldu. Ona çok alışmıştım."

"Unut o kadını," dedi sert bir ses tonuyla. "Bu evde yeterince kadın var. Hepimiz Amer'e bakarız."

Kayınvalidemin ses tonu tüylerimi ürpertmişti. Daha sonra, "Nejwa," diye bağırdı.

Bir kız çocuğu koşarak yanımıza geldi. Kızcağız on beş yaşlarındaydı. Siyah saçlı, parlak tenliydi. Güzelce bir kız çocuğuydu. "Efendim," dedi panikleyerek.

"Şu çocuğu al, hemen uyut."

Amer'i korkarak ona uzattım. "Acaba uyutabilir mi?" diye söylendim. "Kendisi de henüz çocuk sayılacak bir yaşta."

"Nejwa dün işe başladı," dedi kayınvalidem. "Sen onun çocuk gibi görünmesine bakma. Nusayri kızları çalışkandır. Şimdi size odanızı göstereyim."

Wassim ve ben, kayınvalidemin arkasından yürümeye başladık. Merdivenlerden yukarı kata çıktık. Kayınvalidem en uçtaki odanın önünde durdu. "Burası," dedi.

Kapıyı açtım. "Eşyalar çok eski," dedim hayal kırıklığımı gizleyemeden. "Keşke kendi yatak odamızı getirseydik."

"Ne gereği var?" dedi kayınvalidem. "Bu odaya geceden geceye yatmaya geleceksiniz. Ayrıca eşyaların nesi var?"

Wassim'e baktım. Gözlerini benden kaçırdı. "Annem haklı," dedi cılız bir ses tonuyla. "Eşyalar biraz daha eskisin, o zaman yenisiyle değiştiririz."

Sustum. Cevap vermedim. Daha ilk günden ocağın üzerine konan su gibi hafiften fokurdamaya başlamıştım. "Ben aşağı iniyorum," dedi Wassim. "Hamallara, eşyaları nereye koyacaklarını göstereyim."

Kayınvalidem, Wassim'e baktı. "O adamlara söyle oğlum, evimi çok fazla dağıtmasınlar."

Wassim hiçbir şey söylemeden çekip gitti. Kayınvalidem bir buzağının ağzını bağlar gibi, ikimizin de ağzını daha ilk günden bağlamaya başlamıştı. O sırada yanımıza Lina geldi. Lina, on altı yaşında, uzun boylu ve buğday tenliydi. Evin en küçük çocuğuydu. Boynuma sarıldı. "Hoş geldiniz," dedi. "Amer nerede?"

"Uyumaya gönderdim."

"Nejwa mı uyutuyor?" dedi alaycı bir ses tonuyla. "Ona da bir bakıcı lazım. Ne de olsa o da bir çocuk sayılır."

Kayınvalidem, Lina'ya ters ters baktı. "Yalan mı söylüyorum? Bana neden öyle bakıyorsun anne? Kız henüz on bir yaşında."

"Ne?" dedim şaşkınlıkla. "On bir yaşında mı?"

"Sen onun büyük gösterdiğine bakma."

Kayınvalideme baktım. "Amer'i Nejwa'ya nasıl teslim ederiz? Çocuğu düşürüp bir yerini kırmasın."

"Nusayri kızları, ev işleri konularında bayağı yeteneklidirler. Allah onları bu iş için yaratmış sanki."

"Ama çocuk bakımı, ev işlerine benzemez," dedim hayal kırıklığıyla.

"Bakar bakar," dedi kestirip atarak.

Ertesi sabah erkenden uyandım. Aşağı kata indim. Ortalıkta kimsecikler yoktu. Mutfağa girdim. Nejwa temizlik yapıyordu. "Günaydın," dedim.

"Günaydın," dedi gülerek.

"Ev halkı nerede?"

"Uyuyorlar."

"Kahvaltıyı ne zaman yapacağız?"

"Saat on gibi."

"Geç değil mi?"

"Bilmem," dedi. "Herkes geç saatte uyuyor. Sabahları da geç saatte kalkıyorlar. Ben size kahvaltı saatini haber veririm."

"Senin bir ailen var mı?"

"Var. Kırdaha'da yaşıyorlar."

"Tek başına bütün bu ev işlerinin altından nasıl kalkacaksın? Henüz çok küçük değil misin?"

"Kalkarım. Az uyur, çok çalışırım. Sonra da birkaç seneye kalmaz, bir adamla evlenirim. O zaman bütün bu işlerden kurtulurum."

Şaşkınlığım büsbütün artmıştı. "Sen ne söylediğinin farkında mısın? Daha çocuk sayılırsın. Evlenmek de nereden çıktı?"

"Nusayri kızlarının başka şansı yok. Bizim tek kurtuluş yolumuz evlenmekten geçiyor. Ailelerimiz bizi bu fikirle yetiştirip Şam'a gönderiyor. Bizim kaderimiz hep böyledir."

Şaşkınlıktan ağzım bir karış açık kalmıştı. Amer'in biberonunu aldım, kendimi mutfaktan dışarı attım. Odama çıktım. Wassim ve Amer mışıl mışıl uyuyorlardı. Ben de yatağa uzanıp tekrar uykuya daldım.

Epey bir saat sonra, başucumda duran paralel telefon çaldı. Ahizeyi kaldırdım. "Alo," dedim.

"Ben Nejwa. Evin hanımı kahvaltıya bekliyor."

O sırada Wassim uyandı. "Kim o?" diye sordu.

"Annen bizi kahvaltıya bekliyormuş."

Kahvaltı için aşağı indik. "Günaydın," dedi kayınvalidem. "İyi uyudunuz mu?"

"Uyuduk. Size de günaydın."

Kahvaltı masasına oturduk. Masada sadece bakla, nohut ve pide vardı. "Kahvaltı yapmadan, öğle yemeği mi yiyoruz?" diye sordum gülerek.

Kayınvalidemin bir anda yüzü ekşidi. "Bu bizim geleneksel kahvaltımız," dedi. "Yoksa beğenmedin mi?"

Bir anda sinirlerim bozuldu. "Benim bildiğim kahvaltıda peynir, zeytin, reçel, çay gibi şeyler olur. Ben, bakla ya da nohutla kahvaltı yapmıyorum. Kaç zamandır Suriye'deyim, burada bile yapmadım."

Masada soğuk rüzgârlar esti. "Öyleyse ben sana nasıl kahvaltı yapacağını göstereyim," dedi Wassim gülerek. "İlk önce pideyi küçük küçük doğruyorsun. Sonra da nohudun suyunu pidenin üzerine dök..."

Masadan hızlıca kalktım. Amer'i kucağıma aldım. "Ben aç değilim," dedim Wassim'in sözünü keserek. "Size afiyet olsun."

Wassim arkamdan koşarak geldi. "Sen ne yaptığını sanıyorsun?" diye bar bar bağırdı. "Şimdi derhal aşağı in. Annemden çabuk özür dile."

Amer korkmuştu. Ağlamaya başladı. "Bağırmadan konuş," dedim. "Çocuğu korkuttun. Ben annene terbiyesizlik yapmadım."

"Masadan kalkarak yaptın."

"Hayır, yapmadım. Masada benim yiyebileceğim bir şey olmadığı için kalktım."

Wassim pis pis baktı bana. "İyi o zaman," dedi. "Artık bu evde yaşamaya alışsan çok iyi edersin. Bundan sonra kahvaltı masasında olan şeyleri yiyeceksin."

Ağlamaya başladım. "Kes ağlamayı," dedi sinirli sinirli ve daha sonra kapıyı suratıma çarparak çekip gitti.

O günden sonra tam iki hafta boyunca birbirimizle hiç konuşmadık. Ta ki o uğursuz gün gelip çatana kadar.

Şubat ayının ikinci günüydü. Sabahın erken saatlerinde sokaktan gürültüler gelmeye başladı. Wassim, "Sabah sabah bu ne gürültü?" diye söylenerek uyandı.

O anda yatağın içinde göz göze geldik. "Günaydın," dedi tebessüm ederek.

"Sana da."

Yataktan kalktı. Perdeyi araladı. "İnanmıyorum," dedi şaşkınlıkla. "Sokakta tanklar yürüyor."

Yataktan hemen fırladım. "Yoksa burada da mı askeri darbe oldu?" diye sordum heyecanla.

Wassim pijamayla aşağı fırladı. Perdeyi kapattım. Üzerimi hızlıca giydim. Sokak kapısının önüne çıktım. Sokak âdeta mahşer yeri gibiydi. Herkes birbirine sorular soruyordu. "Neler oluyor Wassim?" diye sordum.

"Ha... Ha... Hama," dedi kekeleyerek. "Hama'yı yerle bir etmişler."

"Kim etmiş? Kiminle savaşa girmişiz?"

"Hiç kimseyle," dedi Wassim. "Hama'yı yerle bir edenler bizimkiler."

O sabah, yaşanan trajedinin boyutunu hiçbirimiz tam olarak bilemiyorduk. Saatler ilerledikçe, acı gerçekler bir bir ortaya çıkıyordu. O gece Hama'da yaşananlar, tam manasıyla katliamdı. Hafez al-Assad'ın kardeşi Rifaat al-Assad'ın başında bulunduğu Suriye ordusu, Hama'yı ilk önce havadan bombalamış, daha sonra da şehrin tamamına yakınını tanklarla yerle bir etmişti. Hatta o gün yayılan bir söylentiye göre, yerle bir olan binaların arasında saklanan Müslüman Kardeşler Birliği'nin üyelerini öldürmek için, zehirli gazlar kullanılmıştı. O gecenin bilançosu ise, yıkık bir şehir ve vahşi bir şekilde katledilen yaklaşık kırk bin civarında masum insandı.

İMAD

Hama katliamından sonra aylar ayları, olaylar olayları kovaladı. Bu zaman sürecinde, gerek Müslüman Kardeşler Örgütü'nden ve gerekse rejime muhalif farklı kesimlerden pek çok insan ya kurşuna dizildi ya da çeşitli ülkelere sürgüne gönderildiler. Suriye'de baş gösteren İslamcı isyan da böylece son bulmuş oldu.

1982 Ağustosu'nda, Amer on beşinci ayına bastığında, ikinci oğlum İmad dünyaya geldi. Sabah güneşinin ılıklığında, heyecandan kendimi sarhoş gibi hissediyordum. Aynı zamanda da yürekli. İçim, aşırı bir heyecanın kıvılcımıyla kıpır kıpırdı. Sarı saçlı ve tombik suratlı bir oğlan çocuğu dünyaya getirmiştim.

Wassim, oğlunu kucağına alırken başıyla annesi Afaf'a bir işaret çaktı. Kayınvalidem yatağın başucuna geldi. Eğilip yanağımdan öptü. "Geçmiş olsun," dedi.

"Sağ olun," dedim büyük bir gururla. "Sizin de gözünüz aydın olsun."

Bileğimden tuttu. Altın bir bileziği koluma taktı. "Adettendir kızım," dedi.

O anda gözlerimden yaşlar boşandı. "Keş... Keşke," dedim boğazım düğümlenerek. "Rahmetli babam da burada olsaydı. Bu anı doya doya yaşasaydı."

Kayınvalidem eliyle gözyaşlarımı sildi. "İmad'ın adını ölmeden önce o koydu. O bundan sonra İmad'ın adında yaşayacak."

Lina kapının eşiğinde belirdi. Kucağında Amer vardı. "İçeri girsene Lina," dedim güçlükle. "Amer'i öpmek istiyorum."

Lina, Amer'i yanıma getirdi. Onu doyasıya öpüp kokladım. "Artık biz gidelim," dedi kayınvalidem. "Sen de şimdi biraz yat, iyice dinlen. Ben birkaç saat sonra tekrar geleceğim. Bu gece hastanede, yanında kalacağım."

"Zahmet etmeseydiniz," dedim kibarca. "Sizi de yormayalım şimdi."

"Ne zahmeti kızım? Lohusasın sen. Dikkat etmek gerekiyor."

"Pekâlâ," dedim. "Siz daha iyi bilirsiniz."

Hastaneden çıktıktan sonra, neredeyse üç ayın tamamına yakınını İmad'ı emzirerek geçirdim. Hiç kimse bana yardım elini uzatmıyordu. Amer ve İmad'la bir başıma uğraşıyordum. Yorgunluğa daha fazla dayanamadım. Anne mi Şam'a getirttim.

Bir sabah annem, cam kenarında durmuş, "Hadi ama oğlum. Hadi, bakalım. Şu sütünü iç," diye pazarlık yapıyordu İmad'la.

Anneme gülümseyerek baktım. Onu, konuk odasına yerleştirmiştim. "Kusura bakma anne," dedim, "seni kendi evimde ağırlamak isterdim ama..."

Bir anda sesim çatallaştı. Boğazım düğümlendi. Annem ekşiyen suratıma baktı. "Önemli değil nur yüzlü kızım," dedi. "Ben burada da rahatım. Sen üzülme sakın."

"Babam ve Mesut iyiler mi?"

"Baban bildiğin gibi işte. Sabahları işe gidiyor, akşamları da eve dönüyor. Arada da arkadaşlarıyla buluşuyor. Mesut da iyice büyüdü. Büyüdükçe de içine kapalı bir çocuk oldu."

"Neden?"

"Neden olacak? Tabii ki baban yüzünden kızım. Çocuğu çok ezdi."

"Desene, yazık olmuş çocuğa."

"Babana çok kızıyorum. Ne bana doğru dürüst bir kocalık, ne de size babalık yaptı."

"Ne yapacaksın anne? Belki de babamı suçlamamak gerekiyor. Çünkü Allah'ın belası erkeklerin hepsi aynı. Al birini, vur ötekine."

"Wassim'le aran nasıl?" diye sordu annem meraklı meraklı.

"Çok iyi," diye yalan söyledim. "Sadece bu evde yaşamaktan huzursuzum, o kadar. Bana kocalık, çocuklarına da babalık yapıyor."

Annem bana baktı. "Bu nasıl bir kocalık?" diye sordu. "İki gündür buradayım, eve doğru dürüst gelip gittiğini görmedim. Sakın başka bir kadınla ilişkisi olmasın?"

"Yok, daha neler anne. Kocamın hayatında bir kadın olsa bilmez miyim? Kör müyüm ben?"

Annem acı acı güldü. "Ah benim saftirik kızım," dedi. "Bizim erkekler Katolik değiller ya! Onlarda bile karısını aldatan çıktıktan sonra, bizimkiler bizleri hayli hayli aldatır. En azından Katolik erkekler suçüstü yakalandıktan sonra, kimden af dileyeceklerini biliyorlar. Ya bizimkilere ne demeli? Onları suçüstü yakalasan da, inkâr ediyorlar."

"Sabah sabah güldürme beni," dedim. "Bu lafları nereden buluyorsun? Şimdi bu mevzuları boş ver sen. Anneannem nasıl?"

Annemin güzel yüzü bir anda acıyla kasıldı. "Üzülme sakın," dedi. "Anneannen öldü."

O anda kulağımda bir uğultu koptu. Gözlerim yaşlarla doldu. "Ne zaman öldü?" dedim buğulu bir ses tonuyla.

"İmad'ın doğduğu hafta. Bu yüzden sana öldüğünü söyleyemedim. Üzülmeni istemedim."

"Kendi evimizdeyken onunla telefonda sık sık görüşüyordum. Fakat buraya taşındıktan sonra hiç kimseyi eskisi gibi arayamıyorum. Onunla telefonda en son konuştuğumda, bana iyi olduğunu söylemişti. Hastalığından hiç bahsetmemişti bana."

"Senin üzülmeni istememiştir."

"Allah mekânını cennet eylesin. İnan bana, hâlâ şok içerisindeyim anne. Hastalığı neydi?"

"Kanser."

"Vah vah," dedim.

"Öldü de kurtuldu kızım. Son günlerde çok acılar çekiyordu."

"Nereye gömdünüz?"

"Dedenin yanına."

"Ya Hasan Dayım? O şimdi ne yapıyor?"

"Hiç sorma," dedi annem. "Şu anda tek derdim o. Evlense, çoluk çocuğa karışsa iyi olacak ama beni hiç dinlemiyor."

"Sen de çok fazla üstüne düşme. Bu işler nasip, kısmet işi anne. Zamanı geldiğinde o da evlenecek, korkma. Sen hiç evlenmeyen erkek gördün mü?"

"Bir an önce evlense, iyi olmaz mı kızım? Bak, sen ondan kaç yaş küçüksün ama iki çocuğun var."

"Sen bana ne bakıyorsun? Ben ev kadını olmaya karar verdikten sonra, evlenmeyip de ne yapacaktım? Londra'da okusaydım şimdi hâlâ bekârdım."

"Baban seni göndermedi işte. Ben ne yapabilirdim?"

"Boş ver. Belki de göndermediği iyi olmuş. Şu anda Amer'in ve İmad'ın tırnağını hiçbir şeye değişmem."

Annem güldü. "Dayın en sonunda üniversiteden mezun olabildi."

Anneme bakıp gülümsedim. "Hukukçu bir dayım mı var şimdi?"

"Avukat olacakmış."

"Keşke rahmetli anneannem bugünleri görebilseydi," dedim gözlerim buğulanırken. "Dayım için ne kadar gözyaşlarını dökmüştü."

"Kızım," dedi annem.

Anneme baktım. "Biliyorsun, önümüzdeki sene babanın tayini var. Ben, Ürdün'ü istiyorum. Böylece sana yakın oluruz. Sen ne diyorsun?"

"Bilmem ki anne. Ben elbette yanı başımda olmanızı isterim ama sizin hayatınız ne olacak? Avrupa ülkelerinden birine gitmek varken, Ortadoğu'ya tekrar dönmek mantıklı mı sence?"

"Tabii ki mantıklı değil. Ama ben sensiz Avrupa'yı ne yapayım kızım? Benim tek arzum, sana yakın olabilmek. Anne yüreği işte."

Anneme sarıldım. Bir anda hüngür hüngür ağlamaya başladı. "Ağlama," dedim gözyaşlarını elimle silerken. "Şimdi beni de ağlatacaksın."

"Biz bu hallere düşecek insanlar mıydık?"

İçimi çektim. "Ne yapalım anne? Bizim de kaderimiz böyleymiş. N'olursun şimdi ağlama."

İki hafta sonra, annem Ankara'ya geri döndü. O günün sabahı, Amer ateşten cayır cayır yanıyordu. Hemen bir derece koydum, bir süre bekledim. Daha sonra dereceyi koltuğunun altından çekip çıkardım. Gözlerime inanamadım. Amer'in kırk derece ateşi vardı.

Amer'i hemen kucakladım. Soluğu kayınvalidemin odasına aldım. Kayınvalidem yataktan sıçradı. "N'oldu?" diye sordu.

"Amer'in ateşi çıktı. Ne yapacağız?"

Amer'i kucağımdan aldı. Yatağa yatırdı. Elini alnına,

yüzüne sürdü. "Bu çocuk cayır cayır yanıyor," dedi. "Bana hemen bir leğen soğuk suyla havlu getirin."

Odadan dışarı fırladım. Kayınvalidem, "Nejwa," diye arkamdan seslendi.

Nejwa merdivenleri koşarak yukarı çıktı. Ben de koşarak aşağı kata indim. İçi ılık suyla dolu leğenle geri döndüğümde, Amer çırılçıplak yatakta yatıyordu. "Suya soktum," dedi kayınvalidem. "Biraz bekleyelim. Şayet ateşi düşmezse, o zaman bir doktora götürürüz."

"Wassim de evde yok," diye söylendim. "Tam da Kuveyt'e gidecek zamanı bulmuş."

"N'apsın?" dedi kayınvalidem sinirli sinirli. "Para kazanmak öyle kolay bir iş mi?"

Sakin bir sesle, "Çok haklısınız," dedim. "Madem para kazanıyor, öyleyse çocuklara bir bakıcı tutsun artık. İki çocukla başa çıkamıyorum. Nasıl olsa bu evde hiç kimsenin bana bir faydası yok."

Kayınvalidem şaşkın şaşkın baktı bana. "Bu çocuğun ateşi düşmüyor," dedi. "Çocuğu hemen bir doktora götürüverin."

Bir taksi çağırdım. Amer'i kucakladığım gibi dışarı çıktım. Taksiye bindim. Epey bir süre gittikten sonra, taksici kırmızı ışıkta durdu. Kafamı sol tarafa çevirdiğimde, Wassim'i gördüm. Araba kullanıyordu ve yanında da genç bir kadın oturuyordu. Bir anda sarsıldım. Heyecandan elim ayağım buz kesti. Wassim yanında oturan genç kadına kafasını çevirince, benimle göz göze geldi.

Beni görür görmez yüzü kireç gibi bembeyaz kesildi. Hemen başını önüne eğdi. Kadına bir şeyler fısıldadı. Kadın başını yana doğru çevirdi. Bana baktı. O alaycı ve düşmanca bakışların karşısında kendimi gülünç olduğu kadar güçsüz hissettim. Gözyaşlarım yanaklarıma ardı ardına düşmeye başladı. O anda dikkatimi çeken bir şey daha oldu. Wassim'in şoförü Tarek, arka koltukta oturuyordu. Yeşil ışık yandı. Wassim arabayı gazladığı gibi hızla yanımızdan uzaklaştı.

Amer'i hastaneye götürdüm. Doktor muayene etti. Bademcikleri şişmişti. Bir-iki kutu ateş düşürücü ilaç yazdı, bizi eve gönderdi.

Eve döndüğümde kendimi saatlerce odaya kapattım. Hiç durmadan ağlıyordum. Öfke ve çaresizlikten bitkin bir durumdaydım.

Akşam geç saatlerde Wassim eve döndü. Aşağı kattan, yukarıya sesleri geliyordu. "Piruze nerede?" diye sordu annesine.

Çocuklar uyuyorlardı. Gözyaşlarımı sildim. Aşağı kata indim. "Buradayım," dedim bas bas bağırarak. "Şimdi çabuk gerçekleri öt bakalım."

"Sen ne saçmalıyorsun?" diye sert bir şekilde çıkıştı. "Yoksa aklını mı yitirdin?"

Nasıl oldu bilmiyorum ama kayınvalidem oğluna eliyle 'sus' işareti yaptı. "Bırak konuşsun," dedi. "Ne söyleyeceksin kızım?"

"Wassim beni aldatıyor," dedim hüngür hüngür ağlarken.

Koluma girdi. "Hele geç otur şöyle," dedi kayınvalidem. "Sen ne söylediğinin farkında mısın?"

Kayınvalidem sarsılmıştı. Hemen kendini toparladı. Wassim'e baktı. "Doğru mu söylüyor?" dedi sesini yükselterek.

"Saçmalıyor anne," dedi Wassim.

Kendimi daha fazla tutamayıp bağırdım: "Yanındaki o kadın kimdi öyleyse?"

"Hangi kadın?" diye sordu kayınvalidem.

"Oğlunuza sorun," dedim hüngür hüngür ağlarken. "O size söylesin."

Yüreğim küt küt atıyordu. İçimde büyüyen öfke, inanılmaz bir nefrete dönüşmüştü. "Beni suçlamadan önce, bırak da o kadının kim olduğunu sana anlatayım," dedi Wassim. "Benim günahıma giriyorsun. Senin bu sabah gördüğün o kadın, Meridien Oteli'nin Müdürü Yusef Bey'in kızıydı."

"İnanmıyorum sana," dedim ağlarken. "Sabahın köründe o kadının senin arabanda ne işi vardı? Yoksa sen Kuveyt'e gidiyorum diye, o kadının yanına mı gidiyorsun?"

Kayınvalidem öfkeyle soluyor, kime çatacağını bilemiyordu. "O kadın kimdi?" diye sordu sesini yükselterek.

"Söyledim ya," dedi Wassim. "Bana inanmıyorsanız, şoförüme sorun. O kızla uçakta karşılaştık. Babasını çok iyi tanıyorum. Uçaktan indiğimizde, onu babasının çalıştığı otele bıraktım. Oradan da iş yerime geçtim. Hepsi bu."

"Yalancı," dedim. "Sana inanmıyorum. Şoförün niye arka koltukta oturuyordu? Arabayı neden o kullanmıyordu? Sonra beni gördüğünde, neden arabayı sağa çekip durdurmadın? Beni görmezden geldin?"

"İşe yetişmeye çalışıyordum. Ne olmuş yani? Kendi arabamı hiç kullanamayacak mıyım ben? Sabahın erken saatinde Kuveytlilerle önemli bir toplantım vardı. Bu yüzden sağa çekip duramadım."

"Ama o kızı otele bırakmasını biliyorsun."

Elim kolum bağlıydı. Ne yapacağımı bilemiyordum. Kayınvalidem, "Doğruları söylüyorsun oğlum, değil mi?" dedi.

"Yemin ederim anne. Ben Piruze'yi çok seviyorum. Onu aldatma gibi bir düşüncem hiç olmadı."

"Aman, sakın olmasın," dedi kayınvalidem. "Babanın bana yaşattıklarını, senin karına yaşatmanı istemem."

Kayınvalidem oturduğu yerden kalktı. "Hadi, kızım," dedi. "Şimdi birbirinizi öpün, barışın. Bu mesele burada kapanmıştır. Bir daha bu konuyu açmayacaksınız."

Wassim bir-iki saat sonra yanıma geldi. "Seninle konuşmak istiyorum," dedi.

"Bu saatten sonra ne konuşacağız?" diye sert çıkıştım. "Çok yorgunum. Şimdi uyumak istiyorum. Senin çocuklardan haberin yok tabii ki. Amer bütün gün ateşten cayır cayır yandı."

"Annem söyledi. Ben de karar verdim. Yarından tezi yok, çocuklara bir bakıcı tutacağım."

"Sen bilirsin," dedim umursamaz bir tavırla. "Şimdi müsaadenle uyuyacağım."

O gece aynı yatakta ama olabildiğince ondan uzak, sırt sırta yattık. Wassim hemen uykuya daldı, bense içten içe sabaha kadar ağladım.

Sabah erkenden işe gitmek için ayaklandı Wassim. Akşamdan Nejwa'nın ütülediği takım elbiseyi bir kenara attı, üzerine spor bir şeyler giydi. Kapıdan tam çıkmak üzereyken, "Mari hâlâ Şam'da mı?" diye sordum. "Şayet bakıcı tutacaksan, onu istiyorum."

"Bakarım," dedi ve sonra da çekip gitti.

Öğle vakti mutfakta oturup kahve içtiğim bir sırada, Nejwa bir kadınla çıkageldi yanıma. Çekik gözlü ve minyon tipli kadın bana baktı. "İyi günler," dedi İngilizce konuşarak. "Adım Nataya. Beni Wassim Bey gönderdi."

Genç kadının heyecanı yüzünden okunuyordu. "Yoksa yeni bakıcı sen misin?"

Kadın başını salladı. "Evet," dedi.

Sandalyeyi işaret ettim. "Otur. Ben hemen geliyorum."

Yukarı kata çıktım. Telefonun ahizesini kaldırıp Wassim'i aradım. Telefona Wassim'in sekreteri çıkmıştı. "Wassim Bey'le görüşebilir miyim?"

"Kim arıyordu?"

"Eşiyim."

"Bir dakika bekler misiniz hanımefendi? Telefonunuzu hemen bağlıyorum."

"Emret sultanım," dedi Wassim gülerek. "Senin yollarına gül mü dökmemi istersin, yoksa gidip Roma'yı yakmamı mı? Dile benden ne dilersen?"

Güldüm. "Şimdi bırak cinliği," dedim. "Mari nerede?"

"Üzgünüm. Bu sabah onu sordum soruşturdum. Fakat öğrendim ki memleketine geri dönmüş."

"İnanmıyorum sana. Ne zaman dönmüş?"

"Birkaç hafta önce."

"Pekâlâ! Nataya kim? İyi bir bakıcı mı?"

"Onun öyle ufak tefek göründüğüne bakma. Çok iyi bir bakıcıymış."

"Ne diyorsun şimdi? Nataya'yı işe alalım mı?"

"Sen karar ver. Şayet kadını gözün tutmadıysa hemen gönder."

"Bakacağım," dedim. "Akşam erken gel. Amer seni çok özlüyor."

"Tamam," dedi Wassim, sonra da telefonu kapattı.

Aşağı kata indim. Kayınvalidem mutfaktaydı. Beni görür görmez, "Bu kadın da kim?" diye sordu.

"Yeni bakıcımız. Ama onu işe alıp almayacağıma henüz karar vermedim."

Kayınvalidem ağzının içinde bir şeyler geveledi. "Bir şey mi söylediniz?" dedim. "Sizi çok iyi duyamadım."

Oturduğu sandalyeden sinirli sinirli kalktı. "Koca evimi karılar hamamına çevirdiniz," dedi ve sonra da kapıyı çarpıp çıktı.

Birkaç saniyelik bir afallamadan sonra, "Pardon Nataya," dedim. "Az önce gördüğün kadın, kayınvalidem olur. Biraz geçimsiz birisidir ama özünde çok iyi bir insandır. Sen ona aldırış etme. Şimdi söyle bakalım, nerelisin?"

"Sri Lankalıyım."

"Aaa!" dedim şaşkınlıkla. "Senden önceki bakıcım da Sri Lankalıydı. Adı Marilyn'di. Yoksa onu tanıyor musun?"

"Hayır. Ne yazık ki onu tanımıyorum."

"O da çok iyi bir insandı. Evli misin?"

"Bekârım."

"Kaç yaşındasın?"

"Otuz."

"Şam'a ne zaman geldin? Arapça biliyor musun?"

"Bir yıl oldu. Arapçayı henüz öğrenemedim. Üç-beş kelime anca konuşabiliyorum."

"Önemli değil. Arapçayı zamanla öğrenirsin. Hiç çocuk bakıcılığı yaptın mı?"

"Size yalan konuşamam hanımefendi. Hayatımda hiç çocuk bakmadım. Burada, yaşlı bir kadına bakıcılık yapıyordum. O da geçen hafta öldü. Şimdi işsizim ve acilen bir işe ihtiyacım var."

Nataya'nın açık sözlülüğü karşısında şaşırdım. "Sen hep böyle açık sözlü müsün?" diye sordum. "Bazen açık sözlü olmak işe yaramıyor."

"Annem," dedi gözleri buğulanırken. "Beni çocukluğumdan beri yalan konuşmamam konusunda hep uyarıyordu. Yalan konuşmak nedir bilmem."

"Annen yaşıyor mu?"

"Geçen sene öldü. O ölünce, ben de buraya geldim."

"Pekâlâ," dedim. "Seni işe alıyorum. Sen de çocuk bakımını bir an önce öğrensen çok iyi edersin. Şimdi sana kalacak bir oda ayarlamalıyım. Ama ondan önce, seni oğullarım Amer ve İmad'la tanıştırayım."

KAYINBİRADER

Bulutsuz, göz kamaştırıcı bir Mayıs ayıydı. Günlerden Pazardı. O gün Amer'in doğum günüydü. Amer, ikinci yaşını bitiriyordu.

O sabah hepimiz erkenden uyanmış, bir telaş içinde sağa sola koşuşturuyorduk. Öğlen olduğunda, hazırlıklar çoktan bitmiş, neredeyse bütün konuklar gelmişti. Erkekler avludaki fıskiyeli havuzun başında toplanmış, koyu bir sohbete dalmışlardı. Kadınlar ise terasa çıkmış, püfür püfür sigara içiyorlardı. Bir süre terasta durdum. Sigara içen kadınları seyrettim. Hepsi de birbirinden güzeldi. Şamlı kadınlar güzel giyinmeyi ve ağır makyaj yapmayı seviyordu. Bir kadın yanıma yaklaştı. "Merhaba," dedi. "Sizin isminizi çok duydum ama tanışmak bir türlü nasip olmadı. Benim adım Lamia."

"Hoş geldiniz. Ben de Piruze. Sizinle tanıştığıma memnun oldum."

"Az önce bizi tepeden tırnağa incelediğinizi gördüm," dedi gülerek.

Gülümsedim. "Size baktığım belli oluyor muydu?"

"Evet. Biz Şamlı kadınlar böyleyiz işte. Bizi böyle giyinmeye ve aşırı süslenmeye iten şey de ne yazık ki Şamlı erkekler."

"Erkekler mi?" dedim şaşkınlıkla. "Onlar mı seksi giyinmenizi istiyor?"

Genç ve alımlı kadın kahkahayı bastı. "Siz dışımıza değil, esas içimize bakın. Bizim giydiğimiz iç çamaşırları, inanın bana siz giymeye cesaret edemezsiniz."

"Gerçekten mi? Şamlı kadınları o kadar cesurlar mı?"

"İsterseniz bir ara içimdekileri size gösterebilirim," dedi kıkır kıkır gülerken.

"Peki kocalarınız sizleri kıskanmıyor mu?"

"Kıskanmak mı? O da ne? Onlara en değerli mücevherlerimizi gösterdikten sonra, bizleri neden kıskansınlar ki? Ayrıca biz evli kadınlar kocalarımıza değerli mücevherlerimizi göstermezsek, onlar da gidip değerli şeylerini sergileyen başka kadınları buluyor. Unutmayın ki biz, siz İstanbullular gibi değiliz. Bu ülkede ne yazık ki şeriat kuralları geçerlidir. Ve bu kurallar, erkeklere dört kadınla evlenme hakkını tanıyor. Bu arada, Wassim ile kocam çok samimi arkadaşlar. Yedikleri içtikleri ayrı gitmez."

"Sahi mi?" dedim şaşkınlıkla. "Kocanızın adı neydi?"

"Cemil."

"Ah!" dedim. "Tabii ya. Eşinizin adını birçok kez duymuştum. Hatta ilk bakıcımız Mari'yi sağ olsun eşiniz göndermişti. Mademki eşlerimiz birbirleriyle iki yakın dostlar, biz neden tanışmıyoruz?"

"Çok haklısınız. Cemil'i görür görmez soracağım. Hatta müsait olduğunuz bir akşam, size misafirliğe gelelim."

"Beklerim," dedim gülerek. "Sizinle tanıştığıma çok memnun oldum. Bundan sonra sık sık görüşeceğiz inşallah. Ben şimdi izninizi istiyorum. Amer'i doğum günü için hazırlamalıyım."

"Yardım etmemi ister misiniz?"

"Sağ olun. Siz partinin keyfini çıkarın. Birazdan aşağıda görüşürüz."

Aşağıda her şey hazırdı. Kadınlar salonda, holde ve mutfakta toplanmıştı. Evin içinde sağa sola koşuşturan bir sürü çocuk vardı. Gözlerim Amer'i aradı. Amer, oyun oynayan çocukların arasında yoktu. Yukarı kata, yatak odasına çıktım. Amer, Nataya'nın kucağında ağlıyordu. "N'oldu Nataya?" dedim panikleyerek. "Bir yerini mi çarptı?"

"Amcası çarptı," dedi Nataya.

"Ah be oğlum," dedim kucağıma alırken. "Koşarsan tabii ki bir yere ya da birilerine çarparsın."

"Öyle değil," dedi Nataya. "Amcası onu dövdü."

Bir anda kan beynime sıçradı. "Sen ne dediğinin farkında mısın Nataya? Amcası küçücük çocuğu neden dövsün ki?"

"Amcasının üzerine süt döktü. O da bir tokat patlattı."

Gün geçmiyor ki, sıkıntılarıma yenileri eklenmesin. En küçük kayınbiraderim Mazen, Londra'dan Şam'a bir hafta önce temelli dönmüştü. Döner dönmez de, annesinin evine yerleşmişti. O evde hiç rahat yüzü görmemişken, şimdi de başka bir erkekle, aynı evde yaşamak beni tedirgin ediyordu. Artık evde pijamayla bile dolaşmak haram olmuştu bana. Kapı açıldı. Kayınvalidem içeri girdi. "Bu çocuk neden ağlıyor?" diye sordu.

"Oğlunuzun, Amer'i dövdüğüne inanamıyorum," dedim kızgınlıkla.

"Wassim mi dövmüş? Neden?"

"Hayır, Mazen dövmüş."

"Mazen, küçücük çocuğu neden dövsün ki?"

"Üzerine süt dökmüş. O da kızıp tokat atmış. Benim oğlumu hangi hakla dövüyor? Onu Wassim'e şikâyet edeceğim."

Kayınvalidemin beti benzi attı. "Şikâyet etmeyeceksin," dedi sesini yükselterek. "İki kardeşin arasını açmak doğru olmaz. Ben bu meseleyi daha sonra halledeceğim."

"O zaman oğlunuza söyleyin," dedim sinirli sinirli. "Bir daha oğluma el kaldırırsa, dünyayı onun başına yıkarım."

"Şimdi çocuğu güzelce giydirin," dedi kayınvalidem. "Aşağıdaki herkes sabırsızlıkla sizi bekliyor."

Ertesi sabah, Wassim erkenden kalktı. Takım elbisesini giyip güzel kokular süründü. "Nereye böyle?" dedim.

"Kuveyt'e gidiyorum. Birkaç güne kalmaz dönerim."

Gerçeği söylemek gerekirse Kim, Wassim'in hiçbir zaman tam olarak ne iş yaptığını öğrenemedim. Bir ofisi, bir sekreteri ve bir de şoförü vardı. Ne alıp, ne satar belli değildi. Hatta bir gün ona sormuştum: "Sen ne iş yapıyorsun Wassim?"

Bana bakmış, pis pis sırıttıktan sonra demişti ki: "Benim bir iş yapmama gerek yok ki. Benim varlığım, iş dünyası için yeter de artar bile."

Her neyse, o sabah Sevim Teyze telefonla aramış, beni görmeye geleceğini haber vermişti. Bunu üzerine Wassim'in şoförü Tarek'i aradım. Ondan beni alışverişe götürmesini istedim.

Yarım saat sonra kapı zili çaldı. Kapıyı açtım. "Geldim hanımefendi," dedi şoför Tarek. "Alışverişe istediğiniz zaman çıkabiliriz."

"Ben hazırım," dedim. "Hemen çıkalım."

Wassim'in siyah bir Mercedes arabası vardı. Şoför kapıyı açtı. "Buyurun hanımefendi."

Siyah deri koltuğun üzerinde kocaman bir pasta vardı. "Bu pasta kimin?" diye sordum.

Şoför afalladı. "Pas... Pas... Pasta mı?" diye kekeledi.

Biraz kenara çekildim. Arabanın içine baktı. "Ha, o mu?" dedi gevrek gevrek gülerken. "Bugün eşimin doğum günü de. Aile içinde küçük bir parti yapacağız."

"Demek evlisiniz?" dedim. "Çoluk çocuk var mı?"

"Elinizden öper. Beş yaşında bir oğlum var."

"Siz kaç yaşındasınız? Maşallah yaşınızı hiç göstermiyorsunuz."

"Yirmi sekiz. Ben de erken evlenenlerdenim."

Öğlene kadar alışverişi bitirip eve döndüm. Şam'da saat iki ila dört arası dinlenme -siesta- zamanıdır. Bu saatler arasında bütün işyerleri kapanıyor. İnsanlar dinlenmeye çekiliyor. Saat dört gibi, insanlar kakuleli kahvelerini içtikten sonra işyerlerinin kepenklerini tekrar açıyorlar. Akşam saat yedi olunca da işyerlerini kapatıyorlar. Şamlılar akşam yemeklerini çok geç bir vakitte yiyorlar. Saat on gibi yemeğe gidiliyor, bu yüzden de yemek ziyafetleri gece yarılarına kadar sürüyor.

Her neyse, öğle vakti eve geri döndüğümde kayınvalidemle karşılaştım. "Hayrola," dedi. "Nereden geliyorsun?"

"Çarşı, pazardan," dedim. "Bugün misafirim var. Sevim Teyze'yi tanıyorsunuz. Bugün o gelecek."

"İyi," dedi kayınvalidem bir yılan gibi tıslayarak. "Ev âdeta bir panayır yerine döndü. Artık kendi evimde bile beş dakika dinlenemiyorum."

Bir anda öfkeye kapıldım fakat öfkemi çabucak bastırdım. Nejwa yanımıza geldi. "Elinizdeki paketleri alayım hanımefendi," dedi.

Kayınvalidem Nejwa'nın eline bir tokat indirdi. "Bırak kendi taşısın," dedi bağırarak. "Sen bu evde sadece benim söylediğim işleri yapacaksın."

Kalp atışlarım hızlandı. Yüzüm cayır cayır yanmaya başladı. Oracıkta ayakta dururken, acaba aklım başımda mı diye kuşkuya kapıldım. "Bana neden böyle davranıyorsunuz?" diye sordum kısık bir sesle.

"Sen benden hesap mı soruyorsun?" diye bağırdı kayınvalidem.

"Sözlerimi çarpıtmayın," dedim bu sefer sesimi biraz yükselterek.

Birden sol şakağıma yediğim yumrukla sendeledim, yere düştüm. Elimi ağzıma götürdüğümde, avuç içim kanla dolmuştu. Neye uğradığımı anlamadan karnıma bir tekme yedim. "Bir daha," dedi kayınbiraderim. "Anneme karşı gelirsen seni öldürürüm."

Gözlerim karardı. Eşyalar etrafımda dönmeye başladı. Tökezleyerek merdivenlerden yukarı kata çıkmaya çalıştım.

"Sen ne yaptın salak oğlum?" dedi kayınvalidem. "Kadına neden vurdun?"

"Bu evde, hiç kimse sana karşı gelemez," dedi kayınbiraderim Mazen avazı çıktığı kadar bağırarak. "Sana terbiyesizlik yapanın ayaklarını kırarım."

Nataya koşarak yanıma geldi. Kolumdan tutup beni düştüğüm yerden kaldırdı. "Siz iyi misiniz hanımefendi?" dedi beti benzi atmış bir şekilde.

"Beni odama götür," dedim hüngür hüngür ağlarken.

Bir saat sonra kayınvalidem içeri girdi. "Nasıl oldun?" diye sordu.

Ses tonundaki yapmacıklık her halinden belliydi. "Nasıl olacağım?" dedim öfkeyle. "Onu Wassim'e öyle bir dövdürteceğim ki, bakalım bir dahaki sefere bana elini kaldırabilecek mi?"

"Hayır," dedi. "Bu söylediğini kesinlikle yapmayacaksın. Wassim'in bu olaydan haberi olmayacak. Oğullarımı birbirine düşürmene asla müsaade etmem. Bu olay bugün, burada kapanacak. Oğlum şimdi gelip senden özür dileyecek, sen de onu affedeceksin."

"Onu affetmem," dedim iç çekerek.

"Mazen," diye bağırdı kayınvalidem.

Kapı açıldı. Kayınbiraderim içeri girdi. Ellerini iki bacağının arasına sıkıştırdı. Başını öne eğdi. "Özür dilerim," dedi. "Keşke ellerim kırılsaydı da vurmasaydım."

"Allah seni affetsin," dedim ağlarken. "Ben seni affettim."

Kayınbiraderim dışarı çıktı. Kayınvalidem oturduğu yerden ayağa kalktı. "Ben Nejwa'ya masayı hazırlattım. Sevim Hanım geldiğinde, onu salona buyur et."

Birkaç gün sonra, bir akşamüstü kapı çaldı. "Buyurun," dedim.

Gelen Nejwa'ydı. "Beyefendi geldi," dedi. "Sizi aşağıda bekliyor."

Kalbim küt küt atıyordu. "Tamam," dedim. "Birazdan geliyorum."

Elimdeki iğneyi, ipliği sehpanın üzerine koydum. Aynanın karşısına geçtim. Mosmor olmuş şakağıma biraz pudra sürdüm. Aşağı kata indim. Wassim, Amer ve İmad'la oynuyordu. "Hoş geldin," dedim boğuk bir sesle.

Kayınvalidemin heyecanı yüzünden okunuyordu. Kayınbiraderim Mazen ise süt dökmüş kedi gibi sus pus oturuyordu. O anda Mazen'e baktım. Wassim'e ne kadar da çok benziyordu. O da kumral ve ela gözlüydü. Sadece boyu Wassim'den beş-on santim daha kısaydı. Ama Wassim'e göre daha atletik vücutluydu. "Senin yüzüne n'oldu böyle?" dedi Wassim ayağa kalkarken.

Kayınvalideme karşı gelemeyecek kadar korku içerisindeydim. "Hiç," dedim.

Yanıma geldi. İki eliyle başımı tuttu. Herkes nefesini tutmuş, bizi izliyordu. "N'oldu yüzüne?" dedi sert bir ses tonuyla.

"Amer yaptı," diye yalan söyledim.

"Amer mi?"

"Oyuncağını yüzüme fırlattı."

"Bu nasıl bir oyuncak? Sanki yüzüne yumruk yemiş gibisin."

"Saçmalama. Yüzüme kim yumruk atacak?"

Kayınvalidem Wassim'in sözünü kesti. "Çocuk işte oğlum," dedi. "Bu yaştaki çocuğa yapma diyemiyorsun. Hele gel masaya otur. Seninle konuşacaklarım var."

"Ne konuşacaksın?" dedi Wassim meraklı meraklı ve sonra da geçip masaya oturdu.

"Artık şu oğlanı evlendirsek diyorum," dedi kayınvalidem.

"Hangi oğlanı?"

"Hangi oğlan olacak? Tabii ki Mazen'i."

"Mazen evlenmek istiyor mu ki?"

Kayınbiraderim başını önüne eğerek sustu. Bu susuşun manasını anlayan Wassim, "Mademki Mazen de istiyor, benim için sakıncası yok."

O anda sevincimden çıldıracak gibiydim. Çok yakında bu adamdan kurtulacaktım. Pılını pırtısını toplayıp gidecekti. "Pekâlâ," dedi Wassim. "Bu şanslı kız da kim? Onu tanıyor muyuz?"

"Lina'nın bir kız arkadaşı," dedi kayınvalidem. "Kızın adı Rania."

"Kimlerden?"

"Boucharilerden."

"Bak sen Lina'ya," dedi Wassim gülerek. "Yoksa bu işin çöpçatanlığını o mu yapmış?"

"Sayılır," dedi kayınvalidem. "Ben de kızı gördüm. Çok beğendim. Güzel bir kız."

"Siz kararınızı çoktan vermişsiniz," dedi Wassim. "Ben artık bu saatten sonra ne diyebilirim ki? Kızı ne zaman ailesinden isteyeceğiz?"

"Yakında," dedi kayınvalidem. "Ama ondan önce evi tadilata sokacağım."

"Evin nesi var?"

Kayınvalidem Wassim'e baktı. "Bu çocuklar evlendikleri zaman nerede kalacaklar? Tabii ki bu evde yaşayacaklar. Kız bu eve gelin gelecek. Evi elden geçirmemiz gerekiyor."

Bunu duyunca düşüp bayılacaktım sanki. Fena halde canım sıkılmıştı. "Bu evde mi yaşayacaklar?" dedim düş kırıklığıyla.

Kayınvalidem bana baktı. "Evet," dedi. "En üst kat onların olacak. Burası beş yüz metrekarelik bir ev. Ailemizi bir arada tutmak gerekiyor."

"Mazenler bu evde yaşasınlar. Biz de başka bir eve çıkalım," dedim göğsüm sıkışarak.

Wassim hiddetle bağırdı: "Sus, aptal kadın! Biz burada ne konuşuyoruz, sen neyin planlarını yapıyorsun. Annem çok haklı. Ben de ailemizin sağa sola dağılmasına asla izin vermem."

İçimde bir tufan koptu. "Sözlerine dikkat et lütfen," dedim çatallaşan sesimle. "Ulu orta yerlerde, beni aşağılayıcı sözlerden kaçınmalısın. Ben senin karınım. Sen ne biçim bir erkeksin?"

Kayınvalidem, oğlunun sözlerinden cesaret almıştı. "Sen ne yaptığını zannediyorsun?" diye kükredi bana. "Ben hayatımı çocuklarıma adadım. Onlara hem analık, hem de babalık yapıyorum. Sırf sen istiyorsun diye, iki kardeşin birbirlerinden ayrılmalarına asla müsaade etmem. Bunu yapabilmen için, ilk önce beni öldürmen, sonra da cesedimi çiğnemen gerekiyor."

Wassim dudaklarını büktü, annesine baktı. "Bak oğlum," dedi annesi. "Şu yalan dünyada hepimizin sayılı günleri var. Ben günü gelir, öbür âleme göçüp gittiğimde, bütün kardeşlerinin babası sen olacaksın. Kardeşlerine daima iyilik yap, onlardan iyilik bul. Kötü huylu bir el kızının, kardeşlerinle aranı açmasına sakın ola ki izin verme."

Bu sözlere fena halde içerlemiştim. Amer'i kucakladığım gibi hızlıca masadan kalktım. Gözü yaşlı bir şekilde yukarı kata çıktım. O gece sabaha kadar hıçkırarak ağladım.

LAMİA

İnsan anasından, babasından ve öz yurdundan ayrı düşünce, yetim kalırmış Kim. Ben de kendimi öksüz kalmış çocuklar gibi hissediyordum Şam'da. O yaban ellerde tek tutunduğum dal kocamdı; fakat o da beni son günlerde iyiden iyiye boşlamıştı. Beni bir zamanlar delicesine seven adam gitmiş, yerine huysuz ve kıskanç bir adam gelmişti.

Derdime bir derman, yarama bir merhem aradığım günlerden bir gün, kapı zili çaldı. Nataya kapıyı açtı. "Kim gelmiş?" diye yukarı kattan seslendim.

"Bir bayan sizinle görüşmek istiyormuş," dedi Nataya.

"İçeri al. Hemen geliyorum."

Birkaç dakika sonra, aşağı kata indiğimde, karşımda Lamia'yı gördüm. "Gözlerime inanamıyorum," dedim. "Seni buraya hangi rüzgâr attı?"

"Ay şekerim," dedi Lamia, bana içten sarılırken. "Şu kocalarımıza kalsa, bizi görüştürecekleri yok. Telefonla konuşmakla da olmuyor öyle. Kusura bakma. Ben de buradan geçiyordum. Ayaküstü öylesine bir uğrayım dedim."

"Çok iyi ettin. Bugün hava çok güzel. Terasa çıkalım mı?"

"Vallahi iyi olur. Orada sigaramı rahat rahat içerim. Afaf Teyze evde yok mu?"

"Yok," dedim. "Mazen'in sözlüsüne gittiler. Akşama anca dönerler."

"Çocuklar nasıl?"

"Büyüyorlar işte. Yakında İmad'ın doğum günü var. O da ikinci yaşına basacak."

"Ona da doğum günü partisi yapacak mısınız?"

Acı acı güldüm. "Şu evin halini görmüyor musun Lamia? Baksana, ev savaş alanı gibi. Bu tadilatın ne zaman biteceğini de bilmiyorum doğrusu."

Lamia çevresine bakındı. "Çok haklısın," dedi. "Bu evde parti marti yapılmaz."

Terasa çıktık. "Ne içersin? Nataya bir kahve yapsın mı?"

"Zahmet olmayacaksa içerim."

Lamia sıcakkanlı bir kadındı. Benden de üç yaş büyüktü. Ne yalan söyleyeyim, onu görür görmez kanım kaynamıştı. "Anlat bakalım Lamia," dedim. "Nasıl gidiyor hayat?"

"Nasıl olsun?" dedi sigarasının dumanını havaya üflerken. "Şam'da kadın olmak zor şekerim. Dünyevi aşklar ne yazık ki kusursuz olmayabiliyor. İçinde bir tatminsizlik barındırdığı için."

"Söylediklerinden hiçbir şey anlamadım."

"Şöyle ki," dedi. "Biz Arap kadınların genleri sizlerinkinden çok farklıdır. Sizler gibi yolun sonuna geldiğimizde bir şeylerden kuşkulanmaya başlayıp da şaşkınlığa düşmüyoruz. Bizler yolun en sonunda seçeneksiz ve şaşkın kalmaktansa, yolun ta en başında kuşkucu olup ona göre birtakım tedbirler alıyoruz."

Gözlerimi dört açmış, Lamia'yı can kulağıyla dinliyordum. "Kime karşı, ne tedbirler alıyorsunuz?" diye sordum meraklı meraklı.

"Şam'da erkekler kendilerine evin kapısını açacak genç bir kızı her zaman bulabiliyor. Ama kadınlar kendilerine evin kapısını açacak erkekleri her zaman bulamıyor."

Lamia sigarasından bir fırt çektikten sonra, eliyle karşı binayı işaret etti. "Balkona çamaşır asan şu kadına bir baksana! Kadının seksapelini görüyor musun? Şeffaf gecelikle balkona çıkıp çamaşır asıyor. Ve ayrıca bu kadın, kendisini teşhir etmekten de hiç utanmıyor. Bizler o kadını ayıplamıyoruz. Çünkü bizler de o kadın gibi yaşıyoruz. Her an kocalarımızı kaybedeceğiz korkusunu içimizde taşıyoruz. Az önce bana 'Nasıl gidiyor hayat' diye sormuştun ya. Benim hayatım, işte bu korkular içinde, hamile kalmaya çalışarak geçiyor. Cemil'i kaybetmek istemiyorsam, ona bir an önce bir oğlan çocuğu vermeliyim."

Tüylerim diken diken oldu. "Ne kadar acı bir durum," diye kısık bir sesle söylendim. "Bu korkunç bir şey. İçinizde taşıdığınız bu korkular, sizleri hayat karşısında yenik duruma düşürür."

"Sen haline şükret. En azından iki oğlun seni şu hayata bağlıyor. Tıpkı bir zamanlar, senin göbek bağınla, onların hayata bağlanması gibi."

"Kahveleriniz," dedi Nataya.

Kahvemden bir yudum aldım. "Ben de sigarandan bir tane yakabilir miyim?" dedim.

Lamia bana baktı. "Sen sigara içiyor muydun?"

"Can sıkıntısından," dedim. "Bugünlerde tek tük içiyorum."

"İçme şu mereti. Ben bir kere başladım. Bir daha da bırakamıyorum."

Lamia'yı dinlemedim. Bir sigara yaktım. "Az önce söylediklerinde yerden göğe kadar haklısın," dedim. "Fakat sana şu noktada katılmıyorum: Kendimi evime ve çocuklarıma adayarak yaşıyorum. Ama gel gör ki, kocamı eve bir türlü bağlayamadım. Sürekli dışarılarda, sürekli iş peşinde koşuşturuyor. Kalbim uçsuz bucaksız bir çöl kadar terk edilmiş. Peki buna ne diyorsun?"

"Bence senin mutsuzluğunun nedeni kocan değil, kayınvaliden. Bu kadın senin gönlünü daraltmış. Ve sen bu daralan gönülle nefes alamaz hale gelmişsin, doğru mu?"

Başımı 'evet' anlamında salladım. "Doğru," dedim. "Kendime ait bir evim bile yok. Evin halini görüyorsun. Yakında kayınbiraderim de evleniyor. Eltim de bu evde yaşayacak. Kim bilir onunla nasıl bir çatışmanın içine gireceğim?"

"Rania'yı tanıyorum. Aklı başında bir kızdır."

"Göreceğiz Lamia. İyi bir insan olup olmadığını yaşayıp göreceğiz. Kocan nasıl bir insan?"

"Neden sordun?"

"Merak ettim. Wassim, sizden pek bahsetmedi bana."

Lamia güldü. "Cemil'in en büyük ağabeyi, babasından kalan malları hovardalık âlemlerinde yiyip bitirdikten sonra, aile beş kuruşsuz kalmış. Cemil de küçük yaşlarda okula gitmeyi bırakmış, Yahudi bir kuyumcunun yanında getir götür işlerine başlamış. Aldığı harçlıklarla da evlerini geçindirmeye çalışıyormuş. Kuyumcunun şu dünyada bir karısı, bir de tek bir oğlu varmış. Başka da kimsecikleri yokmuş. Oğlu bir gece uyumuş, bir daha da uyanmamış. Ölüm nedenini kimse bilememiş. Karı-koca, Cemil'i ölen oğullarının yerine koymuşlar. Cemil'e analık, babalık yapmışlar. Cemil de onları öz annesi ve babası gibi bellemiş. Onlara evlatlık etmiş. Adam ölmeden önce bütün malını, mülkünü Cemil'e bırakmış. Bundan beş sene önce adamcağız da ölmüş. Adamın karısı hâlâ yaşıyor. Cemil kadına iki gözü gibi bakıyor. Neredeyse her gün yanına uğruyor. Ona bir de bakıcı tuttu. Haftada bir-iki gün de olsa, ben de gidip onun yanında kalıyorum. O bizim büyüğümüz."

"Vallahi helal olsun Cemil'e," dedim dudağımı ısırırken. "Şimdi gözüme girdi doğrusu. Aferim ona."

"Cemil şu anda Şam'ın en büyük kuyumcularından birisi oldu. Onu mutlaka yakından tanımanı isterdim. Sözü bir, özü birdir. Asla yalan konuşmaz. Son derece tutumlu birisidir."

Güldüm. "Ona tutumlu mu, yoksa cimri mi desek?"

"Tutumlu desek daha doğru olur. Manevi babası son nefesini vermeden önce, ona küçük bir not bırakmış. Notta aynen şöyle yazıyormuş: 'Oğlum! Yanında olanlara bol para verme, seni ihmal ederler. Sıkıntı içinde bırakma, senden nefret ederler. Onlara ihtiyaçları kadar para ver.' O günden sonra da Cemil, bu sözleri kafasının içine âdeta kazımış. Tutumlu olmasının nedeni de bu sözler."

"Ne varsa, şu Yahudilerde var," dedim gülerek. "Helal olsun! Adamlar zamanında ticaretin kurallarını yazmışlar. Fakat anlamadığım şey şu: Cemil gibi ahlaklı bir adam, sana ihanet etmez ki. Bu adamın nesinden korkuyorsun?"

Lamia lahavle çeker gibi başını iki tarafa sallayarak, "Ben Cemil'den değil, kahrolası şeriat kanunlarından korkuyorum. Bu kanunları zamanında çıkaranlar, kadınların onurunu değil, erkeklerin çıkarlarını korumuşlar. Bu toplumda Cemil'in ikinci ya da üçüncü bir kadınla evlenmesi ahlaksızlık sayılmıyor. Cemil benim üzerime gidip başka bir kadınla evlense, ben de ona ahlaksız diyemem ki. Bu ülkenin kanunları, ona bu hakkı çoktan vermiş," dedi.

Gözlerim doldu. "Ne kadar kötü," dedim. "Her an, her şey başımıza gelebilir. Bir tek Cemil değil, Wassim de gidip başka bir kadınla evlenebilir. Bak tüylerime! Şimdiden diken diken oldu."

"Sen de aç gözünü," dedi Lamia. "Kocanı fazla serbest bırakma. Yeri geldiğinde ona naz ve cilve yap. Ne de olsa yakışıklı ve paralı bir adam."

"Şayet beni aldatacaksa, o zaman elimden ne gelir ki?"

"Öyle söyleme! Çok şey gelir. Sen üzerine düşeni yap, ondan sonrası Allah kerim. Her neyse Piruze. Artık kalkmak için müsaadeni istiyorum. Bugün senin de kafanı şi-

şirdim. Yarın arkadaşlarım bana misafirliğe gelecekler. Sen de gelmek ister misin? Biraz çevre edinirsin, ne dersin?"

Bir anda gözlerim sevinçten parıldadı. "Hakikaten iyi olur," dedim. "Kaç zamandır doğru dürüst dışarı çıkmadım. Bu, bana da iyi gelir. Yarın saat kaçta gelmemi istersin?"

"Öğlen sonrası, saat iki sularında gelebilirsin."

"Tamam," dedim. "Öyleyse yarın görüşmek üzere. Uğradığın için de çok sağ ol."

Aynı gün, akşamüstü Wassim eve çıkageldi. Kayınvalidemin beni azarladığı o günden sonra, aramızdaki hiçbir şey eskisi gibi değildi. Sadece birbirimize karşı olan görevlerimizi yerine getirmenin dışında. Bu yüzden de yaşadığım boşluk duygusunun boyutları inanılmazdı. Ceketini çıkardı, yatağın üzerine fırlattı. Kravatının bağını sinirli bir şekilde çözdü. "Allah'ın belası Kuveytliler. Bu üçkâğıtçı adamlarla iş yapmak günden güne zorlaşıyor," diye kendi kendine söylendi.

İmad kucağımdaydı. Amer de babasını görür görmez koşup dizlerine yapışmıştı. "Bir şey mi oldu?" diye kısık bir sesle söylendim.

Amer'i kucağına aldı. Yanağından öptü. "Her gün neler olmuyor ki? Senin hiçbir şeyden haberin yok."

"Nasıl olsun ki?" dedim sitemkâr dolu bir sesle. "Bana bir şey anlattığın mı ki var?"

Bana ters ters baktı. "Sordun mu ki?"

"Seni evde görebilsem soracağım; ama senin yüzünü gördüğümüz yok ki."

"Para kazanmayı kolay bir iş mi sanıyorsun sen?"

"Haklısın! Aile olmak da kolay bir iş olmasa gerek. Ben de bütün gün iki çocukla boğuşup duruyorum. Ben de bu evde bir dakika olsun nefes almıyorum."

"Yine başlama," dedi sinirli sinirli. "Bana kafayı taktın yine."

"Benim hiç kimseyi kafaya mafaya takacak halim yok. Yarın Cemillere gideceğim. Haberin olsun. Tarek'e söyle de, beni evlerine bırakıversin."

Wassim başını kaldırıp baktı. "Cemillere mi?" diye sordu şaşkınlıkla. "Cemillerde ne işin var?"

"Bugün karısı geldi."

"Lamia mı?"

"Kim olacak? Tabii ki Lamia. Ayrıca sen, Lamia'nın bu eve gelmesine neden şaşırdın?"

"Şey," dedi. "Ne bileyim işte. Birbirinizle doğru dürüst tanışmıyorsunuz ki."

"Bizim bu zamana kadar tanışmamamız, sizin ayıbınız. Cemil ve sen yakın iki dostsunuz fakat eşleriniz birbirleriyle görüşmüyor. Sahi, bizi neden bir araya getirmekten kaçınıyorsunuz?"

"Siz kadınlar yok musunuz," dedi gülerek. "Her şeyin altında bir neden ararsınız. Özel bir nedeni yok. Bu durum tamamen bizim ihmalkârlığımızdan kaynaklanıyor. Yarın sabah Tarek'e söylerim. Seni istediğin saatte alıp oraya bırakır."

"Çok iyi bir kadına benziyor. Onunla dost olmak istiyorum."

Wassim kahkahayı bastı. "Bence de onunla dost olmalısın. Ne de olsa onlarla akraba sayılırız artık."

Duyduğum sözler beni şaşkına çevirmişti. "Ne akrabası?"

"Bugün sana, Mazen'in sözlüsünden hiç bahsetmedi mi?"

Kısa bir süre düşündüm. "Evet evet" dedim. "Rania'yı tanıyormuş. Onun aklı başında bir kız olduğunu söyledi."

"Şayet o akşam oyunbozanlık etmeyip de Mazen'in söz merasimine gelseydin, Raina'nın ablasının Lamia olduğunu öğrenirdin."

O anda içim fena oldu. Kusma isteği yüzümden güçlükle soluk alıyordum. "Sen... Sen ne diyorsun?" dedim kekeleyerek. "Bana şaka mı yapıyorsun?"

Wassim yüzüme tuhaf tuhaf baktı. Sesinin tonunda endişe vardı. "Umarım," dedi. "Onun yanında Rania'yla ilgili bir pot kırmamışsındır."

Derin derin nefes aldım. "Ne potu?" dedim kendimden emin bir şekilde. "Lamia'nın bu gerçeği bana söylememesine çok şaşırdım."

Wassim dudağını büzdü. "Hayret," dedi. "Acaba neden söylememiş sana?"

Rania hakkındaki sözlerimden sonra, yarın Lamia'nın yüzüne nasıl bakacağımı düşündüm bir an için. Wassim, "Sen iyi misin?" diye sordu. "Yine uzaklara dalıp gittin."

"Yarın öğrenirim," dedim.

Wassim konudan kopmuştu. "Neyi öğreneceksin?"

"Raina'nın ablası olduğunu neden benden sakladığını."

"Sor bakalım. Doğrusu ben de merak ettim."

"Wassim," dedim konuyu değiştirerek.

"Efendim."

"İki hafta sonra İmad'ın doğum günü var. İmad'a doğum günü yapacak mıyız?"

Wassim, İmad'ı kucağına aldı. "Şunun şekerliğine baksana," dedi gülerek. "Bu sincaba aile içinde küçük bir doğum günü partisi yaparız. İnşallah seneye de daha büyük bir parti düzenleriz. Peki sen, sen ne diyorsun?"

"Bence de evdeki bu tadilatın içinde parti marti olmaz. Seneye yaparız. O zamana kadar biraz daha büyümüş olur."

Ertesi gün Lamia'ya gittim. Lamialar Hamra Caddesi'nde oturuyorlardı. Bu semt oldukça şık bir yerdi. Tarek koşarak arabanın kapısını açtı. O sırada Lamia pencerenin önünde belirdi. Bana pencereden el sallıyordu. "Birinci kata çıkıyorsun," diye yukarıdan seslendi.

Şoföre baktım. "Siz gidebilirsiniz artık. Beni akşama doğru almaya gelin."

Merdivenlerden yukarı kata çıktım. Lamia kapının önünde bekliyordu. Ciddi bir ses tonuyla, "Sana kırgınım," dedim.

"Hoş geldin," dedi gülerek. "Hayrola! Bana neden kırgınsın?"

"Rania kız kardeşinmiş. Neden bana söylemedin?"

"Aslında sana söyleyecektim ama o sözlerinden sonra vazgeçtim. Seni utandırmak istemedim."

İşittiğim sözler karşısında bir süre sessiz kaldım. "Aslında kötü bir şey söylemedim. Sadece bir endişemi dile getirmiştim."

Lamia bana sarıldı. "Bana bir şey açıklamak zorunda değilsin. O sözleri kötü niyetle söylemediğini biliyorum. Ortak yaşamların kalabalığı beni de ürkütüyor. Bugün Rania'yı da çağırdım. İki elti iyice tanışır, kaynaşırsınız."

Biraz gerilmiştim. Bu gerginliğimi Lamia sezmiş olacaktı ki, "Biraz gevşe," dedi. "Birazdan herkes dökülür buraya. Sana şimdi bir kahve yaptırıyorum."

O sırada kapı zili çaldı. "İşte gelmeye başladılar," dedi Lamia gülerek.

Evde iki yardımcı kadın vardı. Kadınlardan sıska olanı kapıyı açtı. Lamia kapıya doğru koştu. Gelen misafirinin boynuna sarıldı. "Hoş geldin bir tanem," dedi. "Şimdi seni birisiyle tanıştıracağım."

"Kiminle tanıştıracaksın?"

Lamia sağa doğru çekildi. "Gözlerime inanmıyorum," dedim şaşkınlıkla. "Sen... Sen... Senin ne işin var burada?"

Mira koştu. Bana sımsıkı sarıldı. "Asıl senin ne işin var burada?"

Lamia ikimizi de şaşkınlıkla izliyordu. "Siz daha önceden tanışıyor muydunuz?" diye sordu afallayarak.

"Tanışıyoruz," dedi Mira. "Bizi rahmetli Rima tanıştırmıştı."

O anda ne yapacağımı, ne söyleyeceğimi bilemeden ağlamaya başladım. Düşmemek için duvara tutundum. "Yoksa öldüğünü bilmiyor muydun?" dedi Mira.

Başımı 'hayır' anlamında salladım. Mira koluma girdi. "Hama ayaklanması sırasında öldü," dedi sesi çatallaşarak.

"Savaş uçaklarından atılan bir bomba, yanlışlıkla subayların oturduğu lojmanlardan birisinin üzerine düşmüş. O binada ne yazık ki Rima da varmış."

Soluğum tıkanmış gibi, "Çoluk çocuğu var mıydı?" diye sordum.

Mira'nın gözleri doldu. "Onu molozların altından çıkardıklarında, kız bebeği de kucağındaymış," dedi içini çekerek.

Boğazım kurumuştu. "Ona bu kaderi çizenin Allah belasını versin," dedim.

Mira hemen konuyu değiştirdi. "Wassim nasıl?" dedi. "Duyduğuma göre anne olmuşsun."

Kendimi toparlamaya çalıştım. "Çok iyi," dedim. "Babası öldükten sonra, işlerin başına geçti. Hiç nefes almadan çalışıyor. İki tane de oğlumuz var."

"Allah bağışlasın."

"Sağ ol. Sen nasılsın? Evlenmedin mi daha?"

"Yok," dedi gülerek. "Şayet evlenmiş olsaydım, mutlaka haberiniz olurdu. Galiba bu gidişle evde kalacağım."

"Senin gibi biri hiç evde kalır mı? Ailen nasıl?"

"Çok çok iyiler. Haberin olsun! Abeer seni hâlâ unutabilmiş değil."

Zoraki gülümsedim. "Sahi, o ne yapıyor?"

"Gayet iyi."

"Baban nasıl?"

"Nasıl olsun? Memleket meseleleriyle uğraşıp duruyor. Birkaç güne kadar ABD Başkanı Ronald Reagan'ın yeni Ortadoğu özel temsilcisi Robert Mc Farlane, Şam'a gelecek. Onu ağırlamaya hazırlanıyor."

"Devlet adamı olmak zor iş," dedim. "Allah yardımcısı olsun."

Mira ve ben bir köşeye çekilip epey bir süre sohbet ettik. Eski günleri yâd ettik. Lamia yanımıza geldi. "Çok ayıp oluyor kızlar," dedi. "Diğer misafirlerle de biraz sohbet etseniz hiç fena olmaz."

Mira ayağa kalktı. "Benim artık gitmem gerekiyor," dedi.

"Bu kadar erken mi?" dedi Lamia sitem dolu bir sesle.

"Ne yazık ki evet. ABD'den gelecek misafirlerin eşlerini gezdireceğim. Onlar için birtakım hazırlıklar yapıyoruz."

"O zaman bu gelişini saymıyorum," dedi Lamia. "En yakın zamanda yine bir araya gelelim."

"Bir gün Piruze'yi de al, bize gel. Şimdi izninizle yanınızdan ayrılıyorum."

Mira kapıdan dışarı çıkarken, içeri güzel giyimli, çekici mi çekici bir kız girdi. Kestane rengi saçları parıl parıl parlıyordu. Yüzünde çok hoş bir makyaj vardı. "Nerede kaldın Rania?" diye sordu Lamia.

"Kuaförden çıkamadım abla," dedi tebessüm ederek.

"Hoş geldin Rania," dedim elimi uzatırken.

Elimi sıktı, sonra da beni kendisine doğru çekti. Yanaklarımdan öptü. "Hoş bulduk Piruze Abla," dedi tüm sahteciliğiyle. "Geç geldiğim için özür dilerim."

"Benim için sakıncası yok," dedim ve o anda altıncı hissim bana şöyle seslendi: "Bu kıza karşı hep tetikte ol."

HAMİLE

1983 senesinin ağustos ayında, bir sabah, gün ışığı karanlık gökyüzünü yavaş yavaş aydınlatırken, İmad'ın sesine uyandım. Yataktan doğruldum. Yanına gittim. Ela gözleri açıktı. Beşiğin içinde, sarı dalgalı saçlarıyla çok komik görünüyordu. "Uyandın mı bebeğim?" dedim ve sonra da onu kucağıma aldım.

İmad'a sarıldığımda sanki bir alev topuna sarılmıştım. Vücudu ateşler içerisindeydi. Wassim hemen yanı başımda horul horul uyuyordu. Wassim'i dürttüm. "Çabuk kalk," dedim. "Çocuğun ateşi var."

Wassim sağa sola döndü. "Bir şey olmaz," diye fısıldadı.

İmad'ın kısa kollu tulumunu çıkardım. "Wassim," diye sesimi yükselttim. "Hadi, kalk! Çocuğu bir doktora götürelim."

Wassim gözlerini ovuşturdu. "Sabah sabah ne var?" diye söylendi.

"İmad çok hasta. Havale geçirmesinden korkuyorum."

Elini İmad'ın alnına koyduğu gibi yataktan fırladı. "Çabuk ol," dedi panikleyerek. "Çocuk alev alev yanıyor. Bir an önce doktora götürelim."

Nataya'nın odasına koştum. Onu uyandırdım. "İmad çok hasta," dedim. "Biz hastaneye gidiyoruz. Amer'e göz kulak ol."

Çabucak evden çıktık. Taksinin arka koltuğunda, İmad kucağımdaydı. Bebeğime yapışmış, endişeden fal taşı gibi açılmış gözlerimle onu seyrediyordum. Bir süre sonra taksi hastane kapısının önünde durdu. Wassim, İmad'ı kucakladığı gibi hastaneye doğru koştu. Wassim'in arkasından içeri girdiğimde, İmad'ı hemen acil müdahale odasına almışlardı. Wassim boş koridorda volta atıp duruyordu. "N'oldu?" diye sordum ağlayarak.

"Yüksek ateşi varmış. Ateşini düşürmeye çalışıyorlar," dedi mahmur bir ses tonuyla.

"Biz içeri giremiyor muyuz peki?"

"Hayır. Beni de dışarı çıkardılar."

Kapının önünde bir saat bekledik. Koca bir saat geçti ama odadan dışarı çıkan olmadı. "Ben içeri giriyorum," dedim ağlarken. "Burada meraktan çatlayacağım."

O sırada kapı açıldı. İçeriden doktor çıktı. "Oğlum nasıl?" diye sordum hüngür hüngür ağlarken.

"Verilmiş sadakanız varmış," dedi doktor. "Havale geçirmesi an meselesiymiş. Şu anda durumu gayet iyi. Oğlunuzu bir süre daha burada misafir edeceğiz."

Ellerimi açıp Allah'a fısıltıyla dua ettim. Korkudan ağzım dilim kurumuştu. "Sanki öldüm öldüm dirildim," dedim Wassim'in boynuna sarılmış ağlarken.

"Ağlama artık. Geçti."

"Ana yüreği işte," dedim. "Onun hem hasta olmasına ağlıyorum, hem de bugün onun doğum günü."

"Sahi ya," dedi Wassim iç çekerek. "Bugün onun doğum günü."

Wassim beni kollarının arasına aldı. Alnımdan öptü. "Çok üzgünüm Piruze," dedi. "Seni son zamanlarda çok ihmal ettim. Senden özür diliyorum."

"Wassim," dedim boğuk bir sesle.

"Ne var?"

"Galiba yine hamileyim."

Wassim bir çığlık attı. Başımı iki avucunun içine aldı. "Ne?" dedi sevinçten gözleri yaşarırken. "Hamile misin?"

"Hazır hastaneye kadar gelmişken," dedim. "Bir kan testi yaptırsak mı acaba?"

***

Beş ay sonra, 1984 yılının Ocak ayında, üçüncü çocuğuma yedi aylık hamileydim. O sabah erkenden uyandım. Hava almak için kısa bir süreliğine terasa çıktım. Sabah ayazı kendini iyiden iyiye hissettiriyordu. Bir süre orada kaldım. Üşümeye başladığımı hissedince içeri girdim. Aşağı kata indim, mutfağa geçtim. Nejwa mutfakta temizlik yapıyordu. "Günaydın," dedim.

Beni duymazdan geldi. "Nejwa," diye yüksek sesle bağırdım. "Sen beni duymuyor musun?"

Başını kaldırıp pis pis sırıttı. "Bana bağırmayın," dedi. "Siz benim patronum değilsiniz."

O anda hayretler içerisinde kalmıştım. "Senin neyin var böyle? Bugün ters tarafından mı kalktın?" diye azarladım onu. "Sonra sen kim oluyorsun da, benimle bu şekilde konuşabiliyorsun bakalım?"

"Kimsem oyum," dedi ukala ukala. "Siz gidin, Nataya'dan hesap sorun."

Sabah sabah sinirlerim alt üst olmuştu. Gözlerim doldu. "Wassim Kuveyt'ten döndüğünde, seni ona şikâyet edeceğim," dedim.

"Beni istediğiniz kişiye şikâyet edebilirsiniz," dedi tebessüm ederek. "Şimdi beni rahat bırakın lütfen. İşimi yapayım."

Öylesine düş kırıklığına uğramıştım ki, soğukkanlılığımı elden bıraktım. İçimdeki hıncı dışarıya vurdum. Nejwa'nın suratına bir tokat patlattım. Kız sendeledi, yere düştü. "İmdat!" diye çığlık attı. "Kurtarın beni. Yoksa bu kadın beni öldürecek."

Birkaç dakika sonra herkes mutfağa doluştu. "N'oldu?" dedi kayınvalidem.

Nejwa hüngür hüngür ağlıyordu. "Bu kadın beni dövdü," dedi. "Bana hakaretler yağdırdı."

Kayınvalidem bana kötü kötü baktı. "Seni neden dövdü? Bunu durduk yerde mi yaptı?"

"Evet," diye yalan söyledi. "Ben dolapların içini temizliyordum. Bu da o sırada mutfağa gelmiş. Güya benden süt istemiş. Size yemin ediyorum. Ben onun ne mutfağa girdiğini gördüm, ne de benden süt istediğini. O sırada eğildiğim yerden tam da doğrulmuştum ki, bana tekme tokat saldırdı."

"Bu kız delirmiş olmalı," dedim ağlarken. "Besbelli yalan konuşuyor. Ben ondan hiçbir şey istemedim."

Kayınvalidem pis pis baktı bana. Bakışları sanki yaygara koparmamı istiyordu; ama sustum. "İşinin başına dön Nejwa," diye homurdandı. "Oğlum eve döndüğü vakit bu meseleyi bir çözüme kavuşturacağım."

Kayınvalidemin sözleri beni dehşete düşürdü. Ağlayarak yukarı kata çıktım. Kendimi odaya kapattım. Öğlene doğru Lamia'yı aradım. "Lamia," dedim. "Bugün çok kötüyüm. Biraz dışarı çıkıp hava alabilir miyiz?"

Birkaç saat sonra, Lamia'yla Salihiye semtinde buluştuk. Salihiye, İstanbul'un Beyoğlu semtini andırıyordu. Bir pastaneye girdik. Kahverengi kürkümü üzerimden çıkardım. "Dur bakayım," dedi Lamia. "Maşallah karnın bayağı büyümüş."

"Az kaldı," dedim.

"İnşallah bu seferki kız olur."

"Ben de kız olmasını çok istiyorum ama Allah'ın işine de karışılmaz, biliyorsun."

Lamia güldü. "Benim de sana iyi haberlerim var," dedi. "Ama şimdilik hiç kimseye söyleme."

"Yoksa," dedim gözlerim buğulanırken.

"Evet," dedi sevinçten ağlarken. "Ben de hamileyim. Daha Cemil'e bile söylemedim."

"Neden?" dedim şaşkınlıkla.

"Dün öğrendim. Bir buçuk aylık hamileymişim. Sana ne yalan söyleyeyim. Düşük yapmaktan korkuyorum. Bu yüzden Cemil'e söylemeye cesaret edemedim."

"Bundan sonra dikkat et kendine. Ağır mağır kaldırma. Bol bol yat, dinlen. Cemil'e söyleyip söylememe mevzusuna gelince, bence bu güzel haberi bir an önce ona vermelisin."

"Öyle mi dersin?"

"Sence de doğrusu bu değil mi?"

"Bu."

"Eee, daha ne bekliyorsun?"

"Çok heyecanlıyım. Acaba tepkisi nasıl olacak?"

"Hiç merak etme. Kaç zamandır senden bu haberi bekliyor zavallı," dedim elimi elinin üstüne koyarken.

"Tamam," dedi. "Ona tez zamanda söyleyeceğim. Şimdi beni boş ver. Sen nasılsın? Seni son derece üzgün görüyorum."

Derin bir iç çektim. Sabah başımdan geçen tatsız olayları bir bir anlattım. "İnanmıyorum," dedi Lamia. "Evdeki hizmetçi kız sana böyle bir şeyi neden yapsın ki?"

"Hiç bilmiyorum," dedim ağlarken. "Sabahtan beri düşünüyorum, işin içinden çıkamadım ama elbette ki bir nedeni vardır."

Lamia dudağını büzdü. "Çok ilginç," dedi. "Acaba Afaf Teyze, kızcağızı sana karşı kışkırtmış olabilir mi?"

Kısa bir süre düşündüm. "Hiç sanmıyorum. Nejwa'ya gerekli talimatları zamanında vermişti. Nejwa benim hiçbir işime yardım etmez zaten. Amer ya da İmad yanında yere düşse, elini uzatıp da onları düştüğü yerden kaldırmaz. Çünkü zamanında onu bana karşı böyle doldurmuştu."

"Nasıl bir kadın bu? Ben Afaf Teyze'yi hiç böyle bilmezdim."

"Allah Rania'nın yardımcısı olsun," dedim. "Umarım bana yaptıklarını ona da yapmaz."

Lamia'nın yüzü gerildi. "Sana yaptıklarının çeyreğini Rania'ya yapamaz," dedi kendinden emin bir şekilde. "Çünkü Rania senin gibi sahipsiz değil."

Duyduğum sözler karşısında hayal kırıklığımı gizlemek hiç de kolay olmadı. Lamia pot kırdığını çoktan sezmiş olacak ki, "Özür dilerim. Aslında öyle söylemek istememiştim," dedi. "Yani bizler burada yaşadığımız için, Rania'ya iyi davranacağından hiç kuşkum yok."

Lamia haklıydı. Ben bu şehirde yapayalnız ve sahipsizdim. Bana kol kanat gerecek kimsecikler yoktu. "Benden özür dilemene gerek yok," dedim. "Belki de bu acı gerçekleri bilmeden bana hatırlatmış oldun. Doğru! Bana yaptıklarının çeyreğini Rania'ya yapamaz."

"Sıkma canını. Bak, hamilesin. Allah korusun, bebeğine bir şey olur."

"Buradan biraz uzaklaşmak istiyorum. Belki çocukları da yanıma alıp Ürdün'e, annemlerin yanına giderim."

"Aaa!" dedi Lamia şaşkınlıkla. "Annenler orada mı yaşıyor?"

"Ürdün'e geleli henüz üç-beş ay oldu."

"O zaman hiç durma, hemen git. Biraz hava değişikliği olur."

"Gideceğim," dedim kararlı bir ses tonuyla. "İki ay sonra doğum yapacağım. Sonra bu yaz ortası gibi Mazen ile Rania'nın düğünleri var. Biraz dinlensem iyi olacak..."

"Piruze," dedi Lamia lafımı keserek.

"Efendim."

"Çaprazımızdaki masada oturan şu kadına çaktırmadan bir bakar mısın?"

"N'oldu ki?"

"Deminden beri bize bakıp duruyor."

Başımı hafifçe çevirdim. Masada yalnız başına oturan kadına baktım. "Aaa!" dedim şaşkınlıkla. "Bu bizim eski bakıcımız Mari."

O anda Mari'yle göz göze geldik. Elimi havaya kaldırdım, ona doğru el salladım. Mari yerinden fırladı. Bize doğru koşmaya başladı. Oturduğum sandalyeden ağır ağır kalktım. Sonra da birbirimizin boynuna sımsıkı sarıldık. Bir anda gözlerim doldu. "Senin ne işin var burada?" diye sordum İngilizce.

Mari elini karnıma koydu. "Sizi çok özledim," dedi ağlarken. "Demek yine hamilesiniz? Sizi en son bıraktığımda da hamileydiniz."

Gülümsedim. "Haklısın," dedim. "Amer'e bir kardeş daha geliyor."

Mari'nin gözleri fal taşı gibi açılmıştı. "İki numaranın adı ne peki? Yoksa o da mı erkek?"

"Erkek ya! Adı İmad."

"Kaç yaşında?"

"Amer'le arasında on beş ay var."

"Amer nasıl? Onu çok özledim."

"Çok iyi," dedim. "Ayakta kalma. İşin yoksa otursana."

Mari, Lamia'ya baktı. "Sizi rahatsız etmeyeyim," dedi Arapça konuşarak.

"Lamia yabancı değil. Cemil Bey'i hatırlıyor musun?"

"Onu nasıl unutabilirim? O benim babam gibidir. Onunla sık sık görüşüyorum zaten. Sağ olsun beni her zaman koruyup kolladı burada."

"Lamia, Cemil Bey'in eşi."

"Aaa! Ne güzel," dedi Mari. "Kocanız çok iyi bir insan hanımefendi. Onun gibi iyi insanlar şu dünyada neredeyse kalmadı."

Şaşkınlığım büsbütün arttı. "Bir dakika Mari," dedim. "Sen Şam'dan ayrılmamış mıydın?"

Mari 'hayır' anlamında başını salladı. "Ben hep buradaydım. Şam'dan ayrıldığımı kim söyledi?"

Lamia'ya baktım. Heyecandan oturduğu yerde duramıyordu. "Hayrola Lamia. Bir şey mi oldu?"

"Şey," dedi eğilip kulağıma fısıldarken. "Acaba Cemil'e hamile olduğumu söylesem mi?"

"Şimdi mi?"

"Evet."

"O, şu anda nerede?"

"Burada."

Çevreme bakındım. "Burada mı?" dedim şaşkınlıkla.

Lamia kahkahayı bastı. "Yok," dedi. "İş yeri bu pastanenin az ilerisinde."

"Hiç durma. Git o zaman. Git ve ona uzun zamandır beklediği bu güzel haberi ver."

"Ya sen? Seni burada bırakmam ayıp olmaz mı?"

"Beni düşünme sen. Başımın çaresine bakarım."

"Öyleyse yarım saat sonra buraya seni almaya geleceğim. Sakın bir yere ayrılayım deme. Seni Cemil'le tanıştıracağım."

"Siz zahmet etmeyin," dedi Mari. "Ben Cemil Bey'in iş yerini biliyorum. İsterseniz Piruze Hanım'ı getirebilirim oraya."

"O zaman anlaştık," dedi Lamia. "Sizi yarım saat sonra bekliyorum."

Lamia yanımızdan hızla uzaklaşırken, biz de masamıza oturduk. "Söyle bakalım Mari," dedim meraklı meraklı. "Demek Şam'dan hiç ayrılmadın."

"Hayır," dedi Mari. "Sizden ayrıldıktan sonra Cemil Bey'e gittim. Ona acilen bir işe ihtiyacım olduğunu söyledim. Sağ olsun. O da beni alıp başka bir ailenin yanına, işe yerleştirdi."

Dudağımı büzdüm. "Allah Allah," diye kendi kendime söylendim. "Wassim'e seni bulmasını söylemiştim."

"Söylediklerinizden hiçbir şey anlamadım hanımefendi."

"Bak, Mari," dedim. "Senden sonra bir yardımcı daha aldık. Ondan da son derece memnunum. O zamanlar bir yardımcı konusu açıldığında, Wassim'den seni tekrar bulmasını istemiştim. O da seni araştırdığını, fakat memleketine geri döndüğünü söylemişti."

"Ama ben hep buradaydım," dedi Mari düşünceli bir şekilde. "Wassim Bey'le defalarca Cemil Bey'in iş yerinde karşılaştım; ama onu hiç konuşturmadım. Kusura bakmayın! Onunla konuşmaya dilim varmadı."

"Wassim'le karşılaştığına emin misin?" dedim şüpheci bir tavırla.

"Bunda emin olmayacak ne var hanımefendi? Hatta bir gün, şoförü olacak o üçkâğıtçı adam bana kur yaptı. Uzunca bir süre peşimi bırakmadı. Onu en son Cemil Bey'e şikâyet ettim de, ondan anca öyle kurtulabildim."

Şaşkınlığım büsbütün artmıştı. "Tarek mi sana asıldı? Emin misin?"

"Eminim," dedi Mari. "Hatırlasanıza! Wassim Bey beni işten çıkardığı gün, maaşımı getirip size vermişti ya. Hatta o gün sizinle de ilk defa tanışmıştı."

"Nasıl olur Mari?" dedim üzüntülü bir ses tonuyla. "Tarek evli."

"Evli mi?" dedi şaşkınlıkla.

"Evli ya! Hatta beş yaşında bir oğlu bile var."

Mari gülmeye başladı. "O evli değil. Siz onun evli olduğunu kimden duydunuz?"

Ağzım bir karış açık kaldı. "Şaka yapıyorsun."

"Hayır, şaka yapmıyorum."

"Bana şaka yaptığını söyle?"

Mari şaşırmıştı. Bir süre kafasının içinde neler söyleyebileceğini düşündükten sonra, "Şu son birkaç ayda evlendiyse, onu bilemem," dedi. "Günahını almak istemem. Ama şundan eminim ki, Tarek'in beş yaşında bir oğlu yok."

O an içimde sanki bir şeyler paramparça oldu. Yıllar boyunca inandığım değerler, ortaya çıkan bu gerçeklerden sonra un ufak oldu. Bu değerler parça parça olunca da şüpheci birine dönüşüverdim. "Haydi, artık kalkalım," dedim bozuk bir ses tonuyla.

Mari kolundaki saate baktı. "Daha erken değil mi? Yarım saat olmadı bile."

"Olsun, kalkalım," dedim. "Dışarıda biraz dolaşıp hava almak istiyorum."

Sokaklarda epeyce bir süre dolaştıktan sonra, "İşte burası," dedi Mari. "Ben burada ayrılıyorum. En yakın zamanda çocukları görmeye geleceğim."

"Sen benimle gelmiyor musun? Cemil Bey'e bir merhaba dersin."

Mari güldü. "Ben o işi saatler önce hallettim."

Mari'ye sarıldım. Onu yanaklarından öptüm. "Seni mutlaka bekliyorum," dedim. "Telefon numaramı biliyorsun artık. Beni sakın aramayı unutma."

O esnada aralanmış dükkân kapısından Lamia'nın sesini duydum: "Piruze."

İçeri girdim. Lamia'nın gözleri ışıl ışıl yanıyordu. Elimden tuttu. "Gel," dedi. "Seni Cemil'le tanıştırayım."

Cemil, tip olarak pek Şamlılara benzemiyordu. Siyah saçlı, esmer tenli ve kömür gibi simsiyah gözleri vardı. "Merhaba," dedim. "En sonunda sizinle tanışabildim."

Dikkat ettim. Gözlerini bir anda benden kaçırdı. "Kısmet bugüneymiş," dedi hafiften tebessüm ederek.

"Aynı zamanda," dedim gülerek. "Gerçek bir Arap erkeğiyle tanıştım. Şamlı erkeklere tip olarak pek benzemiyorsunuz."

Lamia kahkahayı bastı. "Cemil'in annesi Mısırlı," dedi. "Cemil de annesine benzer."

"Şimdi anlaşıldı," dedim.

"Arkada küçük bir çalışma odam var. Oraya geçelim mi?" dedi Cemil.

Arka tarafa geçerken, "Gözünüz aydın olsun," dedim. "Demek yakında baba oluyorsunuz?"

Cemil'in yüzüne mutlu bir tebessüm yayıldı. Lamia'ya baktım. Kocasının yüzüne yayılan tebessümü büyük bir hayranlıkla seyretti. "Evet," dedi. "Bugün Allah'ın en mutlu kullarından birisiyim."

"Mutluluğunuz daim olsun."

"Sizin de gözünüz aydın olsun," dedi Cemil. "Bu sefer sizden kız bekliyoruz."

"İnşallah," dedim gülerek. "Sizi ne zaman bizim evde misafir edeceğiz? Yoksa bize gelmemeye yemin mi ettiniz?"

"İnşallah bir gün geliriz," dedi Cemil konuyu hemen değiştirmeye çalışarak. "Aileniz nasıl? Babanızın tayini Ürdün'e çıkmış, doğru mu?"

Cemil'in bu tavrı pek hoşuma gitmemişti. Ona zorla gülümseyerek, "Evet," dedim. "Şu anda Ürdün'deler. Ben de onları ziyaret etmeyi düşünüyorum."

"Onları ziyaret etmelisiniz," dedi soğuk bir ses tonuyla.

İçim daraldı. Konuştuğumuz her şeyi kestirip atıyordu Cemil. "Az önce Mari'yle karşılaştım," dedim. "İzinli olduğu günlerde sizin yanınıza uğruyormuş."

"Evet."

Lamia kocasına baktı. "Sen iyi misin bir tanem?"

Cemil uzaklara dalıp gitmişti. "Efendim," dedi. "Ne dedin?"

Lamia'ya baktım. "Ben artık müsaadenizi isteyeceğim. Cemil Bey'in sohbetine pek doyum olmuyor."

"Kusura bakmayın," dedi Cemil. "Bugün kafam karışık. Şoförüm sizi evinize kadar bırakıversin."

Cemil'in şaşkın ve dalgın haline gülümsedim. "Gerek yok," dedim. "Sağ olun. Ben bir taksiyle giderim."

Cemil ciddi bakışlarını bana doğru çevirdi. "Şoförüm sizi evinize kadar bırakacak," dedi kestirip atarken ve sonra da şoförüne seslendi.

Şoför yanımıza geldi. "Buyurun Cemil Bey," dedi.

"Hanımefendiyi evine kadar bırak."

"Başüstüne," dedi şoför.

Lamia'yı öptüm. "Kusura bakma," dedi Lamia. "Cemil bugün şok içinde. Yoksa özünde böyle soğuk bir insan değil. Öyle değil mi kocacığım?"

Sesini çıkartamayacağını sanırken, tıpkı bir uyurgezer gibi, "Evet," dedi.

O gün Cemil'e karşı hissettiklerim giderek yoksullaştı. Kayıtsız bir tavırla omuzlarımı silktim. "Seninle sonra görüşürüz Lamia," dedim. "Tekrar gözünüz aydın olsun."

Şoför, kuyumcu dükkânın önünde duran siyah Citroen marka arabanın arka kapısını açtı. "Buyurun hanımefendi," dedi.

Moralim bozuk bir halde arabaya bindim. Cemil'i düşündüm. Bana karşı sergilediği davranışlar hiç de normal sayılmazdı. "Pardon," dedim şoföre. "Tarek'i tanıyor musunuz?"

"Wassim Bey'in şoföründen mi bahsediyorsunuz?"

"Evet."

Şoför gülümsedi. "Hiç tanımaz olur muyum? Tabii ki tanıyorum."

"Peki öyleyse," dedim. "Tarek evli mi, yoksa bekâr mı?"

Şoförün yüzüne muzip bir tebessüm yayıldı. "O üçkâğıtçıyla kim evlenir?" dedı. "Onun hayatı hep yalan dolanlardan ibarettir."

"Peki çocuğu var mı?"

"Yok."

"Emin misiniz?"

Şoför manalı manalı baktı bana. "Bizim Tarek'ten bahsediyorsak, bu söylediklerimden eminim. Neredeyse her gün birlikteyiz. Bir çocuğu olsa, bilmez miyim?"

Eve varmıştık. Şoför arabayı durdurdu. Arabadan hızlıca inip arka kapıya doğru koştu. Kapıyı açtı. "Buyurun," dedi.

Arabadan indim. "Size çok teşekkür ederim," dedim. "Cemil Bey'e tekrar teşekkürlerimi iletin lütfen."

O gece sabaha kadar hiç uyuyamadım. Pazar sabahı erkenden, elinde oyuncaklarla eve çıkageldi Wassim. Amer ve İmad masum bir şekilde yataklarında uyuyorlardı. "Hoş geldin canım," dedim.

Wassim soyunup yatağa girdi. Elini karnıma koydu. "Hoş bulduk," dedi. "Sen nasılsın?"

"Karnım burnumda geziyorum," dedim. "Bu seferki hamileliğim biraz ağır geçiyor."

"Acaba kız mı? Şayet kız olursa, adını ne koyacağımızı düşündün mü?"

Derin bir iç çektim. "Hiç düşünmedim," dedim. "Rahmetli baban yaşasaydı, o bizi bu sıkıntıdan kurtarmış olurdu."

Wassim acı acı tebessüm etti. "Haklısın," dedi. "Onu bazen çok özlüyorum."

"Benim kadar özleyemezsin," dedim içli içli. "Onun öldüğü gün, arkamdaki koca dağ yıkıldı."

"Ne demek istiyorsun sen? Yoksa ben senin arkandaki dağ değil miyim?"

Bir anda ağlamaya başladım. "Ne yazık ki değilsin. O öldükten sonra, bu evdeki herkes beni çok fazla eziyor. Nejwa bile bana kafa tutabiliyor."

Wassim'in suratı bembeyaz kesildi. Yattığı yerden doğruldu. "Nejwa mı? Yoksa şimdi de onunla mı kavgaya tutuştun?"

Wassim aklına ilk geleni hiç düşünmeden söyleyen birisiydi.

"Olayın daha iç yüzünü bilmeden, beni mi suçluyorsun?" dedim. "Bakıyorum da hemen Nejwa'yı savunmaya geçtin."

"Ben... Ben... Nejwa'yı neden savunacağım ki?" diye kekeledi. "O gariban bir kız. Burada kimi kimsesi yok."

"Mademki Nejwa'ya çok değer veriyorsun, o zaman annene söyle de, kızı daha az çalıştırsın. Kıza âdeta bir köleymiş gibi davranıyor."

"Ben annemin işlerine karışmam," dedi sinirli sinirli. "Nejwa'yla aranızda ne geçti?"

Başımdan geçenleri bir bir anlattım. Yüzü belli belirsiz bir acıyla kasıldı ama kendini biraz zorlayıp eski ifadesine döndü hemen. İlk başlardaki bu belli belirsiz yüz ifadesinin umut verici olduğunu düşünmek istemiştim ama yanılmıştım. "Bütün suç sende," dedi. "Kıza tokat atman hiç de şık olmamış."

Sesimdeki umutsuzluk konuşmama yansıdı: "Sen ne dediğinin farkında mısın? Sen de mi beni suçluyorsun?"

Kafamın içi bomboştu. Bilincimi yitirmiştim sanki. "Seni suçlamıyorum," dedi durumu idare etmeye çalışarak. "Bugün Nejwa'yla konuşurum. Sana karşı bir daha böyle bir davranış sergilememesini isterim ondan."

"Bu kadarcık mı?" dedim hüngür hüngür ağlarken.

"Başka ne yapabilirim? Elime sopa alıp döveyim mi kızı?"

"Senden dövmeni isteyen mi oldu?"

"Ne yapayım? Evden mi kovayım?"

"Senden kovmanı da isteyen olmadı."

"O zaman ne yapmalıyım? Söyle bana. Ben de ne yapacağımı bileyim."

"Mesela benim yanımda ona kızabilirsin."

"İşte orada dur. Bu söylediğini yapamam."

"Nedenmiş o? Bunu yapmaya gücün yetmiyor mu yoksa?"

"Açık söylemek gerekiyorsa, yetmiyor. O, annemin sorumluluğunda olan birisi."

Âdeta deliye dönmüştüm. Wassim'in olaya bakış açısı, beni o insanların içinde tarifsiz bir kedere boğacaktı. "Anlıyorum," dedim gözyaşlarımı silerken. "Sen benim arkamda dağ olmayı bırak, çakıl taşı bile olamazsın."

"Benimle ne biçim konuşuyorsun öyle? Sözlerine dikkat et," dedi sinirli sinirli ve sonra da yataktan doğruldu. Ayağa kalktı. Yorgun ve sarsılmış görünüyordu. Durduğu yerde âdeta sallanıyordu. Kırılacak ince bir kuru dala benziyordu.

"Ben çocukları alıp Ürdün'e, annemlerin yanına gidiyorum," dedim sitemkâr dolu bir ses tonuyla. "Bir ay kadar orada kalacağım."

"Sana izin verdim mi ki?" diye çıkıştı ansızın.

"İzin vermeyip de ne yapacaksın?" dedim sinirli sinirli. "Yoksa beni eve mi hapsedeceksin?"

"İstersem yapabilirim."

"Yap öyleyse," dedim kendimden emin bir şekilde. "Bana yapmadığın bir bu kalmıştı, bunu da yap. Ürdün'e gitmeme izin vereceksin. Ayrıca benim için bir şey daha yapacaksın."

"Ne yapacağım?" dedi düşünceli bir şekilde.

"Şoförün Tarek var ya..."

"Eee," dedi lafımı keserek.

"O üçkâğıtçı herifi işten kovacaksın."

Wassim soğukkanlılığını korumasına karşın, kendini yıkılmış gibi hissetti. "Neden?" diye sordu boğuk bir sesle. "O sana ne yaptı?"

"Arkamdan bir işler çeviriyor."

Wassim'in yüzü narçiçeği gibi açtı. Kıpkırmızı yüz ifadesiyle, "Ne tür işler?" diye sordu meraklı meraklı.

"Belki sen daha iyi bilirsin," dedim manalı manalı.

Boğazı kurudu. "Manyak mısın sen?" dedi çatallaşan sesiyle. "Ben nasıl bilebilirim ki?"

"Bana yalan yanlış şeyler uydurmuş."

"Sana yalan yanlış şeyler mi uydurmuş?"

"Evet. Bir gün bana, evli ve çocuklu olduğunu söylemişti. Bugün tesadüfen öğreniyorum ki, meğerse üçkâğıtçı herifin ne karısı, ne de çocuğu varmış."

"Tarek, sana evli olduğunu neden söylesin ki?"

"Bilmem. Sen o sabah yine Kuveyt'e uçmuştun. O gün Sevim Teyze de bana misafirliğe gelecekti. Tarek'i telefonla aradım. Ondan beni alışverişe götürmesini istedim. İşte o gün, arabanın arka koltuğunda, kocaman bir pasta buldum. 'Bu pasta kimin?' diye sorduğumda, karısının doğum günü olduğunu, ona sürpriz bir kutlama yapacağını söylemişti. Ayrıca o gün bana, beş yaşında bir oğlu olduğunu da söylemişti."

Wassim karşımda durmuş, alnında biriken boncuk boncuk teri, eliyle silmeye çalışıyordu. "Pekâlâ," dedi. "Tarek'in bekâr olduğunu kimden öğrendin?"

Acı acı güldüm. "Tahmin et," dedim. "Sence kimden öğrenmiş olabilirim?"

"Ne bileyim ben," dedi sinirli sinirli. "Müneccim miyim?"

"Yine tesadüfe bak ki," dedim alaycı bir ses tonuyla. "Allah bugün Mari'yi karşıma çıkardı. Bu gerçekleri ondan öğrendim."

Wassim alt üst olmuştu. "Mari de kim?" diye sordu şaşkın şaşkın.

"Aaa!" dedim alaycı bir şekilde. "Nasıl olur kocacığım? Mari'yi ne çabuk unuttun sen. Hani, Amer'in ilk bakıcısı vardı ya. Meğerse kadıncağız Şam'dan hiç ayrılmamış. Üstelik Cemil'in iş yerinde zaman zaman karşılaşıyormuşsunuz."

Wassim dalından kopan bir yaprak gibi savruldukça savruldu. Sonra da anlamsız bir şekilde gülmeye başladı. "Bak bak!" dedi. "Ben yokken neler olmuş burada? Sakın bana, Cemil'le de tanıştığını söyleme."

Sinirden kahkahayı bastım. "Üzgünüm ama dün onunla da tanıştım," dedim. "Bütün bu olup bitenler için herhâlde geçerli bir açıklaman vardır."

Tedirgin olan Wassim sustu. Gözleri bir ara uzaklara dalıp gitti. "Beni duydun mu?" dedim.

Eliyle saçlarını karıştırdı. "Seni duydum," dedi. "Dinle beni. Mari'yi işten çıkardığım gün, bana yaptığı terbiyesizliği hâlâ unutabilmiş değilim. Bu yüzden onu tekrar işe almak istemedim."

"Öyleyse bu gerçeği ta başından beri bana söyleyebilirdin."

"Lafımı kesme. Bırak da konuşayım. Mari hakkındaki bu düşüncemi sana söylemedim çünkü senin üzülmeni istemedim. Ben de sana mecbur kalıp yalan söyledim. Tarek olayına gelince... Neden sana yalan konuştuğunu bilmiyorum. Ama bugün, ama yarın bunun sebebini ondan öğreneceğim. Aslında Tarek çok iyi bir insandır. Onu işten çıkarmayı düşünmüyorum."

"Onu işten çıkaracaksın," dedim sesimi yükselterek. "Ya o ya da ben! Kararını buna göre ver."

O anda kendime inanamadım. Wassim'e en sonunda rest çekebilmiştim. Şimdi pes etmenin sırası değildi. Bu kararlılığımın arkasında sonuna kadar durmalıydım.

"Peki öyleyse," dedi düşünceli düşünceli. "Tarek'le konuştuktan sonra kararımı vereceğim. Ayrıca bir an önce toparlan, seni annenlerin yanına götürüp bırakacağım."

Hemen toparlanıp silkelendim. "Ürdün'den döndüğüm zaman, Tarek'i bir daha karşımda görmeyeceğim," dedim kararlı bir ses tonuyla. "Unutma! Ya o ya da ben!"

Wassim'e restimi çekmemle sanki onun varlığının gizli bir köşesinde bir şeyler çözüldü. Çok alçak bir sesle, tıpkı küçük bir kız çocuğuyla konuşur gibi sordu: "Sen ciddi misin?"

"Evet," dedim. "Son derece ciddiyim. O üçkâğıtçı herif sonsuza dek hayatımızdan çıkacak."

"Pekâlâ," dedi ve sonra da yatak odasının bir köşesinde duran kasanın şifresini girerek kapağını açtı. "Pasaportunu al. Yarın sabah elçiliğe gidip pasaportun süresini uzat."

Wassim her zaman pasaportumu kasada saklıyordu. Zaten Suriye kanunlarına göre, kocanın izni olmadan, eş ya da eşlerin ülke sınırları dışına çıkması yasaktı. Biz eşlerin yurtdışına çıkamadığı gibi, çocukların da çıkması yasaktı.

Her neyse, iki gün içinde hazırlıklarımızı çoktan tamamlamıştık. Gideceğimiz gün acı gerçekle karşılaştım. "Nasıl olur?" dedim Wassim'e. "Şimdi Nataya bizimle gelemiyor mu?"

"Hayır," dedi umutsuzca. "Şayet bizimle Ürdün'e gelirse, bu sefer de Suriye'ye bir daha kesinlikle dönemez. O, burada kaçak yaşıyor."

Moralim bozulmuştu. "Oralarda iki çocuğa tek başıma nasıl bakarım? Üstüne üstlük hamileyim."

"Korkarım yapacak bir şey yok. Kararını şimdi ver öyleyse. Ya git ya da burada kal."

"Gideceğim," dedim. "Annemle bir çaresine bakacağız artık."

Ertesi gün Ürdün'e arabayla gittik. Benim için yorucu bir yolculuktan sonra, Ürdün'ün başkenti Amman'a saatler sonra vardık. Bizi evin önünde annem ve kardeşim Mesut karşıladı. Mesut epeyce büyümüş, neredeyse genç bir delikanlı olmuştu. "Hoş geldiniz," dedi annem sarılıp ağlarken bana.

"Hoş bulduk," dedim. "Babam yok mu?"

"İş için şehir dışına çıktı," dedi annem. "Evde yok. Birkaç güne kadar dönecek."

"Tamam," dedim ve sonra da Mesut'a sarılıp onu doya doya öptüm.

"Sen de hoş geldin oğlum," dedi annem.

Wassim annemin elini öptü. "Hoş bulduk."

Amer'i Mesut'un kucağına verdim. "Amer bugünden sonra sana emanet Mesut," dedim. "Artık buradan gidene kadar Amer'in bakıcısı sen olacaksın."

Mesut, Amer'i öpüp kokladı. "Ne kadar da büyümüş abla?" dedi. "Kocaman adam olmuş."

Annem İmad'ı kucağına aldı. "Öyleyse bu da bana emanet olsun," dedi gülerek. "Şunun sevimliliğine bir baksana Mesut?"

Annemlerin oturduğu ev, tipik Arap evlerine benziyordu. Annem yatak odalarını bize verdi. "Ne zahmet ettin anne," dedim. "Biz diğer odalardan birinde de kalırdık. Wassim'in yarın sabah Şam'a dönmesi gerekiyor."

Annem Wassim'e şaşkınlıkla baktı. "Birkaç gün neden kalmıyorsun oğlum? Burası senin de evin sayılır."

Wassim utangaçça gülümsedi. "Kusura bakmayın," dedi. "Ben de kalmak isterdim ama bir-iki gün içinde Kuveytlilerle çok önemli bir toplantım var. Bu yüzden Şam'a dönmek zorundayım. Söz veriyorum size, Piruze'yi almaya geldiğimde birkaç gün kalacağım."

"Sen bilirsin," dedi annem. "Seni işinden gücünden alıkoymak istemeyiz."

"Babam eve ne zaman dönüyor anne?"

"Birkaç gün sonra."

"Nereye gitti ki?"

"Kızıldeniz'in kıyısında Akabe şehri varmış. Bir iş için, o körfez bölgesine gitti."

"Akabe'yi biliyorum," dedi Wassim heyecanla. "Karşısı, Mısır topraklarıdır."

"Doğru söylüyorsun," dedi annem. "Abdullah da öyle bir şeyler söylemişti bana."

"Ürdün'e alışabildiniz mi bari?" dedi Wassim.

"Vallahi bu saatten sonra buraya alışsak ne olur, alışmasak ne olur? Buraya, sırf sizlere daha yakın olabilmek için geldik. Piruze Şam'da olmasaydı, şimdi Avrupa'nın bir ülkesinde daha keyifli bir hayat yaşıyor olabilirdik."

"Çok haklısınız," dedi Wassim. "Sizden bir ricam olabilir mi?"

"Tabii ki," dedi annem. "Lafı mı olur."

"Bir aylığına bakıcı bir kadın bulabilir misiniz? Parası neyse ben vereceğim. Piruze'nin burada biraz dinlenmesini istiyorum. Bu haliyle çocuklara bakamaz. Size de zahmet vermek istemiyoruz."

"Evet, anne," dedim. "Bir aylığına da olsa bakıcı bir kadın bulabilir miyiz? Sabah gelip akşam da evine döner."

"Şey," dedi annem. "Bilmem ki kızım. Yarın ola hayrola. Elçilikte çalışan insanlarla konuşurum. Bakalım, istediğimiz gibi birini bulabilecek miyiz?"

Ertesi gün erkenden uyandık. Wassim'i yolcu ettik. Annem gözlerini bana dikerek, büyük bir ciddiyetle baktı. "Kocanla aranda bir sorun yok, değil mi?" diye sordu.

Annemin sorusu karşısında şaşkına döndüm. "Tabii ki yok," diye yalan söyledim.

"Aman, ikinizin arasında bir sorun olmasın zaten. Böyle bir üzüntüye dayanamam."

Zoraki gülümsedim. Annemi rahatlatmak istedim. "Bizim de aramızda tabii ki ufak tefek sorunlar olmuyor değil. Ama onlar da önemsiz şeyler."

Annem sımsıkı sarıldı bana. Saçımı kokladı. "O kadar hırgür bizde de oluyor kızım. Kayınvaliden olacak o cadaloz kadınla aran nasıl?"

O anda boğmak zorunda hissettiğim sayısız kötü anıları düşündüm. Tüylerim diken diken oldu. "Boş ver onu," dedim. "Birbirimizin sınırlarını ihlal etmediğimiz müddetçe geçinip gidiyoruz işte."

"Öyleyse kapatalım," dedi annem. "Şimdi ben de hazırlanıp dışarı çıkıyorum. Birazdan elçilik açılacak. Gidip bir araştırayım. Bakalım, orada çalışanların yardımıyla birini bulabilecek miyiz?"

Birkaç saat sonra annem, yanında genç bir kızla eve geri döndü. Anneme şaşkın şaşkın baktım. "Çabuk dilini ısır," dedi annem. "Şansımız yaver gitti. Bakıcı kızı hemen buluverdik."

Genç kıza dikkatlice baktım. Tipik Arap kızlarına benziyordu. İri gözleri, simsiyah zeytin gibiydi. "Adın ne senin?" dedim Arapça konuşarak.

Kızcağız Arapça konuşmama şaşırarak, "Tala," dedi.

"Daha önce hiç bakıcılık yaptın mı?"

Kız güldü. "Hayır," dedi. "Ürdün'e üniversite okumak için geldim. Okul, bir hafta sonra sömestr tatiline giriyor. Ben de bu boş dönemimi değerlendirmek istiyorum. Biraz para kazanmak hiç de fena olmaz."

"Sömestr tatiliniz kaç gün?"

"Yirmi."

"Pekâlâ," dedim. "İşe hemen başlayabilecek misin?"

"Başlarım."

"Ürdün'e nereden geldin?"

"Lübnan'dan. Aslında babam Ürdünlü, annem Lübnanlı."

"Ben de buraya Şam'dan misafir olarak geldim. Bir ay sonra tekrar Şam'a geri döneceğim. Burası da benim ailemin evi. Ücrette de anlaşırsak, sorun yok. İşe bugün başlayabilirsin."

Tala ücret konusunda benimle pazarlık bile etmedi. Verdiğim paraya razı oldu. Hem sıcakkanlı, hem de son derece akıllı birisiydi. Amer onun peşinden bir saniye bile ayrılmıyordu. Hatta Tala çoğu zaman bizimle birlikte kalıyor, Amer'le birlikte uyuyordu.

Bir akşamüzeri babam çıkageldi. Bana karşı mesafeli, torunlarına karşı ise oldukça yakın duruyordu. "Bu adam neden böyle anne?" dedim gözlerim yaşarırken. "Wassim'le evlenerek ona karşı çok büyük bir günah mı işledim?"

"Seni önemsemediğini sanma sakın," dedi annem. "Bizler sizlere göre çok farklı yetiştirildik. Senin kuşağın, ne istediğini az çok bilen, susmayı kabul etmeyen bir kuşak. Bizlere de susmamız ve boyun eğmemiz öğretildi. Babanın sende hazmedemediği şey bu işte. Yoksa özünde soğuk ve kötü bir insan değil. Onun şu hayatta bir tek kişiyle sorunu var, benimle."

"Hatırlıyor musun? Küçükken bana 'hayatımın hediyesi' derdin. Şimdi seni o kadar iyi anlıyorum ki anne. Ben de genç yaşımda anne olduktan sonra çok değiştim. Ruhum âdeta iki oğlumun üzerinde dolaşıyor. Canımı onlar için seve seve bağışlarım..."

Sözlerime daha fazla devam edemedim. Hüngür hüngür ağlamaya başladım. O sırada odanın kapısı açıldı. Amer koşarak yanıma geldi. Arkasından da Tala içeri girdi. Gözyaşlarımı alelacele sildim. "Ne var oğlum?" dedim. "Neden uyumadın?"

"Sırtımı kaşır mısın?" dedi çocuk sesiyle.

Annem güldü. "Gel yanıma," dedi. "Bu akşam anneannen sırtını kaşısın."

"Hayır," dedi kaşlarını çatarak. "Sırtımı her akşam annem kaşıyor. Yine o kaşıyacak."

"Bana da kaşıtmadı," dedi Tala gülerken.

Amer'i dizimin üzerine yüzükoyun yatırdım. Elimi pijamasının içine soktum. Sırtını kaşımaya başladım. Bir süre kaşıdıktan sonra, "Tamam mı canım?" dedim.

Doğruldu. Yanağıma bir öpücük kondurdu. "Ben şimdi Tala'yla uyuyacağım," dedi yarım yamalak konuşmasıyla.

Hepimiz gülüştük. "İşte sana anlatmak istediğim şey de tam buydu anne," dedim. "Şimdi sen de benim şişkin ayaklarımı biraz ovar mısın?"

Bir ay su gibi akıp geçmişti. Ürdün'de son gecemizdi. Wassim birkaç gün önce telefon açmış, işlerinin yoğunluğundan dolayı bizi almaya gelemeyeceğini, Cemil'in tesadüfen Amman'da bulunan bir arkadaşının geleceğini söylemişti. O birkaç gün, yüzüm solmuştu. Bu mutsuz ifadem yüzümü öyle bir ıstırap maskesi biçimine sokmuştu ki, "N'oldu sana? Son günlerde yüzün neden hiç gülmüyor?" diye sordu annem.

Annemi dikkatlice süzdüm. Önünde duran bu mutsuz yüzün değişmesinden başka hiçbir isteği yoktu. "Bir şey yok anne," dedim. "Ben gayet iyiyim."

"Hayır, hiç de iyi değilsin. Wassim'le aranızda bir sorun mu var yoksa?"

Giderayak gerçekleri söyleyip annemi üzmek istemedim. Başımı iki yana salladım. "Sorun yok," dedim. "Bizi almaya gelemediği için üzüldüm. İki çocukla yolculuk etmek hiç de kolay olmayacak. Üstelin bizi Şam'a götürecek adamı da hiç tanımıyorum."

"Seninle gelmemi de istemiyorsun," dedi annem sitem dolu bir sesle. "Hem doğumda yanında da olurdum."

Kuru ve acı bir ses tonuyla, "Sen de ev bark sahibisin anne. Evde iki erkek var. Onlara kim bakacak?" dedim.

Sabah erkenden uyandık. Bizi Şam'a götürecek olan adam, evin önünde bekliyordu. Ayrılık anı, duygusal bir andı. Annemle birbirimize sarılıp ağladık. Babam anneme çıkıştı. "Yeter artık," dedi. "Sanki dünyanın öbür ucuna gidiyor. Hamile kadını daha fazla ağlatma. Yoksa burada doğuracak."

Babamın bu sözleri hepimizi güldürdü. Gözyaşlarımı sildim. Babamın boynuna sarıldım. "Seni incittiğim için çok özür dilerim," dedim.

Babam gözyaşlarını benden saklamaya çalıştı. "Kendine dikkat et," dedi buğulu bir sesle.

"Etmeye çalışırım. Sen de kendine çok iyi bak."

Babam güldü. "Sen bizi hiç merak etme," dedi.

O sırada Tala yanıma sokuldu. "Sizi hiç unutmayacağım," dedi ağlarken. "Nasıl oldu bilmiyorum ama sizlere çok alıştım."

"Bir gün Şam'a yolun düşerse, seni bize bekliyorum," dedim ve sonra da bir miktar parayı avucuna sıkıştırdım. Parayı gerisin geri avucuma sıkıştırdı. "Abdullah Amca dün akşam gerekli ödemeyi yaptı bana," dedi.

Babama baktım. "Ne gereği vardı baba? Ben öderdim," dedim.

Annem hemen araya girdi. "Ödesin kızım," dedi. "O senin baban. Yabancı değil ya."

"Sus be kadın," dedi babam gülerek. "Lafa girmesen öleceksin."

Babam torunlarını öptü. Bir adım geriledi. "Hadi, kızım," dedi. "Allah yolunuzu açık eylesin. Eve vardığınızda telefon açmayı unutma sakın."

Saatler sonra eve vardığımızda gözlerim Wassim'i aradı ama evde yoktu. "Sizi çok özledim," dedi Nataya ağlayarak. "Dönüşünüzü dört gözle bekliyordum."

Birdenbire çok yorgun düştüğümü hissettim. "Herhâlde," dedim kuru bir sesle. "Bizi bir tek özleyen sensin. Wassim yok mu? Ayrıca ev halkı nerede?"

Nataya, İmad'ı kucağına aldı. Onu öptü. Amer'in elinden tuttu. O sırada adamın biri mutfaktan çıktı. Yanımıza geldi. Nataya'ya baktım. "Kim bu adam?" diye sordum İngilizce.

"Wassim Bey'in yeni şoförüymüş. Eve erzak getirmiş."

"Sonunda gitti mi o iğrenç herif?"

"Gideli bir hafta oldu."

Bozuk olan moralim biraz yerine gelmişti. "Sizin isminiz ne?" diye sordum Arapça.

"Benim adım Zaakir. Bir hafta önce işe başladım."

Zaakir, şişman, kel ve orta yaşlarındaydı. "Yeni işiniz hayırlı olsun," dedim. "Wassim ne yapıyor?"

"İngiltere'ye gittiler."

"Ne?" dedim şaşkınlıkla. "İngiltere'ye mi gittiler?"

Şoför çekinerek bana baktı. "İki gün önce gittiler hanımefendi."

"Kiminle gitti?"

"Kuveytlilerle."

"Ne zaman döneceğini biliyor musunuz?"

"Sanırım iki haftadan önce dönmeyeceklermiş. Wassim Bey giderken bana bir şey söylemedi. İngiltere'de iki hafta kalacaklarını kuzenimden duydum."

Afallamıştım. "Kuzeniniz de kim?" dedim.

"Dina."

Sinirimden dudaklarımı kemirmeye başlamıştım. "Dina da neyin nesi, kimin fesidir?"

"Wassim Bey'le birlikte çalışıyorlar."

"Ne zamandan beri?

"Üç hafta oldu," dedi. "Ben artık izninizi istiyorum hanımefendi. Halletmem gereken başka işlerim daha var."

"Gidebilirsiniz," dedim.

Şoför Zaakir kapıdan çıkmak üzereydi ki, bu sefer içeri Rania ve Lamia girdi. Lamia koşup boynuma sarıldı. "Hoş geldin," dedi. "Tatilin nasıl geçti?"

Zoraki gülümsedim. "Tatilin kötüsü mü olur? Siz de hoş geldiniz."

Rania yanıma geldi. Beni öptü. "Hoş geldin Piruze Abla," dedi. "Karnın ne kadar da büyümüş böyle."

"Neredeyse doğdu doğacak," dedim tebessüm ederek. "Sen nasılsın? Düğün hazırlıkları nasıl gidiyor?"

Elimi sıktı. "Çok heyecanlıyım. Biz de en üst kata yerleşmeye çalışıyoruz. Çeyizimi ağır ağır buraya taşımaya başladım. Şunun şurasında Haziran ayına pek bir şey kalmadı."

"Allah tamamına erdirsin."

O sırada kapı açıldı. İçeri kayınvalidem girdi. "Hoş geldin kızım," dedi tiz bir sesle.

Yanına gittim. Elini öptüm. "Hoş bulduk," dedim. "Annemler size selam söyledi."

Yanağımdan öptü. "Selam gönderenlerden de, selam getirenlerden de Allah razı olsun. Onlar da iyilerdir inşallah?"

"Çok çok iyiler. Ürdün'e alışmaya çalışıyorlar."

"Çok yorgun görünüyorsun," dedi Lamia. "Sen şimdi biraz dinlen. Yarın seni görmeye gelirim. O zaman uzun uzadıya oturur, sohbet ederiz."

"Yolculuk beni çok yordu," dedim. "Bir ara arabanın içinde doğuracağımdan korktum."

Lamia güldü. "Neyse ki sorunsuz bir şekilde eve vardınız. Allah'a şükürler olsun."

Lamia ve Rania'yı orada bıraktım. Biraz dinlenmek için odama çıkıyordum ki, "Biraz baş başa konuşabilir miyiz?" dedi kayınvalidem.

"Önemli mi? Daha sonra konuşsak olmaz mı?"

"Önemli."

"Pekâlâ," dedim.

Evin en büyük kabul odasına geçip karşılıklı oturduk. Usulen hoş beşten sonra, kayınvalidem ağzındaki baklayı çıkarıverdi. "Şoför Tarek'i işten sen mi kovdurttun?"

"Evet."

"Sadece merak ettim. Sana karşı bir terbiyesizlik mi yaptı?"

"Bana yalan konuştu."

"Ne yalanı?"

"Bana, evli ve çocuklu olduğunu söylemişti."

"Böyle bir yalanı senin yüzüne neden söylesin ki? Bu işten çıkarı ne?"

Kayınvalidem cahil bir kadındı ama bazen burnu bir tazı gibi çok iyi koku sürüyordu. Dudağını büzdü. "Bu işte bir bit yeniği var," diye kendi kendine fısıldadı.

Bir an için daldığım düşüncelerden silkindim, hemen toparlandım. "Bence Wassim'i koruyordu," dedim beynimin içinde şimşekler çakarken. "Wassim arkamdan bir haltlar karıştırıyor."

"Kötüye yorma," dedi kayınvalidem. "Oğlumu neden korusun ki?"

O anda yorgunluktan kendimi kaybettim. "O da babasının oğlu değil mi? Oğlunuz beni başka bir kadınla aldatıyor."

Kayınvalidemin bir anda beti benzi attı. "Bana bak," dedi dingin bir sesle. "İkimizin geçindiği pek söylenemez ama böyle bir konuda senin sonuna kadar arkandayım. İstanbul kızı olmasaydın, bu yuvanın yıkılmasından hiç bir endişem olmazdı. Biz Şamlı kadınlar bu yazgıyı başından beri kabullenmişiz; ama bu yazgı bizim yazgımız. Siz İstanbullu kadınların yazgısı değil. Sen de gözünü dört aç. Kocana sahip çık."

"Nasıl çıkacağım?" dedim gözlerim buğulanırken. "Beni bu evde ezdiğiniz müddetçe, kocam da evden uzaklaşıyor. Ona iki oğlan çocuğu doğurmam bile bir işe yaramadı."

Kayınvalidemin yüzü kederlendi. "Ayrıca," dedim. "Biz buraya taşındıktan sonra, kocam yoldan çıktı. Ben de bir kadınım. Benim de hislerim var. Bir erkeğin bu kadar çok fazla çalıştığına inanmıyorum. Kocam gizli kapaklı işler çeviriyor. Bunu hissedebiliyorum. Size yalvarıyorum. N'olur bizi özgür bırakın da kendimize ait sıcak bir yuvamız olsun. Bence siz bu aileyi bir arada tutmuyor, dağıtıyorsunuz. Bu gerçeği görün artık."

Sustum. Tepkilerimi daha fazla dile getirmedim. Zaten karmakarışık olan ilişkimizin daha da kötüleşmesinden korkuyordum. Gözyaşlarımı sildim. Kayınvalideme baktım. Sözlerim karşısında donup kalmıştı sanki. "Pekâlâ," dedi kayınvalidem suda çözülen bir buz parçası gibi. "Bana biraz zaman ver. Senin doğumunu ve Mazen'in düğününü atlattıktan sonra, sonbahara doğru başka bir eve taşınırsınız."

O anda sevincimden çığlık atmak istedim. Ağır ağır yerimden kalktım. Kayınvalidemin yanına gidip defalarca elini öptüm. "En iyisi bu," dedim ağlarken. "Başından beri en iyisi buydu zaten. Umarım her şey yine eskisi gibi olur."

RAMİ

Bir anne için bu, hasretle, büyük bir özlemle beklenen gündü. Onca aylık bekleyişin ardından murada ermekti. Dünyaya henüz gözlerini açan oğlum huzur içinde, yanı başımda yatıyordu. O anda kapı açıldı. Wassim, Amer'in elinden tutarak içeri girdi. Amer bir anda beni karşısında görünce koşarak yanıma geldi. Bana baktı. "Yoksa hasta mısın anne?" diye sordu çocuksu sesiyle.

Gülmeye çalıştım ama acılarım bir diken gibi karnıma battı. "Hasta değilim oğlum," dedim elimi ona uzatırken. "Sana bir kardeş doğurdum."

Kardeşine baktı. "Bu çok küçük," dedi. "Kardeşimi daha büyük doğursaydın ya anne?"

Bu sefer acılarıma aldırış etmeden güldüm. "Kardeşimin adı ne?" dedi Amer.

Wassim'e baktım. "Adı Rami," dedim.

Wassim bir şeyler söylemek üzere ağzını açtı ama sonra

vazgeçip sustu. "Baba," dedi Amer. "Rami bizimle birlikte mi yaşayacak?"

Wassim güldü. "Bundan sonra sen, İmad ve Rami birlikte aynı evde yaşayacaksınız. Sen onlara ağabeylik yapacaksın."

O sırada kayınvalidem içeri girdi. "Geçmiş olsun," dedi. "Senin gibi gelin şu dünyada az bulunur. Üç oğlan doğurmak her gelinin harcı değildir."

Wassim annesine şaşkın gözlerle baktı. Kayınvalidem elinde tuttuğu bileziği oğluna uzattı. "Baygın baygın bakma bana öyle," dedi. "Şu bileziği karının bileğine geçir."

Amer, babaannesinin yanına sokuldu. Elinden tuttu. "Babaanne," dedi. "Kardeşimin adını biliyor musun?"

Wassim afalladı. Bu afallamasının altında yatan neden belliydi. Üçüncü çocuğumuzun adını annesi koyacaktı. "Neymiş adı?" dedi kayınvalidem hiç bozuntuya vermeden.

"Annem kardeşimin adını Rami koydu."

Kayınvalidemin bir anda yüzü aydınlandı. "Rahmetli büyükbabamın adı da Rami'ydi. Annen kardeşine çok güzel bir isim koymuş oğlum," dedi.

Wassim'in yüreğine sanki soğuk su serpildi. "Gerçekten ismini beğendin mi anne?" diye sordu.

Kayınvalidem güldü. "İsmini ben koymuş olsaydım, ne ad koyacaktım biliyor musunuz?"

"Ne?" dedi Wassim meraklı bir şekilde.

"Büyükbabamın adını koyacaktım."

"Oh," dedi Wassim. "Bir kriz böylece önlenmiş oldu."

"Adettendir oğlum," dedi kayınvalidem. "Sen karına doğum hediyesi almadın mı?"

Wassim yaklaşık üç hafta İngiltere'de kalmıştı. Şam'a döneli henüz birkaç gün olmuştu. "İngiltere'den dönüşte, havalimanında kaybolan valizlerim bir-iki gün içinde elimde olacak," dedi. "Piruze'nin doğum hediyesi, o valizlerden birinin içinde. Aldığım hediyenin ne olduğunu şimdilik söylemeyeceğim. Ona sürpriz olsun."

"Tamam," dedi kayınvalidem gülerken. "Ne aldığını hep birlikte göreceğiz."

İki gün sonra hastaneden taburcu olup eve geldim. O gün öğleden sonra, karnımdaki ağrılardan dolayı iki büklüm yatakta yatarken, odamın kapısı çaldı. "İçeri gir," diye seslendim.

İçeri Nataya girdi. "Rahatsız ediyorum sizi," dedi. "Wassim Bey'in havalimanında kaybolan valizleri geldi. Valizleri ne yapayım?"

"Aşağıda mı?"

"Yok, az önce yukarı çıkardım. Kapının önüne koydum."

"İçeri getir bakalım," dedim. "Valizleri tek tek aç. Gardıroba güzelce yerleştir. Ortalıktan kalksınlar."

Nataya valizleri getirdi. Açtı. "Size bir sürü hediyeler almış," dedi gülerek.

Tebessüm etmeye çalıştım. "Hastanede söylemişti," dedim. "Göster bakalım. Bana neler almış?"

Nataya valizden kıyafetleri çıkardı. Kıyafetlere baktım. "İyi de," dedim. "Bunlar benim bedenime göre değil."

"Acaba," dedi Nataya. "Valizler yine mi karışmış? Başka birinin valizini yanlışlıkla göndermiş olmasınlar?"

"Sen şu valizin ağzını kapat," dedim. "Wassim'e akşam geldiğinde sorarım. Sen Wassim'in kıyafetlerini yerleştir."

Akşama doğru Wassim eve geldi. "N'aber canım?" dedi. "Rami nasıl?

"İyi," dedim soğuk bir ses tonuyla. "Valizlerin geldi."

Wassim çevresine bakındı. "Valizlerimi eve mi göndermişler?" dedi sinirli sinirli. "Hâlbuki onlara sonradan iş yerimin adresini vermiştim. İki tane valizim olacaktı. Burada bir tane valiz görüyorum. Diğerini yine göndermediler mi acaba?"

"Nataya, diğer valizdeki kıyafetlerini gardıroba yerleştirdi. Bu kadın kıyafetleri olan valiz kimin peki?"

"Size valizlerimi açmanızı kim söyledi?" dedi çıkışarak.

O anda haykırmak geliyordu içimden ama ağrılarımdan dolayı yattığım yerde kıvrandıkça kıvranıyordum. "O kadın kıyafetleri kimin?" dedim sinirli sinirli.

"Yanımda çalışmaya başlayan kadının," dedi sakin bir ses tonuyla.

"Dina'nın mı?"

Wassim'in gözleri fal taşı gibi açıldı. "Evet, Dina'nın," dedi şaşkınlıkla. "Dina'yı kimden duydun?"

"N'oldu?" dedim alaycı bir ses tonuyla. "Yoksa şaşırdın mı?"

Kısa bir süre düşündü, "Neden şaşıracakmışım? Benim gizli saklım yok ki. Dina, Kuveytli işadamlarının elemanı. Bu Kuveytli işadamları Şam'da ve İngiltere'de birtakım yeni yatırımlar yapacaklarmış. Dina da onlar adına bir süreliğine İngiltere'den buraya geldi. Benim işyerimde ona bir oda verdik. Sen Dina'yı kimden duydun?"

"Zaakir'den."

"Dina ve Zaakir kuzenler."

"Biliyorum. Zaakir onu da söyledi."

"Mutlu oldun mu?"

Wassim'e baktım. "Ne için?"

"Tarek'i işten kovduğum için."

"Benim yalancılarla hiç işim olmaz. Ama o işte bir bit yeniği var."

Wassim'in rengi, yerdeki kırmızı kilimin rengi gibi atmıştı. "Nasıl?" diye sordu yutkunarak.

"Bilmem," dedim. "Ben de şimdi sana soruyorum: Tarek'in bana söylediği yalandan onun ne gibi bir çıkarı olabilir ki?"

"Ne demek istiyorsun?"

"O zaman daha açık konuşayım," dedim yüreğim çarparak. "Bence o doğum günü pastası senin sevgilinindi."

Wassim allak bullak oldu. "Sen ne konuştuğunun farkında mısın?" diye sordu sinirli sinirli. "Senin gibi içi fesat bir kadınla aynı çatı altında yaşadığım için utanıyorum..."

O anda bana bir sürü laf saydı. Ona karşı koyamayacak kadar acı çekiyordum. Ağzına geleni söyleyip bitirmesini bekledim. Sustu. "Söyleyeceklerin bitti mi?" dedim. "Ben bundan böyle neyi uygun görüyorsam, o olacak. Birtakım kararları ben vereceğim..."

Sözümü kesti. "Bak sen Allah'ın işine," dedi. "Karım bana başkaldırmış."

"Annenle konuştum. Sonbaharda buradan taşınıyoruz. Şimdiden ev bakmaya başlasan iyi edersin."

Wassim pis pis sırıttı. "Sen hayal âleminde yaşıyorsun," dedi. "Birincisi, bu evden asla taşınmıyoruz. İkincisi de, bundan böyle evden dışarıya adım atmanı yasaklıyorum. Sokağa çıkmak sana yaramıyor."

Bu kadarı fazlaydı. Bana sokağa çıkma yasağı koymasına o kadar çok sinirlenmiştim ki, o sinirle ağrılarımı unuttum. Sesimi yükselttim. "Şeriat mahkemesinde boşarım seni," dedim. "Araştırdım, bir kadını zorla alıkoyamazmışsın."

Elini havaya kaldırdı, yumruğunu sıktı. Sonra da yumruğunu suratıma indirdi. "Böyle bir şey yaparsan, seni gebertirim," dedi dişlerini gıcırdatarak. "Çocukların yüzünü bir daha göremezsin."

Suratıma yediğim yumrukla afalladım. Başım döndü, gözlerim karardı. O esnada odanın kapısının açıldığını duydum. Sanki bir gölge içeri girdi. "Lohusa kadına el kaldırırken hiç utanmadı mı?" dedi kayınvalidem.

"Sen bu işe karışma anne," dedi bar bar bağırırken.

Kayınvalidem homurdandı. "Allah işlediğin günahı affetsin oğlum. Lohusa kadına el kaldırılır mı hiç?"

"Beni boşayacakmış," dedi sinirli sinirli.

"Vah vah," dedi kayınvalidem iç çekerek. "Bu saatten sonra el âleme rezil rüsva olacağız."

Wassim annesini kenara itti. "Ben gidiyorum," dedi. "Ne haliniz varsa görün."

Bitmek tükenmek bilmeyen o geceyi, sabaha kadar ağlayarak ve Rami'yi emzirerek geçirdim. Sabah olduğunda kayınvalidem yanıma çıkageldi. Elinde bir tepsi taşıyordu. Tepsinin içinde bir kâse çorba, birkaç dilim de ekmek vardı. "Nasıl oldun kızım?" diye sordu. "Sana sıcak çorba yaptım."

Sağ gözüm morarmıştı. "Nasıl olayım?" dedim ağlarken. "Elleri kırılır inşallah."

"Öyle söyleme," dedi kayınvalidem. "O senin kocan. Benim oğlum. Çocuklarının babası. Bu oğlan böyle birisi değildi. Ne oldu buna acaba?"

"Hayatında başka bir kadın var. Hırçınlığı bundan ileri geliyor."

"Tövbe de kızım. Aklına kötü fikirler sokma."

"Sokmayayım da ne yapayım? Bana şimdi de sokağa çıkma yasağı koydu. Neden acaba? Bakıyorum da, son zamanlarda yalan konuşmayı kendine huy edindi. Bana İngiltere'den hediye getirdiğini söylemişti. Hatta bunu söylerken o gün yanımızda siz de vardınız. Hâlbuki hediye mediye getirmemiş."

"Tabii ki sokağa çıkacaksın. Hiç öyle şey olur mu? Hediyesi de kendisinin olsun. Ne yapalım? Getirmemişse getirmemiştir."

"Yasak konusunda şaka yapmıyordu. Bence son derece ciddiydi. Ayrıca ben onun hediyesinde değilim. Bu adam neden yalan konuşuyor?"

"Sen ona aldırma," dedi kayınvalidem. "Ben daha ölmedim. Şimdi iç şu çorbanı, sütün kesilmesin."

***

Üç ay sonra, Haziran ayında, bir sabah, Lamia bize çıkageldi. "Sen nerelerdesin hayırsız arkadaşım?" diye sordu sitemkâr dolu bir ses tonuyla. "Doğumdan sonra kendini iyice eve kapattın."

Uzun zamandır görmeyeli, Lamia'nın karnı bayağı büyümüştü. "Hamilelik sana çok yakışmış," dedim gülerek. "Kaç aylık oldu?"

"Altı buçuk."

"Eh," dedim. "Doğuma bir şey kalmamış. Şimdi söyle bakalım. Sen neden kapımı hiç çalmadın?"

"Wassim söylemedi mi sana?"

"Neyi? Benim hiçbir şeyden haberim yok ki."

"Cemil'in manevi anneannesi öldü. Onun hemen akabinde Cemil'in en büyük ağabeyi, trafik kazasında hayatını kaybetti."

"Hani şu hayırsız olan ağabeyi mi?"

"Ta kendisi. Senin bütün bu olaylardan nasıl haberin olmaz?"

"Wassim'le kaç aydır küsüz."

Lamia'yı merak sarmıştı. "Söyle bakalım bana. Wassim'le neden küssünüz?"

Başımdan geçenleri tek tek anlattım. "İnanmıyorum sana," dedi ağzı bir karış açık kalarak. "Bu yüzden mi sokağa çıkmıyorsun?"

"Bilmiyorum," dedim. "Belki de kendi kabuğuma çekildim. Yaşamımın eski kalıbı kırıldı artık. Olayların gidişatına bıraktım kendimi. Bundan sonra ne olacaksa, o olacak."

Lamia kızgınlıktan köpürdü. "Hadi, kalk. Çabuk giyin. Seninle dışarı çıkıyoruz."

"İnan bana, sokağa çıkacak halim yok. Başka bir gün çıkarız."

"Hadi," dedi Lamia kolumdan tutup çekerken. "Rania'nın düğününde giyeceğin bir elbisen var mı?"

"Yok."

"Öyleyse bugün alışverişe çıkıyoruz seninle. On gün sonra düğün var. Ben de kendime elbise alacağım."

O sırada kayınvalidem yanımıza geldi. "Piruze'yi kaçırıyorum," dedi Lamia. "Düğün için elbise almaya gideceğiz."

Kayınvalidem Lamia'ya baktı. "Gidin kızım," dedi tüm içtenliğiyle. "Kaç zamandır kendini eve kapattı. Gidin. Hem biraz hava da almış olur."

Kendimizi sokağa attık. "Şimdi nereye gidiyoruz?" diye sordum.

Lamia koluma girdi. "Sen bana bırak," dedi. "İlk önce bizim oturduğumuz semte bakalım. Belki en güzel elbiseleri orada bulabiliriz. Şayet orada hiçbir şey bulamazsak, Merce'ye gideriz."

O öğle vakti, Lamia'yla mağazaları tek tek dolaştık. Birinden çıkıp diğerine giriyorduk. Lamia koluma girdi. "Gel," dedi. "Şu gördüğün yer Şam'ın en büyük mağazasıdır. Burada bir şeyler bulacağımıza inanıyorum."

İçeri girdik. Bayağı bir kalabalıktı. Alışverişe gelen kadınlar neredeyse birbirlerini ezeceklerdi. Üzerlerinde denedikleri bir elbiseyi çıkarıp bir diğerini giyiyorlardı. Uzaktan bir elbise gözüme çarptı. "Aradığım elbiseyi galiba buldum Lamia," dedim.

"Hangisi?"

İşaret parmağımla gösterdim. "Şu mavi olan."

"Biri kapmadan hemen bakalım."

Elbisenin asılı durduğu bölüme yöneldik. Elbisenin askısından tam da tutmuştum ki, genç bir kadın, mavi elbiseyi avuçlarımın içinden çekip aldı. Bir anda elim boş kaldı. Genç kadına bakıp zoraki gülümsedim. "O elbiseyi ben deneyecektim," dedim. "Ama nasip değilmiş. Ne yapalım?"

Genç kadın bana bakıp sadece tebessüm etti. Sonra da arkasını dönüp hiçbir şey söylemeden kabine doğru yürüdü. "Vay vay," dedi Lamia arkasından. "Kim bilir kaç kadın, bu kızın fiziğine ve güzelliğine sahip olmak ister? Allah onu sahibine bağışlasın. Esmer güzeli bir kız."

"Ben bu kızı bir yerlerden tanıyor muyum acaba?" diye kendi kendime söylendim.

"Kendi kendine ne konuşuyorsun?" dedi Lamia.

"Hiç," dedim. "Bu kızı gözüm bir yerlerden ısırıyor ama nereden?"

Lamia güldü. "Hiç sanmıyorum. Böyle olağanüstü yaratılmış bir kadını bir defa görsen, bir daha hiç unutamazsın. Bence sen onu başka birisiyle karıştırıyorsun."

Güldüm. "Belki de haklısın," dedim. "Boş ver şimdi bunları. Güzelim elbise avucumun içinden âdeta uçup gitti. Başka bir elbiseye bakalım."

Mağazadan elimiz boş çıkmadık. İkimiz de gönlümüze göre güzel bir elbise bulmuştuk. "Bir şeyler yiyip içsek mi acaba," dedi Lamia. "Ben çok acıktım."

Bir pastaneye girip oturduk. Yiyecek ve içecek bir şeyler söyledik. "Vallahi ayaklarıma kara sular indi," dedi Lamia. "Üzerime yorgunluk çöktü."

"Haklısın," dedim. "Seni bu halinle yordum."

"Boş ver. Çok iyi oldu. Doktorum devamlı hareket etmem gerektiğini söyleyip duruyordu zaten. Fazla kilo almamalıymışım. Sen o kadar kilodan nasıl kurtuldun?"

"Üzüntüden."

Lamia bana acıyarak baktı. "Üzülme," dedi. "Elbet böyle gitmez."

"Sonbaharda taşınıyoruz," dedim üzüntümü bir nebze bastırarak.

"Nereye?"

"İnşallah kendi evimize. Kayınvalidemle konuştum. Nihayet izin verdi."

"Ben de bugün dikkat ettim. Sana karşı son derece nazikti. Hatta bu durumun nedenini sana soracaktım."

"Nedeni gayet basit. Bence o da oğlunun bir haltlar karıştırdığından şüpheleniyor. Evliliğimizin yıkılmasından ciddi ciddi korkuyor. Gerçi bana bir şey belli etmiyor ama ben böyle düşünüyorum."

"Wassim delikanlı çocuktur. Senin arkandan bir haltlar karıştıracağını sanmıyorum."

"Lamia," dedim. "Bana doğruyu söyle. Wassim'le ilgili senin bilip de benim bilmediğim bir şeyler var mı?"

"Yemin ederim," dedi Lamia. "Bildiğim hiçbir şey yok. İstersen Kur'an'a el basabilirim."

"Ya Cemil? O bir şeyler biliyor mu?"

"Onun da günahını alamam. Çünkü Wassim'le ilgili hiç konuşmadık."

"Bence Cemil bir şeyler biliyor."

"Bunu da nereden çıkardın?"

"O gün, bana karşı dengesizliğinin sebebi buydu. Utancından gözlerimin içine bakıp konuşamadı."

"Yok, daha neler. Bence sen olayları kafanda kurguluyorsun."

Güldüm. "Aynı Wassim gibi konuşuyorsun," dedim. "Yoksa sen de mi beni hayalperest olmakla suçluyorsun?"

"Ben seni suçlamıyorum."

"Neyse, kapatalım bu konuları artık," dedim. "Seninle ne zaman bir araya gelsek, benim sorunlarımdan bahsediyoruz. Senin de canını daha fazla sıkmak istemiyorum. Sana şu parmağımdaki pırlanta yüzüğü versem, Cemil taşını parlatabilir mi?"

Lamia parmağımı tuttu. Kayınpederimin bana taktığı pırlanta taşlı yüzüğe baktı. "Bu bir servet değerinde. Ben böyle değerli bir şeyi yanımda taşıyamam. Birazdan Cemil'in yanına uğrayacağım. İstersen sen de gel benimle. Cemil'e yüzüğü kendin veririsin."

"Pekâlâ," dedim. "Seni anlıyorum. Birlikte gidelim."

Bir taksiye bindik. Öğlen saat bir gibi Cemil'in işyerindeydik. Cemil beni karşısında görünce şaşkınlıktan âdeta küçük dilini yuttu. "Hoş geldin," dedi. "Kusura bakma. Size göz aydınlığına gelemedik. Yakınlarımızı kaybettik. Ufaklık nasıl?"

"Sağ ol," dedim. "Şu anda gayet iyi. Bu arada, senin de başın sağ olsun. Ben de bugün öğrendim. Sen de kusura bakma. Ben de baş sağlığına gelemedim."

"Dostlar sağ olsun," dedi Cemil. "Cenab-ı Allah'ın takdiri işte. Her canlı bir gün ölümü tadacaktır. İkisinin de mekânları cennet olsun."

"Âmin," dedim. "Sen nasılsın?

"Nasıl olayım? İki can verdik, bir can bekliyoruz. Lamia'nın doğumuna bir şey kalmadı. Büyük bir sabırsızlıkla bekliyoruz."

Lamia, kocasına bakıp güldü. "Siz nereden geliyorsunuz?" diye sordu Cemil.

"Alışverişten," dedi Lamia. "Rania'nın düğününde giyeceğimiz abiye kıyafetleri aldık."

"İyi etmişsiniz," dedi Cemil. "Çalışma odama geçin, ben de geliyorum."

İçeride uzun boylu, ince yapılı, sarı saçlı, mavi gözlü bir kadın oturuyordu. Lamia başıyla selam verdi. Kadın bize bakıp güldü. Oturduğu yerden hafifçe doğruldu, elini uzattı. "Merhaba," dedi. "Benim adım Dina."

Bir anda keyfim kaçtı. Lamia kadının elini sıktı. "Benim adım da Lamia," dedi. "Cemil'in eşiyim. Arkadaşımın adı da Piruze."

Kadın kahkahayı bastı. "Bu kadar tesadüf olamaz. Yoksa siz Wassim'in eşi misiniz?" dedi rahat bir tavırla.

"Evet," dedim şaşkınlıkla.

"Doğrusu, bu kadar güzel bir kadınla karşılaşacağımı hiç beklemiyordum. Wassim sizin güzelliğinizi çok az anlatmış bana. Tam bir Türk lokumu gibisiniz."

Lamia bana baktı, ben de Lamia'ya. Aynı anda ikimiz de kahkahayı bastık. "Çok açık sözlüsünüz," dedi Lamia. "Siz Wassim'i nereden tanıyorsunuz?"

"Birlikte çalışıyoruz."

O sırada Cemil içeri girdi. "Ooo," dedi. "Bakıyorum çoktan tanışmışsınız."

Keyfim ve neşem biraz olsun yerine gelmişti. Dina'ya karşı olan kuşkularım yavaş yavaş içimden sökülüp atılıyordu. "Lütfen oturun," dedi Cemil. "Size yiyecek ya da içecek ne söyleyeyim?"

"Çok fazla zamanım yok," dedim. "Hemen kalkacağım. Size şu pırlanta yüzüğümü bıraksam, taşını temizler misiniz?"

Cemil yüzüğü aldı. "Acelesi var mı?" diye sordu. "Yarın sabahtan eve göndersem olur mu?"

"Acelesi yok. Düğünden önce elimde olursa sevinirim."

"Bir dakika izninizle," dedi Cemil. "Ustabaşına yüzüğü bırakıp hemen geliyorum."

Lamia, Dina'ya baktı. "Hayrola," dedi. "Sizi hangi rüzgâr attı buraya?"

Parmağıyla boynundaki kolyeyi gösterdi. "Bunu almaya geldim. Nasıl, güzel mi?"

"Çok güzel," dedi Lamia. "Güle güle takın."

Cemil kapıyı araladı. Eliyle bana işaret etti. "Bir dakika gelir misin?" dedi.

"Özür dilerim kızlar," dedim. "Hemen geliyorum."

Dışarı çıktım. "Efendim Cemil," dedim.

Cemil'in yüzü kireç gibiydi. "Sana nasıl söyleyeceğimi bilemiyorum," dedi kasvetli bir sesle. "Bu taş sahte."

O anda başımdan aşağı kaynar sular döküldü. "Sahte mi?" dedim şaşkınlıkla. "Nasıl olur?"

Cemil başını iki yana salladı. "Bilmiyorum," dedi. "Bu taş pırlanta değil, zirkon."

Şaşkınlığım büsbütün artmıştı. "Zirkon da ne?"

"Bir tür sahte pırlanta diyebiliriz. Gerçek pırlanta taşı, yeraltından çıkarılıyor. Zirkon ise bir bakıma laboratuvar ortamlarında üretiliyor."

Gözlerim doldu. Kayınpederimin pırlanta yüzüğü hediye ettiği gün, söylediği o sözler kulaklarımda çınladı: "İnanabiliyor musun Meysun? Gecenin bir vakti arkadaşımı yatağından uyandırdım. Bu yüzüğü sana alabilmek için, kuyumcu dükkânını ona zorla açtırdım."

Cemil'in suratı gerildi. "Bu yüzüğü sana Wassim mi almıştı?" dedi sinirli sinirli.

Gözyaşlarımı sildim. "Hayır," dedim. "Wassim'in babası almıştı. Bu nasıl olur Cemil? Aklım hâlâ almıyor. Rahmetli kayınpederim yüce bir adamdı. O, bu tür üçkâğıtçılıkları yapacak kadar alçalacak birisi değildi."

Cemil başını kaşıdı. Dudaklarını ısırdı. "Ben de anlamadım," dedi. "Rahmetli Nadeem Amca böyle bir şey yapmaz."

O anda aklıma bir fikir geldi. Elimi boynuma attım. Kolyemi çıkardım. "Şu kolyeye bakar mısın Cemil?" dedim. "Bu kolye inci mi, değil mi?"

Cemil, kayınpederimin hediye ettiği mavi beyaz inci kolyeyi lupla inceledi. "Bu kolye sahte değil."

"Bu inci kolyeyi de kayınpederim hediye etmişti bana. O gün bugündür boynumdan hiç çıkarmadım."

"Üzgünüm," dedi Cemil. "Bir şey söyleyerek kimsenin günahını almak istemiyorum. Yüzüğü sana iade edeyim mi, yoksa bu zirkon taşı yine de temizletmemi ister misin?"

Yüzüğü aldım. Sinirle çantama fırlattım. "Gerek yok," dedim. "Çok sağ ol. Kızlara hoşça kal dedikten sonra eve kaçıyorum."

Başım dönüyordu. Sendeleye sendeleye içeri girdim. "Hoşça kal Lamia," dedim. "Bugün çok eğlendim. Her şey için sağ ol. Artık seninle düğünde görüşürüz."

Dina oturduğu yerden ayağa kalktı. "Arabanız var mı?" diye sordu. "Sizi eve kadar bırakabilirim."

"Çok sağ olun. Siz hiç yorulmayın," dedim. "Bir taksiye atlar giderim."

"Hiç öyle şey olur mu?" dedi Lamia. "Cemil'in şoförü seni eve kadar bıraksın."

"Olmaz," dedi Dina. "Ben de kalkıyordum zaten. Ben sizi evinize kadar bırakırım."

Dina'nın yeşilimsi Renault marka arabasına bindik. Kendimi hiç iyi hissetmiyordum. Gördüğüm, duyduğum her şeyden, düşlerden, serüvenlerden ve Şam'dan bir an önce kaçıp kurtulmak istiyordum. Yalnızlığımı, eski huzurumu, neşemi ve keyfimi geri istiyordum. Dina, başını çevirip bana baktı. "Siz iyi misiniz?" diye sordu. "Çok dalgın görünüyorsunuz?"

Daldığım düşlerden sıyrıldım. "Evet," diye yalan söyledim. "İyiyim."

"Öyleyse güzel," dedi Dina. "Sizinle bugün tanıştığıma çok sevindim. Ben de sizinle kaç zamandır tanışmak istiyordum ama bir türlü fırsatımız olmadı."

Dina'ya dikkatlice baktım. Bacakları açık, kısa eteğini olabildiğince sıvamış, dik omuzlarıyla arabayı sürüyordu. "İngiltere'yi özlemiyor musunuz?" diye sordum.

"Aslında İngiltere'den biraz uzaklaşmam iyi oldu."

"Neden?"

"Yeni boşandım. Bazı şeyleri unutmak için anılarınızın olduğu mekânlardan uzaklaşmak insana iyi geliyor."

"Üzüldüm," dedim. "Eşinizle neden boşandınız?"

"Saçı başı dağınık, bakımsız haline, uyuşturucunun etkisiyle anlamsızlaşmış yüzüne daha fazla katlanamadım."

Dina'ya üzgün gözlerle baktım. Üzüldüğümü hissetmiş olmalı ki, "Sakın benim için üzülmeyin. Su akıp yatağını buluyor. İnanın böylesi daha iyi oldu. Boşandım, o pislikten sonsuza kadar kurtuldum. Şimdi bu durumuma şükretmezsem, eski eşime karşı ebedî olarak öfke duyacağım," dedi.

"Şam'da mutlu musunuz?"

Dina acı acı güldü. "Gerçek, huzurlu bir mutluluk ancak İngiltere gibi ülkelerde olur. Şam küçük bir yer. Giydiğim şu kıyafetlerle bile yolda rahatlıkla yürüyemiyorum. Birçok kendini bilmez erkek laf atıp duruyor bana. Biliyor musunuz? Aslında ben makyaj yapmayı, süslü püslü giysiler giymeyi asla sevmem. İngiltere'de yaşarken böyle bir kadın değildim ben. Oldukça sade birisiydim. Ama burada, Kuveytli patronlarım için mecburen giyiyorum. Çünkü adamlar karşılarında süslü püslü kadın görmek istiyorlar."

Yalan yok! Dina'yı sevmiştim. Harbi bir kadına benziyordu. Ona hemen kanım kaynamıştı. Güldüm. "Şamlı kadınlar sizin gibi düşünmüyor," dedim. "Bizi her tür süsten, baştan çıkarıcı iç çamaşırlarımızdan, gösterişli giysilerimizden ve güzel kokan kokularımızdan arındıracaksanız, o zaman bize ne kalacak, diyorlar."

Dina kahkahayı bastı. "Ben Şamlıyım ama İngiltere'de doğup büyüdüm. Doğrusu, buradaki kadınların yaşantılarını pek bilmiyorum. Ama bildiğim bir gerçek var, o da şu: Kadınların içine düştüğü bu durum, şeriat kanunlarını çıkaranların suçu. Yoksa kadınların suçu değil. Kadınlar güzellikte birbirleriyle yarış içine sokularak, erkeğin cinsel iştahını kabartmaya çalışıyorlar. Bu birazcık bana ahlâk dışıymış gibi geliyor. Ama gelin görün ki, cinsel uzvu ayaklanmış erkeklerde ahlâk aramak, ne derece doğru? Bence şeriat kanunlarıyla kendilerine düzen kuran erkeklerin dertleri bir kadının gönlünü okşamak değil, o kadınların memelerini okşamaktır."

Dina'ya baktım. "Söylediklerinizde yerden göğe kadar haklısınız," dedim. "Hepimiz kocalarımızı gün gelir de kaybederiz korkusu yaşıyoruz. Belki de süslü püslü şeylere düşkün olmamızın nedeni bu. Belki de altına düşkün olmamızın sebebi bu. Kendimizi garanti altına almak istiyoruz."

Dina eliyle kısa eteğinin boyunu gösterdi. "Bakın," dedi. "Bu giydiğim kısa etek tamamen işimin bir parçası. Bu eteğin boyu uzadıkça, Kuveytli patronlarım bana karşı kabalaşıyorlar. Beni anlıyor musunuz? Bu kısa etek, benim güçlü bir zırhım. Beni kaba saba yaratıklardan koruyor. Oysaki ben temelde sade ve çekici, yumuşak ve kadınsı olduğumu düşünüyorum. Ama benim böyle düşünmem gerçekleri değiştiriyor mu? Hayır."

Derin düşüncelere daldım. Dina güldü. "Belki düşüncelerim size karmaşık ya da ilginç gelebilir. Ama benim doğrularım bu," dedi.

"Hayır," dedim. "Sizinle aynı fikirdeyim. Galiba yaşama uymak gerekiyor. Şam'da romantizmin gerçeğe yenildiğini ve öldüğünü söyleyebilirim size."

"Ben de bundan korkuyorum işte," dedi Dina. "Tümüyle erkeklerin boyunduruğu altındaki şu kadınlardan olmaktan hep korkmuşumdur."

Acı acı güldüm. Bir an kendimi düşündüm. Ben de Dina'nın bahsettiği o kadınlardan sadece birisiydim. Wassim'in boyunduruğu altında yaşıyordum. Tüylerim diken diken oldu. Hemen konuyu değiştirmek istedim. "Wassim'in kardeşinin düğününe gelecek misiniz?" diye sordum.

"Galiba geleceğim," dedi Dina. "Ama ondan önce çarşıya çıkıp alışveriş yapmam gerekiyor. Düğün gecesi giyeceğim abiye elbisem yok."

"Biz bugün o işi hallettik," dedim tebessüm ederken. "Şayet sizinle daha önce tanışmış olsaydık, bugün sizi de götürürdük alışverişe."

Dina güldü. "Kısmetsizim işte," dedi. "Ne yapayım?"

"Kaybolan valizinizden kısmetsiz biri olduğunuz belli," dedim.

Dina meraklı gözlerle bana baktı. "Ne valizi?" diye sordu. "Benim valizim mi kaybolmuş?"

"Wassim'le İngiltere'den dönerken, valiziniz kaybolmamış mıydı?"

"Şimdi hatırladım," dedi Dina. "Ama o kaybolan valizler benim değil, Wassim'indi. Neyse ki sonra valizleri bulup göndermişler buraya."

Şok içerisindeydim. "Siz emin misiniz?" diye sordum. "Valizin içinde kadın kıyafetleri vardı."

"Eee," dedi Dina. "N'olmuş kadın kıyafetleri varsa? Wassim sizlere hediye getirmiştir."

"Anlamıyorum," dedim şaşkınlıkla. "Wassim bavulun size ait olduğunu söylemişti."

"Neden öyle bir şey söylemiş ki size?"

Acıdan gözlerim sızlıyor, yüreğim yanıyordu. Alt üst olmuştum. "Geldik," dedim ağlamaklı sesimle. "Şu sokağın başında durun lütfen."

Dina arabayı durdurdu. "Kahve içmek için içeri gelmez misiniz?" dedim isteksizce.

"Çok sağ olun. İnşallah başka bir zaman gelirim."

"Pekâlâ," dedim düşünceli düşünceli. "Artık düğünde görüşürüz."

Arabadan inmek için kapıyı açtım. Sağ eliyle, sol bileğimden yakaladı. "Bir saniye lütfen," dedi Dina. "Bildiğim güzel bir söz var. Gitmeden, o sözü sizinle de paylaşmak istiyorum."

Dina'ya şaşkın şaşkın baktım. "Ne sözü?" dedim.

"Su, susuzluktan deli olmuş bir kişinin gözü önünde ve kendisi de su içinde, fakat akıp giden sudan haberi bile yok," dedi manalı manalı bakarken bana.

"Bana bir şey mi ima etmek istiyorsunuz?" dedim ellerim tir tir titrerken.

"Düğünde görüşürüz," dedi soğukkanlılıkla. "Şimdilik hoşça kalın."

DÜĞÜN

Aynı gün akşama doğru terasta sigara içiyordum. Hava oldukça sıcaktı. Deyim yerindeyse yaprak kıpırdamıyordu. Yasemin ağaçları kokularını şehrin üzerine salmıştı. Dina'nın son sözleri kulaklarımda çınlıyordu.

Öğle saatlerinden beri aklım karmakarışıktı. Dina, o sözleriyle bana bir mesaj vermek istemişti ama ne? Dakikalarca düşündüm, düşündüm... Wassim'in beni başka bir kadınla aldatabileceği fikri karşısında ürperdim. Bir sigara daha yaktım. Dumanı ciğerlerimden dışarı salmıştım ki, "Ne yapıyorsun burada?" dedi tanıdık bir ses.

Wassim'le aylarca küs kalmıştık. Beni yumrukladığı o günden beri, onunla doğru dürüst konuşmamıştım. Son bir haftadır yeni yeni konuşuyorduk. "Sigara içiyorum," dedim.

"Dikkat ettim. Son günlerde çok fazla sigara içiyorsun. Yoksa hayatında başka biri mi var? Onu mu düşünüyorsun?" diye sordu yutkunarak.

Afalladım. "Sen manyak mısın? Herkesi kendin gibi mi zannediyorsun? Sen karınla ne biçim konuşuyorsun öyle?"

Wassim sözlerim karşısında bozguna uğramış gibiydi. "O zaman son günlerde neden çok sigara içiyorsun?" dedi sesini yükselterek.

Sinirimden güldüm. "Sıkıntılarım yüzünden. Ne yazık ki bu sıkıntılarımın sebebi de sensin."

"Yine ne yaptım?"

"Ne mi yaptın? Ne yapmıyorsun ki Wassim? Bana sürekli yalan konuşuyorsun."

"Ne yalanı?"

"Merak ediyorum. Sen beni seviyor musun Wassim?"

Kısa bir süre düşündü. "Tabii ki seviyorum. Şayet seni sevmeseydim üç tane çocuk yapar mıydım?"

Acı acı güldüm. "Senin sevgi anlayışın bu mu? Çocuk yapmak mı? Bana eskiden sevgini çok daha farklı gösteriyordun. N'oldu benim âşık olduğum o adama? Ben onu tekrar geri istiyorum. N'oldu sana Wassim? Bana neden sürekli yalan konuşup duruyorsun?"

Gözlerimin içine ciddi ciddi baktı. "Sana yalan söylemiyorum. Sana öyle geliyor," dedi yüzü kızararak.

"Yüzüme bak Wassim," dedim düş kırıklığına uğramış bir insanın burukluğu içinde. "Şimdi sana ispat edeceğim. İngiltere'den döndüğünde, havalimanında kaybolan valizlerden bir tanesi kimindi?"

Wassim bugün Dina'yla tanıştığımızdan belli ki habersizdi. "Dina'nın valiziydi," diye yalan söyledi.

"İşte bak! Bana yine yalan konuşuyorsun. Bugün Dina'yla tanıştım. O valizin kendisine ait olmadığını söyledi."

Wassim'in gözleri fal taşı gibi açıldı. Kuru ve boğuk sesiyle, "Ne? Dina'yla mı tanıştın?"

"Şaşırma öyle. Onunla tanışamaz mıyız?"

"Nerede tanıştınız?" dedi afallayarak.

"Cemil'in işyerinde."

"Yanlış hatırlamıyorsam, sana, benden habersiz dışarı çıkmayacaksın demiştim."

"Ne o?" dedim sinirli sinirli. "Dışarıya çıkmam senin işine gelmiyor, doğru mu? Arkamdan çevirdiğin onca işlerin ortaya çıkmasını istemiyorsun, değil mi? Bu yüzden bana sokağa çıkma yasağı koymaya kalkıştın. Hadi, bu söylediklerimi de inkâr et bakalım."

"Sen kafayı yemişsin."

"Dur daha," dedim gözümü hiç kırpmadan. "Sana söyleyeceklerim henüz bitmedi. Babanın bana hediye ettiği pırlanta yüzük sahte çıktı. Bununla ilgili bir şey biliyor musun?"

Wassim'in yüzü allak bullak oldu. "Yüz... Yüz... Yüzük sahte miymiş?" diye sordu kekeleyerek.

"Evet," dedim soğuk bir ses tonuyla.

"Ama bu nasıl olabilir?"

"Anlamadım. Baban sahte bir yüzüğü bana asla hediye etmezdi. Şayet öyle bir şey olsaydı, boynumdan hiç çıkarmadığım şu inci kolye de sahte olurdu. Acaba biri yüzüğün gerçek taşını değiştirdi, daha sonra da onun yerine sahte taşı mı taktırdı?"

"Yüzüğün sahte olduğunu nasıl öğrendin?"

"Bugün Cemil söyledi."

Wassim elini şakağına götürdü. Kısa bir süre düşündü. "Herhâlde," dedi düşünceli düşünceli. "Böyle bir alçaklığı benim yaptığımı sanmıyorsun?"

"Gözlerimle görmedim. Seni neden suçlayayım ki? Baban sahte yüzük hediye etmediyse eğer, görünen o ki biri yüzüğü sahtesiyle değiştirmiş. Kim acaba?"

"İngiltere'deki arkadaşı sahte bir yüzük vermiş olamaz mı babama?"

"Söylediklerin hiç mantıklı gelmiyor bana. Düşünsene, Cemil sana böyle bir şey yapar mıydı?"

"Kesinlikle yapmazdı."

"Eee," dedim. "Babanın arkadaşı böyle bir adiliği neden yapsın ki? Adamcağız gece yarısı dükkânı açmış, babana yüzüğü vermişti. Bence bu evden biri ya da birileri yaptı."

Wassim sinirlendi. "Kimsenin günahını alma. Kimi suçlayabiliriz? Nejwa'yı mı, Nataya'yı mı? Yoksa daha önce evimizde çalışan Mari'yi mi?"

"Mari yapmazdı. Nataya da yapmaz."

"Kendi kadınlarını hemen koruma," dedi sinirli sinirli. "Bana Nejwa'nın yaptığını mı ima etmek istiyorsun?"

"Öyle bir şey söylemedim."

"Ama sözlerinden bu anlaşılıyor. Bu işi biri ya da birileri yaptı; ama biz bu gerçeği ne yazık ki hiçbir zaman öğrenemeyeceğiz. Giden gitti çünkü."

Gözlerim doldu. "Allah bu hırsızlığı yapanların belasını versin," dedim boğuk sesimle. "Umarım hayrını görmez."

"Bundan sonra benden habersiz dışarı bir daha adımını atmayacaksın," dedi Wassim sinirli bir tavırla. "Beni duydun mu? Gideceğin yere seni şoförüm Zaakir götürüp getirecek. Şimdi içeri gir."

"Dur bir dakika," dedim. "Öyle hemen kaçmak yok. O valiz kimindi?"

Göz ucuyla ona bakıyordum. Yüzünde derin bir endişe vardı. Bazı şeylerin açığa çıkacağı korkusu bedenini sarmıştı sanki. Tam da ağzını açmış bana cevap vermek üzereydi ki, kayınbiraderim Mazen çıkageldi. "Ben de seni arıyordum ağabey," dedi.

Wassim bir anda rahat bir nefes aldı. Mazen'in koluna girdi. "Haydi, gidelim kardeşim," dedi. "Şu işi bir an önce halledelim de yarına kalmasın."

İki kardeş yanımdan hızla uzaklaşırlarken, "Daha sonra konuşuruz," dedi Wassim. "Sen de içeri gir."

Haziran ayının tam ortalarıydı. Kayınbiraderim Mazen ile Raina'nın üç gün önce düğünleri olmuş, balayı tatili için de Londra'ya gitmişlerdi. Düğünleri oldukça kalabalık ve güzel geçmişti. Ayrıca o akşam hepimiz sürekli oynayarak kurtlarımızı dökmüştük. Düğünün ertesi günü ise, neredeyse yorgunluktan ölüyorduk. Bu yorgunluğun üzerine bir de yaz sıcakları eklenince, geceleri gözüme bir türlü uyku girmiyordu.

O gece yine uyuyamadım. Yataktan doğruldum. Odanın kapısını sessizce açtım. Ampullerin sarı ışığı, taş merdivenlerin soğukluğunu aydınlatıyordu. Evde kesin bir sessizlik hâkimdi. Parmak uçlarıma basarak, sessizce aşağı kata indim. Oradan da mutfağa geçtim. Bir sigara yaktım, mutfak masasının başına oturdum. Masanın üzerinde Mazen ile Raina'nın düğün fotoğrafları duruyordu. Fotoğraflara tek tek bakmaya başladım.

Bir ara yukarıdan bir tıkırtı işittim. Sigaramı söndürdüm, yukarı kata çıktım. Ses bir anda kesildi. Nataya'nın odasına sessizce girdim. Amer'e baktım. Güzel oğlum mışıl mışıl uyuyordu. Amer, üç yaşını bitirmişti. Ve o günlerde çenesi hiç kapanmıyordu. "Anne o ne? Anne bu ne? Anne şu ne?" diye devamlı sorular soruyor, beni tatlı bir yorgunluğun içine sokuyordu. Bir de her akşam uyumadan önce, mutlaka bana sırtını kaşıtıyordu. Eğildim, yanağından öptüm. Sonra da odadan dışarı çıktım.

Üç hafta sonra, kayınbiraderim Mazen ve Rania balayından döndüler. Rania beni görür görmez boynuma sarıldı. "Balayımız çok güzel geçti Piruze Abla," dedi. "Londra anlattığın kadar varmış. Oraya bayıldım."

"Hoş geldin," dedim gülerek. "Balayınızın güzel geçmesine sevindim."

Mazen hâlâ soğuk davranıyordu bana. "Sen nasılsın Mazen?" diye sordum. "Londra'yı özlemiş misin?"

Mazen düşünceli gözlerle yüzüme baktı. "Londra'nın nesini özleyeceğim?" dedi soğuk bir ses tonuyla. "İnsanın kendi memleketi gibisi var mı?"

"İşte bu sözlerinde çok haklısın," dedim. "İnsanın memleketi gibisi yok. Ama bu durum biraz da yaşadığın ülkeyle bağlantılı galiba. Mesela ben Londra'da yaşarken, Türkiye'yi çok az özlüyordum. Londra benim düşler şehrimdi."

Rania bana baktı ve kahkahayı bastı. "Desene Piruze Abla," dedi patavatsız bir şekilde. "Şimdi Şam da senin kâbuslar şehrin mi oluyor?"

Bir anda ortamda soğuk rüzgârlar esti. Rania'ya ne cevap vereceğimi kestiremedim. Mazen yeni eşinin kolundan tutup çekiştirdi. "Bırak zevzekliği," dedi. "Eşyaları yukarı kata çıkarmama yardımcı ol."

Rania kırdığı pottan dolayı üzülmüştü ama söz ağızdan çıkmıştı bir kere. "Siz şimdi biraz dinlenin," dedim zorla tebessüm ederek. "Daha sonra görüşürüz."

"Özür dilerim," dedi Rania. "Öyle demek istememiştim."

Elimle sırtına hafifçe vurdum. "Boş veeer," dedim. "Keyfini kaçırmaya değmez. Hepimiz zaman zaman boş bulunup saçma sapan şeyler konuşabiliyoruz."

O akşam, hepimiz yemekte bir araya gelmiştik. Wassim, Mazen'e baktı. "Balayı nasıl geçti?" dedi manalı manalı.

Rania'nın yüzü kızardı. Başını yere doğru eğdi. Elinde tuttuğu kaşıkla oynamaya başladı. "Güzeldi," dedi Mazen kısık bir sesle. "Rania'ya babamın eski dükkânını gösterdim."

Masada bir anda sessizlik oldu. Görümcem Lina, "Ben ne zaman Londra'yı göreceğim ağabey?" diye sordu konuyu değiştirmek istercesine.

Wassim kız kardeşine baktı. "Haftaya Londra'ya gidiyorum. Benimle gelmek ister misin? Hem orada Aboude ve Maher'i de görürsün."

"Sen ciddi misin, yoksa benimle dalga mı geçiyorsun?"

"Teklifimde ciddiyim. Şayet Londra'ya benimle gelmek istiyorsan, bir an önce hazırlıklara başlasan iyi edersin."

Kayınvalidem, Wassim'in bana karşı olan ilgisizliğinden yüzümün asıldığını gördü. Başından beri konuşulanları ilgiyle dinleyen kayınvalidem, "Ev bakıyor musun oğlum?" diye sordu.

Wassim annesine baktı. "Ne evi?"

"Ne evi olacak canım?" dedi sesini hafiften yükselterek. "Taşınacağınız evden bahsediyorum."

Wassim bana baktı. "Ev mev yok," dedi sinirli sinirli. "Biz burada yaşamaktan son derece mutluyuz anne."

"Değiliz," dedim kendimi tutamayarak. "Bu evde yaşamaktan hiç de mutlu değilim. Ben kendi evimde yaşamak istiyorum. Senin dışarılarda gezip tozmandan bıktım, usandım. Yeter artık. Biraz da bize vakit ayır."

Masada bulunan herkesin bakışları üzerimdeydi. Wassim'e posta koyduğum için azar işiteceğimden korkuyor, bu yüzden de tetikte bekliyordum. Yüreğimin üzerine binlerce tonluk bir ağırlık konmuştu, rahat soluk alamıyordum sanki. "Karın haklı," dedi kayınvalidem. "Ben de artık bu evde yaşamanızı istemiyorum oğlum. Görüyorum ki, kendi yuvanızda daha mutlu olacaksınız."

Wassim yumruğunu masaya vurdu. "Ona destek çıkıp durma anne," dedi bağırarak. "Bizi bu eve sen getirdin. Şimdi neden göndermek istiyorsun?"

"Hata yapmışım. Sizi bu eve getirmekle çok büyük bir hata yapmışım. Şimdi bu hatamı düzeltmeye çalışıyorum.

Sen istesen de, istemesen de oğlum, sizi bu evden göndereceğim. Gerekirse sokağa kendim çıkarım, size bir ev bulurum."

Wassim elinde tuttuğu kaşığı sofranın ortasına fırlattı. "Ne haliniz varsa görün," dedi ayağa kalkarken. "Ben ev mev tutmuyorum."

"Dur! Gitme," dedi kayınvalidem. "Konuşacaklarımız henüz bitmedi. Nereye kaçıyorsun?"

Wassim annesine cevap bile vermedi. Arkasını döndü ve evden çekip gitti.

Derin bir sessizlik oldu. Masadan kalkmayı düşündüm ama ayıp olur diye kalkamadım. O insanların karşısında ezildiğimi, ufacık olduğumu hissediyordum. Yemeği nasıl tamamladım, sigara içmek bahanesiyle kendimi nasıl teras katına attım, hâlâ bilmiyorum. İçime çektiğim her nefeste daha da ağırlaştığımı hissediyordum. O akşam terasta bir başıma kaldım, ne yapacağımı bilemeden saatlerce hüngür hüngür ağladım.

İTİRAF

O tarih bugün gibi aklımda hâlâ.

16 Eylül 1984 senesiydi. Günlerden pazardı.

O sabah yine erkenden ayağa dikilmiş, Rami'ye biberonla süt veriyordum. Wassim yatağın içinde bir sağa bir sola döndü. Sonra da başucunda duran saate baktı. "Daha erken," dedim. "İstersen biraz daha uyu."

Yattığı yerden doğruldu. Bir an kuşkuyla süzdü beni. "N'oldu?" dedim mahmur bir ses tonuyla. "Rüyanda hortlak mı gördün? Ne bu bakış?"

"Yok bir şey," dedi saklayamadığı bir neşeyle.

"Nasıl yok?" dedim. "Bu sefer de yüzünden âdeta sevinç fışkırıyor."

"Bugün evleniyorum," dedi mahcupça gülümseyerek.

"Eee," dedim gülerek. "Düğüne biz de davetli miyiz?"

"E'si bu kadar. Siz davetli değilsiniz."

"Hiç de bu kadara benzemiyor," dedim. "N'oldu? Bana çabuk doğruyu söyle."

Başını kaldırıp yüzüme baktı. Sanki mutluluktan uçacak gibiydi. Bakışı, duruşu, gülümseyişi, her şeyi değişmişti. "Yok öyle şey," dedim. "Benden kolay kolay kurtulamazsın. Anlat bakalım. Nedir bu sevincinin aslı astarı?"

O anda derin bir sükûnet içine girdi. Başını ellerinin içine alıp bir süre düşündü. Dikkatlice yüzüme baktı. Sonra da gülmeye başladı. "Sabah sabah seninle dalga geçiyorum," dedi. "Bugün Kuveyt'e uçuyorum. Çok önemli bir iş bağlantısı yaptım. Şayet bu işin altından yüzümün akıyla çıkarsam, çok zengin olduk demektir."

"Ne işi?" dedim meraklı meraklı.

"Şimdilik sır."

"Benden de mi saklıyorsun?"

"Sakın ha! Şimdi bana alınayım deme. Senden hiçbir şey saklamıyorum. Sadece bilmemen gereken şeyler var."

"Saçmalıyorsun. Neyi bilmemem gerekiyor?"

"Boş ver. Çok fazla üsteleme. İşleri yoluna koyar koymaz buradan taşınıyoruz."

Bir anda gözlerim parıldadı. "Gerçekten mi? Ne zaman taşınacağız?"

"Çok kısa bir zamanda aşkım. Çok kısa bir zamanda."

Wassim'e çoğu zaman kızıyordum belki ama çok çalıştığı için ona üzülmüyor da değildim. Genç yaşında, yaşamını adadığı her şeyi bozmaya çalışan, sorumsuz eşlerden biri olmak istemiyordum asla. Ayağa kalkıp yanıma geldi. Beni ve Rami'yi öptü. "Sizi çok seviyorum," dedi. "Şimdi hazırlanmalıyım. Yoksa uçağı kaçıracağım."

Wassim banyoya girdi. Sakal traşını olup duşunu aldı. Sonra da yeni aldığı siyah takım elbiseyi gardıroptan çıkardı. Beyaz gömleğinin üzerine siyah kravatını bağladı. Siyah iskarpin ayakkabısını kutusundan çıkarıp ayağına giyindi. Aynanın karşısına geçip kravatını düzeltti. Sonra da bana bakıp, "Nasıl oldum aşkım?" diye sordu.

Rami'yi yatağına yatırdım. Eline birkaç küçük oyuncak verdim. "Şimdi seninle ilgilenebilirim," dedim.

Olduğu yerde bir tur döndü. "Eee," dedi. "Nasıl buldun kocanı? Havalı mıyım?"

"Tüh, tüh maşallah" dedim dilimi ısırarak. "Allah seni kem gözlerden saklasın. Vallahi aynı damatlar gibi olmuşsun. Seni yolda görenler, Kuveyt'e değil de sanki evlenmeye gittiğini zannedecekler."

Belimden sımsıkı tuttu. Beni kendine doğru çekip öptü. "Haydi, hoşça kal," dedi. "Çocuklara dikkat edin. Birkaç güne kadar iyi haberlerle döneceğim inşallah."

"Yolun açık olsun," dedim onu öperken. "Sağlıcakla git, sağlıcakla dön yuvana."

Aynı gün öğle vakti, kayınvalidem ve Rania'yla mutfakta oturmuş, kahvelerimizi içiyorduk. Kapı zili çaldı. "Nejwa," diye seslendi kayınvalidem. "Kapıya bak."

Nejwa bana yan yan baktı. "Emredersiniz hanımefendi," dedi ve sonra da arkasını dönüp gitti.

Nejwa birkaç saniye sonra geri döndü. "Cemil adında biri gelmiş," dedi. "Onunla görüşmek istiyormuş."

Kayınvalidem Nejwa'ya bağırdı. "O dediğin insanın bir adı yok mu?"

Ne yalan söyleyeyim. Kayınvalidemden uzunca bir süre çektim ama son zamanlarda bana karşı oldukça merhametli davranıyordu. Nejwa kayınvalideme bakıp, "Özür dilerim hanımefendi. Kapıdaki bey, Piruze Hanım'la görüşmek istiyormuş," dedi.

Rania ayağa fırladı. "Koş Nejwa," dedi. "Bu gelen Cemil eniştem. Onu daha fazla bekletme. Hemen içeri al."

Kayınvalidem ayağa kalktı. "Salona geçelim," dedi. "Adamcağıza ayıp olmasın."

Hep birlikte mutfaktan dışarı çıktık. Rania koşup eniştesinin boynuna sarıldı. "Enişte," dedi. "Sen bu evin yolunu bilir miydin hiç? Hangi dağda kurt öldü? Hayırdır inşallah."

Cemil, kayınvalidemin elini öptü. Bana solgun gözlerle baktı. "Pek hayırlı bir iş için gelmedim," dedi.

Kayınvalidem ulu bir çınar ağacı gibi gövdesinden sarsıldı sanki. "Yoksa," dedi panikleyerek. "Wassim'e bir şey mi oldu?"

Cemil başını yere eğdi. "Bu haberi size nasıl vereceğimi bilemiyorum," dedi boğuk bir sesle.

Kayınvalidem sinesini yumruğuyla dövmeye başladı. "Yetişin dostlar," dedi kendinden geçmiş bir halde. "Oğlumun başına kötü bir şeyler gelmiş."

Kayınvalidemin bileğinden tuttum. "Kocama n'oldu Cemil?" diye bağırdım. "Yoksa bindiği uçak mı düşmüş?"

"Yeter artık," diye bağırdı Cemil. "Hepiniz ağlayıp zırlamayı kesin. Wassim'e bir şey olduğu yok. Bugün evleniyor."

Bir anda hepimiz donup kaldık. O anın üzerinden ne kadar zaman geçti bilmiyorum. Kayınvalidem bir ara koluma girdi. "Sen çıldırdın mı oğlum?" diye sordu Cemil'e. "Wassim'in karısı aha şurada, yanımda. O evli bir adam. Evli bir adam nasıl oluyor da evlenebiliyor?"

Başımı kaldırdım, son bir umutla Cemil'e baktım. Gözlerini gözlerime dikmişti, yüzünde bir tek kıpırtı bile yoktu. "Olamaz," diye haykırmak istedim ama çenemi bir türlü açamıyordum. Çenem, dudaklarım, dilim sanki artık bana ait değillerdi. Onlara söz geçiremiyordum. Tüm zorlamama karşın bir 'ah' sözcüğü bile çıkmıyordu ağzımdan. Ürperdim. Ürperdikçe de boncuk boncuk terliyordum. Karnımda sancılar başladı. İki büklüm oldum. Elimi karnıma bastırdıkça kusuyordum. Bir ara sendeleyip yere düştüm. O an kendi kusmuğumun içinde boğulduğumu hissettim. Kalbim, pili biten bir saat gibi yavaşça atmaya başladı. Ter damlalarımın mermer taşa düştüğü sırada çıkardığı sesler, kalbimin ağır atışını bastırıyordu. Başucumda, endişeli bakışlarıyla, ölüm sessizliği içinde suskunluğa bürünmüş insanlara baktım. Korka korka başımı kaldırdım. Önce ellerimin, sonra dizlerimin üstünde doğruldum. Cemil'e baktım. Yüzü kasılmış, alnında boncuk boncuk ter damlaları öyle belirginleşmişti ki, sanki sahici yağmur damlaları gibiydi. "Kiminle evleniyor?" dedim en sonunda.

Kayınvalidem koluma girdi. "Nejwa," diye bağırdı. "Bana çabuk bir leğen soğuk suyla, bir havlu getir."

Rania'yla Cemil koluma girip beni salona taşıdılar. Kahverengi koltuğun üzerine yatırdılar. O sırada Nejwa elinde leğenle içeri girdi. Kayınvalidem hemen havluyu ıslattı. Yüzümü, gözümü ıslak havluyla sildi. Ellerine baktım. Elleri tir tir titriyordu. "Üzülme," dedi beni yatıştırmaya çalışırken. "O eşek herif yaptıklarının hesabını mutlaka verecek."

Donukluğum gitmiş, yerini duygusallığa bırakmıştı. Bir anda hüngür hüngür ağlamaya başladım. "Bana her şeyi baştan anlat Cemil," dedim. "Biliyorum, sen dürüst bir adamsın. Yalan konuşmazsın."

Cemil ceketinin cebinden uzun Malboro paketini çıkardı. Titreyen ellerimi ona uzatıp, "Bana da bir sigara yak," dedim.

Cemil bir sigara yaktı, bana uzattı. Sigarayı içmiyor âdeta yiyordum. Cemil konuşmaya başladı ama sesi öyle derinden geliyordu ki, onu belli belirsiz işitiyordum. "Seni duyamıyorum Cemil," diye yüksek sesle konuştum. "Bu kızla ne zamandan beri ilişkisi var?"

"Epey bir zamandır."

"Yani sen ta başından beri her şeyi biliyordun, doğru mu?"

"Evet," dedi gözlerimin içine bakarken. "Sana çok defa söylemek istedim ama beni her defasında susturmasını bildi."

"Bu yüzden mi benimle konuşurken gözlerini kaçırıyordun? Yüzüme bakacak yüzün yoktu, doğru mu?"

"Doğru," dedi. "Ben hayatım boyunca asla yalan konuşmadım. Ama bir tek sana karşı mahcubum. Oysaki Wassim'i dinlememeliydim. Ta başından beri bildiğim gerçekleri sana söylemeliydim."

"Lamia'yı da yanına alıp bu evin kapısını bu yüzden mi çalmadın?"

Cemil sigarasından bir nefes çekti. "Ben dürüst bir adamım," dedi. "Bu eve gelseydim senin yüzüne nasıl bakabilirdim?"

"Bütün bu olup bitenlerden Lamia'nın haberi var mıydı peki?"

"Hayır. O da dün gece öğrendi. İkimiz de sabaha kadar uyuyamadık. Ben de bildiğim gerçekleri söylemek için kalkıp buraya geldim. Bir de..."

Sözünü kestim. "Bir de ne?"

"Buraya gelmeden az önce nikâhın kıyılacağı eve gittim. Bildiğim bütün gerçekleri onlara da anlattım."

"Hangi gerçekleri?"

"Wassim, evleneceği kıza ve ailesine de birtakım yalanlar söylemişti."

Kayınvalidemin şaşkınlıktan ağzı bir karış açık kalmıştı. "Bütün bu alavere dalavere işler benim oğlumun başının altından mı çıkmış? Nasıl olur bu Cemil? Kız tarafı 'senin ailen nerede' diye hiç mi sormamış? Bunlar nasıl bir aile?"

"Wassim ne yazık ki herkesin başına çorap örmüş. Fakat evlenmek istediği kız bir süre sonra, Wassim'in evli olduğunu ve üç tane de çocuğu olduğunu öğrenmiş."

"Eee," dedi kayınvalidem.

"Wassim bu gerçeği ondan sakladığı için özür dilemiş. Piruze'yle anlaşamadığını, yakında boşanacağını söylemiş. Sonra da kızı çeşitli hediyelere boğmuş. Kız, Wassim'in yalanlarına yine kanmış. Öğrendiği gerçeklere rağmen

Wassim'i terk etmemiş. Çünkü Wassim'e kör kütük âşık olmuş. Kız öğrendiği bu gerçekleri ailesinden bile bugüne kadar saklamış..."

Cemil'in anlattıklarını ara ara kaçırıyordum. Gözkapaklarımın üstünde sanki tonlarca ağırlık vardı. Gözlerimi güçlükle açıyordum. Gözlerimin önünde sanki bir karaltı duruyordu. Zaman zaman nerede olduğumu hatırlamıyordum. Cemil'i duymak, nerede olduğumu düşünmek bile istemiyordum. Bir anda içim ürperdi. Parlak mermer taşların üzerinde dağılan gölgemin hüzün verici görüntüsünü görüyordum sanki. O görüntüde omuzlarım çökmüş, kambur ve yaşlı bir dilenciye benzetiyordum kendimi.

"Piruze iyi misin?" diye sordu kayınvalidem.

Kayınvalidemin söylediği sözleri doğru dürüst idrak bile edemiyordum. Başımı kaldırdım, kayınvalidemin endişeli gözleriyle karşılaştım. "Sen iyi misin?" diye sordu.

"Sonra ne oldu?" dedim boş gözlerle Cemil'e bakarken. "Wassim'in oyununu bozmaya nasıl karar verdin?"

"Artık dayanamadım. Bu düzenbazlığa daha fazla seyirci kalamadım."

"Wassim şimdi nerede?" dedi kayınvalidem. "O kızla nikâh kıydı mı peki?"

"Hayır," dedi Cemil. "Tam nikâh kıyılmak üzereyken bir anda ortaya çıktım. Bütün gerçekleri kızın tarafına bir çırpıda anlattım. O esnada Wassim evden kaçtı. Şimdi nerede olduğunu bilmiyorum."

O anda Dina'nın şu sözleri geldi aklıma: "Su, susuzluktan deli olmuş bir kişinin gözü önünde ve kendisi de su içinde, fakat akıp giden sudan haberi bile yok."

Aklım en sonunda başıma gelmişti. "Tabii ya," dedim kendi kendime söylenirken. Dina'nın bana anlatmak istediği gerçekler buydu. Ben şüpheciliğimde ısrarcı olmadım. Israrcı olmadığım için de, Wassim gözümün önünde beni sürekli aldatıp durdu. Kayınvalidem elimden tuttu. "Sakın üzülme," dedi. "Üç tane çocuğun var. Sana bir şey olursa, onlara kim bakar? Ben bu işin bir çaresine bakacağım."

Acı acı güldüm. "Ya o benim yüzüme bir daha nasıl bakacak?" dedim hıçkıra hıçkıra ağlarken.

***

Ertesi gün sabah erkenden Cemil'i aradım. "Alo," dedim.

Cemil'in yanında çalışan elemanlardan biri telefonu açtı. "Buyurun."

"Cemil Bey'le görüşebilir miyim?"

"Kim arıyor?"

"Piruze Hanım dersiniz."

Adam birkaç saniye sonra, "Cemil Bey sizi birazdan arayacak. Şu anda bir müşterisiyle ilgileniyor," dedi.

Yaklaşık yirmi dakika sonra telefon çaldı. Ahizeyi kaldırıp kulağıma dayadım. "Alo," dedim.

"Ben Cemil."

Bir anda tedirgin oldum. Cemil'e nasıl söyleyeceğimi bilemiyordum. "Şey," dedim. "Senden bir ricam olabilir mi?"

"Buyur," dedi sakin bir ses tonuyla.

"Wassim'in evlenmek istediği o kızla görüşmek istiyorum. Bana bu görüşmeyi ayarlayabilir misin?"

"Sen delirdin mi?" dedi Cemil, sesindeki kızgınlığı yansıtırken bana. "Senin amacın ne? Ne yapmaya çalışıyorsun?"

Soğukkanlılığı elden bırakmamaya çalıştım. "Korkma," dedim. "O kızı öldürmeyeceğim. Sadece onunla yüz yüze görüşmek istiyorum."

Cemil'in sesinde hâlâ kaybolmamış bir endişenin izleri vardı. "Onunla görüşüp ne yapacaksın? En iyisi bu meseleyi bir an önce kapatmak."

"Bak Cemil," dedim sesimi yükselterek. "Sen inançlı bir insansın. Wassim'in yalanlarına ortak olarak çok büyük günahlar işledin. Eğer öteki dünyada, sana kul hakkımı helal etmemi istiyorsan, bu görüşmeyi bana ayarla. Yoksa öteki dünyada iki elim yakanda olacak. Şimdi telefonu kapatıyorum, senden bir an önce haber bekliyorum."

Cemil'in suratına telefonu kapattım. Ondan gelecek haberi beklemeye koyuldum. Dünden beri başıma ağrılar saplanmıştı. Ağrı kesici bir ilaç aldım, biraz gözlerimi dinlendirmeye çalıştım.

Bir süre sonra kapı çaldı. Gözlerim acıdan yanıyordu. Ağırlaşmış göz kapaklarımı zar zor açtım. "İçeri gir," dedim.

Kapı açıldı. Nataya kapının önünde belirdi. "Ne var?" dedim sinirli sinirli. "Beni rahatsız etmeyin demedim mi size?"

"Şey," dedi. "Bir misafiriniz geldi. Geleli de bayağı oldu. Aşağıda çocuklarla oynuyor. Gitmeden size de bir merhaba demek istiyormuş."

Yattığım yerden doğruldum. "Kim bu misafir?"

"Adı Marilyn. Amer'in eski bakıcısıymış."

"Mari gelmek için tam da gününü bulmuş," dedim. "İnsan gelmeden önce bari bir telefon açar."

"Dün telefon açmıştı."

"Mari'den buraya gelmesini kim istedi?" dedim şaşırarak.

"Afaf Hanım."

"Pekâlâ," dedim. "O zaman git al, buraya getir. Ben aşağı kata inmeyeceğim. Çocuklar nasıl?"

"Onları hiç merak etmeyin," dedi Nataya. "Hepimiz onlara çok iyi bakıyoruz."

Birkaç dakika sonra Mari içeri girdi. Koşup boynuma sarıldı. Mari'nin sıcaklığını bir an vücudumda hissedince, hüngür hüngür ağlamaya başladım. Mari eliyle gözyaşlarımı silmeye çalıştı. "N'oldu hanımefendi?" dedi boğuk bir sesle.

Önceki gün başıma gelen olayları bir bir anlattım. "Korktuğum şey en sonunda başımıza geldi," dedi üzgün bir şekilde.

Mari'ye şaşkın şaşkın baktım. "Senin korktuğun şey neydi?" diye sordum.

"Wassim Bey'in o kadınla olan ilişkisini ta başından beri biliyordum."

"Sen ne söylediğinin farkında mısın Mari?" dedim sinirli sinirli. "Sen nasıl öğrendin?"

"Bir gün, ikisini, Hamidiye semtinde sarmaş dolaş bir şekilde alışveriş yaparlarken görmüştüm. Bir süre onları takip ettim. Wassim Bey sanki takip edildiğini anlamıştı. Tedirgin bir şekilde sürekli arkasına dönüp bakıyordu. Beni göreceğinden korktum. Sonra oradan hızlıca uzaklaştım."

Bu sözler karşısında beynimden vurulmuşa döndüm. İç dengelerim şiddetle sarsıldı. Aslında böyle bir şeyden şüpheleniyordum şüphelenmesine ama bana hiç kimse daha düne kadar bu gerçekleri itiraf etmemişti. Gerçeğin ortaya çıkmasını çok uzun zamandan beri korku ve kuşkuyla bekliyordum. Ama belki de aldatılan birçok kadın gibi aldatıldığımı sezip, gerçekleri görmezden ve duymazdan gelmeye çalışıyordum. Mari'ye boş gözlerle baktım. "Bu olayı neden bu zamana kadar benden gizledin?"

"Korktum," dedi Mari tüm içtenliğiyle. "Evliliğinizin yıkılmasından korktum. Sebep olmak istemedim."

"Peki bu ilişkiyi başka kimler biliyordu?"

"Size yemin ederim ki bilmiyorum," dedi Mari. "Bir tek Wassim Bey'in şoförü Tarek'in bildiğini biliyorum. Bana asıldığı günlerden bir gündü. O gün bana Wassim Bey'in bir kızla ilişkisi olduğunu ağzından kaçırmıştı. Hem sizi çarşı pazara götürüp getiriyormuş, hem de o kadını."

Sinirden titriyordum. "Siz iyi misiniz?" dedi Mari.

"Doğum günü pastası," dedim. "O gün Wassim aslında hiç Kuveyt'e gitmedi. Sevgilisinin doğum gününü rahat kutlamak için, Kuveyt'e gidiyorum yalanını uydurdu..."

O sırada telefon çaldı. Telefonun ahizesini kaldırdım. "Efendim."

"Ben Cemil. Bir taksiye atlayıp hemen buraya gelebilir misin? Kız seninle görüşmeyi kabul etti."

Yüreğim göğüs kafesimden fırlayacaktı sanki. "Ne diyorsun sen?" dedim şaşkınlıkla.

Cemil kısa bir süre sustu. Sonra da, "Yoksa görüşmek istemiyor musun?" diye sordu.

Kalbim heyecandan küt küt atıyordu. "Sadece benimle görüşmeyi kabul etmesine şaşırdım," dedim. "Birazdan oradayım."

Meğerse o gün Mari'yi son görüşümmüş. Onu bir daha ne görebildim, ne de ondan bir haber alabildim. Boynuna sarıldım. "Sen istersen çocuklarla biraz daha vakit geçir," dedim çatallaşan sesimle. "Benim acil olarak bir yere kadar gitmem gerekiyor."

"Ben de şimdi çıkıyorum," dedi üzgün bir ses tonuyla.

Yolda bir başıma yürürken, yağmur damlalarıyla yüklü güçlü bir sonbahar rüzgârı beni önüne katmış sürüklemeye çalışıyordu. Hafifçe kayganlaşan yerlerde ayak izlerim ortaya çıkıyordu. Tenha sokaklar yağmur altında olduğundan, bir anda gözüme daha ıssız göründü. Cemil'in dükkânına yaklaştıkça, içim ürperiyordu. Sıkı sıkı şemsiyeme sarıldım. Dünden beri ağrıdan çatlayacak sandığım başım, âdeta bir dönme dolap gibi dönüyordu. Önümdeki kırmızı telefon direğine yaslanmak, kısa bir süreliğine de olsa dinlenmek istedim. Sonra bu düşüncemden vazgeçtim, karşımda duran Cemil'in dükkânına doğru hızlı bir şekilde yürüdüm.

Dükkânın önüne geldiğimde, heyecandan yüreğimi ağzıma getiren o görüntüyle karşılaştım. Cemil haklıydı. O anda dışarıdan gördüğüm, içerideki o kadınla belki de yüzleşmeye hiç gelmemeliydim. Kendimi hiç iyi hissetmiyordum. Kusmam an meselesiydi. Ama tuhaftır, ayaklarım beni içeri doğru sürüklüyordu. Yaklaştıkça fark ediyordum ki, bu genç ve alımlı kızı daha önce iki defa görmüştüm. İlkinde, taksiyle Amer'i hastaneye yetiştirirken. Wassim arabayı kırmızı ışıkta durdurmuş, bu kız da ön koltukta yanında oturmuştu. Tarek de arka koltuktaydı. Wassim o gün beni fark eder etmez, bu kıza ne söylediyse, kız bana alaycı ve düşmanca bakmıştı. İkincisinde de, kayınbiraderim Mazen ve Rania'nın düğünlerinde giyeceğimiz abiye kıyafetleri almak için Lamia'yla alışverişe çıktığımız o gün. Çok beğendiğim fakat alamadığım o mavi elbiseyi elimden kapan genç kız, şimdi karşımda duran bu kızdan başkası değildi. Hatta o gün bu genç kızın üzerinde, Wassim'in İngiltere'den dönerken, havalimanında kaybolan valizlerinden bir tanesinin içinden çıkan kıyafetlerden birisi vardı. O anda içim burkuldu. "İnsan bu kadar ayrıntılı hayal görebilir mi?" diye kendi kendime sordum. Kız bana baktı. Belli belirsiz bir ürperti hissettim ama bilincimi kaybetmemeye çalıştım. Cemil tezgâhın arkasından fırladı, yanıma geldi. "Hoş geldin yenge," dedi yüksek bir sesle.

Cemil'e solgun gözlerle baktım. Bana daha önce hiç yenge diye hitap etmediğini anımsadım. Belli ki genç kıza bir mesaj vermek istemişti. Titrek ellerimle elini sıkarken, "Merhaba," dedim.

"İsterseniz arkadaki çalışma odama geçin. Sizi baş başa bırakayım."

"Bu o kadın mı?" diye sordum Cemil'e.

Cemil, ağlamaktan kan çanağına dönen genç kızın gözlerine baktı. "Evet," dedi.

"Arkadaki odaya geçmemize gerek yok," dedim. "Şimdi gidiyorum."

Kadından çıt çıkmıyordu. Put gibi taşlaşıp kalmıştı olduğu yerde. "Nasıl?" dedi Cemil şaşkınlıkla. "Gidiyor musun?"

Cemil'i duymazlıktan geldim. Kızın yanına yürüdüm. Genç kız hâlâ tepkisiz duruyordu. Elinden tuttum. Parmağına taktığı pırlanta yüzüğe dikkatlice baktım. Yüzüğü ince parmağından çekip çıkardım. O anda bana karşı koymadı. "Bu yüzüğün taşı benim," dedim sakin bir ses tonuyla. "Bu taşın bende bir anısı var. Bu bana rahmetli kayınpederimin hediyesiydi."

Genç kız bir anda ağlamaya başladı. "Çok üzgünüm," dedi. "Beni affedin."

Geriye doğru bir-iki adım attım. Sağ elimi havaya kaldırdığım gibi genç kızın suratına indirdim. Sendeledi, sonra yere düştü. "Buraya seni affetmek için gelmedim orospu," dedim sesimi yükselterek. "Buraya bana ait olan bir şeyi senden almaya geldim. Benden değil, Allah'tan af dile. Evli ve çocuklu bir kadının yuvasını bozan şeytanı, belki Allah affeder. Yoksa canını yaktığın günahsız kadın değil."

Yerde iki büklüm şekilde kıvranarak yatan kıza sırtımı döndüm. Elimde tuttuğum yüzüğü Cemil'e uzattım. "Bu pırlanta taşı, şu yüzükten çıkar," dedim. "Pırlanta taştan geriye kalanı da, yerde yatan şu orospuya ver. Ben şimdi gidiyorum. Hoşça kal."

İNGİLTERE

En son telefon görüşmemizden üç gün sonra, İstanbul Atatürk Havalimanı'nda annemi karşımda görünce, içimi büyük bir sevinç kapladı. Koşup boynuna sarıldım. Hüngür hüngür ağlamaya başladım. Annem eliyle gözyaşlarımı sildi. "Yeter artık," dedi. "Daha fazla ağlama. Çok zayıflamışsın. Neredeyse iğne ipliğe dönmüşsün. Şu haline bir bak. Benim güzel kızıma n'olmuş böyle?"

İçimi çektim. "Ne olmadı ki anne," dedim. "Ben meğerse ne bahtsız bir kadınmışım."

Annem yanaklarımdan öptü. "Haydi, bir an önce çıkalım buradan," dedi. "Hasan Dayın nerede? Onu göremiyorum."

"Gelemedi," dedim. "İşleri varmış."

"N'apsın?" dedi annem. "Hukuk adamı olmak kolay mı? Davadan davaya koşturup duruyor. Bir taksiye atlayıp gidelim öyleyse."

Anneme baktım. "Boğazda balık yemeyi çok özledim. Balık yemeye gidelim mi? Neredeyse akşam olmak üzere."

"Gidelim," dedi annem. "Yeniköy'deki Ali Baba'ya gidelim. Benim de canım balık çekti. Oradan da eve geçeriz."

Yaklaşık bir saat sonra balıkçıdaydık. Kapıda duran garson, "Buyurun efendim. Hoş geldiniz," dedi gülerek.

Annem garsona baktı. Sonra da kulağıma eğilip, "Ne yılışık bir adam bu böyle. Kaşı gözü oynuyor bunun," dedi.

Anneme bakıp tebessüm ettim. "Şu balık tezgâhına bak," dedi annem.

Tezgâhta taze balıklar vardı. "Vallahi bu adam, tezgâhta oynaşıp duran şu balıklar gibi," dedi gülerek. "Baksana, bunun da her tarafı oynuyor."

Benim annem buydu. Onun değişmeye hiç mi hiç niyeti yoktu. "Yeter artık anne," dedim kulağına fısıldarken. "Hemen içeri gir. Adama kafayı taktın sen de."

Deniz gören bir masaya geçip oturduk. Garson siparişlerimizi aldı. "Anlat," dedi annem. "Başına gelenlere hâlâ inanamıyorum. Bütün bunlar nasıl oldu?"

Gözlerim doldu. Sustum. Bu suskunluk giderek ağırlaşıyor, dayanılmaz bir hal alıyordu. "N'oldu?" dedi annem. "Neden sustun?"

"Babam," dedim çatallaşan sesimle. "O bu olayı nasıl karşıladı?"

"Aman," dedi annem iç geçirerek. "Onun ne düşündüğü kimin umurumda. İçinden 'Oh olsun sana' dediğine inanmıyorum. Ama sana arka çıkacağına da ihtimal vermiyorum."

Annem açık sözlüydü. "Sağ ol anne," dedim. "İçime su serptin."

"Ne yapayım kızım? Sana yalan mı konuşsaydım?"

"Tamam anne," dedim. "Keyfim hiç yok zaten. Mesut nasıl?"

"Ona bir şey söylemedik, üzülmesin diye. N'apsın? Okula gidip geliyor."

O sırada garson masamıza geldi. "Mezeleriniz," dedi. "Afiyet olsun."

Garson yanımızdan uzaklaştı. "Şimdi konuşalım," dedi annem. "Bundan sonra ne yapmayı düşünüyorsun? Şayet bu adam buraya seni almaya gelirse, onu affedecek misin, yoksa boşanmayı mı düşünüyorsun?"

Annemin yüzünde çaresizliği görüyordum. "Ne yapacağımı hiç bilmiyorum," dedim.

Eliyle saçlarımı okşadı. "Şimdilik bunları düşünme. İstanbul'da kal, iyice bir dinlen. Kendine gel. Elbet bir çaresi vardır. İşin sonunda ölüm yok ya."

Sinirimden ağlamaya başladım. "Öyle diyorsun da anne," dedim. "Üç tane küçük çocuğu arkamda bırakıp geldim. Bir tanesini daha emziriyordum."

"Ağlama kızım. Ben sana kötü bir şey söylemedim ya. Ben senin kötülüğünü hiç ister miyim? Tabii ki istemem. Üzülme, bir çaresine bakacağız."

"Ya bana çocuklarımı bir daha göstermezse? Benim korkum bu aslında. Orası bir hukuk devleti değil. Lanet olası şeriat kuralları ondan yana. Hadi, ondan boşandım diyelim. Çocuklarımı bir daha nasıl görebilirim? Ben onlarsız bir gün bile yaşayamam. Onlar benim her şeyim anne."

Hüngür hüngür ağlıyordum. Annem masanın üzerinde duran peçeteyi uzattı. "Al şunu," dedi. "Gözyaşlarını sil. Herkes bize bakıyor."

Peçeteyi aldım. Gözyaşlarımı sildim. "Herkesin canı cehenneme," dedim. "N'olmuş? Ağlayamaz mıyım?"

"Tabii ki ağlarsın," dedi annem. "Ama genelde ölü evlerinde ağlaşırsın. Balık yediğin bir mekânda değil yoksa. Çabuk kendini toparla. Aç kulağını, beni iyi dinle. Şu dünyada her kadın aldatıldığının farkındadır. Benim kocam olacak adam da -ki bu adam senin babandır- beni aldatıyordur. Bu gerçeğe nasıl mı dayanıyorum? Diğer kadınlar nasıl dayanıyorsa ben de öyle dayanıyorum. Bu konuda biz kadınlar birbirimizden farklı mıyız? Bence farklı değiliz. Neden farklı olalım ki? Bir başka kadının kocası da aldatıyor, bizimkisi de aldatıyor. Ben de tıpkı öteki kadınlar gibi olanları sezip bilmezlikten, görmezlikten geliyorum. Neden? Çünkü başka çare yok da ondan. Çoğumuzun elinde bir mesleği yok, bir geliri yok. Ayrılıp da ne yapacağız? Bizim elimizdeki meslek kocanın gönlünü hoş tutmak, evi temizlemek, çamaşırları yıkamak, ütüyü yapmak, çocuğu doğurup onu büyütmek. Yoksa kocasını başka bir kadınla kim paylaşmak ister? Acaba onlar bizi başka erkeklerle paylaşmak isterler mi? Tabii ki hayır. Çünkü onlar erkek adam. Kadın onların elinin kiri, yataktaki seks oyuncaklarıdır."

"Ama anne," dedim. "Yaşamını sürdürmek için, bu durumu kabul etmek onursuzluk değil mi?"

Annem kuru kuru güldü. "Sen hangi onurdan bahsediyorsun? Şayet biz kadınlarda onur denen şey olsaydı, erkeklerin eline bakmazdık. Onur, daha biz kadınlar doğmadan elimizden alınmış bir oyuncak gibi. Yuvamız dağılmasın diye onursuzlaştırıldık. Kaderimize razı edildik."

"Ben ne yapacağım anne? Bu işin altından nasıl kalkacağım?"

"Buna sen karar vereceksin. Vereceğin kararda ben sonuna kadar arkandayım. Ya yalnız kalacaksın, ya da bu adama eyvallah deyip çocuklarınla bir arada olacaksın. Bu kararı yalnızca sen verebilirsin. Bence bekle. Gün doğmadan daha neler doğar."

Ne yalan söyleyeyim. Annemin fikirlerinden son derece etkilenmiştim. Daha düne kadar bazı şeylere kırmızı çizgiler çeken ben, bir anda bu çizgilerimi ortadan kaldırmıştım. Aslında korkunç bir şeydi bu. O anda kendime ihanet ettiğimi düşündüm.

"Ne düşünüyorsun?" dedi annem. "Yine uzaklara dalıp gittin."

"Hiç," dedim. "Bir şey düşünmüyorum."

Konuşmak için acele etmiyordu annem. Sigarasından derin soluklar çekiyor, sonra da dumanı iki dudağının arasından havaya üflüyordu. Gözlerimdeki öfkeyi gizlemeye gerek duymadan, kötü kötü yüzüne baktım annemin. "Bunu bana nasıl yaptı?" dedim. "Hâlâ anlayabilmiş değilim. Hele o yalanları yok mu? Şeytanın bile aklına gelmez."

"Niye bu kadar kızgınsın?" diye sordu annem bütün içtenliğiyle. "Sen de benim yaşıma geldiğin zaman, bütün erkeklerin fareli köyün mavalcıları olduklarını anlayacaksın. Şu dünyada bir tek senin kocan mı mavalcı? Hayır. Erkeklerin hepsi aynı..."

"Ne balık yerdiniz?" dedi garson konuşmayı bölerek. "Şu anda palamudun tam mevsimdeyiz. Çok güzel palamutlarımız var. Tavada yaptırmamı ister misiniz?"

"Yaptırın," dedi annem.

"Baş üstüne," dedi garson ve sonra da masamızdan yavaşça uzaklaştı.

Annem Kent sigarasını uzattı bana. "Hadi, bir tane de sen yak. Sigara içtiğini biliyorum," dedi.

Bir sigara çekip aldım. Çakmağı uzatıp sigaramı yaktı. Derin bir soluk çektim içime. "Sigara içtiğimi kim söyledi sana?" dedim meraklı meraklı.

"Hiç kimse."

"Nasıl öğrendin?"

"Saçın sigara kokuyor. Havalimanında sana sarılırken kokusunu aldım."

"Senden de bir şey kaçmıyor."

"Birkaç gün bekleyeceğiz."

"Neyi?" dedim şaşkınlıkla.

"Kocan seni arayacak. Senden onu affetmeni isteyecek."

"Onu asla affetmem."

Annemin çokbilmiş bakışları yüzümde geziniyordu. "Orası beni ilgilendirmiyor," dedi. "Onu affedip affetmeyeceğin, senin bileceğin bir iş. Ben bu konuda sana akıl veremem. Senin işine karışamam."

Derin bir soluk aldım. "Canı cehenneme," dedim sinirli sinirli. "O utanmaz adam benim karşıma hangi yüzle çıkacak acaba?"

Annem kahkahayı bastı. "Unutma ki," dedi, "erkeklerin bir sürü maskeleri vardır. Emin ol onlardan birini takıp senin karşına çıkacaktır."

Annem yanılmamıştı. İstanbul'a gelişimden tam bir hafta sonra, Wassim, kayınvalidemle çıkageldi. Üstelik yanlarında da çocuklarım vardı.

Çocukları bir anda karşımda görünce hüngür hüngür ağlamaya başladım. Amer koşup dizlerime sarıldı. "Seni çok özledim anne," dedi ağlarken.

Bedenim zangır zangır titriyordu. Rami'yi kayınvalidemin kucağından aldım. Onun güzel yüzüne baktım. Bağrıma bastım. İmad'a sarılıp onu doya doya kokladım. Üçü de sanki bir haftada çok büyümüşlerdi. Elimle gözyaşlarımı sildim. Kayınvalidem yanıma geldi. Boynuma sarıldı. "Senden özür diliyorum," dedi ağlarken. "Bütün olup bitenlere ben sebep oldum. Oğlumu, çocuklarının hatırı için affet. Bu yuvayı yıkma. Bir haftadan beri hepimiz çok perişan olduk. En çok da çocuklar."

Derin bir soluk aldım. Wassim'e baktım. Eliyle kıpkırmızı olmuş yüzünü ovuşturuyordu. Çocuklarıma kavuştuktan sonra, ona karşı içimde ne öfke, ne kin, ne de herhangi bir duygu kalmıştı. Ona baktıkça yüzü acıyla buruşuyordu sanki. "Oğlumu affet kızım," dedi kayınvalidem. "Ben burada bir-iki gün kaldıktan sonra, Şam'a geri döneceğim. Siz de çocuklarınızı yanınıza alın, buradan İngiltere'ye gidin. Orası sana biraz olsun iyi gelecektir."

Annemle birbirimize şaşkınlıkla bakakaldık. Annem yumuşamam konusunda gözünü kırpıştırdı. "Hadi, kazık gibi orada dikilip ne duruyorsun?" dedi kayınvalidem Wassim'e. "Karını öpsene."

Kısa bir sessizlik oldu. Wassim küçük adımlarla bana doğru yürüdü. Yanağımdan tedirgin bir şekilde öptü. Yüzü kaygı yüklüydü. "Sana ne diyeceğimi bilemiyorum," dedi cılız bir sesle. "Allah beni kahretsin."

O anda ses tonu öyle içten gelmişti ki bana, onunla tanıştığımız gün söylediği sözü hatırladım. "Seni ilk gördüğüm andan beri aklımdan çıkmıyorsun."

Bir kez daha dikkatle yüzüne baktım. İçten olup olmadığını tarttım. O an nasıl bir karar alacağımı kestiremiyordum. Çocuklara tek tek baktım. Hepsinin de yüzü solgun görünüyordu. Amer oldukça zayıflamıştı. Wassim'e bir kez daha baktım. "Seni affediyorum," dedim hüngür hüngür ağlarken. "Seni karın olarak değil, çocuklarının annesi olarak affediyorum. Bu meseleyi de bir daha konuşmamak üzere burada kapatıyorum."

İki gün sonra, 29 Eylül sabahı, annemi Amman'a, kayınvalidemi de Şam'a yolcu ettik. Wassim kolundaki saati göstererek, "Hadi, gidelim. Bizim de uçuş saatimiz geldi," dedi.

Saatler sonra Londra'ya ayak bastık. Havalimanında bizi kayınbiraderlerim Aboude ve Maher karşıladı. "Londra'ya hoş geldiniz," dedi Aboude Ağabey.

İmad, amcası Maher'in kucağına koşup zıpladı. "Ne yapsın çocuk?" dedi Maher yeğeninin yanağından öperken. "Kan çekiyor işte."

Hepimiz gülüştük. "Sen nasılsın yenge?" dedi Aboude Ağabey.

Aboude Ağabey ailenin ikinci çocuğuydu. Ve hâlâ bekârdı. Wassim'den bir yaş küçüktü. Maher de bekârdı.

"İyiyim," diye yalan söyledim. "Nasıl olabilirim ki? Günlerim çocuklarla boğuşmakla geçiyor."

Güldü. "Yeğenlerime laf yok."

Ben de güldüm. "Yeğenlerine bir şey diyen yok. Sen ne zaman evleniyorsun Aboude Ağabey."

Rami'yi kucağına aldı. "Wassim ve Mazen gibi gözü kara bir insan değilim ben," dedi gülerek. "Onlar bu işi erkenden bitirdiler ama ben hâlâ kariyer peşinde koşturuyorum. Doktor olmak çok meşakkatli bir işmiş. Hele bir de benim gibi uzmanlaşıyorsan, okumak bir ömür boyu sürüyor."

Wassim kardeşinin boynuna sarıldı. "Bakıyorum saçları da dökmüşsün," dedi. "Sen bu gidişle evde kalacaksın."

"Ne yapayım?" dedi Aboude Ağabey. "Ben de İsviçre'deki amcama çekmişim. Umarım yeğenlerim bana çekmez."

"Çocuklar sana çeker inşallah," dedim çenemi tutamayarak. "Bunlar da babalarına çekerlerse, kadın kalbi kırarlar."

Bir anda buz gibi bir hava esti. Wassim'le kısa bir an göz göze geldik. Yüzü kızardı. Kendime kızdım. Neden çenemi tutamamıştım ki sanki. "Eee," dedi Maher ortamın havasını değiştirmek istercesine. "Yeni gelinimiz nasıl?"

"Selamları var," dedi Wassim boğuk bir sesle.

"Haydi, bir an önce çıkalım buradan," dedi Aboude Ağabey. "Londra gezip tozmak için sizi bekliyor. Şimdi eve gidelim. İyice bir dinlenin."

Ertesi gün akşamüstü, Aboude Ağabey yanında iki genç kızla çıkageldi. "Bu kızlar da kim?" diye sordum Arapça.

Aboude Ağabey güldü. "Üzgünüm Piruze," dedi. "Ne yazık ki bu kızlar sevgililerim değiller. Çocuklar için getirdim."

"Çocuklar için mi?" dedim şaşkınlıkla.

"Şu gördüğün kızlar üniversite öğrencileri. Harçlıklarını çıkarmak için birkaç saatliğine de olsa çocuk bakıcılığı yapıyorlar. Bu akşam hep birlikte yemeğe çıkıyoruz. İstedim ki sen de yemekte biraz rahat edesin. Çocukları eve bırakalım. Sen de bu akşam Fransız restoranının keyfini çıkar, olmaz mı?"

Aboude Ağabey son derece anlayışlı bir insandı. "Ne gereği vardı?" dedim mahcup bir şekilde. "Beni utandırdınız."

"Yok yok," dedi gülerek. "Hiç utanma. Siz Şam'a dönene kadar, bu kızlar yine ara ara gelecekler. Yoksa üç çocukla baş edemezsin."

***

İki hafta çarçabuk geçmişti. O akşam Londra'daki son gecemizdi. Eve pizza söylemiştik. "Böyle olmadı," dedi Aboude Ağabey. "Bu akşam sizi dışarıya yemeğe çıkarmama izin vermediniz. Çok ayıp oldu."

Ağzımdaki lokmayı yuttum. "Ne ayıbı?" dedim. "Zaten neredeyse her akşam dışarıdaydık. Sizin hakkınızı ödeyemeyiz. Bizi evinizde çok iyi ağırladınız."

"Olsun," dedi Aboude Ağabey. "Sanki her sene İngiltere'ye mi geliyorsunuz?"

Yemeğimi bitirmiştim. Masanın üstünde duran bir sigara paketi vardı. Ellerim kendiliğinden pakete uzandı. Bir sigara alacak oldum. Sonra da Aboude Ağabey'in masada olduğunu hatırlayınca, sigara paketini yerine koydum. Aboude Ağabey bu durumun farkına varmıştı. "Çekinme," dedi tebessüm ederek. "Bir tane yak. Hatta bir tane de bana yak."

Bir sigarayı yaktım. Ona uzattım. "Bugünkü üçüncü sigaram," dedi. "Günde üç tane sigara içiyorum. Sabah, öğlen ve akşam. Sen de çok içme Piruze. Bu meretin fazlası zararlı."

İçtiğim sigarayı dudaklarımın arasından çekip dumanı ciğerlerimden dışarı keyifle üflerken, "Benimkisi can sıkıntısından," dedim.

"Sakın beni yanlış anlama," dedi içten bir ses tonuyla. "Senin için bir karar aldım. Bu karardan Wassim'in bile haberi yok. O da şimdi öğrenecek."

Wassim duyduklarına inanamamışçasına, kardeşinin yüzüne tuhaf bir ifadeyle baktı. "Öyle şaşkın şaşkın bakma bana," dedi Aboude Ağabey gülerken.

Wassim ağzını açıp hiçbir şey söylemedi. "Ne diyordum Piruze?" dedi Aboude Ağabey. "Ha! Ben şöyle bir karar aldım: Sana Şam'da bir iş yeri açalım. O işin başına geç. Böylelikle eve kapanmamış olursun."

Sanki o anda güzel bir rüyaya dalmıştım. Bu güzel rüyadan Wassim'in sesiyle uyandım. "Sen ne dediğinin farkında mısın?" dedi şaşkınlığını gizlemeyerek.

Wassim'e baktı. Ses tonu oldukça sakindi. "İstersen bir de Maher'e soralım. Sen ne dersin Maher?"

Maher, ağabeyine baktı. "Ağanın bileği bükülmez," dedi gülerek. "Bana küçük olarak su düşer ama büyüklerimin yanında söz düşmez. Almış olduğun kararı sonuna kadar destekliyorum."

"Sen ne düşünüyorsun Piruze," dedi Aboude Ağabey. "Önemli olan senin düşüncen."

"Bilmiyorum," dedim heyecandan. "İnan bana, bilmiyorum. Aslında şey..."

Lafımı kesti. "Açık açık söyle," dedi. "Korkma."

"Aslında fena bir fikir değil."

Wassim sanki sözlerimi anlamamış gibi şaşkınlıkla yüzüme baktı. "Bakma kadına öyle," dedi Aboude Ağabey. "Bu iş için, senin cebinden tek kuruş para çıkmayacak."

"Ya kimden çıkacak?"

"Benden."

"Nasıl yani?" dedim hayretler içinde kalarak. "Parayı siz mi vereceksiniz? Neden?"

Güldü. "Para benim değil mi canım? Size ne?"

"Olmaz. Bu parayı kabul edemem."

"Senin bu parayı ta başından beri kabul etmeyeceğini tahmin edebiliyordum. Bu yüzden sana ortaklık teklif ediyorum. Ama sermayeyi yine ben koyacağım."

Kısa bir süre düşündüm. "O zaman olur," dedim. "Ama ne iş yapacağız?"

"Onu da düşündüm," dedi Aboude Ağabey. "Bebek ve çocuk kıyafetleri satacağız. Bu yaz Şam'a, Mazen'in düğünü için geldiğimde pazarı dolaştım. Çocuk ürünleri satan mağazalara pek rastlayamadım."

"Çok haklısın," dedim. "Şam'da çocuk sahibi olan bütün kadınlar, bu konuda çok dertliler."

"O zaman daha ne duruyoruz?" dedi heyecanlı heyecanlı. "Bir an önce kolları sıvasak iyi olmaz mı?"

Wassim güldü. "Siz iş kurmayı kolay mı sandınız?" dedi imalı bir şekilde. "Paranı batıracaksın."

"Para benim," dedi Aboude Ağabey. "Batarsa da batsın. Sen sadece bize işlek bir caddede, köşe bir dükkân bul. Gerisini Piruze halleder. O zaman bak bakalım, parayı çuvalla nasıl kazanıyoruz."

"Benden günah gitti," dedi Wassim sinirli sinirli. "Ben üzerime düşen uyarıyı yaptım. Artık bundan sonrası beni ilgilendirmiyor."

Aboude Ağabey ayağa kalktı. Yanıma geldi. Elimden tutup ayağa kaldırdı beni. Sonra da elimi sıktı. "Ortaklığımız hayırlı uğurlu olsun," dedi. "İyi bir iş kadını olacağından hiç kuşkum yok. Allah seni utandırmasın."

"Âmin," dedim heyecandan tir tir titrerken. "Bak, gör. Senin yüzünü kara çıkarmayacağım Aboude Ağabey."

DÜKKÂN

İngiltere'den Şam'a geri döndüğümüzde, her şey tahmin ettiğim gibi oldu. Beni yakından tanıyan insanlar, bana acıyarak bakıyorlardı. Şam'a geri dönmekle, ne büyük bir aptallık yaptığımın farkına varmıştım. İffetsiz ve gözü dışarıda olan bir kocanın, kaderine razı gelen eşiydim artık. Oysaki hastalandığında ona bakan, karnını doyuran, üç tane çocuk doğuran, çamaşırlarını yıkayan, ona yemekler yapan, ben değil miydim?

Bu adamın eline daha açmamış bir goncayken düşmüştüm. Onun elinde açtım. Ona güzelliğimi sundum. Ama o ne yaptı bana? Hâlbuki bu gaddarlığı hak edecek hiçbir şey yapmamıştım ona. Onunla Şam'a geri döndüm çünkü ben kendim olmaktan öteye bir anneydim. 'Ana gibi yâr olmaz' sözünü boşuna söylememişler. Beni başkalarının gözünde küçük düşüren bu boyun eğişim, umarım ileride oğullarımın gözünde beni yüceltirdi.

Her neyse, Şam'a döneli tam bir hafta olmuştu. Döndüğüm günden beri de bir türlü huzur bulamıyordum. Kısa süre huzur buluyor, daha sonra içimi yine bir kurt kemiriyordu. Wassim'in ikinci kez evlenmeye yeltenerek iç dünyamı altüst edişi, bu huzursuzluğumun başlıca sebebiydi. Hemen bir şeyler yapmalıydım. Wassim'in iş yeri açmam konusunda beni oyalayacağını ta başından beri tahmin edebiliyordum. Dükkân bulma işini onun ellerine bırakmadan, bu işi bir şekilde kendim halletmeliydim.

Bir akşamüstü Wassim eve çıkageldi. Hep birlikte sofraya oturduk. "Kiralık dükkân bakıyor musun?" diye sordum.

Sinirlenmek yerine, bu işten rahatsız olduğunu belli etti. "Bu soğuklarda ne acelesi var? Yazın bakarız," dedi.

Kayınvalidem öfkelenmeye başladığımı görünce hemen konuyu değiştirdi. "Ayıp oldu," dedi manalı manalı bakarken bana. "Cemil'in oğlu oldu. Siz daha göz aydınlığına bile gitmediniz."

Dudağımı ısırdım. "Evet ya," diye kendi kendime söylendim. Bu konuda Cemil bana yardım edebilirdi. "Onlara gidin," dedi kayınvalidem az önceki sözlerine vurgu yaparak. "Cemillere gidin."

Wassim annesine baktı. "Sen deminden beri ne sayıklıyorsun anne?" diye çıkıştı. "Sen bana bir şey mi ima ediyorsun?"

Kayınvalidem güldü. "Ne iması oğlum," dedi. "Sözlerimi anlayan anlamıştır."

Ertesi gün erkenden Cemil'in işyerine gittim. Cemil beni karşısında görünce şaşırdı. Hemen koşup yanıma geldi. Elimi sıktı, yanağımdan öptü. "Yengelerin en delikanlısı gelmiş," dedi gülerek. "Hoş geldin."

"Hoş bulduk."

"Çalışma odama geçelim," dedi. "Ha, bu arada yüzüğü getirdin mi?"

Çantamdan yüzüğü çıkardım, ona uzattım. "İnanamıyorum Wassim'e. Böyle bir şeyi nasıl yapabilmiş?"

"Artık boş ver bu konuları," dedi'n kuru bir ses tonuyla. "Geçmiş benim içimde bir yaradır. Belleğimdeki kötü bir anıdır. Şimdi kendi adıma geleceğe bakmak istiyorum. Beni hayata yeniden bağlayacak olan şey, gelecekte yatıyor. Senden bir ricam olacak."

Çalışma odasına geçtik. Siyah deri koltuklardan birine geçip oturdum. "Ne içersin?" diye sordu Cemil.

"Çay."

Hemen iki çay söyledi. "Kusura bakma Cemil," dedim. "Durumumu biliyorsun zaten. Anlatmama gerek yok. Sana ve Lamia'ya karşı mahcubum. Gözünüz aydın olsun. Allah anneli babalı büyütsün yavrunuzu. İlk fırsatta göz aydınlığına geleceğim. Çocuğun adını ne koydunuz?"

"Mahcup olacak bir durum yok. Yaşadıkların hiç de kolay şeyler değildi. Adını Bilal koyduk."

"Çok güzel bir isim. Allah, güzel ve hayırlı bir ömür nasip etsin ona. Lamia nasıl?"

"Anne olduğu için çok mutlu. Şimdiden ikincisini istiyor."

Güldüm. "O zaman elini çabuk tutsun," dedim.

O sırada kapı çaldı. İçeri çay getiren oğlan girdi.

"Sana nasıl yardımcı olabilirim Piruze?"

Çayıma şekeri atıp karıştırdım. "Bir sigara yakabilir miyim?" diye kibarca soydum.

"Çekinme yak. Hatta bir tane de ben yakacağım."

Sigaramı yaktım. Çayımdan bir yudum aldım. "Şey," dedim. "Bana iyi bir semtte, kiralık bir dükkân bulmanı istiyorum."

Sigarasının dumanını tavanda asılı duran lambaya doğru üfledi. "Ne yapacaksın dükkânı?"

İngiltere'de Aboude Ağabey'le birlikte yaptığımız planları anlattım Cemil'e. "Peki sen ne diyorsun bu fikre? Bu işin altından kalkabilir miyim sence?"

Cemil kahkahayı bastı. "Nadeem Amca'nın çocukları akıllıdır. Aboude her ne kadar okumuş bir adam olsa da, onun küçüklükten beri aklı hep ticarete yatkındı. Biliyor musun? Yazın çinko kovada soğuk su satar, harçlığını çıkarırdı."

"Yani olur mu bu iş?" dedim büyük bir sevinçle.

"Olur olur. Önemli olan doğru bir semtte dükkân açmak."

"Peki sence o semt neresi?"

"Tabii ki Hamra Caddesi. Bu işi orada yapmalısın. Çünkü Şam'ın en zenginleri alışverişlerini oradan yapıyor."

"Kiralık dükkân bulabilir miyiz?"

Cemil güldü. "Sana iyi bir haber vereyim mi?"

Gözlerim çakmak çakmak yandı. "Ne haberi?"

"Geçen hafta Hamra'da bir dükkân satın aldım. Satın aldığım bu dükkân, Hamra'nın en işlek sokağında bulunuyor. Dükkânın konumu gayet iyi. Dükkânı tadilata soktuktan sonra kiraya vermeyi düşünüyordum."

Soluğum kesildi. "Kaç para istiyorsun?" dedim heyecanla ayağa kalkarken.

"İstersen dükkânı bir gör. Şayet beğenirsen, kirada anlaşırız."

"Hemen görmek istiyorum."

Oturduğu yerden kalktı. Önümde hafif bir reverans yaptı. "Emriniz olur hanımefendi," dedi gülerek. "Sizin gibi asil bir kiracıyı asla kaçırmak istemem. Size oraya kadar eşlik edeceğim."

***

15 Aralık 1984 cumartesi günü, sabah saat altı sularında uyandım.

Heyecandan yerimde duramıyordum. Nataya'nın odasına girdim. Onu uyandırmak için birkaç kez dürttüm. Uykulu gözlerini açtı. "Efendim," dedi uyku sersemiyle.

"Hadi, kalk," dedim. "Ben hazırlanıp dışarı çıkıyorum. Şimdi bana biraz yardım et. Çocukları getirirken sıkıca giydirmeyi unutma."

Daha sonra elbisemi giymek için yatak odasına girdim. Bir süre aynanın karşısında oyalandım. Perdeyi aralayıp dışarı baktım. "Hava nasıl?" dedi Wassim yatağın içinde gerinirken.

"Hava maalesef berbat."

"Seninle gelmemi istemediğinden emin misin?"

"Sen bugün çocuklarla ilgilensen yeter," dedim elbisemin fermuarını çekerken. "Benimle gelmene gerek yok. Hemen hemen her şey hazır."

"Zaakir dışarıda seni bekliyor. Dün ona erken gelmesini söyledim. Seni bırakacak. Onu hemen gönderme. Biraz kalsın yanında. Belki ihtiyacın olur. Öğlen gibi gelip bizi alsın."

"Tamam," dedim Wassim'in dudağına küçük bir öpücük kondururken. "Çocukların üzerlerini kalın giydirmeyi unutmayın sakın. Dışarısı buz gibi."

Zaakir soğuktan titreyerek dışarıda beni bekliyordu. "Günaydın Zaakir Bey," dedim. "Şansımı görüyor musunuz? Hava bugün ne kadar da soğuk?"

"Çok soğuk," dedi. "Ben böyle bir soğuk görmedim."

Hemen arabaya bindim. Arka koltuğa gömüldüm. Arabanın içi sımsıcaktı. "Aferin size," dedim. "Arabayı ısıtmayı iyi aklı etmişsiniz."

"Isıttım," dedi gülerek.

Zaakir gaza bastı, yol aldı. O saatte sokaklarda bir Allah'ın kulu yoktu. Sokaklar başıboş köpeklere kalmıştı. "Umarım açılışa davet ettiğim herkes gelir. Bu soğuk havayı bahane edip gelmezlerse çok üzülürüm."

"Hiç endişelenmeyin hanımefendi," dedi Zaakir. "Şamlılar bu tür davetlerde boy göstermeyi severler. Bugün bir metre kar yağsa bile yine açılışa geleceklerdir."

"İnşallah söylediğin gibi olur. O kadar hazırlık yaptım çünkü."

Zaakir epey bir yol gittikten sonra, bugün törenle açılışını yapacağım mağazamın karşısında durdu. "Siz inin hanımefendi," dedi. "Ben de arabayı park edip geliyorum."

Arabadan indim. Adını 'Mother&Baby' koyduğum mağazama hayranlıkla baktım. Mağazanın tabelası ve vitrini ışıl ışıl yanıyordu. Hemen yolun karşısına geçtim. Soğukta üşüyerek bekleyen kızlara, "Kusura bakmayın. Ben de anca gelebildim. Umarım sizleri çok fazla bekletmemişimdir," dedim.

O hafta, mağazada çalışmaları için üç tane eleman almıştım. "Hayır," dedi kızlardan sıska olanı gülümseyerek. "Biz de yeni geldik."

Kapıyı açtım. Sağ ayağımı içeri atarken, "Bismillah," dedim.

Bir anda arkamda koro şeklinde bir ses yankılandı: "Bismillah çektik/ Hayırlı kazanç için dua eyledik/ Tekrar bismillah çektik/ Sağ ayağımızı içeri attık."

Olduğum yerde çakılı kaldım. Tüylerim diken diken olmuştu. Gözlerim buğulandı. Arkamı dönüp kızlara baktım. "Sağ olun arkadaşlar," dedim. "Allah bizi utandırmasın."

Kızlarla hemen işe koyulduk. Dünden şişirip mağazanın içine astığımız renkli balonları tek tek elden geçirdik. Havası kaçmış birkaç balonun yerine yenilerini şişirip astık. Masanın üzerine içecekleri dizdik. "Yiyecekler ne zaman gelecek hanımefendi?" dedi Zaakir.

Kolumdaki saate baktım. "Saat dokuz gibi."

O sırada kapı yavaşça açıldı. Oldukça kısa boylu, esmer bir adam içeri girdi. Sırtında siyah bir kaban, elinde de siyah bir telsiz vardı. Göz ucuyla adama baktım. "Buyurun," dedim. "Bir şey mi istemiştiniz?"

Adam tel çerçeveli yuvarlak gözlüğünün üstünden bana baktı. Tebessüm etti. "Piruze Hanım siz misiniz?" diye sordu.

Sağ kaşımı havaya kaldırdım. Kısa boylu adamı iyice süzdüm. "Evet," dedim. "Benim. Ne istemiştiniz?"

O sırada adam telsizden anons geçti. Anonsu geçmesiyle birlikte, içeri bir sürü adam doluştu. "N'oluyor?" dedim şaşkınlıkla. "Siz de kimsiniz?"

Adam yanıma yaklaştı. Elini uzattı. "Adım Aalim," dedi. "Polis şefiyim. Gördüğünüz adamlar da benim ekibimdeler. Burada arama yapacağız."

Elim ayağım boşaldı. "Ne... Ne... Ne araması?" dedim kekeleyerek.

Adam korkudan titrediğimi gördü. "Korkmayın," dedi tebessüm ederek. "Buraya rutin bir iş için geldik. Saygın devlet adamlarınızdan biri olan Abdul Halim Khaddam'ın ailesi bugünkü açılışınıza teşrif edecekler. Güvenlik tedbiri için önceden arama yapıyoruz."

Derin bir nefes aldım. "Buyurun yapın," dedim. "Ama lütfen etrafı alt üst etmeyin."

"Hiç endişelenmeyin," dedi polis şefi. "Sizi işinizden de alıkoymayalım. Biz burada sessizce işimizi yaparız."

Polisler bir süre mağazanın içinde arama yaptılar ama bir şey bulamadılar. Polis şefi yanıma geldi. "İçerisi temiz," dedi. "Ama biz yine de her ihtimale karşı dışarıda bekleyeceğiz. İçeri girip çıkanların üstlerini arayacağız."

Açılışa Mira'yı ve ailesini çağırdığım için bin pişman olmuştum. "Herkesi mi arayacaksınız?" diye sordum üzgün bir şekilde.

Polis şefi kahkahayı bastı. "Bir tek sizi aramayacağız," dedi. "Sizin dışınızda herkesi arayacağız."

"Dışarısı çok soğuk değil mi? Bu soğuk havada dışarıda nasıl bekleyeceksiniz?"

Polis şefi beni sevecenlikle süzdükten sonra, "Siz hiç merak etmeyin bizi. Bu bizim görevimiz," dedi.

"Lütfen çekinmeyin," dedim tebessüm ederek. "İstediğiniz zaman size çay servisi yapabiliriz."

Öğlene doğru, ağır ağır misafirler gelmeye başlamıştı. Tedirgin bakışlarla çevreyi süzüyor, gelenleri kapıda karşılamaya özen gösteriyordum. Wassim'in arabası mağazanın önünde durdu. Wassim arabadan indi. "Hoş geldin canım," dedim. "Nerede kaldınız?"

Wassim çevresine bakındı. "Bu adamlar da kim?"

"Hiç sorma. Mira ve ailesi geliyor."

"Eyvah eyvah," dedi gülerek. "Desene ağır bir açılış olacak."

O sırada siren sesleri gökyüzünü kapladı. Polisler hemen sağa sola koşuşturmaya başladılar. "İşte geldiler," dedim. "Bari yanımda dur da onları birlikte karşılayalım."

Siyah Mercedes araba tam önümüzde durdu. Siyah takım elbiseli sivil bir koruma koşup arka kapıyı açtı. Arabadan Hayri Amca indi. Heyecandan elimi havaya kaldırıp salladım. "Hayri Amca," diye bağırdım.

Hayri Amca, Türkiye'nin yeni Şam Büyükelçisiydi. Eliyle bana 'sus' işareti yaptı. Arabadan başka bir adam daha indi. Hayri Amca, adamın sırtına hafifçe dokundu. "Buyurun bakanım," dedi geriye doğru bir adım atarken.

Türk bakan bana bakıp gülümsedi. "Sizi Piruze Hanım'la tanıştırayım efendim," dedi Hayri Amca.

"Demek Piruze Hanım sizsiniz?" dedi bakan. "Genç ve güzel bir bayanla karşılaşacağımı beklemiyordum doğrusu. Türkiye'nin neresindensiniz?"

Bakan beyin iltifatları karşısında nar gibi kızarmıştım. "İltifatlarınız için çok teşekkür ederim efendim," dedim kibarlığı elden bırakmayarak. "Ben İstanbulluyum. Sizi burada görmek sürpriz oldu. Şam'a hoş geldiniz."

O anda olmayacak bir şey oldu. Bakan bey elini atıp omzuma koydu. Birlikte yürümeye başladık. Wassim şaşkın şaşkın bize bakıyordu. Yüzü kireç gibiydi. Bir anda gazeteciler fotoğraf makinelerinin flaşlarını patlattılar. Bakan bey elini omzumdan çekti. Kısa bir süre durdu. Gazetecilere baktı. "Arkadaşlar görüyorsunuz değil mi?" dedi. "Türkiye gelecekteki gücünü işte bu genç yatırımcılardan alacak. Türkler dünyanın neresinde olurlarsa olsun, bir gün işçilikten kurtulup patron olacaklar. Tıpkı bu genç kızımız gibi."

Bakan bey konuşmasını bitirince, gazeteciler bana doğru döndüler. Fotoğraf makinelerinin deklanşörüne peş peşe basmaya başladılar. Hatta içlerinden bir tanesi yanıma sokulup, "Adınız ne hanımefendi? Şam'da ne zamandan beri bulunuyorsunuz?" diye birtakım sorular sormaya başladı.

O sırada arkamdan, "Piruze," diye bir ses duydum.

Başımı sesin geldiği yöne doğru çevirdim. Mira koşarak yanıma geldi. Boynuma sarıldı. "Nasılsın canım arkadaşım?" dedi. "Yeni iş yerin hayırlı uğurlu olsun."

Mira'yı yanağından öptüm. Sonra da elinden tutup, "Bak seni kiminle tanıştıracağım?" dedim.

Mira çevresine bakındı. Bakan beyi gösterdim. "Bak, Mira," dedim. "Seni Türk bakanımızla tanıştırayım."

"Aaa! Öyle mi?" dedi şaşkınlıkla. "Turgut Bey nasıllar?"

Bakan bey şaşırmıştı. "Turgut Bey'i siz nereden tanıyorsunuz?"

Mira güldü. "Turgut Bey ile babam ara ara telefonda görüşüyorlar."

Bakanın şaşkınlığı büsbütün artmıştı. "Babanız mı? Turgut Bey'le mi görüşüyor?"

"Evet. Ben, Abdul Halim Khaddam'ın kızıyım."

"Öyle mi?" dedi bakan gülümseyerek. "Pazartesi günü babanızla özel bir görüşmem olacak."

"Size iyi görüşmeler," dedi Mira da gülümseyerek. "Ben şimdi müsaadenizi istiyorum. Biraz içerisini dolaşacağım."

O gün akşama doğru herkesi yolcu ettiğimde, ayaklarıma kara sular inmişti. Siyah topuklu ayakkabılarımı çıkardım, mor renkli puf koltuğun üzerine oturdum. Bir sigara yaktım. "Ne gündü?" dedi Aboude Ağabey.

"Hiç sorma," dedim. "Artık ayaklarımın üzerinde duramıyorum."

"Aferin sana," dedi Aboude Ağabey. "İngiltere'den kalkıp geldiğime değdi doğrusu. Vallahi ben böyle bir açılış beklemiyordum. Yarın bütün gazetelerde boy boy fotoğrafların çıkacak. Türk bakanın açılışa gelmesi de iyi oldu."

"Bakan beyin açılışa teşrif etmesi benim için büyük bir sürpriz oldu. Sağ olsun, Hayri Amca buraya gelirken bakanı da yanında getirmiş."

"Adam yanımda karıma resmen asıldı," dedi Wassim bir boğa gibi burnundan solurken.

"Bunda bir kötülük yok ki," dedim ortamı yumuşatmak istercesine. "Belki de adamın yapısı böyledir. Sen yanlış anladın."

"Asabımı bozma," dedi Wassim sinirli sinirli. "Ben askıntı adamları ta bir kilometre öteden tanırım. Bu adam sana resmen asıldı."

Wassim'in beni kıskanması hoşuma gitmişti doğrusu. "Sence bana gerçekten asıldı mı?" dedim anlamamış gibi yaparak.

Kısa bir süre sustu. "Bence öyle," dedi bir sigara yakarken. "Bakan olmasaydı, ona gününü gösterirdim ben."

Aboude Ağabey güldü. "Sen de karının kıymetini bil oğlum," dedi. "Ne mutlu ki sana böyle güzel bir karın var. Ayrıca güzel olduğu kadar akıllı da."

"Ne demezsin?" dedi Wassim sinirli sinirli. "Sen geç dalganı benimle."

Aboude Ağabey'e baktım. Yüzünde mutlu bir ifade vardı. "Vallahi seni bilmem Wassim," dedi. "Ama benim böyle bir iş ortağım olduğu için son derece şanslıyım. Ortağımın bugün açılışta gösterdiği bu başarı sanki gelecekte göstereceği başarının şimdiden bir habercisi gibi. Sen ne dersin?"

Utancımdan yüzüm kıpkırmızı olmuştu. Sigaramı kristal kül tablasının içine bastırdım. "Haydi, beyler," dedim ayakkabımı giyerken. "Sizi bugünkü başarımızın şerefine yemeğe çıkarmak istiyorum."

Aboude Ağabey ayağa kalktı. "Benim de aklımdan şimdi bu geçiyordu. Bugünkü başarımızı güzel bir yemekle kutlayalım."

İFTİRA

1985 Ağustosu'nda, masmavi, güneşli bir günde çayımı alıp terasa çıktım. Bir sigara yaktım. Aylar önce içine çekildiğim kabuk ufalanmış, yaşamımın eski kalıpları kırılmıştı. Artık kocasına boyun eğen bir kadın değil, başarılı bir iş kadınıydım. Son günlerde bunun mutluluğunu da iliklerime kadar hissedebiliyordum.

Bir ara başımı kaldırıp masmavi gökyüzüne baktım. Sigaramdan derin bir nefes çektim içime. Sonra da sabah güneşinin altında kollarımı açıp gerindim. Büyük bir keyifle çayımı yudumladım. Oturduğum iskemleden kalkıp terastan aşağıya baktım. Hacca giden bir Türk kafilesini, Şam'ın sokaklarında gezinirken gördüm. Bir anda heyecanlandım. Gözyaşlarıma hâkim olamadım. "Hayrola," dedi tanıdığım o ses bana. "Bu ne hüzün? Neden ağlıyorsun?"

Gözyaşlarımı saklamaya çalıştım ondan. "Bir şey yok," dedim.

"Var var," dedi imalı imalı. "İnsan hiç durduk yerde ağlar mı?"

Wassim iş hayatına atıldığım o günden beri beni kıskanıyordu. Bana neredeyse soluk aldırmıyordu. Gün içinde mağazaya sık sık uğruyor, beni kontrol ediyordu. "Var, evet bir neden var," dedim.

Yanıma sokuldu. "Yoksa biri mi var hayatında?"

"Bunu da nereden çıkardın?" diye sordum sinirli sinirli.

"Son zamanlarda çok sigara içiyor, müzik dinliyorsun."

Kendimi daha fazla tutamayıp kahkahayı bastım. "Sen ne saçmalıyorsun? Sigara içmek ve müzik dinlemek bir aşkın kanıtı mı?"

Ürkmüş gözlerle bana baktı. "Neden olmasın?"

"Saçmalama. Öyle bir şey yok. Bu saçma sapan düşüncelere nasıl kapıldığını bilmiyorum ama bu düşüncelerinden bir an önce kurtulsan iyi edersin."

"Öyleyse sabah sabah neden ağlıyorsun?"

"Gel, aşağıya bak," dedim kararlı bir ses tonuyla. "Hacca giden Türk kafilesini, ellerinde ay yıldızlı bayraklarla görünce bir anda duygusallaştım."

Wassim hafifçe eğilip aşağıya baktı. "Hani neredeler? Ben kimsecikleri göremiyorum."

Aşağıya baktım. "Şimdi buradaydılar," dedim şaşkın şaşkın.

Wassim şüpheci gözlerle bana baktı. "Haydi, göster," dedi. "O kadar insan, yer yarılıp içine girmedi ya."

"İnan bana," dedim. "Şimdi buradaydılar. İstersen aşağı inip peşlerinden gidelim. Sana onların burada olduklarını ispat edebilirim."

"Gerek yok," dedi sinirli sinirli. "Yerinde olsam kendime dikkat ederdim. Yoksa canını çok fena yakarım."

Wassim o gün bana söylediği şeyi en sonunda yaptı. Bir gün canımı çok fena yaktı.

O günü hiç unutamam. 25 Ağustos Pazar, Arife Günü'ydü. Ertesi gün de Kurban Bayramı'ydı. Arife Günü olduğu için mağazayı açmıştım. İçerisi hınca hınç doluydu. Âdeta iğne atsan yere düşmezdi. O kalabalığın arasında, Wassim'in şoförü Zaakir'i gördüm. Yanıma geldi. "Hoş geldin Zaakir Bey," dedim. "Bir şey mi istemiştiniz?"

Yüzü bir karış asıktı. "Wassim Bey derhal sizinle görüşmek istiyor," dedi. "Sizi götürmeye geldim."

"Daha sonra gelseydiniz ya. Sizin de gördüğünüz gibi içerisi müşteri kaynıyor. Bir aciliyeti var mıydı?"

"Bilmiyorum. Wassim Bey derhal gelmenizi emretti."

"Allah Allah," diye kendi kendime söylendim. "Bu kadar acil ne olabilir ki? Peki öyleyse sizinle geliyorum. Lütfen beni dışarıda bekleyin."

Mağazada çalışan kızlardan birinin yanına gittim. "Ben bir yere kadar gidip geleceğim," dedim. "Mağaza sizlere emanet."

Çantamı alıp dışarı çıktım. Zaakir'le hemen yola koyulduk. "Wassim şimdi nerede?" diye sordum.

"İş yerinde."

"İş yerinde mi? Bugün günlerden Pazar. İş yerinde ne işi var?"

"Bilmiyorum," dedi soğuk bir ses tonuyla.

Dudağımı büzdüm, başımı salladım. "Pekâlâ," dedim. "Gidelim bakalım. Bu önemli şeyin ne olduğunu bir an önce öğrenelim."

Zaakir arabayı garaja park etti. "Sizden rica etsem arabanın anahtarını Wassim Bey'e verebilir misiniz?" dedi.

"Siz benimle içeri gelmiyor musunuz?"

"Hayır," dedi sırıtarak. "Bayram alışverişine çıkacağım."

Arabanın anahtarını aldım. "O zaman size şimdiden iyi bayramlar," dedim. "Daha sonra görüşürüz."

Wassim'in iş yerinin bulunduğu kata çıktım. Kapı zilini çaldım. Kapıyı açtı. Yüzü kireç gibiydi. "Sana n'olmuş böyle?" dedim. "Yoksa hasta mısın?"

Saçlarımdan tuttu. Beni içeri doğru sürüklemeye başladı. Neye uğradığımı anlayamadan tökezleyip yere düştüm. Acıyı hissetmeyecek kadar içim kinle doldu o anda. Ayağa kalktım. Ona doğru bir hamle yaptım. Beni kolumdan yakaladığı gibi masanın üstüne fırlattı. "İmdat!" diye bağırdım.

Koskoca binada kimsecikler yoktu. Sesimi hiç kimseye duyuramadım. Hıçkıra hıçkıra ağlıyordum. Sağ eline saçlarımı doladı. Kafamı defalarca masaya vurmaya başladı. Bir anda gözlerim karardı. Burnumdan kanlar akıyordu. Ağzımdan boğazıma dolan ılık kanı genzimde hissedince, kendimi hemen toparladım. Ona peş peşe tekmeler savurarak elinden kurtuldum. Sonra da kaçıp masanın altına saklandım.

Masanın altına eğildi. Saçlarımdan sürükleyerek beni oradan çekip çıkardı. Elini beline attı. Pantolonunun kemerini söktü. "Seni geberteceğim aşağılık kadın," diye bağırdı ve sonra da kemerin demir tokasıyla rastgele vurmaya başladı.

"İmdat!" diye haykırdım bir kez daha. "Yardım edin n'olur."

Vuruşları daha da hızlanmıştı. Âdeta kan kusuyordum. "Allah'ını seviyorsan yapma," dedim boğuk bir sesle. "Ne yaptım ben sana?"

O anda kemerin demir tokası yüzümde şakladı. Acıdan yüzüm uyuşmuştu. Felç olduğumu sandım. Hiçbir şey hissetmiyordum. Birden durdu. Başımın ucunda solumaya başladı. Kanla dolan gözlerimi iri iri açıp ona baktım. Elindeki kemeri yere fırlatıp attı. "Bekle, geliyorum," dedi.

Kıpırdayacak halim kalmamıştı zaten. Olduğum yere yığılıp kaldım. Bedenim acılar içinde yanıyordu. Birden Wassim'in karnıma attığı tekmeyle soluğum kesildi. Saçımdan yakaladığı gibi başımı havaya kaldırdı. İki kaşımın ortasına, elinde tuttuğu silahın namlusunu dayadı. Bir anda göz göze geldik. Elleri tir tir titriyor, boncuk boncuk ter döküyordu. "Artık itiraf et," dedi.

"Neyi?" dedim güçlükle.

"Sen ne olduğunu iyi biliyorsun."

"Neyi itiraf edeceğimi inan ki bilmiyorum."

"Seni alnının ortasından vuracağım."

Titreyen ellerine baktım. "Vur öyleyse," dedim. "Daha ne duruyorsun? Vur beni."

Silahın namlusunu uzaklaştırdı. Duvarda duran tabloya doğru bir el ateş etti. Sonra silahın namlusunu getirip tekrar alnıma dayadı. Burnuma keskin barut kokuları geliyordu. "İtiraf et," dedi. "Seni bir erkekle el ele dolaşırken görmüşler."

Birden ağrıyan sırtımdan aşağı soğuk terlerin aktığını hissettim. "Ne?" dedim şaşkınlıkla. "Kim görmüş?"

Silahın kabzasını sağ şakağıma indirdi. Odanın içi etrafımda dönmeye başladı. Saçlarımdan tuttu. "Başını dik tut," dedi silahı alnıma dayarken. "Başını dik tut. Gözlerimin içine bak."

Sağ gözüm kapandı. Bir anda sağ gözümle hiçbir şey göremez oldum. "Benim hiçbir şeyden haberim yok," dedim cılız bir ses tonuyla. "İnan bana, hiçbir şeyden haberim yok."

"Âşık olduğun adam kim?"

"Anlamıyor musun beni? Hayatımda öyle birisi yok."

"Seni görmüşler."

"Yalan! Bütün bunlar bir iftira."

"Kim o?"

"Sana söyledim. Bana neden inanmak istemiyorsun? Yok, öyle birisi yok."

Wassim elinde tuttuğu silahın namlusunu alnıma bastırdı. "Adamı deli etme," dedi öfkeyle. "Çabuk söyle. O adam kim?"

Hıçkıra hıçkıra ağlıyordum. "Sana söyledim. Öyle birisi yok. Çocuklarımın üzerine yemin edebilirim."

Öfkeyle yüzüme bir tokat attı. "Ama seni görmüşler."

"Beni kim görmüş? Bana bu iftirayı atanlarla yüzleştir beni."

Silahın namlusunu alnımdan çekti. Ayağa kalktı. Masanın üstünde duran Kur'an'ı Kerim'i getirdi. "Bu kutsal kitaba el bas öyleyse," dedi. "Beni aldatmadığına yemin et."

Kutsal kitaba el bastım. "Allah'ın huzurunda sana yemin ederim ki," dedim acılarla kıvranırken. "Ben seni hiç kimseyle aldatmadım. Hayatımda öyle bir adam hiç olmadı."

Bedeni kaskatı kesti. Bir süre olduğu yerde donup kaldı. "Şimdi ne yapacaksın?" dedim öfkeyle. "Yalancının birine kapılıp kandın. Hayatımızı mahvettin. Bundan sonra hiçbir şey eskisi gibi olmayacak Wassim. Bunu böyle bilmiş ol."

Bana baktı. Bedeni zangır zangır titriyordu. Geriye doğru bir-iki adım attı. Elinde tuttuğu Kur'an'ı Kerim'i masanın üstüne koydu. Sonra da bana hiçbir şey söylemeden sessizce çekip gitti.

Yerde iki büklüm yatıyordum. Uzun bir süre yattığım yerden kalkamadım. Hüngür hüngür ağlıyordum. Gözyaşlarım sel olup akarken, tükürüğüm kanıma karışıyordu. Bir süre sonra ellerimin üzerinde doğruldum. Masaya doğru sürünmeye başladım. Masanın üstünde duran telefonu yakaladım, yere koydum. Ahizeyi kaldırdım, hafızamdaki numaraları tek tek çevirmeye başladım. Telefonu uzun uzun çaldırdım ama açan olmadı.

Ahizeyi yuvasına yerleştirdim. Bir süre beklemeye koyuldum. "Bayılsam, gebersem de kurtulsam," diye kendi kendime söylendim acılar içinde inleyerek. Sonra derin bir sükûnet içine daldım. Gözlerim, duvarda asılı duran çocuklarımın fotoğrafına takılıp kaldı. Üçü de sanki bana acıyarak bakıyorlardı. İçimi çektim. Bu sefer de titreyerek ağlıyordum. Wassim gibi bir adama âşık olmakla, ne kadar büyük bir hata yaptığımı bir kez daha anlamıştım. O anda aşkın yokluk deryası olduğuna kanaat getirdim. Meğerse aşk aklının ayağı yokluk deryasının içinde kırıkmış. İşin doğrusu aşkın bir mezhebi de yokmuş. Hatta aşkın mezhebi yetmiş iki dinden bile ayrıymış. Bu yüzden Wassim'i tanıyamamıştım. Bu yüzden onun karşısına çıkan kolay bir av olmuştum. O vefasız adama kanmıştım. Ne yazık ki bu gerçekleri de yediğim bir ton dayak sonrasında anlamıştım. Artık bu saatten sonra onun müstakbel eşi olarak yaşayamazdım. Beni aldattığını öğrendiğim zaman onu affetmiştim; çünkü bir anneydim. Ama ya şimdi? Onu affetmem artık imkânsızdı. Bir kocadan öldüresiye dayak yemek, meğerse bir kadın için acıların en büyüğüymüş. Biliyorum; bu acıyı seneler geçse bile unutamayacaktım. İçimde kanayan bir yara olarak kalacaktı. Ayrıca o anda bir gerçeği daha iyi anlamıştım, insanlar, gördüğü kalp gözlerinden ibaretmiş. Geriye kalanlar deri ve cesetmiş. Artık o saatten sonra Wassim'i görmeyen gözlerimi, kalp gözü değil, yürek acısı saymıştım. O gün kararımı çoktan vermiştim. Hayırsız olan, ebedi olmayan âşıktan bir an önce ayrılmak, hayırlara vesile olacaktı.

Dalıp gittiğim bu düşüncelerden sıyrıldım. Sanki içim geçmişti. Elimin tersiyle gözyaşlarımı sildim. Ahizeyi kaldırdım. Numaraları yeniden çevirmeye başladım. Telefon ikinci çalışında açıldı. "Alo," dedi karşıdaki ses bana.

Tanıdık bir sesi duyunca sinirlerim boşaldı. Yeniden hüngür hüngür ağlamaya başladım. "Benim," dedim güçlükle.

"Alo," dedi. "Kimi aramıştınız?"

Kendimi toparlamaya çalıştım. "Sevim Teyze," dedim. "Benim Piruze. Çok kötüyüm."

"Piruze mi?" dedi şaşkınlıkla.

"N'olur bana yardım edin," dedim ağlarken. "Çok kötüyüm. Nere leyse ölmek üzereyim."

"Neredesin kızım?" diye haykırdı Sevim Teyze. "Bana çabuk adresini ver."

KAÇIŞ PLANI

Günlerce evin içinde çektiğim acılarla kıvranıp durdum. Sanki bütün eklemlerime beton dökülmüş, her bir mafsalı kilitlenmişti. Yaşamımın çürümüş bir ipten ibaret olduğunu düşünüyordum. Ayrıca hiç kimsenin beni bu halimle görmesini de istemiyordum. O anda yüzümü avuçlarımın içine alıp hıçkırarak ağlamaya başladım. "Yeter artık," dedi Sevim Teyze kederli sesiyle. "Bir hastalığa yakalanacaksın."

"Kaçacağım buralardan," dedim iç çekerek. "Çocuklarımı da yanıma alıp kaçacağım."

"Nereye kaçacaksın? Kaçmak kolay mı öyle?"

"Bir yolunu bulacağım. Elbette buradan kaçmanın bir yolunu bulacağım."

"Yüzüme bak," dedi Sevim Teyze ses tonunu yükselterek. Mosmor olan gözlerimle ona baktım. "Duyduğuma göre her yerde seni arıyorlarmış. En azından kayınvelidene burada olduğunu haber versek."

"Olmaz," dedim haykırarak. "Hiç kimsenin beni bu çürümüş halimle görmesini istemiyorum."

"Bak, kızım! Bu evde istediğin kadar kalabilirsin. Seni şu halinle bir yere göndermem zaten. Ama kayınvaliden buraya gelse iyi olur."

Sustum. "Anneme haber vermediniz, değil mi?"

Sevim Teyze içini çekti. "Hangi anne kızının bu halde olduğunu bilmek ister? Tabii ki haber vermedim. Bari müsaade et, kayınvalidene haber vereyim."

"Olmaz."

Sevim Teyze'nin başlarda kısık olan sesi giderek yükseldi. Dil döküyor, beni ikna etmeye çalışıyordu. "Sana yalvarıyorum kızım," dedi. "Muhaberatlarla başımın belaya girmesini sen de istemezsin, değil mi? Benden şikâyetçi olurlarsa, çok zor durumda kalabilirim."

Bu sözleri onun ağzından duyunca yumuşamaya başladım. "Pekâlâ," dedim. "Sizin başınıza dert açmak istemem. Burada olduğumu sadece kayınvalideme söyleyin, bir tek o gelsin buraya."

Sevim Teyze'nin bir anda yüzü aydınlandı. "Bu eve yalnızca o gelecek," dedi. "Sana söz veriyorum."

Aynı gün, öğleden sonra saat ikiye doğru kapı zili çaldı. Sevim Teyze kapıyı açtı. "Hoş geldiniz Afaf Hanım," dedi. "İçeri buyurun."

"Nerede o?" diye çıkıştı kayınvalidem. "Bana hemen onun yerini gösterin."

"Oturma odasında," dedi Sevim Teyze. "Beni takip edin."

"Kaç gündür neden haber vermediniz bana?" dedi kayınvalidem bağırarak. "Onu aramadığımız yer kalmadı."

"Size haber vermemi istemedi. Neden istemediğini de şimdi kendi gözlerinizle göreceksiniz."

Sevim Teyze odanın kapısını açtı. Kayınvalidem kapının önünde belirdi. O anda göz göze geldik. Kapının önünde âdeta donup kaldı. Bana değil sanki çürümüş bir cesete bakıyordu. Elini, bir karış açık kalan ağzına götürdü. Gözlerinden birkaç damla yaş akıp yanağına süzüldü. "Sana n'olmuş böyle?" diye sordu. "Bunu sana Wassim mi yaptı?"

Gözlerimden akan yaşlar yanağımı yıkadı. Başımı 'evet' anlamında salladım. Yanıma geldi. Bana sımsıkı sarıldı. Vücudumda ezilen yerler bir anda iğne gibi batmaya başladı. "Ah ah," dedim acıdan kıvranırken.

Kayınvalidem geri çekildi. Siyah renkte incecik örme bluzumu yukarı katladı. Vücudumdaki morluklara baktı. "N'oldu? Bunu sana nasıl yaptı?" dedi ağlarken.

"Biri ya da birileri benim hakkımda ona yalan yanlış şeyler söylemiş."

"Ne yalanı?"

"Güya onu başka bir erkekle aldatıyormuşum."

Kayınvalidemin gözleri fal taşı gibi açıldı. "Sen mi aldatıyormuşsun?" dedi oturduğu yerden hoplayarak.

"Düpedüz iftira," dedim kendimden emin bir şekilde.

"Ah, benim salak oğlum," dedi kayınvalidem. "Seni tanımaz, bilmez mi? Sen böyle bir şey yapacak kadın mısın? Ona bu yalanı kim söylemiş peki?"

"Bilmiyorum. Ona kimin ya da kimlerin söylediğini bilmiyorum."

"Ona gününü göstereceğim. Şimdi eve gidiyoruz. Çocuklar seni çok özledi. Onlar da kaç gündür perişanlar."

"Olmaz," diye karşı çıktım. "Bu halimle hiçbir yere gitmiyorum."

"Tamam," dedi kayınvalidem ısrarcı olmayarak. "Sevim Hanım'dan rica ederiz. Biraz daha burada kalırsın. Ben de her gün gelip giderim. Yarın da buraya çocukları alır getiririm. Şimdi kalkmak için müsaadenizi istiyorum. Çünkü daha oğlumla görülecek bir hesabım var."

Ertesi gün sabah erkenden uyandım. Cemil'i telefonla aradım. Başımdan geçenleri ona kısaca anlattım. Cemil anlattıklarım karşısında şok olmuştu. "Senin için ne yapabilirim?" diye sordu.

"Kaç gündür mağazaya gidemiyorum. Ara ara mağazaya uğrayıp çalışanları kontrol edebilir misin? Bir de kasada para tutmasınlar. Parayı akşamları sana versinler."

"Senin nerede olduğunu sorarlarsa, onlara ne cevap vereceğim?"

"Acil olarak Ürdün'e, ailemin yanına gittiğimi söylersin."

"Tamam," dedi Cemil. "Lamia'yla yanına gelmemizi ister misin?"

"Hayır," dedim utanarak. "Hiç kimsenin beni bu halimle görmesini istemiyorum. Şimdi sana telefon numaramı veriyorum. Bir şey olduğunda beni bu numaradan arayabilirsin."

Telefonu kapattım. Bu sefer de elçiliğin numarasını çevirdim. "Alo," dedim.

"Buyurun."

"Hayri Bey'le görüşecektim."

"Hayri Bey'i kim arıyor?"

"Adım Piruze."

"Hayri Bey yok."

"Nerede?" dedim şaşkınlıkla.

"Yıllık izinde. Üç hafta sonra dönecek."

"Ben burada yaşayan bir Türküm. Benim çok acilen pasaporta ihtiyacım var."

"Daha önce pasaport almış mıydınız?"

"Kaybettim," diye yalan söyledim.

"İstediğiniz zaman buyurun gelin. Size yeni bir pasaport verelim."

Çürük halimle elçiliğe gidemezdim. "Bakın," dedim. "Hayri Amca beni kızı gibi sever. Üstelik benim babam da elçilik görevlisi. Size bir yakınımı göndersem acaba pasaportumu ona verebilir misiniz?"

"Siz neden gelemiyorsunuz? Sizin gelmeniz gerekiyor."

"Ben şimdilik gelemem. Hayri Amca'yı telefonla arayın lütfen. Ona bu isteğimi iletin."

"Pekâlâ. Bana telefon numaranızı verin. Sizi en yakın zamanda arayacağım."

Sevim Teyze telefonda konuşulanlara kulak misafiri olmuştu. "Pasaportu ne yapacaksın kızım?" dedi meraklı meraklı. "Senin pasaportun yok mu?"

"Var," dedim. "Ama Wassim'de. Pasaportumu kasada saklı tutuyor."

"Pasaportu ne yapacaksın?"

"Bana hiç kimseye söylemeyeceğinize dair söz verin."

"Bana güvenebilirsin kızım."

"Çocuklarımı da yanıma alıp buradan kaçacağım."

Sevim Teyze oturduğu yerden sıçradı. "Ne... Ne... Ne diyorsun sen?" dedi kekeleyerek. "Sen aklını mı kaçırdın? Kocanın yazılı izni olmadan bu ülkeden nasıl kaçacaksın?"

"Elbet bir yolunu bulacağım. Buradan kaçacağım. Sizden son bir ricam daha olacak."

"Ne ricası?"

"Pasaportumu almaya elçiliğe gidebilir misiniz?"

"Elçiliğe kendin neden gitmiyorsun?"

Sevim Teyze'ye bakıp acı acı güldüm. "Bu çürümüş halimle mi?" diye sordum. "Pasaportumu bir an önce almalıyım. Hayri Amca beni kırmaz. Pasaportumu mutlaka verecektir."

Sevim Teyze bana baktı. "Pasaportunu bir başkasına vermeyi kabul etseler de, senden birkaç vesikalık fotoğraf isteyecekler. Şu mosmor olmuş suratınla nasıl fotoğraf çektireceksin?"

Kısa bir süre düşündüm. "Haklısınız. Aslında evde vesikalık fotoğraflarım var. O fotoğrafları çaktırmadan ele geçirebilirsem, bu meseleyi çözmüş olurum."

"O fotoğraflara nasıl ulaşacaksın?"

"Elbette bir çaresi vardır. Asıl sorun, çocukları nasıl kaçıracağım? Şimdi onun planlarını kusursuz bir şekilde yapmalıyım. Kaçış için bir yol bulmalıyım."

Birkaç saat sonra telefona sarıldım. Evi aradım. Telefona Nejwa çıkmıştı. "Ben Piruze," dedim soğuk bir sesle. "Nataya'yı telefona ver bakayım."

Attığı kahkaha kulaklarımda çınladı. "Çok mu dövmüş sizi beyefendi," dedi ukalaca.

"Ne diyorsun sen?" dedim şaşkınlıkla. "Bana bak! Bana karşı ukalalık yapma."

"Yaparsam ne olur?" dedi terbiyesizce. "Beni işten mi kovdurtacaksın? Geçti o günler artık."

Nejwa bu birkaç yıl içinde bayağı serpilmiş, son derece güzel sayılabilecek bir genç kız olmuştu. Siyah saçlarını upuzun bırakmıştı. "Eve döndüğümde sana gününü göstereceğim," dedim.

"Bekliyorum," dedi benimle dalga geçercesine. "Şimdi bekleyin. Nataya'yı telefona çağırıyorum."

Şaşkınlıktan ne söyleyeceğimi bilemedim. Nataya'nın telefona gelmesini beklerken, bir yandan da sinirden tırnaklarımı yiyordum. "Efendim hanımefendi," dedi Nataya. "Nerelerdesiniz? Sizi çok merak ettik."

"Bak, Nataya," dedim İngilizce konuşarak. "Sakın benimle Arapça konuşma. Şimdi sana söyleyeceklerim aramızda kalacak. Yatak odasındaki şifonyerin ilk çekmecesinde vesikalık fotoğraflarım var. Yarın kayınvalidem çocukları ve muhtemelen de seni alıp buraya gelecek. Yarın gelirken fotoğraflarımı getirmeyi unutma. Fotoğrafları getirdiğinden hiç kimsenin haberi olmasın. Beni anladın mı?"

"Anladım. Fotoğrafları neden istediğinizi sorabilir miyim?"

"Sorma. Çocuklar nasıl?"

"Amer sürekli ağlıyor. Sizi sorup duruyor."

"N'olur onlara iyi bak Nataya. Senden başka güveneceğim kimse yok."

"Siz hiç merak etmeyin. Onlara gözüm gibi bakıyorum."

"Rania nasıl? Beni hiç soruyor mu?"

"Keyfi son derece yerinde. Ne yalan söyleyeyim, sizin için üzüldüğünü hiç zannetmiyorum."

Rania'yla son aylarda gizliden gizliye bir çekişme içine girmiştik. Mağazayı açtığım günden beri beni kıskanıyor, her fırsatta bana laf sokuşturup duruyordu. "Önemli değil," dedim. "Yarın görüşmek üzere Nataya. Gelirken bana birkaç parça kıyafet getirmeyi de unutma sakın."

Telefonu kapattım. Sevim Teyze içeri girdi. "Kiminle konuşuyordun öyle?" diye sordu.

"Nataya'yla konuşuyordum. Yarın vesikalık fotoğraflarımı getirecek."

O sırada telefon çaldı. Sevim Teyze, "Sen bak. Belki elçilikten arıyorlardır," dedi.

Telefonun ahizesini kaldırdım. "Efendim?"

"Piruze Hanım'la görüşecektim."

Heyecandan kalbim duracak gibiydi. Bu, büyük bir sabırsızlıkla beklediğim telefondu. "Buyurun benim."

"Elçilikten arıyorum. Adım Mehmet. İsteğinizi Hayri Bey'e ilettim. Şayet üç adet vesikalık fotoğrafınızı bize ulaştırırsanız, pasaportunuzu alabilirsiniz. Ayrıca Hayri Bey'in size çok çok selamları var. Gözlerinizden öpüyormuş."

"Tamam," dedim heyecanlı heyecanlı. "Size çok sevdiğim bir teyzemi göndereceğim. Pasaportumu ona teslim edebilirsiniz."

Telefonu kapattım. "Bu iş de tamam Sevim Teyze. Yarın fotoğraflar elime geçer geçmez sizi elçiliğe kadar yoracağım."

Sevim Teyze kederli kederli baktı bana. "Senin için hayırlısı neyse o olsun kızım," dedi. "İnşallah yanlış bir adım atmıyorsundur."

ÖZÜR

Sevim Teyze'nin evine geleli iki hafta olmuştu. Sıcak bir cumartesi günü, öğle üzeri kapı zili çaldı. "Kim o?" diye seslendi Sevim Teyze.

"Wassim Bey'in şoförüyüm," dedi yabancı bir ses kapının ardından. "Piruze Hanım'la görüşecektim."

Sevim Teyze bana baktı. "Bu ses," dedim endişeli endişeli. "Zaakir'in sesine benzemiyor."

"Adınız ne?" dedi Sevim Teyze seslenerek.

"Adım Sameer. Wassim Bey'in yeni şoförüyüm."

"Kapıyı açabilirsiniz," dedim bir-iki adım ileri yürüyerek.

Sevim Teyze kapıyı açtı. Karşımda kır saçlı bir adam duruyordu. "Buyurun," dedim. "Ne istemiştiniz?"

Adam bana baktı. "Kızım," dedi içten bir şekilde. "Ben Wassim Bey'in şoförüyüm. Henüz yeni işe başladım. Wassim Bey sizinle görüşmek istiyormuş. Buraya, sizi almaya geldim."

Bir anda heyecanlandım. Sevim Teyze'ye baktım. "Bence git," dedi başını sallarken. "Bakalım, sana ne söyleyecek?"

Şoföre baktım. "Beni aşağıda bekleyin," dedim. "Birazdan geliyorum."

Şoför aşağı indi. "Beni yine dövmesin," dedim endişeli endişeli. "Bu adamdan korkuyorum."

"Dövmez dövmez," dedi Sevim Teyze. "Git, bak bakalım. Elbette sana söyleyecek bir çift sözü vardır."

Hazırlanıp aşağı indim. Şoför arabanın yanında durmuş sigarasını içiyordu. Beni görür görmez sigarayı yere attı. "Hadi, bir an önce gidelim," dedim.

Wassim'in iş yerine geldiğimizde, ayaklarım tir tir titriyordu. İki hafta önce yediğim acımasız dayakları bir anda hatırladım. "Sameer Bey," dedim korkumu bastırarak. "İş yerinde başka kimse var mı?"

Dudağını büzdü. "Bilmiyorum," dedi. "Birkaç gün önce burada bir kadın vardı. Yanlış hatırlamıyorsam adı Dina'ydı. Wassim Bey, şoför Zaakir'i işten kovunca, kadın da çekip gitti."

"Zaakir'i işten neden kovdu acaba?"

"Vallahi bilmiyorum kızım. İşe başlayalı henüz bir hafta olmadı."

İş yerinin bulunduğu kata çıktım. Yüreğim göğüs kafesimi yırtıp dışarı fırlayacaktı sanki. Bir süre kapının önünde bekledim. Derin derin nefes alıp verdim. Zile bastım.

Kapıyı Wassim açtı. Beni karşısında görür görmez, bir çocuk gibi ağlamaya başladı. Elimden tuttu, beni içeri çekti. Arkamdan kapıyı kapattı. Dizlerini kırdı, ayaklarıma kapandı. Elimi ve ayaklarımı öpmeye başladı. "N'olur beni affet," dedi. "Elim kırılsaydı da sana vurmasaydım."

Ağlamaya başladım. "Seni bu sefer affetmeyeceğim. Onurumu iki paralık ettin."

Bir anda odanın içinde böğürme sesleri yankılandı. Yerden kalktı, lavaboya koştu. Kusmaya başladı. Bir süre sonra tekrar yanıma geldi. Yine ayaklarıma kapandı. "Çok büyük bir günah işledim," dedi ağlarken. "N'olursun beni affet."

"Bu sefer affetmeyeceğim seni," dedim ağlarken. "Seni bir kere affettim. Şimdi affetmeyeceğim. Beni aldattığın zaman seni affetmiştim çünkü bir anneyim. O çocukları doğururken çok şiddetli doğum sancıları çektim. Büyük acılar, dayanılmaz ızdıraplar yaşadım. Ama bu acıların sonucunda da mutluluğu tattım. Bana o mutluluğu yaşatan çocuklarımın hatırı için seni affettim. Ama ya şimdi? Başkalarının yalanlarına kanıp hiddetin, kızgınlığın, cehennem ateşinin tohumunu içine attın. Aklını başına almayıp o hiddet ateşini âdeta bedenimde söndürdün."

Tekrar lavaboya koştu. Kusmaya başladı. Geri döndüğünde masanın üstünde duran viski kadehini fondip yaptı. Bir sigara yaktı. "Allah benim belamı versin," dedi ağlarken. "Zaakir'e nasıl kandım ben?"

Żaakir adını duyunca hayretler içerisinde kaldım. "Ne?" dedim şaşkınlıkla. "Bana bu iftirayı Zaakir mi attı? Ama neden?"

"Bilmiyorum," dedi derin bir soluk alırken. "Bir erkekle el ele gördüğü kadının sen olmadığını sonradan itiraf etti bana."

Alt üst olmuştum. Wassim'e kaşlarımı çatarak baktım. "Sen benim ak yüzümdün," dedim. "Şu yüzüme bir bak. Her tarafım mosmor. Sen şimdi bu çürümüş yüzden mi özür diliyorsun? Sen benim için kara bir gölge, bir hiçten ibaretsin artık. Bunu böyle bilmiş ol."

"Seni seviyorum. Şunu bil ki senden asla ayrılmam."

Birkaç gündür yaptığım kaçış planını devreye sokmak için biraz zamana ihtiyacım vardı. "Senden ayrılmayacağım," diye yalan söyledim. "Ama seni affetmeyeceğim de. Öteki dünyada bana yaptıklarının hesabını Allah'a vereceksin."

Ağzımdan çıkan ayrılmayacağım sözünü duyunca sanki yüreği ferahladı. Yüzü aydınlandı. "İnşallah bir gün beni affedersin. Şimdi seni eve götüreceğim. Çocuklar seni çok özledi."

"Eve tek bir şartla dönerim."

"Hangi şartla?"

"Başka bir eve taşınmak istiyorum. Beni artık oyalayıp durma."

"Söz veriyorum sana. Pazartesi gününden itibaren ev aramaya başlayacağım."

"Şimdi Sevim Teyze'ye gideceğim. Oradaki eşyalarımı toparlamak istiyorum. Bana en kötü günümde evinin kapısını açtığı için ona teşekkür edeceğim, hoşça kal diyeceğim."

"Ben de seninle geliyorum."

"Hayır. Beni oraya şoförün götürsün. Seninle daha sonra evde görüşürüz."

Wassim o anda uslu bir çocuk gibiydi. "Tamam öyleyse," dedi. "Evde görüşürüz."

Pazartesi günü sabah erkenden kalktım. Evden çıkmak için hazırlandım. "Nereye gidiyorsun?" diye sordu Wassim yatağın içinde gerinirken.

"İşe," dedim. "Kaç haftadır mağazaya uğrayamadım."

"Geçtiğimiz cuma günü mağazayı devrettim," dedi soğuk bir ses tonuyla.

Olduğum yere yığılıp kaldım. "Ne yaptın?" dedim çatallaşan sesimle.

Yatağın içinde doğrulup oturdu. "Mağazayı bir başkasına devrettim. Orası artık senin değil."

Şaşkınlıktan ne söyleyeceğimi bilemiyordum. Gözyaşlarım sel olup akmaya başladı. "Bana haber vermeden bunu nasıl yaparsın?" diye bas bas bağırdım.

"Çalışmanı istemiyorum," dedi kararlı bir ses tonuyla. "Evinde otur, çocuklarına bak."

"Şimdi Aboude Ağabey'e ne söyleyeceğim? Onun yüzüne nasıl bakacağım?"

"Haberi var," dedi. "Cuma günü ona parasını gönderdim."

Eşarbımı başıma örttüm. Yüzümdeki çürükler yine de görünüyordu. Ağlayarak odayı terk ettim. Kendimi sokaklara attım. Bu son olaydan sonra umutsuzluğum artık dayanılmaz bir hal almaya başlamıştı. Yaşamımızı bu hasta adamın eline asla bırakamazdım. Gaddar yapısının farkına ne yazık ki çok sonradan varmıştım. Keşke yıllar önce babamın sözünü dinleyip onunla hiç evlenmeseydim. Sokaklarda işsiz, güçsüz gezinen insanlar gibi bir süre dolaştıktan sonra, kendimi elçiliğin önünde buldum. Hemen içeri girdim. Kapıda duran görevli, "Ne istemiştiniz?" diye sordu Arapça.

"Hayri Bey'le görüşecektim."

"Hayri Bey yıllık izinde. Daha dönmedi."

"Mehmet Bey burada mı?"

"Burada. Kim arıyor?"

"Piruze Hanım'ın geldiğini söyleyin lütfen."

Birkaç dakika sonra Mehmet Bey çıkageldi. Bana acınası gözlerle baktı. "Size ne olmuş böyle?" dedi şaşkın şaşkın. "İçeri buyurun."

Ağlamamak için kendimi zor tutuyordum. "Fazla zamanınızı almayacağım. Kocam bana işkence yapıyor. Buradan çocuklarımla birlikte kaçmak istiyorum. Bana yardım edebilir misiniz?"

"Gönderdiğim pasaportu aldınız mı?"

"Çok sağ olun," dedim. "Sevim Teyze pasaportumu getirdi. Buradan çocuklarımla birlikte nasıl kaçabilirim?"

Hiç bilmiyorum," dedi dudağını büzerken. "Kocanızın yazılı izni olmadan bu ülkeden ayrılamazsınız."

"Biliyorum. Bu ülkeden çıkmamızın başka bir yolu olmalı."

"Bu isteğiniz için Hayri Bey'le görüşmem gerekiyor. Sizinle en yakın zamanda irtibat kurmaya çalışacağım. Bana telefon numaranızı bırakabilir misiniz?"

"Hayır," dedim. "Size telefon numaramı veremem. Bu pek sağlıklı olmaz. Ben sizi yarın tekrar arayacağım."

"Umarım sizin için elimizden bir şeyler gelir."

"Özür dilerim," dedim. "Telefonunuzu kullanabilir miyim?"

Masanın üzerinde duran yeşil renkli telefonu uzattı. "Tabii ki," dedi. "Buyurun."

Numarayı çevirdim. "Alo," dedim. "Lamia'yla görüşecektim."

Lamia beni sesimden tanımıştı. "Piruze," dedi. "Benim Lamia. Nerelerdesin?"

"Şimdi sana uğramak istiyorum. Müsait miydin?"

"Evdeyim. Seni bekliyorum."

Telefonu kapattım. "Müsaadenizle Mehmet Bey," dedim. "Sizi yarın arayacağım."

"Size bir çay ikram etseydik."

"Çok sağ olun. Yarın görüşmek üzere. Şimdilik hoşça kalın."

"Bekleyin," dedi. "Size bir taksi çağırayım."

Birkaç dakika sonra elçilikten dışarı çıktım. Kapıda bekleyen taksiye bindim. "Hamra'ya gidelim lütfen."

Taksiden indiğimde, Lamia'yı pencereden dışarı bakarken gördüm. O da beni görmüştü. Pencerenin kanadını açtı. "Gel canım arkadaşım," diye yukarıdan seslendi.

Ona el salladım, sonra da apartmanın açık kapısından girip merdivenlerden birinci kata çıktım. Lamia beni kapıda karşıladı. Yüzümdeki çürüklere dikkatlice baktı. Gözleri buğulandı. Boynuma sarıldı. "İçeri gir bahtsız arkadaşım."

İçeri girdim. "Bilal nasıl?"

"Uyuyor. Sen nasılsın?"

"Nasıl olayım?" dedim hıçkırıklara boğularak. "Çürümeye yüz tutmuş bir ceset gibiyim. Halimi görüyorsun işte."

"Wassim'i hiç böyle bilmezdim doğrusu. Meğerse mağara adamından hiçbir farkı yokmuş."

"Beni en çok yaralayan şey de bu zaten. Ben onun bu halini nasıl olmuş da görememişim?"

"Nereden bileceksin? İnsanoğlu kesilmemiş kavun, karpuz gibiymiş. Kavunun, karpuzun tadını almak için kesmek, bir insanı tanımak için de onunla aynı yastığa baş koymak gerekiyormuş."

Kuru kuru güldüm. "Çok haklısın. Ben Wassim'e âşık olmakla, kuru derede su aramışım."

"Peki bundan sonra ne yapacaksın?"

Kısa bir süre düşündüm. Derin bir soluk aldım. "Bilmiyorum," diye yalan söyledim.

O anda Lamia'ya kaçış planımı anlatamazdım. Üstüne üstlük kız kardeşi Rania, kayınbiraderimle evliyken. "Benim yerimde sen olsaydın, ne yapardın Lamia?"

"Bu çok zor bir soru. Herhâlde önümdeki iki yoldan birini tercih ederdim ama hangi yolu tercih edeceğim hakkında hiçbir fikrim yok."

"Hangi iki yoldan bahsediyorsun?"

"Ya kaderime razı olup burada kalırdım, ya da buradan kaçardım."

"Şayet buradan kaçmak isteseydin, nasıl kaçardın?"

"İnan bilmiyorum," dedi Lamia. "Buradan kaçmak öyle kolay bir iş değil. Sen de gayet iyi biliyorsun ki, ülkeden dışarı çıkmak için kocanın izni gerekiyor."

"Wassim'den boşanamaz mıyım peki?"

Lamia gözlerini gözlerime dikti. "Sen ciddi misin?"

"Lafın gelişi söyledim. Şu anda aklım çok karışık. Ne söylediğimi kesinlikle bilmiyorum."

"Boşansan ne olacak? Şeriat mahkemesi, çocuklarının velayetini Wassim'e verecektir. Onları bir daha asla göremeyebilirsin."

Tüylerim diken diken oldu. "Allah korusun. Ben onlarsız nasıl yaşarım?"

"Yaşayamazsın. Hiçbir anne çocuğunu görmeden yaşayamaz. Allah bir çocuğu annesiz bırakacağına, babasız bıraksın. Anası olmayan bir çocuğun babası da olmaz derler."

Lafı değiştirdim. "Mira nasıl? Onu hiç görüyor musun?"

"Keyfi yerinde. Geçen hafta nişanlandı."

"Aaa!" dedim şaşkınlıkla. "Kiminle?"

"Nişanlısını ben de tanımıyorum. Çocuk İngiltere'de yaşıyormuş."

"Aslen nereli?"

"Buralı. Düğünleri önümüzdeki sene olacakmış."

"Mira'nın telefonunu senden alabilir miyim? Onu tebrik etmek istiyorum."

Lamia oturduğu yerden kalktı. Mira'nın telefon numarasını bir kâğıda yazıp verdi. "Onunla konuşursan, benden de selam söyle."

Lamia'da epeyce bir süre oturdum. Kâh gülerek, kâh kızarak, kâh ağlayarak, kâh düşüncelere dalarak geçirdim saatlerimi… "Ben artık müsaadeni istiyorum," dedim.

"Müsaade senindir," dedi ayağa kalkarken. "Biraz sabret. Zaman her şeyin ilacıdır. Her şey düzelecektir."

Boynuna sımsıkı sarıldım. "Beni boğacaksın," dedi gülerek.

O gün Lamia'nın boynuna sımsıkı sarılırken aslında bir veda havasındaydım. Ama o bunun farkında değildi. Hâlbuki açık bir şekilde ona, "Hoşça kal Lamia! Hakkını helal et," demeyi çok isterdim.

NEJWA

Derinden bir zil sesi geliyordu kulağıma. Sanki yıkık dökük bir konağın içinde durmuş, konağın arkasındaki telefon kulübesinden içeriye dolan sese kulak kabartıyordum. "Koşup telefonu açmalıyım," diye kendi kendime düşündüm. Bir an için hareket etmek istedim ama gövdem ağır bir kaya gibiydi. Kıpırdayamıyordum. Ayaklarıma baktım. Ayaklarım, kürek cezasına çarptırılan mahkûmlarınki gibi zincirliydi. Zinciri ellerimle çekip koparmak istedim; ama nafile. Zincirlerden kurtulamayınca, içimdeki sıkıntılarım git gide çoğalıyordu. Bir anda kırmızı telefon kulübesini karşımda gördüm. Paytak paytak yürüyerek bana doğru geliyordu. "Sen bir telefon kulübesisin. Nasıl oluyor da yürüyebiliyorsun?" diye kendi kendime bar bar bağırdım. Gözlerimi açtığımda, Wassim'in üzerime eğilmiş, bana baktığını gördüm. "Korkma," dedi alnımdan öperken. "Sadece bir kâbustu, geçti."

Gördüğüm düşün etkisinden olsa gerek tir tir titremeye başladım. "Çok üşüyorum," dedim.

Wassim bana sarılıp ısıtmaya çalıştı. Uykulu gözlerimi ovuşturdum. "Çok uykum var," dedim kollarından çözülüp uzaklaşırken. "Saat kaç?"

Yatağa girerken bile kolundan hiç çıkarmadığı sarı Rolex saatine baktı. "Sabahın altı buçuğu," dedi.

Yataktan kalktım. "Tuvalete gideceğim," dedim uykulu bir ses tonuyla. "Sonra da gelip tekrar uyuyacağım."

Yatağında mışıl mışıl uyuyan Rami'nin yanından sessizce geçip odadan dışarı çıktım. Nataya'nın odasının yanındaki banyoya girer girmez Nejwa'yla karşılaştım. "Sen burada ne yapıyorsun?" dedim gözlerimi ovuştururken.

"Bir... Bir... Biraz diş macunu alacaktım," dedi heyecandan kekeleyerek.

"Senin kendi diş macunun yok mu?" dedim sesimi yükselterek. "Utanmıyor musun başkalarının diş macununu kullanmaya?"

"Ben diş macununuzu kullanmıyorum," dedi elindeki diş macununun tüpünü aldığı yere koyarken. "Geçen hafta izne çıkamadığım için diş macunu alamadım. Ben de sizinkinden biraz ödünç alıyordum. Beyefendi ağzımın kokmasını istemiyor da."

"Karşımda dikilip durma öyle," dedim sinirli sinirli. "Bana cevap vereceğine, defol buradan. Bir daha benden habersiz tek bir çöp bile almayacaksın, anladın mı?"

Banyodan çıkıp giderken, "Sanki yedik diş macununu," dedi küstahça. "Macununu al da moraran yerlerine sür."

Nejwa'yla sabah sabah tartışacak gücüm yoktu. Banyoda işimi hallettikten sonra yatağa geri döndüm. Wassim çoktan uykuya dalmıştı. Ben de hiç zaman kaybetmeden yatağa girip hemen uyudum.

Gözlerimi açtığımda Wassim çoktan işe gitmişti bile. Yatağın içinde sağa sola döndüm, gerindim. O sırada kapı açıldı. İçeri Nataya girdi. "Pardon," dedi. "Uyandığınızı bilseydim, kapıyı çalardım."

"Ben de şimdi uyandım. Çocuklar nasıl?"

"Aşağıda oyun oynuyorlar. Ben de Rami'nin biberonunu almaya gelmiştim."

"Bu sabah ölü gibi uyumuşum. Rami'nin uyandığından haberim bile olmamış. Sabah kaçta uyandı?"

"Yedi buçukta."

"Amer ile İmad kaçta uyandı?"

"Onlar da hemen hemen aynı saatte uyandılar."

"Senin hakkını nasıl ödeyeceğim Nataya? Sen olmasaydın şimdi perişan olmuştum."

Nataya güldü. "Hakkımı aydan aya ödüyorsunuz ya. Daha ne ödeyeceksiniz? Bu benim işim."

"Öyle söyleme," dedim yatağın içinde doğrulup otururken. "Her şey para değil ve herkes de senin gibi işini severek yapmıyor. Çocuklarıma annelik yapıyorsun. Allah senden razı olsun."

"Sizden de razı olsun. Bana bir patron gibi değil âdeta bir dostunuzmuşum gibi davranıyorsunuz. Ben iyiysem, bu sizin iyiliğinizden kaynaklanıyor."

"Ah! Nataya," dedim. "Burası benim evim olsaydı,

seni daha fazla el üstünde tutardım. Ama gel gör ki, ben bile bu evde el üstünde tutulmuyorum. Bu yüzden kusura bakma."

"Benim bu evde hiç kimseyle bir sorunum yok. Bir tek Nejwa'yı sevmiyorum. Zaten o da beni sevmiyor."

Acı acı güldüm. "O kız bu evin adeta patroniçesi gibi oldu. Seni bir kenara bırak, bana bile yeri geldiğinde posta koyabiliyor. Bu şımarıklığı nasıl oluyor da yapıyor, aklım hâlâ almış değil."

"Benim de almıyor. Dikkatimi çekti. Son günlerde Rania Hanım'la acayip sıkı fıkılar."

"Allah dostluklarını arttırsın. Wassim artık ev bakıyor. İnşallah yakında taşınacağız buradan."

Nataya umutsuz gözlerle bana baktı. "Bu kaçıncı taşınmamız hanımefendi? İnşallah Wassim Bey bu sefer sözünde durur. Ben aşağı iniyorum. Bu arada, kahvaltı masası hazır. Haberiniz olsun."

Nataya odadan çıkıp giderken arkasından baktım. Onun da Wassim'e karşı olan inancı pek kalmamıştı. "Ah Wassim! Senin yalancı bir insan olduğunu artık dünya âlem biliyor," diye kendi kendime söylendim.

Bir süre sonra aşağı kata indim. Kahvaltıyı alelacele yaptım. Biraz çocuklarla oynadım. Sonra da yukarı kata çıkıp elçiliği telefonla arayacaktım ki, "Hemen nereye gidiyorsun?" diye sordu kayınvalidem arkamdan seslenerek.

Aniden durdum. "Hiçbir yere," dedim. "Odamda biraz dinlenecektim."

"Gel," dedi. "Senin gibi güzel kahve pişireni daha görmedim. İkimize birer kahve yap, oturup karşılıklı içelim. Hem biraz da sohbet etmiş oluruz."

"Şimdi kahvenin sırası mıydı?" diye içimden söylenerek aşağı indim. "Siz salona geçin, ben de kahveleri pişirip geliyorum."

Kayınvalidem kahvesinden bir yudum aldı. "Eline sağlık," dedi. "Buradan kaçıp gittiğinde en çok kahveni özleyeceğim senin."

Bir anda elim ayağım birbirine dolaştı. Ne söyleyeceğimi kestirmeye çalıştım. "Size kaçacağımı kim söyledi?" dedim saf bir şekilde.

"Wassim."

Şaşkınlığım büsbütün artmıştı. "Wassim mi? Ona kim söylemiş?"

Kayınvalidem tuhaf tuhaf yüzüme baktı. "Daha önce konuşmuşsunuz ya kızım," dedi. "O da bugünlerde ev bakıyor."

"Haa!" dedim derin bir nefes alırken. "Siz taşınmamızdan söz ediyorsunuz."

"Sen ne anladın kızım?"

Güldüm. "Benim buradan kaçağımı söyleyince, sizi yanlış anladım."

"Allah korusun," dedi kayınvalidem. "Sen benim biricik gelinimsin. Torunlarımın anasısın."

Acı kahvemden bir yudum aldım, sonra da acı acı güldüm. "Haklısınız," dedim iç çekerek. "Sizin gelininizim, torunlarınızın anasıyım; fakat gelin görün ki kocamın bir türlü sevgili karısı olamadım."

"Allah'ın izniyle kendi evinize bir taşının. O zaman bak bakalım, nasıl oluyorsun?"

"Artık bu saatten sonra mı? Keşke bizi bu eve hiç getirmeseydiniz."

"Olan oldu bir kere. Zararın neresinden dönersen kârmış. Şimdi eski defterleri karıştırmayalım, olur mu?"

"Bakalım güzel bir ev bulabilecek mi?" dedim lafı değiştirerek.

"Sen hiç merak etme," dedi kayınvalidem. "Parasıyla değil mi? Güzel bir ev bulacaktır."

Kayınvalideme acıyarak baktım. Onun yüzüne karşı, "Artık güzel ev kimin umurunda?" diye bas bas bağırmak istiyordum ama kendimi zar zor tuttum. "Bulsun bakalım," dedim.

Kahvemizi içtik. "Şimdi izninizle," dedim. "Biraz başım ağrıyor da. Yukarı çıkıp dinleneceğim."

"Çık çık," dedi. "Ben de dışarı çıkacağım zaten. Rania'nın annesine gideceğiz."

Yukarı kata çıktım. Odanın kapısını arkadan kilitledim. Telefonun ahizesini kaldırıp elçiliği aradım. Telefon ilk çalışta açıldı. "Alo," dedim. "Mehmet Bey'le görüşecektim?"

"Kim arıyor?"

"Piruze Hanım deyiverin lütfen."

"Bir saniye, sizi Mehmet Bey'e bağlıyorum."

Birkaç saniye sonra Mehmet Bey'in sesi kulaklarımda yankılandı: "Piruze Hanım nasılsınız?"

"Eh işte," dedim. "Haberler sizde. Bir gelişme var mı?"

"Maalesef size iyi haberler veremeyeceğim. Hayri Bey'le görüştüm. Durumunuzu ona ilettim ama sizi gayri resmi yollardan kaçırmaya sıcak bakmadı."

Sesimdeki titreme giderek artıyordu. "Başka hiçbir yolu yok mu?" dedim gözlerimden akan yaşa hâkim olamayarak.

"Özür dilerim ama yok. Keşke sizin için elimizden bir şey gelebilseydi."

"Ben sizin vatandaşınızım. Benim için bir şeyler yapmak sizin göreviniz."

"Haklı olabilirsiniz ama bir ülkeden gayri resmi yollardan insan kaçırmak görevimiz olarak tanımlanmamış. Siz de diplomat çocuğusunuz. Bu gerçekleri bilmeniz gerekiyor. Bu konuda babanızdan neden yardım almıyorsunuz?"

Kuru kuru güldüm. Sonra da babamla olan ilişkimi hatırladım. Babam ne yazık ki kılını bile kıpırdatmazdı. O anda umutlarım kırıldı. Daha fazla bir şey söylemeden telefonu Mehmet Bey'in yüzüne kapattım. Ne yapacağımı bilmiyordum. Bir süre hıçkırarak ağladım, sonra ellerimle gözyaşlarımı sildim. Telefonun yanında duran kâğıt parçasını aldım. Üzerinde siyah tükenmez kalemle yazan numaraları çevirdim. Telefon birkaç kez çaldıktan sonra açıldı. "Alo," dedim.

"Buyurun."

"Adım Piruze Tabba. Mira Hanım'la görüşecektim. Arkadaşıyım."

"Bekleyin lütfen."

Ahize kulağımda epey bir süre bekledim. "Piruze Hanım," diye en sonunda bir ses duydum.

"Efendim."

"Kusura bakmayın. Sizi bayağı bir beklettik. Sizi Mira Hanım'a bağlıyorum."

"Hey canım arkadaşım," dedi Mira neşeli bir ses tonuyla. "Umarım çok bekletmedim seni. Banyodan şimdi çıktım."

"Önemli değil. Dün Lamia'dan iyi haberlerini aldım. Nişanlanmışsın. Senin adına çok sevindim."

"Sağ ol," dedi gülerek. "Kaderden ne yazık ki kaçılmıyor. Ben Şam'da beyaz atlı prensimi ararken, prensim İngiltere'den çıkageldi. Bahta bakar mısın? Boşu boşuna buralarda aranıp durmuşum."

Güldüm. "Alın yazısının dışına hiçbirimiz çıkamıyoruz. Peki evlendiğin zaman İngiltere'ye mi yerleşeceksin?"

"Evet."

"Şam'ı özlemeyecek misin?"

"Nişanlım Tariq'in yaşadığı her şehir, benim için Şam gibidir," dedi kahkahayı basarken.

"Düğün ne zaman?"

"Galiba seneye yapacağız. Ama daha belli değil."

"Tariq ne iş yapıyor?"

"İngiltere'de bir firmada bilgisayar mühendisi olarak çalışıyor. Aynı zamanda İngiliz vatandaşı."

"Nasıl tanıştınız?"

"Tariq buraya tatile gelmişti. Onun Zarah Hala'sıyla, benim annem çok samimi arkadaşlar. Hatta çok uzaktan akrabalar. Halası böyle bir niyetlerinin olduğunu anneme çıtlatmış. Annem de bana söyledi. Bir gün Tariq'le dışarıda buluştum. Onun açık mavi gözlerini görür görmez âşık oldum. O da bana âşık olmuş. Sonrası malum şeyler."

Güldüm. "Allah tamamına erdirsin."

"Sen nasılsın? Geçen gün mağazayı devrettiğini duydum. Hâlbuki güzel de iş yapıyordu. Neden devrettin?"

Bir anda üzerime hüzün çöktü, durgunlaştım. "Hiç sorma," dedim kuru bir ses tonuyla. "Wassim benden habersiz devretmiş."

"Nasıl yani?"

"Bak, Mira," dedim lafı değiştirerek. "Şam'da senden başka güveneceğim hiç kimse yok. Wassim benim üzerime evlenmeye kalkıştı. Hatta bu yetmemiş gibi beni eşek sudan gelinceye kadar dövdü. Şu anda bile her tarafım çürük içinde. Bana yardım etmeni istiyorum."

"Seni neden dövdü?"

"Şoförü bana iftira attı. Güya beni başka bir erkekle el ele gezerken görmüş. Söylediklerinin iftira olduğu daha sonra ortaya çıktı ama yediğim dayak yanıma kâr kaldı. Yaklaşık yirmi gün işe gidemedim. Bir tanıdığımın yanında kaldım. Wassim de o sırada iş yerimi başkasına devretmiş."

"Senin adına çok üzüldüm," dedi Mira buğulu bir ses tonuyla. "Peki sana nasıl bir yardımım dokunabilir?"

Kafamdan geçenleri Mira'ya söyleyip söylememe konusunda bir an tereddüt ettim. Ama ona da kaçış planımdan bahsetmeyeceksem, o zaman kimden yardım alacaktım? Mira son şansımdı. Kaçış planımı en sonunda ona söylemeye karar verdim. Derin bir soluk aldım. "Buradan çocuklarımla birlikte kaçıp gitmek istiyorum," dedim ağlarken.

Telefonda uzun bir sessizlik oldu. "İyi ama bunu yapamazsın," dedi Mira. "Suriye'den ayrılabilmen için Wassim'in izni gerekiyor."

"Biliyorum," dedim titrek sesimle. "Bu yüzden senden yardım istiyorum."

"Bu işin hiçbir yolu yok. Buradan kaçamazsın."

"Var, bir yolu var," dedim kararlı bir ses tonuyla. "O yol da sensin."

"Ben miyim? Ben sana nasıl yardım edebilirim?"

"Baban, bu ülkenin en güçlü devlet adamlarından birisi. Şam'dan kaçmam için bana yardım edebilirsin."

"Neden Türk elçiliğinde çalışanlardan yardım istemiyorsun?"

"Onlarla daha bu sabah konuştum. Bana yardım edemeyeceklerini söylediler. Ne olursun beni biraz anlamaya çalış Mira. Benim durumumdaki bir insan ne yapacağını, kimden yardım isteyeceğini bilemiyor. Hiç olmadık yerlerden umut bekliyorum. Sana yalvarıyorum. Beni çocuklarımla birlikte bu ülkeden dışarı çıkart. Bunu ancak sen yapabilirsin."

"Bilmiyorum," dedi Mira isteksizce. "Böyle bir işe karışmak istemiyorum."

"Karıştın artık," dedim hıçkırıklara boğularak. "Bir anne olarak sana yalvarıyorum. Ayaklarının altını öpüyorum. Ne olursun yardım et bana."

"Pekâlâ," dedi Mira. "Söylediklerini düşüneceğim. Yarın beni tekrar arar mısın?"

"Wassim'e konuştuklarımızdan bahsetmeyeceksin, değil mi? Bana konuştuklarımızın aramızdan kalacağına dair söz ver."

"Delirdin mi sen? Bu olayı Wassim'e nasıl söyleyebilirim? Konuştuklarımız tabii ki aramızda kalacak. Bu konuda bana güvenebilirsin. "

Bu sözler biraz olsun içimi rahatlatmıştı. "Tamam öyleyse," dedim. "Yarın seni tekrar arayacağım."

Telefonu kapattım. Gardırobun üzerinden iki tane kocaman bavul indirdim. Bavullardan bir tanesine kıyafetlerimizi, bir tanesine de değerli eşyalarımı yerleştirdim. O sırada kapı çaldı. "Kim o?" dedim panikleyerek.

"Benim," dedi Nataya kısık bir sesle. "Rami uyudu. Yatağına koyacaktım."

"İçeri gir."

Nataya kapıyı açtı, Rami'yi usulca yatağına koydu. "Aşağıda kim var?" diye sordum kısık bir sesle.

"Sadece çocuklar var. Az önce Afaf Hanım ile Rania dışarı çıktılar."

"Nejwa nerede?"

"İzne çıktı."

"Güzel. Ben şimdi dışarı çıkıyorum. Bu bavulları da yanımda götürüyorum."

Nataya kocaman bavullara baktı. "Yolculuğa mı çıkıyorsunuz hanımefendi?"

"Hayır. Bu bavulların bir tanesinde Mari'ye ayırdığım kıyafetler, diğerinde de benim değerli eşyalarım var. Biliyorsun, yakında bu evden taşınıyoruz. Kayınvalidem, bu değerli eşyalarıma el koymadan gizlice buradan kaçırıyorum. Sakın onların yanında ağzından bir şey kaçırayım deme, tamam mı?"

"Kaçırmam. Peki bu bavulları nereye götürüyorsunuz? Yoksa Wassim Bey ev buldu mu?"

"Hayır. Henüz bir ev bulmadı. Doğrusu bulacağını da hiç sanmıyorum. Bavulları şimdilik Sevim Teyze'ye götürüyorum. Mari de oraya gelecek."

Nataya mert bir kadındı. Ona sonuna kadar güvenebilirdim ama yaptığım planı riske atamazdım. Bu yüzden ona yalan söyledim. "Ben çıkıyorum," dedim. "Birkaç saate kalmaz dönerim."

Evden çıktım. Bir taksiye atladığım gibi dosdoğru Sevim Teyze'ye gittim. Sevim Teyze beni bavullarla birlikte karşısında görünce şaşırdı. "Hayrola kızım," dedi endişeli endişeli. "Yoksa yine mi kavga ettiniz?"

Bavulları içeriye sürükledim. "Hayır," dedim nefes nefese. "Kavga etmedik. Bu bavulların şimdilik burada kalmasını istiyorum. Şam'dan kaçtığımızda bu bavulları arkamızdan İstanbul'a göndermenizi rica edeceğim."

Sevim Teyze düşünceli düşünceli bana baktı. "Ne zaman gidiyorsun?"

"Bilmiyorum," dedim umutsuzca. "Henüz bir yol bulamadım ama bulacağım."

"Sen aklını kaçırmışsın."

"Buradan kaçmaktan başka bir şansım kalmadı. Kocam olacak adi herif bana haber vermeden iş yerimi başkasına devretmiş. Artık burada tutunacak bir dalım kalmadı. Buradan kaçacağım. Göreceksiniz, buradan kaçacağım."

"Sana bir nasihat vereyim mi kızım?"

Sevim Teyze'ye baktım. "Ne nasihati?"

"Bir gün eğer buradan kaçmanın bir yolunu bulursan, yanına mutlaka bir eşarp al. Başına ört."

"O nedenmiş?"

"İşini kolaylaştırır. Sakın bu nasihatimi unutma."

Daha fazla üstelemedim. "Tamam," dedim. "Ben şimdi müsaadenizi istiyorum."

"Geç otur. Sana bir kahve yapayım."

"Zahmet etmeyin. En iyisi ben eve geri döneyim. Nataya evde yalnız."

"Öyleyse sen bilirsin. Allah yardımcın olsun."

O akşam hepimiz yemek masasının etrafına tespih boncuğu gibi dizilmiştik. Mazen ve Rania birbirlerine bakıp kur yapıyorlardı. Lina, Amer'e falafel yedirmeye çalışıyordu. Ben Suriye usulü yoğurtlu köfteyi küçük parçalara ayırıp İmad'ın ağzına tıkıştırıyordum. Wassim de annesiyle sohbet ediyordu. Bir ara Wassim'le göz göze geldik. "Seninle konuşacaklarım var," dedim.

Wassim her zamanki gibi, "Benimle ne konuşacaksan, sonra konuşuruz," dedi.

"Şimdi konuşmak istiyorum. Ben çocuklarla birlikte birkaç haftalığına Ürdün'e, annemlerin yanına gitmek istiyorum."

Wassim kaşlarını çatarak bana baktı. "Şimdi durduk yerde Ürdün de nereden çıktı? Seni çocuklarla birlikte Ürdün'e filan göndermem. Unut bunu."

Gözlerim doldu. Korkum yerini öfkeye bırakmıştı. "Kendimi hiç iyi hissetmiyorum," dedim ağlamaklı. "İzin ver de birkaç haftalığına buradan uzaklaşayım."

Masadaki herkes bana bakıyordu. "Yakında taşınıyoruz," dedi Wassim. "Seni hiçbir yere göndermem."

"Bırak gitsin oğlum. Ne var bunda?" dedi kayınvalidem yumuşak bir ses tonuyla.

Wassim uzun uzun düşündü. Arada bir göz göze gelince, kısa bir an için birbirimizin aklından geçenleri sanki okuyor gibiydik.. "Pekâlâ," dedi. "Çok istiyorsan gidebilirsin."

Allah'a olan inancım o anda ruhumun derinlerinden fışkırdı. "Sana şükürler olsun Allah'ım," diye geçirdim içimden. "Şaka yapmıyorsun değil mi? Gitmeme gerçekten izin veriyorsun."

"Gitmene tek bir şartla izin veriyorum. Amer ve İmad burada kalacak. Ürdün'e bir tek Rami'yi götürebilirsin."

"Saçmalama," dedim öfkeli öfkeli. "Onlar bensiz yapamaz."

O sırada Amer ağlamaya başladı. "Ben de annemle gitmek istiyorum baba," dedi.

"Kes ağlamayı," dedi Wassim bağırarak. "Beni deli etme. Sen burada, bizimle kalacaksın."

"Anne," dedi Amer hüngür hüngür ağlarken. "Ben seninle gelmek istiyorum."

Wassim bana baktı. "Anlaştık mı?"

"O zaman gitmiyorum," dedim sinirli sinirli. "Burada kalıyorum. Ben onlarsız hiçbir yere gitmem."

"Keyfin bilir," dedi pis pis sırıtarak. "Benim için hava hoş."

Tam da masadan büyük bir hınçla kalkıyordum ki, "Derhal yerine otur," dedi kayınvalidem sert bir ses tonuyla.

Kalktığım gibi yerime oturdum. "Tatlını ye. Masadan öyle kalk," dedi.

Kayınvalidemin isteğine boyun eğmek durumunda kaldım. "Nejwa!" diye seslendi kayınvalidem. "Çabuk tatlıyı sofraya getir."

Nejwa bir tepsi baklavayı masanın üzerine bıraktı. "Tabaklara koymamı ister misiniz?" diye sordu.

"Bırak sen," dedi Rania. "Ben koyarım. Sen zahmet etme."

Nejwa arkasını dönüp giderken, kayınvalidem Rania'ya pis pis baktı. "Bu kıza çok fazla yüz veriyorsun. Sakın onu şımartmaya kalkma."

"Evet," dedim kendimi tutamayarak. "Daha bu sabah, onu, bizim banyodan diş macunu aşırırken yakaladım."

Kayınvalidem güldü. "Eminim ki," dedi alaycı bir ses tonuyla. "Bu Nusayri kızlarının hepsinin ağızları kokuyordur."

"Evet," dedi Wassim bir anda boş bulunarak. "Eskiden Nejwa'nın da ağzı biraz kokuyordu. Şimdi artık kokmuyor."

O anda iliklerime kadar sarsıldım. Masadaki herkes Wassim'e şaşkın gözlerle bakıyordu. "Sen ne dediğinin farkında mısın oğlum?" dedi kayınvalidem. "Akşam akşam ne saçmalıyorsun?"

Wassim kırdığı potun farkına nihayet varmıştı. "Hepiniz ne bakıyorsunuz öyle?" dedi sinirli sinirli. "Beni yanlış anladınız."

Odayı sessizlik kapladı. Neden sonra, elimde tuttuğum tatlı çatalını Wassim'e fırlatarak, "Allah senin cezanı versin. Bana bunu da mı yapacaktın?" diye bas bas bağırdım.

"Ben bir şey yapmadım," dedi süt dökmüş kedi yavrusu gibi. "Ben bir şey yapmadım. Onunla aramızda hiçir şey olmadı."

Ayağa kalktım. Yemek masasının krem rengi örtüsünden tutup çektim. Masanın üzerinde ne varsa yere döküldü. Sağa sola dağıldı. "Sus seni aşağılık herif," dedim. "Daha bu sabah o kaltağa kızarken, 'Beyefendi ağzımın kokmasını istemiyor,' demişti. O anda uyku sersemi olduğum için anlamamıştım. Demek o sürtük bunu kastediyormuş. Demek o orospunun ağız kokusunu istemeyen beyefendi senmişsin. Allah seni kahretsin. Vay, alçak adam! Bana bunu da mı yapacaktın? Hem de bir hizmetçiyle..."

Boğazım düğümlendi. Hıçkıra hıçkıra ağlamaya başladım. Kayınvalidem, "Nejwa," diye bağırıyordu. "Seni şeytan! Çabuk buraya gel bakayım."

Nejwa korkarak yanımıza geldi. Yıllar önce bana söylediği şu sözler bir anda aklıma geldi: "Birkaç seneye kalmaz, bir adamla evlenirim. O zaman bütün bu işlerden kurtulurum. Nusayri kızlarının başka şansı yok. Bizim tek kurtuluş yolumuz evlenmekten geçiyor. Ailelerimiz bizi bu fikirlerle yetiştirip, Şam'a gönderiyor. Bizim kaderimiz hep böyledir."

Kayınvalidem, oturduğu iskemleye bir külçe gibi yığılıp kalan oğluna hâlâ toz kondurmamaya çalışıyordu. Nejwa'nın upuzun siyah saçlarından tutup çekti. "Söyle kaltak," dedi bir eliyle de tokatlarken. "Söyle bana. Oğlumla yattın mı?"

Nejwa hüngür hüngür ağlıyordu. "Benim suçum yok," dedi.

Kayınvalidem peş peşe vurmaya başladı. "Sana açık açık soruyorum. Oğlumla yattın mı? Bana doğruyu söyle."

Nejwa, Wassim'e baktı. "O gece çok alkollüydü," dedi. "Ben yapma dedikçe, o üstümdekileri paramparça etti. Sonra da beni sırt üstü yere yatırdı..."

"Sus," dedi kayınvalidem yüzüne tükürürken. "Bu olay ne zaman oldu?"

"Geçen sene."

"Tüh sana," dedi. "O günden sonra aranızda başka bir şey oldu mu?"

Nefesimi tutmuş, Nejwa'nın vereceği cevabı bekliyordum. Ağlayarak kayınvalideme baktı. "Birçok defa oldu," dedi kısık bir ses tonuyla. "Birçok kez ilişkiye girdik."

Kayınvalideme kararan gözlerimle baktım, sonra da oracıkta düşüp bayılıverdim.

KAÇIŞ

O gece sabaha kadar gözüme uyku girmedi. Beynim âdeta zonklayıp durdu. Bulanık bir su gibiydim. Geleceğimle ilgili hiçbir şeyi kestiremiyordum. Yeri geldiğinde tuhaf tuhaf düşüncelere kapılıyor, karartımı bile kendime bir düşman gibi görüyordum. Sonrasında Wassim'i düşündüm. Öfkelendiğinde, şehvete kapıldığında kendisini tutabilen, sabredebilen bir adam olmasını isterdim ondan. Şimdi neredeyse sokak sokak, mahalle mahalle böyle bir insanı hayatımda arıyordum; ama nafile.

Şöyle bir düşününce, bir kadının kocasından kaçıp kurtulmak istemesi ne korkunç bir şey. Hâlbuki onunla tanıştığım ilk günlerde gözlerimiz, bakışlarımız gönlümüzün sesine uymuştu. Gönlümüzün dileği ile hayatımızı birleştirmiştik. Peki ya şimdi? Beş yılda gönlümüze nefret tohumları ektik. Gönlüm artık zehre, aşağılık bir sürüngene ve ibretlik olaylara bakıyordu. Wassim ile geldiğimiz nokta buydu artık. Bundan ötesi olamazdı.

Bütün bu saçma sapan düşünceler saatlerdir beynimin içinde uçuşuyor ve ben sinirden tırnaklarımı yiyordum. Mira'yı aradım. Kısa bir beklemeden sonra sesi kulaklarımda yankılandı: "Nasılsın Piruze?"

"Hiç iyi değilim," dedim sinirden ağlarken.

"N'oldu?"

Dün akşam yaşadığım tatsız olayları bir bir anlattım.

"İnanmıyorum sana. Bu anlattıkların gerçek olamaz."

"Ne yazık ki gerçek. Artık gücüm tükendi Mira. Ya bu ülkeden kaçacağım ya da kendimi öldüreceğim."

"Saçmalama. Ne öldürmesi?"

Hüngür hüngür ağlıyordum. "Öyleyse ne olur bana yardım et. Böyle berbat bir kocayla daha fazla yaşayamam."

Telefonda uzun bir sessizlik oldu. "Tamam," dedi Mira. "Buradan kaçmana yardım edeceğim. Benden haber bekle."

Telefonu kapattığım sırada kapı çaldı. Odanın kapısını kilitlemiştim. "Kim o?" diye seslendim.

"Benim," dedi kayınvalidem. "Seninle biraz konuşmak istiyorum."

"Artık konuşacak bir şey kalmadı. Beni yalnız bırakın lütfen."

"Kapıyı aç. Biraz konuşup dertleşmek istiyorum."

"Lütfen gidin buradan. Kapıyı açmayacağım."

"Öyleyse sonra gelirim," dedi umutsuzca. "Anlaşılan kızgınlığın daha geçmemiş."

"Hiç gelmeyin," dedim ağlarken.

Yatağa uzanıp saatlerce ağladım. Bir ara gözlerimi kapattım, uykuya dalar gibi oldum. O sırada başucumda duran telefon çaldı. Telefonun ahizesini kaldırıp kulağıma dayadım. "Efendim."

"Benim," dedi Mira. "Bugün akşamüstüne doğru muhaberat arabalarından biri seni alacak. Lübnan'a götürecek."

Her şeyin bu kadar kısa sürede gerçekleşeceğini tahmin etmiyordum. "Bu akşamüstü mü?" dedim heyecanlanarak.

"Evet. O saatlerde evden dışarı çıkabilecek misin?"

"Ya çocuklarım?" dedim titrek sesimle. "Onlarsız hiçbir yere gitmem ben."

Mira bir süre sustu. "Pekâlâ," dedi. "Onları da evden çıkarmanın bir yolunu bul. Seni tekrar arayacağım."

Mira telefonu kapattı. Dâhili hattan hemen aşağıyı aradım. "Aşağıda kim var?" diye sordum Nataya'ya.

"Bir tek kayınvalideniz var."

"Başka kimse yok mu?"

"Yok."

"Güzel. Belki akşamüstü gibi çocuklarla birlikte Sevim Teyze'ye gidebiliriz."

"Orada mı kalacaksınız?"

"Evet. Biraz bu evden uzaklaşmak istiyorum."

"O zaman ben de yukarı çıkıp küçük bir valiz hazırlayayım."

"Sen yukarı gelme. Ben valizleri hazırlarım. Nejwa denen kaltak nerede?"

"Galiba kayınvalideniz onu kız kardeşinin yanına gönderdi. Yarın da kendisi oraya gidecekmiş. Anladığım kadarıyla bu işi bir şekilde çözmeye çalışıyorlar."

"Hepsinin canı cehenneme," dedim sinirli sinirli. "Sevim Teyze'ye gideceğimi söyleme sakın."

"Olur, söylemem."

Bir-iki saat sonra telefon çaldı. Heyecandan sanki yüreğim boğazımda atıyordu. "Efendim."

"O iş yattı," dedi Mira. "Seni bugün gönderemiyorum."

Bir anda afalladım. Çok büyük bir hayal kırıklığına uğradım. "Neden gönderemiyorsun?" dedim ağlamaklı sesimle.

"Sakın üzülme," dedi soğukkanlılıkla. "Lübnan sınırında birtakım olaylar olmuş. Ne olduğunu henüz ben de bilmiyorum ama dört Suriyeli asker ölmüş. Sınır âdeta mahşer yeri gibiymiş."

"Şimdi ne yapacağız?" dedim umutsuzca.

"Pasaportun elinde, değil mi?"

"Evet."

"Yarınki uçuşları araştırıyorum. Ya seni Türkiye'ye ya da buraya yakın Arap ülkelerinden birisine göndermeye çalışacağım."

"Havalimanından nasıl çıkacağız?"

Mira güldü. "Sen o işi bana bırak."

"Korkuyorum Mira. Yakalanmaktan çok korkuyorum. Uçak bileti alman için sana parayı nasıl ulaştırabilirim?"

"Biletleri ben hallederim. Bana parayı sonra gönderirsin."

"Bu iyiliğini hiç unutmayacağım," dedim ağlarken. "Senden tez zamanda iyi haberler bekliyorum."

"Şimdilik hoşça kal. Seni tekrar arayacağım."

Beyaz tığ işi yatak örtüsünün üzerine uzanıp gözlerimi tavana diktim. Şam'dan çocuklarımla birlikte kaçmanın nasıl bir duygu olacağını düşündüm. Sonra uzandığım yerden doğruldum. Komodinin çekmecesinde duran fotoğraf albümünü çıkardım. Fotoğraflara tek tek bakarken, bir anda hüngür hüngür ağlamaya başladım. Kendimi oldukça güçsüz hissediyordum. Kaç zamandır içimde kopan fırtınalarla boğuşarak zamanımı ve kendimi yiyip bitirmiştim. Evlendiğimiz gün çektirdiğimiz o fotoğrafa bir kez daha dikkatlice baktım. Wassim fotoğrafçının objektifine bakıp tatlı tatlı gülümsüyordu. O bakışlarında ne bir öfke duygusu, ne de bir şehvet vardı. Bunlarla ilgisi olmayan bambaşka bir şey vardı o fotoğrafta. Belki acı bir yakınma, belki de her iki duyguyu saklamak için duyduğu gerçek zalim yüzü, artık bilemiyorum.

Fotoğraf albümünü komodinin çekmecesine koydum. Komodinin üstünde duran sigara paketini aldım. Bir sigara yaktım. O sırada kapı çaldı. "Kim o?" diye seslendim.

"Benim," dedi Nataya. "İçeri girebilir miyim?"

Yerimden doğruldum. Kapıyı açtım. "Gir."

Elinde yuvarlak bir tepsi, tepsinin içinde de yiyecek bir şeyler vardı. "Afaf Hanım gönderdi."

"İştahım yok. Mutfağa geri götür."

"Bir-iki lokma bir şey yeseydiniz bari. Bugün ağzınıza hiçbir şey sürmediniz."

"Bunlar insanda iştah mı bıraktı? Keyfim yok, yemeyeceğim. Tepsiyi al, aşağıya götür."

"Tamam," dedi Nataya cılız bir sesle. "Sevim Hanım'a gidecek misiniz?"

"Bu akşam gitmeyeceğim. Belki yarın giderim."

Ertesi gün sabah erkenden Rami'nin sesine uyandım. Wassim iki gündür âdeta sırra kadem basmış, kayıplara karışmıştı. Yataktan kalktım. Rami'nin yanına gittim. Sapsarı, lüle lüle saçları vardı. Açık yeşil gözlerine baktım. "Gel kuzum," diye seslendim ve sonra da onu kucağıma aldım.

Rami'yi götürüp yatağa yatırdım. Altının bezini açtım. Tombul bacaklarını öpme, e başladım. Bebeksi sesler çıkarıyor, gülücükler saçıyordu odanın dört bir köşesine. "Canım oğlum," dedim zoraki tebessüm ederken. "Zaman ne çabuk da geçiyor böyle. On sekiz aylık oldun."

O anda elini başak sarısı saçlarıma doladı. Saçlarımdan çekiştirmeye başladı. Dudaklarımı yüzüne götürdüm. Defalarca öptüm, öptüm, öptüm... Onu kokladım, bağrıma bastım. Ona bakıp, "Başka çare yok oğlum. Buradan hep birlikte kaçacağız," dedim ağlamaklı.

Kapı yavaşça açıldı. İçeri Nataya girdi. "Uyandınız mı?" diye sordu.

"Uyandık. Çocuklar ne yapıyor?"

Nataya gülümsedi. "Eskiden küçük beyefendiler hiç yatmazlardı. Şimdi de yataktan kalkmıyorlar. Hâlâ uyuyorlar."

"Uyusunlar. Kalkıp da ne yapacaklar?"

"Rami'yi almamı ister misiniz?"

"Biraz yanımda kalsın. Kendi dertlerimle boğuşmaktan onlara hiç zaman ayıramamışım. Baksana Nataya! Maşallah ne kadar da büyümüş. Büyüdüklerini bile fark edemiyor insan. Hepsi Wassim'in suçu. Onun yüzünden gözü yaşlı bir kadın oldum. Evlendim evleneli ağlıyorum."

Elimle gözyaşlarımı sildim. "Lütfen ağlamayın," dedi Nataya. "Şimdi beni de ağlatacaksınız."

O sabah, iki kadın birbirimize sarılıp hüngür hüngür ağladık. Kafamın içini sanki buğu kaplamıştı. "Sizi özleyeceğim," dedi Nataya.

Ona şaşkın şaşkın baktım. "Yoksa ayrılıyor musun?"

İçini çekti. "Ben değil, siz ayrılıyorsunuz," dedi acı acı gülerken.

"Bunu da nereden çıkardın?"

"Hissediyorum," dedi yanağına bir damla gözyaşı düşerken. "Buradan kaçacağınızı hissedebiliyorum."

"O zaman beni iyi dinle. Hiç kimsenin buradan kaçacağımı bilmesini istemiyorum. Belki bugün bile buradan kaçabilirim. Sakın kimseye ağzından bir şey kaçırma, tamam mı?"

"Keşke ben de sizinle gelebilseydim."

"Kim bilir... Bakarsın bir gün İstanbul'da buluşuruz."

"İnşallah," dedi umutsuzca. "Ben izninizle Rami'nin mamasını hazırlayayım."

O sabah heyecandan yerimde duramıyordum. Dakikalar birbirini kovalıyor ama beklediğim telefon bir türlü gelmek bilmiyordu. En sonunda öğleüstü gibi telefon çaldı. Hemen ahizeyi kaldırıp kulağıma dayadım. "Efendim."

"Gitmeye hazır mısın?" dedi Mira neşeli bir sesle.

Sevinçten elim ayağım boşaldı. Bedenim tir tir titriyordu. "Gerçekten mi? Bugün gidiyor muyuz?"

"Çok fazla zamanın yok. Havalimanına bir an önce gitmen gerekiyor. Şimdi kulağını aç, beni iyi dinle."

Telefonun ahizesini kulağıma yapıştırdım. Mira havalimanına gideceğim zaman ne yapacağımı uzun uzadıya anlattı bana. "Anlaştık mı?" diye sordu. "Sana şimdiden iyi yolculuklar. İstanbul'a varır varmaz telefon aç bana."

"Senin hakkını nasıl ödeyeceğim?" dedim ağlarken. "Umarım bir gün yine karşılaşırız."

"Kim bilir," dedi Mira duygulu bir ses tonuyla. "Kim bilir."

Telefonu kapattım. Hemen dâhili hattan Nataya'yı aradım. "Aşağıda kim var?" diye sordum.

"Hiç kimse yok. Afaf Hanım'ın kız kardeşine gittiler. Nejwa orada."

"Çocukları hemen yukarı getir. Birazdan çıkıyoruz."

"Nereye?"

"Yolda anlatırım. Bir an önce bu evden gitmeliyiz."

Havalimanının girişi tam bir keşmekeşti. İnsanların oluşturduğu upuzun kuyruklar dışarı kadar taşmıştı. Güvenlik kontrolünden geçmek için sıraya girdik. Bir taraftan da Mira'nın buluşmamı istediği adamı arıyordu gözlerim. Epey bir süre kuyrukta bekledikten sonra sıra bize gelmişti. "Beni yakalamasınlar," dedi Nataya kulağıma fısıldarken.

"Merak etme," dedim alçak sesle konuşarak. "Kimlik kontrolü yapmıyorlar. Sadece üst araması yapıyorlar."

"Siz ikiniz," dedi muhaberatçı adam. "Olduğunuz yerde durun bakayım."

O anda düşüp bayılacaktım sanki. Yüreğim ağzıma geldi. "Sakın durmayın," dedi siyah takım elbiseli bir adam, bize uzaktan el-kol işareti yaparken.

Muhaberatçıya korkarak baktım. Muhaberatçı bize el-kol işareti yapan adama baktı. Siyah takım elbiseli adam, muhaberatçının yanına gitti. Ceketinin iç cebinden kimliğini çıkarıp gösterdi. Muhaberatçının bir anda yüzü aydınlandı. Bize geçin gibisinden işaret etti. "Piruze Hanım siz misiniz?" diye sordu siyah takım elbiseli adam.

"Evet," dedim heyecanla. "Benim."

"Benim adım Hakeem. Beni takip edin lütfen."

Adamı takip etmeye başladık. Daha az kalabalık bir yere geldiğimizde durduk. "Şimdi bana pasaportunuzu verin," dedi.

Kahverengi çantamdan pasaportumu çıkardım. "Buyurun."

Pasaportumun sayfalarını hızlıca karıştırdı. "Bu pasaportu yeni mi aldınız?"

"Evet. Yoksa bir şey mi oldu?"

Adam beni dinlemedi bile. "Bavulunuz var mı?"

"Bir tek şu bavulum var. Başka da yok."

"Bavulu da bana verin lütfen. Şimdi beni burada bekleyin. Çıkış işlemlerinizi halledip hemen geliyorum."

Heyecandan yerimde duramıyordum. "Şimdi ne olacak?" diye sordu Nataya.

"Bilmiyorum. Bekleyip göreceğiz."

Kısa bir süre sonra adam yanımıza çıkageldi. "N'oldu?" dedim telaşla. "Umarım bir aksilik çıkmamıştır."

Gülümsedi. "Bir aksiliğin çıkması söz konusu bile olamaz. Bu pasaportunuz, bu da uçak biletleriniz. Bavulunuzu uçağa verdim. Size hayırlı yolculuklar dilerim. Benden başka bir isteğiniz var mıydı?"

Şaşkındım. "Yani şimdi İstanbul'a gidiyor muyuz?" diye sordum heyecanla.

"Evet," dedi gülerek. "Şayet benden başka bir isteğiniz yoksa size iyi yolculuklar dilerim."

Adamın elini sıktım. "Hayır, yok. Yardımlarınız için size teşekkür ederim."

"Bir şey değil," dedi ve sonra da yanımızdan hızlıca uzaklaştı.

"Her şey bu kadar kolay mıydı Nataya?" dedim gülerek.

Nataya, Amer'e sarılmış ağlıyordu. "Sizi çok özleyeceğim. Buradan ayrıldığınıza hâlâ inanamıyorum."

"Üzülme. Eminol ki böylesi bizim için daha hayırlı olacak. Şu kâğıdı al. Burada telefon numaram yazıyor. Beni mutlaka ara."

Nataya gözyaşlarını sildi. Kâğıdı katlayıp kot pantolonunun cebine sokuşturdu. O sırada İstanbul'a gidecek yolcuların uçağa binmeleri anons edildi. "Ben şimdi ne yapacağım?" dedi Nataya.

"Hemen Cemil'i bul. Ona selamlarımı söyle. Ondan sana bir iş bulmasını rica et."

"Sizi çok özleyeceğim," dedi hüngür hüngür ağlarken.

"Biz de seni özleyeceğiz," dedim ona sımsıkı sarılırken.

"Hanımefendi."

"Efendim."

"Buraya doğru geliyorlar."

"Kim?" dedim meraklı meraklı.

"Wassim Bey ve adamları."

"Şaka yapıyorsun," dedim dizlerimin bağı çözülürken.

"Arkanıza bakın, kendi gözlerinizle görün," dedi. "Keşke şaka yapsaydım."

Arkamı döndüm. Şaşkınlıktan öylece kalakaldım, ne yapacağımı bilemeden. Wassim önündeki kalabalığı yararak bize doğru koşuyordu. Yanında da daha önce hiç görmediğim birkaç adam vardı. Aramızdaki mesafe inanılmayacak bir hızla kısalıyordu. "Bak Amer," dedim alelacele. "Ben burada istemeden de olsa sizlerden ayrılıyorum. Kardeşlerini sana emanet ediyorum. Beni sakın unutmayın. Ben sizi asla unutmayacağım. Elbet bir gün yine kavuşacağız..."

Arkamı çocuklarıma dönüp bir anda koşmaya başladım. "Anne gitme," diye arkamdan çığlıklar atıyordu Amer.

Koşarken hüngür hüngür ağlıyordum. "Kaçmasına izin vermeyin," dedi Wassim bas bas bağırırken. "Yakalayın onu. Sakın elinizden kaçırmayın."

Havalimanından dışarı nasıl çıktığımı hatırlamıyorum. Bir anda önümde bir taksi durdu. Acele taksiye bindim. Taksici bana baktı. Umutsuz bir durumda olduğumu hemen anlamıştı. "Nereye?" diye sordu yüzünde beliren şaşkınlık ifadesiyle.

"Çabuk sürün," dedim telaşla. "Halep'e gidiyoruz."

HALEP

Terslik neredeydi acaba? Bu soru birkaç saatten beri kafamı kurcalayıp duruyordu. Wassim nasıl olmuştu da kaçacağımı öğrenmişti? Ona havalimanında olduğumuzu kim söylemişti? Beni allak bullak eden bir soru daha vardı: Halep'e neden gidiyordum?

Başımı kaldırıp düşünceli düşünceli camdan dışarı baktım. Yol boyunca gözlerim kararıyor, başım dönüyordu. Boşlukta kalan duygularımın ağırlığı altında hiç durmadan ağlıyor, daha şimdiden çocuklarımın hasretiyle yanıp tutuşuyordum. Sanki giderek aklımı yitiriyordum. Aldığım kaçış kararının doğruluğundan kuşku duymaya başlamıştım. Ne yapıp edip cesaretimi, aklımı bir an önce toparlamalıydım. Çünkü hâlâ Wassim'in tutsağıydım bu ülkede. Ben yol boyunca bu gelgitlerle boğuşup dururken, taksici dikiz aynasından bana bakıp, "Halep'e neredeyse geldik hanımefendi. Nerede ineceksiniz?" diye sordu.

"Türk konsolosluğuna gitmek istiyorum," dedim.

"Konsolosluğun nerede olduğunu ben de bilmiyorum," dedi taksici. "Artık sora sora bulacağız."

Halep, Şam'dan sonra Suriye'nin ikinci büyük kentiydi. Taksici Halep'e girdiğinde sokaktan çevirdiği birkaç insana Türk konsolosluğunun yerini sordu. En sonunda arabayı konsolosluğun önünde durdurdu. "Burası," dedi.

Taksiciye ücretini ödedikten sonra arabadan indim. Türk bayrağının dalgalandığı binaya doğru yürümeye başladım. Kapıda duran güvenlik görevlisi, beni görür görmez ayağa kalktı. "Durun," dedi Arapça konuşarak. "Ne istemiştiniz?"

"Ben Türk vatandaşıyım. Konsolosluktan birileriyle görüşmek istiyorum."

"Bu saatte görüşemezsiniz. Geç kaldınız. Yarın sabah tekrar gelin."

"Acil," dedim ağlayarak. "Şimdi görüşmek istiyorum."

Adam eliyle binayı gösterdi. "Bakın," dedi. "İçeride ışıklar yanmıyor. Şu anda binada hiç kimse yok. Bu durumda ben sizi kiminle görüştürebilirim?"

Başımı kaldırıp binaya baktım. Gerçekten de içeride bir Allah'ın kulu yoktu. "Pekâlâ," dedim. "Bu civarda kalacağım bir otel var mı?"

"Var. Bu yoldan yüz metre doğru gidin, sonra sağa dönün. Otel karşınıza çıkacak."

"Temiz bir otel mi bari?"

"Hiç endişe etmeyin. Temiz bir oteldir."

Çaresiz bir şekilde oradan ayrıldım. Yüz metre gittikten sonra sağa döndüm. Ramasis Otel karşımda duruyordu.

Otelin kapısından içeri girdim. Resepsiyondaki görevli bana baktı. "Buyurun. Size nasıl yardımcı olabilirim?"

"Bir oda istiyorum."

Adam önünde duran kâğıtlara baktı. "Kaç gün kalacaksınız?"

"Bir gece."

"Otele giriş kaydınızı yapmak için kimliğinizi rica edebilir miyim?"

Pasaportumu verdim. "Burada telefon açacağım bir yer var mı?"

"Odanızda bir telefon var."

"Teşekkürler," dedim ve sonra da birinci kattaki odama çıktım.

Odaya girdiğimde kendimi yatağın üzerine atıp hüngür hüngür ağlamaya başladım. Bitkin bir haldeydim. Beynim zonkluyor, daha şimdiden çocuklarımın hasretiyle yanıp tutuşuyordum. Gözyaşlarımı sildim. Telefonun ahizesini kaldırdım. Numarayı çevirdim. "Alo," dedim. "Mira Hanım'la görüşebilir miyim?"

"Mira Hanım'la kim görüşecekti?"

"Adım Piruze. Arkadaşıyım."

"Bir saniye bekleyin."

Birkaç saniye sonra Mira'nın sesi kulaklarımda yankılandı: "Nasılsın Piruze?"

Kendimi daha fazla tutamayıp ağlamaya başladım. "Çok kötüyüm Mira. Hâlâ Suriye'deyim. Nasıl oldu bilmiyorum ama Wassim buradan kaçacağımı bir şekilde öğrenmiş. Daha önce hiç görmediğim birkaç adamla havalimanına çıkageldi. Çocukları orada bırakıp kaçtım."

"Biliyorum," dedi soğukkanlılıkla.

Şaşkınlığım büsbütün arttı. "Ne? Biliyor musun? Sana kim söyledi?"

"Kusura bakma," dedi boğuk bir sesle. "Seni Wassim'e gammazlayan bendim."

Birden bir sarsıntı duydum yüreğimin en derin köşesinde. Kalbim hızlı hızlı atmaya başladı. Anlamamış gibi davranarak, "Sen ne diyorsun Mira?" dedim.

"Seni ispiyonlayan bendim."

Boğazım düğümlendi. "Bunu neden yaptın?"

"Çünkü Wassim'e ihanet edemezdim."

"Anlamıyorum seni. Ta başından beri bu işe neden kalkıştın öyleyse?"

"Bilmiyorum," dedi ağlarken. "Bilmiyorum. Sana iyilik yapmak isterken Wassim'e ihanet edeceğim hiç aklıma gelmemişti. Wassim'le çok uzun bir zamandır yüz yüze bakıyoruz. Ayrıca..."

Mira sustu. "Evet," dedim. "Ayrıca ne?"

"O âşık olduğum ilk erkek. Bugün hâlâ onu deliler gibi seviyorum."

Şaşkınlıktan ne söyleyeceğimi bilemiyordum. "Yoksa onunla sevgili miydiniz?"

Mira acı acı güldü. "Hayır. Tuhaf olan şey ne biliyor musun? Ona karşı hissettiğim bu hisler içimde hep platonik bir aşk olarak kaldı. Bu aşkı şimdi ilk kez sana itiraf ediyorum. Platonik de olsa âşık olduğum bir adama asla ihanet edemezdim. Beni anlıyor musun?"

Hıçkıra hıçkıra ağlıyordum. "Ya ben?" dedim. "Onu arkadan bıçaklamayıp beni mi bıçakladın?"

Mira sustu. "Susma, konuş," dedim bağırarak. "Çocuklarımı benden nasıl ayırırsın? Bir anneyi nasıl olur da çocuklarından koparırsın? Senin hiç mi yüreğin sızlamadı?"

"Beni affet," dedi ağlamaklı sesiyle. "Beni affet. Duygularımın esiri oldum..."

Mira'nın saçmalıklarını daha fazla dinlemek istemedim. Suratına telefonu 'çat' diye kapattım. Hüngür hüngür ağlamaya başladım. Rüzgârda dalından kopup sağa sola savrulan bir defne yaprağı gibiydim. Tüm bedenim âdeta sızlıyor, acı çekiyordum. Yarı bilinçsiz bir haldeydim. Mira'dan yediğim kazık ne yazık ki bana pahalıya mal olmuştu. O gece üzüntümden sabaha kadar uyuyamadım. Sabah olduğunda erkenden resepsiyona indim. "Otelden ayrılıyorum," dedim resepsiyon görevlisine. "Borcum ne kadar?"

Ücreti ödedikten sonra otelden ayrıldım. Dosdoğru konsolosluğun yolunu tuttum. Bu sefer kapıda başka bir görevli duruyordu. "Buyurun," dedi Arapça konuşarak.

"Ben Türk vatandaşıyım. Başkonsolosla görüşecektim."

"Yanınızda pasaportunuz ya da kimliğiniz var mı?"

Çantamdan pasaportumu çıkardım. Adama uzattım. Adam ilk sayfayı çevirdi, fotoğrafıma baktı. Daha sonra pasaportumu geri verdi. "İçeri girin. Arkadaşlar size yardımcı olacaklar."

İçeri girdim. Karşıma çıkan bir adama, "Başkonsolosla görüşecektim," dedim Türkçe konuşarak.

Genç adam dikkatlice yüzüme baktı. "Yaşar Bey'le kim görüşecekti?" diye sordu.

"Adım Piruze Kızıl."

Nedense o anda Wassim'in bana verdiği soyadını kullanmak istememiştim. "Yaşar Bey'le daha önceden tanışıyor muydunuz?"

"Hayır."

"Hangi konuda görüşecektiniz?"

"Özel bir durum. Bu konuyu sadece onunla görüşmek istiyorum."

"Biraz bekleyin lütfen. Yaşar Bey'e görüşme talebinizi iletmem gerekiyor."

Adam beni baştan ayağa süzdükten sonra yanımdan ayrıldı. Birkaç dakika sonra geri döndüğünde, "Beni takip edin lütfen," dedi.

Adamın peşinden gittim. Bir odanın önüne geldiğimizde durduk. Ceketinin düğmesini ilikledi. Gırtlağını temizledikten sonra kapıyı çaldı. "Girin," dedi içeriden bir ses dışarıya yankılanırken.

Adam kapıyı açtı. "Efendim," dedi. "Size bahsettiğim hanımefendiyi getirdim."

Adam bana döndü, içeri girmem için eliyle işaret etti. Yaşar Bey beni görür görmez ayağa kalktı. Kel kafalı, gözlüklü, çengel burunlu ve oldukça sivri çeneli birisiydi. Yaşı da bayağı vardı. "Gel kızım," dedi samimi bir şekilde. "Sen Abdullah Kızıl'ın nesi oluyorsun?"

İçimi bir anda sevinç kapladı. "Kızıyım," dedim heyecanlı bir şekilde. "Babamı nereden tanıyorsunuz?"

Adam gülümsedi. "Bizim camiada herkes birbirini az çok tanır. Baban iyi bir diplomattır. Senin ne işin var buralarda?"

"Biraz zamanınız var mı?" diye sordum çekinerek. "Sizinle özel olarak görüşmek istiyorum."

Yaşar Bey, genç adama baktı. "Oğuzcuğum," dedi. "Çalışma ofisine dönerken bize de iki tane çay söyler misin?"

"Başka bir emriniz var mı efendim?"

"Hayır, teşekkürler."

Genç adam odadan dışarı çıkarken, Yaşar Bey de bana oturmam için eliyle işaret etti. "Anlat bakalım," dedi makam koltuğuna otururken. "Benimle ne konuşmak istiyorsun?"

Yaşadıklarımı ağlayarak anlattım. "İnanılmaz bir şey," dedi Yaşar Bey. "Fakat gel gör ki seni buradan dışarı çıkaramayız."

Yaşar Bey'e baktım. Üzgün görünüyordu ama elinden gelen bir şey de yoktu. "Son sözünüz bu mu?" diye sordum umutsuz bir şekilde.

"Dur bakalım," dedi. "Şimdi seni Oğuz'la bir yere kadar göndereceğim. Bakalım onlar sana ülkeden çıkış kâğıdı verebilecekler mi?"

Yaşar Bey odadan dışarı çıktı. Beş dakika sonra Oğuz'la geri döndüler. Ayağa kalktım. "Biraz otur kızım," dedi. "Sana yeni bir pasaport vereceğiz. Bu pasaportu kullanamazsın. Yoksa başın belaya girer. Havalimanında pasaportuna çıkış işlemi yapılmış. Yanında hiç vesikalık fotoğrafın var mıydı?"

"Çantamda olacaktı."

Çantamı karıştırdım. Fotoğraflarımı buldum. "Kaç tane istiyorsunuz?"

"Üç tane."

Fotoğrafları verdim. On dakika sonra yeni pasaportum hazırdı. "Biz artık çıkalım mı Yaşar Bey?" dedi adam.

"Aman dikkat et Oğuz. Kızın başına kötü bir şey gelmesin sakın."

Yaşar Bey'in yanına gittim. Ona sımsıkı sarıldım. "Teşekkür ederim. Umarım Oğuz Bey bu işi halledecek."

"Benimle hemen vedalaşma," dedi Yaşar Bey gülerek. "Sana daha öğle yemeği ısmarlayacağım. Yemek yedirmeden seni göndermem."

Oğuz'la birlikte dışarı çıktık. Bana baktı. "Yaşar Bey size öğle yemeği ısmarlıyor. Ben de size akşam yemeği ısmarlamak isterim. Sonra da bir-iki kadeh bir şeyler içeriz. Ne dersiniz?" dedi gevrek gevrek gülerken.

Adama pis pis baktım. "Şimdi siz bana asılıyor musunuz?" dedim açık sözlükle. "Sakın böyle bir şeyi aklınızdan bile geçirmeyin. Ben can derdindeyim, siz de kasaplar gibi et peşindesiniz. Acılı ve yaralı bir anneyim. Benim derdim bambaşka. Beni anlıyor musunuz?"

Adam utancından kıpkırmızı oldu. "Siz beni yanlış anladınız. Kesinlikle size asılmıyorum."

"O zaman sorun yok. Bir an önce bu işi halletsek iyi olur."

Adam o saatten itibaren lal oldu sanki. Ben konuşturmadıkça ağzını açıp hiç konuşmadı. Arabadan indik, pasaport dairesinin kapısından içeri girdik. Müdür beyin odasının önüne geldiğimizde, "Siz her ihtimale karşı beni burada bekleyin," dedi.

"Tamam," dedim ve kapının önünde beklemeye koyuldum.

İçeride konuşulanları çok rahatlıkla dışarıdan duyabiliyordum. "Khalid Bey merhaba," dedi Oğuz. "Beni Türk Başkonsolosu Yaşar Bey gönderdi. Size selamları var."

"Aleykümselam. Yaşar Bey nasıl? İyi mi?"

"Gayet iyi efendim. Sizden bir ricası varmış."

"Buyurun, benden ne istiyormuş acaba?"

"Burada bir Türk vatandaşımız var. Onu Türkiye'ye geçirebilmek için sizden çıkış kâğıdı istiyoruz."

"Kendi niye geçmiyor? Bizim vereceğimiz çıkış kâğıdına ne gerek varmış?"

"Açık söylemek gerekiyorsa efendim, kocasını ve çocuklarını burada bırakıp kaçıyor. Vatandaşımız Suriyeli birisiyle evli. Kaçtığından kocasının haberi yok."

"Çıkış kâğıdını veremem," dedi adam umutsuzca. "Ayrıca o kadını bizim yetkili makamlara teslim etsek iyi olur. Belki de kocasını öldürmüştür, kim bilir."

O anda yüreğim ağzıma geldi. Oradan hızla uzaklaşarak kendimi sokağa attım. Sokakta ilk gördüğüm adamı çevirdim. "Kapalı Çarşı nerede?" diye sordum.

Meğerse Kapalı Çarşı'nın çok yakınındaymışım. Hiç zaman kaybetmeden oraya gittim. Bir eşarp satın aldım, başımı örttüm. Bana eşarbı satan adama, "Lazkiye'ye nasıl gidebilirim?" diye sordum.

"Trenle gidebilirsiniz."

"Tren istasyonu nerede?"

"Bir taksiye binin. Taksici sizi dosdoğru tren istasyonuna götürür."

Sokağa çıktım. Bir taksi çevirdim. "Tren istasyonuna gidelim lütfen."

Hiç zaman kaybetmeden tren istasyonuna gittim. Lazkiye'ye kalkan tren için bir bilet aldım. Sonra da beklemeye koyuldum. Yaklaşık bir saat sonra, tren istasyondan hareket etti. Yolculuk ettiğim tren, İkinci Dünya Savaşı'ndan kalmaydı sanki. Ağır hurda yığınından başka bir şeye benzemiyordu. Bir ara trende gözlerimi kapatıp uykuya daldım. Ne kadar uyuduğumu bilmiyorum ama yediğim bir tekmeyle aniden sarsıldım. Uykulu gözlerimi açtım. Başımda bir adam durmuş, bana hakaretler yağdırıyordu. "Ne var?" dedim uyku sersemi.

Adam bir tekme daha attı. "Terbiyesiz kadın. Ayaklarını ne biçim uzatmışsın öyle? Çabuk ayaklarını uzattığın yerden indir."

Ayaklarımı boş koltuğun üstünden indirdim. "Kusura bakmayın. Çok yorulmuşum. Ayrıca siz kimsiniz?"

Adam bana pis pis baktı. Hiçbir şey söylemeden kompartmandan dışarı çıktı. O anda anladım ki, bana hakaretler yağdıran ve tekmeler atan adam muhaberatçıydı. Hurda demir yığını tren Lazkiye garına girdiğinde, saatler öğleden sonrasını gösteriyordu. Tren garından dışarı çıktım. Bir taksi çevirdim. Taksiciye, "Samandağı Hudut Kapısı'na gidelim," dedim.

Taksici gaz pedalına bastı. Ben de o sırada yıllar öncesini hatırladım. Şam'a geldiğimiz ilk günlerdi... Sıkıntıdan kuduruyor, İngiltere'ye gitmenin hayaliyle yanıp tutuşuyordum. Babam beni Londra'ya göndereceğine, Hatay'ın

Reyhanlı ilçesine göndermişti. O zamanlar yine bu hudut kapısından Türkiye'ye giriş yapmış, babamın kuzeni Serpil Ablaların evinde bir hafta kadar kalmıştım. O günleri hatırlayınca bir anda gözlerim doldu.

Neden sonra kendimde bir şey fark ettim. Yaşadığım acılar korkularımı bastırmıştı. Artık hiçbir şeyden korkmuyordum. Sınırdan Türkiye'ye nasıl geçeceğimi de bilmiyordum doğrusu. Ama son bir defa şansımı denemek istiyordum. Sınırdan Türkiye'ye geçmenin ya bir yolunu bulacaktım, ya da Şam'a kös kös geri dönecektim. "Geldik," dedi taksici.

Daldığım düşüncelerden sıyrıldım. Camdan, çevreme bakındım. Kontrol noktalarındaki askerleri görünce kalbim duracak sandım. Sınır bayağı bir kalabalıktı. Her taraf tel örgülerle çevrilmişti. Topraklı yol oldukça tozlu ve yer yer çukurlarla doluydu. Taksiciye, "Beni pasaport dairesine götürebilir misiniz?" diye sordum.

"Pasaport dairesine gideceğinizi keşke daha önce söyleseydiniz. Pasaport dairesi biraz geride kaldı."

"O zaman geri dönün. Orası kapanmadan bir an önce yetişelim."

Geri döndük. Kısa bir süre sonra pasaport dairesinin önünde durdu taksici. "Sizi burada beklememi ister misiniz?"

Heyecandan dilim damağım kurumuştu. "Bekleyin lütfen."

Taksiden indim. Ayaklarım tir tir titriyordu. Çantamdan cüzdanımı çıkardım. Cüzdanımda kalan son parayı saydım. Yanımda beş yüz dolar ve bir miktar da Suriye Lirası vardı. Pasaportumun arasına yüz dolar koyarken o anda fark ettim ki, pasaportumda kızlık soy ismim yazıyordu. Cesaretimi toplayarak pasaport dairesinden içeri girdim. Çıkış işlemlerine bakan görevli memuru buldum. Pasaportu ona uzattım. "Türkiye'ye giriş yapmak istiyorum," dedim soğukkanlılıkla.

Adam bana şaşkın şaşkın baktı. Daha sonra pasaportun sayfalarını rastgele çevirmeye başlayınca, yüz doları gördü. Parayı hiç kimselere çaktırmadan avucunun içinde buruşturduktan sonra ceketinin cebine soktu. "Benden ne istiyorsunuz?"

"Sınırdan geçmeme yardımcı olun lütfen."

Adam beni tepeden tırnağa süzdü. Heyecandan âdeta düşüp bayılacaktım. Yaptığım şey deli cesaretinden başka bir şey değildi. "Burada biraz bekleyin."

Adamı oracıkta beklerken, bir ara kaçmayı düşündüm. Ama artık kaçacak yerim yoktu. Bu adam benim son şansımdı artık. Yakalanmayı bile bile göze alarak, adamı beklemeye koyuldum. Birkaç dakika sonra geri döndüğünde, elinde bir kâğıt vardı. "Bu kâğıdı huduttaki görevli memura verin. O size yardımcı olacaktır."

Kâğıdı ve pasaportumu aldığım gibi oradan hızlıca uzaklaştım. Taksici arabaya yaslanmış sigarasını içiyordu. "Haydi, bir an önce gidelim," dedim.

Samandağı Hudut Kapısı'na geldiğimizde, taksici arabayı durdurdu. Arkasını dönüp bana baktı. "Sınırı mı geçeceksiniz?"

"Evet. N'oldu ki?"

"Buradan otobüsler geçiyor. Onlardan bir tanesine binip sınırı geçebilirsiniz."

"Çok sağ olun," dedim ücretini öderken. "Paranın üstü kalsın."

Taksiden indim. Çıkış işlemleri için sıra bekleyen insanların oluşturduğu kuyruğa girdim. Yarım saat sonra sıra bana gelmişti. Bütün bedenim zangır zangır titriyordu. Titrek ellerimle, pasaportumu görevli memura uzattım. Memur, pasaportumun sayfalarını tek tek çevirdi. Daha sonra pasaport dairesindeki memurun yazdığı kâğıdı okudu. Kâğıdı buruşturup çöpe attı. Pasaportumu da yüzüme fırlattı. "Geri dön," dedi. "Seni sınırdan geçiremem."

Birden irkildim. Ağlamaya başladım. "Git buradan," dedi sesini yükselterek. "Yoksa seni tutuklatırım."

Kuyruğa girmiş insanlar bana acıyarak bakıyorlardı. Oradan hemen uzaklaştım. Boş gözlerle çevreme bakındım. Adamın biri yanıma yaklaştı. "Taksi mi arıyordunuz hanımefendi?"

"Evet," dedim ağlarken. "Acil olarak pasaport dairesine gitmem gerekiyor."

"Ben sizi oraya götürürüm."

Taksiye bindim. Oraya vardığımızda pasaport dairesi neredeyse kapanmak üzereydi. Koşarak içeri girdim. Pasaportumun arasına yüz dolar koydum. İlk görüştüğüm görevli memuru buldum. Adam beni bir anda karşısında görünce afalladı. "Sizin ne işiniz var burada?"

Hüngür hüngür ağlamaya başladım. "Arkadaşınız beni kovdu."

Adam bana dikkatlice baktı. Elimi başıma attım, eşarbımı düzelttim. "N'olur bana yardım edin. Pasaportumun içinde bir emanetiniz var."

Adam pasaportumu aldı. Pasaportun arasından yüz doları çekip çıkardı. "Pasaportunuzda ne vize var, ne de ülkeye giriş damgası."

"Biliyorum," dedim heyecanlı heyecanlı.

"Bekleyin. Pasaportunuza hem turist vizesi basacağım, hem de giriş damgası. Şayet bir sorunla karşılaşırsanız, bir daha buraya gelmeyin. Yoksa sizi kocanızdan izinsiz kaçtığınız için tutuklattırırım."

Adam, evli olduğumu ve kocamdan gizlice kaçtığımı anlamıştı. "Size söz veriyorum," dedim kalbim küt küt atarken: "Bir daha buraya adımımı bile atmayacağım."

Epey bir süre bekledim. Adamdan pasaportumu aldığım gibi oradan hızlıca uzaklaştım. Dışarıda beni bekleyen taksiye bindim. "Bir an önce gidelim."

Hudut kapısına tekrar geri döndüğümde, hiç zaman kaybetmeden kuyruğa girdim. Kuyruğun ne başı belliydi, ne de sonu. Üstelik kuyrukta en sonuncu insan da bendim. Saatler sonra sıra bana geldiğinde, hava iyice kararmıştı. "Pasaportunuzu verin," dedi görevli memur.

Beni daha önce kovan memur gitmiş, onun yerine başka bir memur gelmişti. Memura pasaportumu uzatırken birden sırtımdan soğuk terler boşaldı. Heyecanımı bastırmaya çalıştım. Memur pasaportun sayfalarını gelişi güzel çevirdikten sonra pasaportu kapattı. Başını kaldırıp dikkatlice bana baktı. Çocukken geçirdiği çiçek hastalığının bıraktığı izlerden dolayı potur potur olmuş yüzüne tebessüm ederek baktım. "Ülkemizi beğendiniz mi?" diye sordu Arapça.

Arapça konuşup konuşmama konusunda tereddütte kaldım. "Söylediklerinizi anlamıyorum," dedim İngilizce konuşarak. "Arapça bilmiyorum. Beni anlıyor musunuz?"

"Anladım," dedi görevli memur İngilizce konuşarak.

"Az önce Arapça ne sormuştunuz bana?" dedim zoraki gülümseyerek.

Pasaportun arka sayfasını çevirdi. Suriye'ye giriş damgasının yanına, çıkış damgasını bastı. "Ne sorduğumu boş verin."

"Otobüsümü kaçırdım," dedim soğukkanlılıkla. "Sizin için bir sakıncası yoksa, sınırı yürüyerek geçebilir miyim?"

Adam pasaportumu uzattı. "Bizim için fark etmez. Sınırı ister yürüyerek geçin, ister arabayla."

Sınır noktasına ağır ağır yürüyerek geldim. Sınırı koruyan askerlerden birine pasaportumu uzattım. Genç asker pasaportumun arka sayfasındaki çıkış damgasına baktı. Tel örgünün yanındaki kapıyı hafifçe araladı. "Hoşça kalın," dedi tebessüm ederken. "Sizin gibi güzel Türk kızlarını ülkemize yine bekleriz."

Askere zoraki gülümsedim ve sonra yüzümü çevirip dolunay ışığının altında, yaklaşık yüz metrelik topraklı ara bölgeyi yürümeye başladım. Karşımda dalgalanan ay yıldızlı Türk bayrağını görünce bir anda hüngür hüngür ağlamaya başladım. Amer, İmad ve Rami aklıma geldikçe, ayaklarım sanki geri geri gidiyordu. Onlarsız Suriye'den ayrılmak beni kahretmişti. Onlarsız âdeta hiçleşmiştim. Suriye'den kaçmasına kaçmıştım ama kalbim orada kalmıştı. Eşarbımı başımdan çıkarıp gözyaşlarımı sildim. O sırada bir ses duydum: "Dur. Yoksa ateş edeceğim."

Sesin geldiği yöne baktım. Bir Türk askeri, elinde tuttuğu silahı bana doğrultmuştu. O anda gözlerim karardı, sonra da düşüp oracıkta bayılıverdim.

YOLCULUK

Başımı kaldırıp gökyüzüne baktım. Şafak sökmek üzereydi. "Bu gecelik bu kadar yeter Kim," dedim yorgun bir ses tonuyla. "Daha sonra kaldığım yerden anlatmaya devam ederim."

Kim'in uykusu çoktan kaçmıştı. "Hâlâ şoktayım," dedi. "Böyle bir yaşam nasıl olur? Bütün bu olup bitenlere nasıl katlandın?"

"Hiç sorma," dedim. "Suriye'den kaçtıktan sonra bağrıma taş bastım. Çocuklarıma kavuşacağım güne kadar da sabır taşı kesildim."

Kim elimi sıktı. "Sakın üzülme," dedi. "Ne yazık ki bazen kaderden kaçılmıyor. İçinde yaşadığımız dünya, böyle bir yer işte."

"Haklısın. Şu dünyanın görünüşü şekil ve renk bakımından gül yanaklı bir güzel, fakat içi zehirle dolu bir yılan. Senin anlayacağın Kim, şu fani dünyanın ne tadını alabildim, ne de tuzunu. Ancak tozu içinde boğuşup durdum."

"Merak ettim," dedi Kim. "O günden sonra Wassim'le hiç görüştün mü?"

Kim'e bakıp acı acı güldüm. "Zaman içinde öğrendim ki, etrafımızda bir sürü sahte büyücüler yaşarmış. Meğerse biz kadınlar da, o sahte büyücü heriflerin en sadık ve en aptal müşterileriymişiz. Onlardan ay ışığının altında saf aşk satın alırmışız. Satın aldığımız bu saf aşkın bedelini de kalbimizi onlara vererek ödermişiz. Sonra bir gün gerçekler ortaya çıkar ve bir de bakarız ki, büyüsüne kapıldığımız adam, kalbimizi paramparça etmiş, bizi yüzüstü bırakıp kaçmış. Wassim de bu sahte büyücülerden yalnızca bir tanesiydi. İlk önce aşk kesemi çaldı, sonra da beni kaderime terk etti."

"Ne yapacaksın? Kaderimizin bize oynadığı oyunlardan hangi birimizin haberi oluyor ki? Hatta kaderimiz bizlere dermiş ki: 'Bazı hayatlar zaman içinde bağlıdır birbirine. Çağlar içinde yankı bulan, eski bir çare ile zincirlidir ötekine.' Şimdi kader dediğimiz şeyin zihniyeti bu olunca, bize de yapacak çok fazla şey kalmıyor."

Yorgun ve uykusuz düşen bedenimle ayağa kalktım. "Çok haklısın," dedim. "Biz kadınlar erkekler yüzünden gölge varlıklar olduk. Onların gözünde gölge ise teferruattandır."

"Nereye böyle?" dedi Kim. "Bir anda ayaklandın."

"Kusura bakma. Çok yorgunum. Artık odama uyumaya gidiyorum."

"Saat kaç gibi uyanırsın?"

"Öğle sularında."

"Tamam," dedi Kim ve sonra da elimden tutarak beni kapıya kadar yolcu etti.

***

Ertesi gün öğlen sularında kapı çaldı. Gözlerimi açtım. Hâlâ uykum vardı. Yataktan sürünerek kalktım. "Kim o?" diye seslendim.

"Benim," dedi Kim. "Yoksa uyuyor muydun?"

Kapıyı açtım. "İçeri gir," dedim mahmur bir ses tonuyla.

İçeri girdi. "Kusura bakma. Uyuduğunu bilseydim gelmezdim."

"Bir sigara içeceğim," dedim. "Sonra da duşa gireceğim. Sen de o arada odaya kahvaltı söyler misin? Aşağı inecek halim yok."

Odada kahvaltımızı yaptıktan sonra bir sigara daha yaktım. "Kahve içer misin Kim?" diye sordum.

"İçerim."

"Türk kahvesi mi yoksa filtre kahve mi içersin?"

"Türkiye'de Türk kahvesi içilir," dedi gülerek.

Telefonun ahizesini kaldırdım. İki sade Türk kahvesi söyledim. Sonra da Kim'e bakıp, "Eee, nerede kalmıştık?" diye sordum.

"Ne yalan söyleyeyim," dedi Kim heyecanlı heyecanlı. "Senden sonra gözüme hiç uyku girmedi. Hâlâ anlattıklarının etkisi altındayım."

Kolumdaki saate baktım. Saat bir buçuğu gösteriyordu. Enver'in Antalya'dan dönmesine daha birkaç saat vardı.

"Pekâlâ," dedim ve sonra da kaldığım yerden anlatmaya devam ettim.

***

13 Eylül 1985 senesiydi. Günlerden Cumaydı.

Gözlerimi açtığımda kendimi loş bir odanın içinde buldum. Hemen uzandığım yerden ayağa kalkıp sağıma soluma bakındım. Bir makam odasındaydım. Kapıya doğru yürüdüm. Titreyen ellerimle kapının kolunu çevirip açtım. Sonra da dışarı çıktım. Karşımda ince, uzun bir koridor vardı. Bir anda ürperdim. Koridorda hızlıca yürümeye başladım. O sırada başka bir kapı açıldı. Odanın içinden askeri üniforma giymiş bir adam çıktı. Adam tuhaf bir ifadeyle yüzüme baktı. "Demek uyandınız," dedi.

"Evet," dedim cılız bir ses tonuyla. "Uyandım. Neredeyim?"

"Sınır karakolundasınız," dedi gülerek. "Buyurun, odama geçelim."

Az önce gözlerimi açtığım odaya geri döndük. Adam ışığı yaktı. "Binbaşı Bülent Korkmaz," dedi bana elini uzatırken. "Bu karakolun amiriyim."

Uzun boylu, esmer tenli binbaşıya bakıp elini sıktım. "Piruze Kızıl," dedim. "Şam'dan geliyorum. Diplomat kızıyım."

Binbaşı masasının üzerinde duran pasaportumu bana uzattı. "Sizin," dedi. "Kusura bakmayın. Kim olduğunuzu öğrenmek için çantanızı karıştırmak zorunda kaldık."

Pasaportumu alıp çantama attım. "İstanbul'a nasıl gidebilirim?"

"İstanbul'a bu saatte otobüs bulamazsınız. Yarın sabahı beklemek zorundasınız."

"Bir an önce gitmek istiyorum. Bu geceyi burada geçirip zaman kaybetmek istemiyorum."

Binbaşı bana baktı. "Bu saatte ancak Hatay'a kadar gidebilirsiniz. İstanbul'a kalkan son otobüse yetişeceğinizi hiç sanmıyorum."

Hemen ayağa fırladım. "Olsun," dedim. "Şansımı denemek istiyorum."

"Bir saniye," dedi ve sonra da masanın üzerinde duran telefondan odasına bir asker çağırdı.

Birkaç saniye sonra kapı çaldı. İçeri genç bir asker girdi. Postallarını birbirine vurdu, esas duruşa geçti. "Emredin komutanım," diye yüksek sesle bağırdı.

"Hanımefendiyi hemen terminale götürün. Hatay'a gidecek olan son minibüse bindirin."

"Baş üstüne komutanım," dedi genç asker ve sonra da başını hafifçe öne eğip selam verdikten sonra dışarı çıktı.

"Size nasıl teşekkür edeceğimi bilemiyorum," dedim.

Binbaşı saatine baktı. "Geç kalmayın," dedi. "Burada biraz daha oyalanırsanız, minibüsü kaçıracaksınız."

Askeri bir arabayla küçük bir terminale girdiğimizde, Hatay'a gidecek olan son minibüs de neredeyse kalkmak üzereydi. Askerlerden biri minibüsün ön kapısını açtı. "Buyurun," dedi.

Minibüse bindim. Genç asker minibüsün şoförüne baktı. "Hanımefendi, karakol komutanımızın yakını olur," dedi mahsus. "Size emanet."

Minibüs şoförü askere bakıp tebessüm etti. "Binbaşımıza selam söyleyin. Hanımefendiyi hiç merak etmesin."

Minibüsün şoförü arabanın kontağını çevirdi. Kırık dökük arabadan tuhaf sesler gelmeye başladı. Arabanın marş motoru çalışıyor fakat motor bir türlü çalışmıyordu. Şoför arkasına dönüp baktı. "Haydi, beyler," dedi. "Bu düldülün öksürüğü tuttu yine. Şunu bir vurduralım."

Minibüste ne kadar erkek varsa, hepsi aşağıya indi. Şoför vitesi boşa aldı, pencereyi açtı. "Şimdi!" diye bağırdı.

Yolcular hep birlikte arabayı itmeye başladılar. Araba biraz hızlandığında, şoför debriyajı aniden bırakarak, arabayı çalıştırmayı denedi. Birkaç denemeden sonra araba çalıştı. Biraz ilerledikten sonra arabayı durdurdu. Yolcular arkadan koşarak geliyorlardı. "Koşun koşun," dedi şoför açık pencereden bağırarak. "Arkada hiç kimse kalmasın."

Yolcular söylene söylene arabaya bindiler. Şoför arkasına baktı. "Herkes bindi mi?"

Yolculardan biri kuru kuru öksürmeye başladı. "Sen de benim düldül gibisin Abidin," dedi şoför kahkahayı basarken.

Diğer yolcular kıkır kıkır gülüşüyordu. Adam derin derin soluk alıp verdi. "Külüstür arabanın egzoz gazını ciğerlerime doldurursan, olacağı budur," dedi. "Neredeyse nefes alamıyordum."

Şoför gaza bastı, sonra da dönüp bana baktı. "Siz nereye gidiyorsunuz abla?"

"İstanbul'a gidiyorum."

Şoför kolundaki saate baktı. "İnşallah son otobüse yetişiriz. Yoksa en erken, yarın sabah İstanbul'a gidebilirsiniz."

Şoföre baktım. "N'olur beni otobüse yetiştirin," dedim yalvararak.

Ertesi gün İstanbul'un Topkapı semtinde bulunan otobüs terminaline girdiğimizde, neredeyse yorgunluktan ölmek üzereydim. Saatlerce oturmaktan ayaklarım karıncalanmıştı. Yavaş yavaş otobüsten indim. O sırada adamın biri yanıma yaklaştı. "Taksi ister misiniz hanımefendi?" diye sordu.

Taksiye bindim. "Nereye gidiyorsunuz?" diye sordu taksi şoförü.

Kısa bir süre düşündüm. "Yeniköy'e gidelim lütfen."

Yan sokaklardan geçip E-5 yoluna çıktık. Yeniköy'e vardığımızda akşam karanlığı çoktan çökmüştü. Tarihi Yeniköy Börekçisi'nin önünde taksiden indim. Küçük bir bakkala girdim. "Özür dilerim," dedim. "Telefonunuzu kullanabilir miyim?"

Bakkal oldukça yaşlı birisiydi. Burnunun üzerinde duran gözlüğü sağ elinin orta parmağıyla gözüne doğru yaklaştırdı. Sonra da bana baktı. "Kaç gündür telefonum kesik kızım," dedi. "Borcum olmadığı halde kesmiş deyyuslar."

Yorgunluktan neredeyse ölmek üzereydim. Sinirimden gülmeye başladım. "Boş verin amca," dedim. "Canınızı hiç sıkmayın. Tek derdiniz telefon olsun."

"Kimi arayacaktın kızım? Az ileride Celetis'in bakkal dükkânı var. İstersen oraya git."

"Oya adında bir arkadaşımı arayacaktım. Kocasının adı da Eren."

"Ha!" dedi bakkal. "Sen bankacı Oya'yı arıyorsun."

"Evet," dedim heyecanla. "Annesinin adı da Ceyda."

"Rahmetli oldu," dedi yaşlı adam. "Allah mekânını cennet eylesin."

"Ceyda Abla öldü mü?" dedim şaşkınlıkla.

"Annesi değil, kocası öldü."

"Ne?" diye yüksek sesle bağırdım. "Eren Ağabey ölmüş olamaz. Daha çok gençti."

"Ölüm bu kızım. Bakmaz gencine, yaşlısına. Günü gelen vakitli, vakitsiz göçüp gidiyor şu dünyadan."

Üzüntüm kat be kat artmıştı. "Pekâlâ," dedim. "Oya'nın nerede oturduğunu biliyor musunuz?"

O sırada içeri genç bir oğlan girdi. Belli ki bakkalın çırağıydı. "Nerede kaldın kerata?" diye yüksek sesle bağırdı bakkalcı.

"Geldim usta."

"Haydi, daha fazla oyalanma. Yerdeki şu torbaları al. Şişko Kosta'nın evine götürüver. Bu genç hanımı da, bankacı Oya Abla'nın evine bırakıver."

Hiç zaman kaybetmeden dükkândan dışarı çıktık. Birlikte yürümeye başladık. Oya'nın oturduğu apartman birkaç sokak ötedeydi. Çırak eliyle işaret etti. "Oya Abla şu apartmanda oturuyor abla. İkinci kata çıkın."

"Tamam," dedim ve sonra da apartmana doğru yürümeye başladım. Apartmanın açık kapısından içeri girdim. İkinci kata çıktım. Kapının ziline bastım. Kapıyı küçük bir oğlan çocuğu açtı. "Buyurun, ne istemiştiniz?" diye sordu.

"Sen Can mısın?"

Çocuk meraklı meraklı baktı bana. "Evet," dedi. "Adımı nereden biliyorsunuz?"

Eğildim. Yanaklarından öptüm. "Annenin arkadaşıyım. Annen evde mi?"

"Anne," diye bağırdı.

Oya'nın sesi kulaklarımda yankılandı: "Kim gelmiş oğlum?"

"Bir abla."

Oya kapıya geldiğinde yanaklarını iki avucunun arasına aldı. Sonra da olduğu yerde çakılı kaldı. "Sen," dedi. "Sen de nereden çıktın?"

Çantamı yere fırlattım. Koşup boynuna sarıldım. Kapının önünde dakikalarca ağlaştık. Eliyle gözyaşlarımı sildi. "İçeri gel," dedi.

"Bu abla kim anne?" dedi Can. "Adımı nereden biliyor?"

"Hani sana Piruze Abla'nı anlatmıştım ya, hatırlıyor musun?"

Can, kumral saçlı, beyaz tenli, küçük zeytin gözlüydü. Bana baktı. "Hatırlıyorum," dedi. "Bu abla senin İngiltere'den arkadaşın değil miydi?"

Oya'yla yıllar önce İngiltere'de tanışmıştık. Oya da bir diplomat kızıydı. Bizim İngiltere'ye gittiğimiz sene, onlar da oradaydı. O zamanlar ikimizin de ortak bir hayali vardı. Londra'da üniversite okuyacak, aynı evde yaşayacaktık. "Sana, mektuplarda bahsettiğim oğlum," dedi Oya gülerken.

"Maşallah, kocaman adam olmuş."

Oya'nın bir anda boğazı düğümlendi. Gözleri buğulandı. "Keşke Can'ın büyüdüğünü Eren de görebilseydi."

"Başın sağ olsun," dedim çatallaşan sesimle. "Az önce bakkal söyledi. Eren'in öldüğünden haberim yoktu."

"Odamda oyuncaklarımla oynayabilir miyim anne?" dedi Can.

"Git oyna. Yemek hazır olduğunda seni çağırırız."

Can odasına koştu. "Dostlar sağ olsun," dedi Oya. "Eren'i iki ay önce kaybettik."

"Nasıl oldu? Hasta mıydı yoksa?"

"Trafik kazasında öldü."

"Çok gençti."

"Ben yirmi altı yaşındayım. O da benden üç yaş büyüktü işte."

"Onu yıllar önce düğününüzde görmüştüm. Ondan sonra da bir daha görüşmek nasip olmadı. Ne iş yapıyordu?"

Oya kısa bir süre duraksadı. "Rahmetli çok iyi bir insandı," dedi. "Ama çok da tembeldi. Hiçbir iş yapmazdı. Çalışmayı pek sevmezdi. Son iki senedir de alkolikti."

Boynuna sarıldım. "Benim kadersiz arkadaşım," dedim ağlarken. "Genç kızlık hayallerimize ne oldu öyle?"

Oya da ağlıyordu. "Hiç sorma," dedi. "Güya İngiltere'de üniversite okuyacaktık seninle. Aynı evde yaşayacaktık. Şimdiki halime bir bak. Bir çocukla yalnız kaldım şu dünyada. Annemler de yanımda yok. Ne yapacağımı hiç bilmiyorum doğrusu."

"Velhasıl kader yüzümüze gülmedi," dedim iç çekerek. "Bence bu haline bile şükretmelisin. Beterin beteri yaşamlar, acı hikâyeler var şu dünyada."

"Bundan beteri daha nasıl olur ki?"

"Sana anlatacağım," dedim ve o gece sabaha kadar Oya'ya başımdan geçenleri bir bir anlattım.

Şafak söktüğünde, sehpanın üzeri, ıslak kâğıt peçetelerle doluydu. "İnanmıyorum başına gelenlere," dedi Oya. "Şimdi ne yapacaksın?"

"Burada hiç kimsem yok. Bir tek dayım var. Onun yanında da kalmak istemiyorum. Artık kendi ayaklarımın üzerinde durmak istiyorum. Burada bir iş bulup çalışacağım. Küçük de olsa bir ev kiralayacağım. Çocuklarımı yanıma alacağım. Bu yüzden buraya, sana geldim."

"Üzülme," dedi Oya. "Elbette bir çaresine bakacağız."

"Hayatıma artık bir çeki düzen vermek istiyorum Oya. İlk önce Wassim'e boşanma davası açacağım. Bunun için de bir avukata ihtiyacım olacak. Sonra da maddi ve manevi olarak güçlü olmak zorundayım. Şu dünyada parasız kaldığım gün, amaçsız kalırım. Yoksa oğullarımı bir daha göremem. Sakın beni yanlış anlama. Ben hiçbir zaman paraya tapan biri olmadım. Ama çocuklarıma kavuşmam için paranın aracılığı şart bana."

"Yerden göğe kadar haklısın. Tanıdığım bir avukat var. Seni ona götürürüm. Ayrıca benim yanımda istediğin kadar kalabilirsin."

"Sana yük olmak istemem. Acaba kiralık, küçük bir ev bulabilir miyiz bana?"

Oya ayağa kalktı. "Sen hiç canını sıkma. Yarın ola hayrola. Şimdi yatıp uyuyalım. Öğlenden sonra da alışverişe çıkarız. Sana giyecek öteberi alırız, anlaştık mı?"

"Anlaştık," dedim yorgun bir ses tonuyla. "Postaneye de uğramayı unutmayalım, olur mu? Annemlere ve çocuklara telefon açmam gerekiyor."

AVUKAT

O gün rüyamda dağınık, kopuk kâbuslar gördüm. Sivri sivri çakıl taşları ortalarından delinmiş, ipe geçirilmişti. Üç tane yassı çakıl taşı ise yan yana, diklemesine duruyordu. Nataya küçük bir kulübenin başında durmuş ağlıyor, sesi boğuk boğuk çıkıyordu. Islak, karmaşık otların arasından havlayan bir köpeğin sesi gökyüzüne yükseliyor; bir sürü tarla kuşu, köpeğin havlama sesiyle birlikte kanat çırpıyordu. Yeşilin her tonunu içeren çayırlıkta kocaman karıncalar geziniyor, çekirgeler havada zıplayıp duruyordu. İneklerin boyunlarındaki çıngıraklar şıngırdıyordu. Mavi bir inek, köpek gibi havlayarak bana doğru koşuyordu. Boynunda teneke bir kova vardı. İnek bana doğru koştukça, ben de geriye doğru koşuyordum. Sonra ayağım bir taşa takıldı ve yere düştüm. O sırada gözlerimi açtım. Odanın kapısı hafifçe aralandı. "Uyandın mı?" dedi Oya.

"Şimdi uyandım," dedim alnımda boncuk boncuk biriken teri silerken. "Çok kötü bir rüya gördüm. Saat kaç?"

"İkiye geliyor. O kadar güzel uyuyordun ki, seni uyandırmaya kıyamadım."

"Keşke uyandırsaydın. Sen ne zaman uyandın?"

"Bayağı oldu. Haydi, kalk artık. Sana iyi haberlerim var."

Yatağın içinde doğrulup oturdum. "Ne haberi?"

"Sana ev buldum."

Yattığım yerden fırladım. "Gerçekten mi? Nerede buldun?"

"İki sokak aşağımızda. Küçük ama şirin mi şirin bir ev. Hem deniz manzarası da var."

"Hadi, o zaman bir an önce gidip bakalım."

Hiç zaman kaybetmeden kiralık eve gidip baktık. Bir apartmanın giriş katındaydı. Küçük ama oldukça kullanışlı bir daireydi. Ayrıca ufak bir bahçesi de vardı. "Tamam," dedim Oya'ya. "Burası oldukça güzel. Evin sahibi kim acaba? Hazır buraya kadar gelmişken kirayı konuşsaydık."

"Sen kirayı merak etme. Evin sahibi, çok samimi bir kız arkadaşımın annesi. Naile Teyze'nin paraya pek ihtiyacı yok. Ben onunla kirayı konuşurum."

"Annemlere bir an önce telefon açmalıyım. Onlardan bana biraz para göndermelerini isteyeceğim."

"Haydi, eve gidelim. Annenleri benden ararsın."

"Olmaz," dedim karşı çıkarak. "Senin telefonunu kullanamam. Sonra çok yazmasın sana. Hem Şam'ı da arayacağım."

Oya sert sert baktı bana. "Daha fazla saçmalama. Yürü, çabuk eve gidiyoruz. Sonra da pazara çıkıp üzerine birkaç parça kıyafet alacağız. Havalar iyice soğumaya başladı."

Eve döndük. Annemlere telefon açtım. Başımdan geçenleri ağlayarak anlattım. Annem tam anlamıyla şok içerisindeydi. Anlattıklarıma bir türlü inanmak istemiyordu. "Bize neden hiç haber vermedin?" dedi sitem dolu bir ses tonuyla. "Tek başına böyle bir işe kalkışılır mı?"

Hâlâ ağlıyordum. "Onca kötü olaydan sonra kendimi kaybetmiştim," dedim iç çekerek. "Öyle bir durumda sağlıklı düşünmemi benden nasıl beklersin anne?"

"Ağlama. Olan olmuş artık. Hasan Dayı'nın yanında neden kalmıyorsun?"

"Artık kendi ayaklarımın üzerinde durmak istiyorum. Yıllardır bana Wassim baktı, şimdi de Hasan Dayım mı bakacak? Bugünden itibaren artık hiçbir erkeğin kanatlarının altında yaşamak istemiyorum. Kendi ayaklarımın üzerinde durmak istiyorum. Bunu çocuklarım için başarmalıyım. Hiç kimseye muhtaç olmadan yeni bir hayat kurmalıyım. Beni anlıyor musun anne? Bu yüzden Hasan Dayı'mın yanına gitmedim. Burada bir iş bulana kadar, babam bana biraz para gönderebilir mi?"

"Babanı biraz olsun tanıyorsam, sana para mara göndermez kızım," dedi annem açık sözlülükle.

"Şimdi bana hak veriyor musun anne?" diye sert çıkıştım. "Şam'da yaşadığım onca olaya rağmen sizden yardım isteyemedim. Çünkü babamın benim için kılını kıpırdatmayacağını gayet iyi biliyordum. Kızına üç kuruş para göndermekten aciz olan bir adam, benim orada yaşadığım sıkıntılara nasıl derman olacaktı?"

Annem bir süre sustu. "O çocukla evlendiğin günden beri sana karşı içten içe kin besliyor, biliyorsun," dedi annem. "Git, Hasan Dayı'nı bul. O sana biraz borç para versin. Sonra ben onunla ödeşirim. Rahmetli annemin evdeki eşyalarından da al. Taşınacağın eve koy. Ben de en yakın zamanda yanına geleceğim."

Telefonu kapattım. Kendimi oldukça kötü hissediyordum. Moral bozukluğu içerisinde Şam'ı aradım. Telefonu Nataya açtı. "Selam Nataya," dedim içim titreyerek. "Oğullarım nasıl?"

Nataya'nın âdeta nutku tutulmuştu. "Siz... Siz... Siz misiniz hanımefendi?" diye kekeledi.

"Evet, benim."

"Neredesiniz? Kaç gündür, her yerde fellik fellik sizi arıyorlar."

"Söyle onlara," dedim. "Beni Şam sokaklarında boşuna aramasınlar. Ben İstanbul'dayım. Bir daha da oraya geri dönmeyeceğim. Oğullarım nasıl?"

"Sürekli ağlıyorlar. Sizi sorup duruyorlar."

Gözlerimden yaşlar boşaldı. Bir süre sustum. Sonra, "Senden bir ricam olacak Nataya. Bundan sonra çocukların sana emanet. Onlara iyi bak, olur mu?" dedim.

Nataya'dan bir cevap alamadım. "Nataya," dedim. "Orada mısın?"

"Buradayım," dedi cılız bir ses tonuyla.

"Az önce söylediklerimi duydun mu?"

"Duydum duymasına da, birkaç güne kadar ben de buradan ayrılıyorum."

Bir anda kanım bedenimden çekildi sanki. "Neden?" diye sordum şaşkınlıkla.

"Kayınvalideniz beni bu evde istemiyor."

"Allah'ın cezası kadın," dedim bağırarak.

"Önceki gün erkek kardeşinin ortanca kızını getirdi buraya. Kız artık bu evde yaşayacakmış."

"Orospu Nejwa'ya n'oldu?"

"Onu da yaşlı ama çok zengin bir adamla apar topar evlendirdiler."

"Hayırlı olsun," dedim sinirimden gülerken. "O orospu en sonunda hayallerine kavuştu desene. Evde kimse yok mu?"

"Hep birlikte dışarı çıktılar. Nereye gittiklerini bana söylemediler. Evde bir tek ben ve çocuklar var. Ha, bir de yeni gelen o kız."

"Amer yanında mı?"

"Evet."

"Şimdi telefonu ona verir misin?"

"Anne," dedi Amer çocuksu sesiyle ağlarken. "Seni çok özledim. Nerelerdesin?"

O anda hüngür hüngür ağlamaya başladım. "Çok uzaklardayım oğlum," dedim titrek sesimle. "Ben de sizi çok özledim. İnşallah çok yakında yine hep birlikte olacağız."

"Ne zaman?"

"Çok yakında oğlum," dedim. "Çok yakında. Şimdi senden bir isteğim olacak."

"İstek mi?"

"Evet. Kardeşlerine ağabeylik yapmanı istiyorum. Onlara çok iyi bak, olur mu?"

"Olur," dedi ağlarken. "Sen ne zaman eve döneceksin?"

Boğazım düğümlendi. Daha fazla konuşamadım. Telefonun ahizesi parmaklarımın arasından kayıp yere düştü. Hıçkıra hıçkıra ağlamaktan, bedenim zangır zangır titriyordu. "Kendini daha fazla kahretme," dedi Oya sarılıp ağlarken bana.

Oya'nın omzuna başımı yasladım. "Ben kahrolmayayım da kim olsun?" dedim iç çekerek. "O günahsızların suçu neydi?"

"Ya senin suçun neydi?" dedi yanağımdan öperken.

Sustum. Epey bir zaman sonra kendime geldiğimde, "Şam'a bir telefon daha açabilir miyim?" diye sordum.

"Tabii ki açabilirsin. Bunun için bir daha benden izin isteme. Burası artık senin de evin sayılır."

Telefonun ahizesini kaldırdım. Numaraları tek tek çevirdim. "Alo," dedim.

"Sen misin Piruze?" dedi Sevim Teyze telaşla. "Nasılsın kızım?"

"İstanbul'dayım. Ama çocuklarımı orada bırakıp kaçmak zorunda kaldım."

"Nasıl kaçtın buradan?"

"Uzun hikâye Sevim Teyze. İnşallah bir gün yüz yüze geldiğimizde anlatırım. Şimdi sizden bir isteğim olacak. Size bıraktığım bavulları bana gönderebilir misiniz?"

"Göndermeme gerek yok kızım. Salı günü İstanbul'a geliyorum. Bavulları kendim getiririm."

"Çok iyi olur," dedim heyecanlanarak. "Şimdi size telefon numaramı vereceğim. İstanbul'a geldiğiniz vakit, beni bu numaradan ararsınız."

"Ver bakalım," dedi Sevim Teyze. "İstanbul'daki işlerimi halleder halletmez seni arayacağım."

Telefonu kapattım. "Oyacığım," dedim. "Şimdi alışverişe çıkalım mı seninle?"

"Haydi, bir an önce çıkalım. Neredeyse akşam olacak."

Pazartesi sabahı erkenden uyandım. Sahil yoluna çıktım. Otobüs durağına kadar yürüdüm. Belediye otobüsüne bindim, dosdoğru Taksim'e geldim. Oya'nın dün akşam kareli kâğıda yazdığı adrese baktım. Yoldan geçen birini çevirdim. "Özür dilerim," dedim. "Bu adrese nasıl gidebilirim?"

Adam kâğıtta yazılı adresi sessizce okudu. Sonra da el-kol işareti yaparak bana yolu tarif etti. İstiklal Caddesi'ne girdim. Tünel istikametine doğru yürümeye başladım. Kısa bir süre yürüdükten sonra, Mis Sokak'ın başında durdum. Sokaktan içeri daldım. Sağdan beşinci binanın üçüncü katı, Avukat Enver Erdem'in bürosuydu. Yukarı kata çıktım. Kapının zilini çaldım. Kapıyı genç bir adam açtı. "İyi günler Enver Bey," dedim. "Oya Hanım'ın arkadaşıyım. Adım Piruze Kızıl."

Adam bana bakıp gülümsedi. "İçeri buyurun," dedi. "Enver Bey henüz gelmedi. Ama birazdan burada olur."

Utancımdan kıpkırmızı kesildim. "Kusura bakmayın," dedim. "Sizi Enver Bey zannettim."

"Önemli değil. Enver Bey'i beklerken bir çay alır mıydınız?"

On dakika sonra kapı çaldı. İçeri henüz otuzlu yaşların başında olan bir adam girdi. Elinde siyah bir evrak çantası vardı. Bana baktı. "Piruze Hanım," dedi. "Özür dilerim. Sizi biraz beklettim."

Avukat Enver Bey'e baktım. Orta boylu, açık tenliydi. "Önemli değil," dedim gülümseyerek. "Ben de az önce geldim."

"Lütfen odama geçelim. Çay ya da kahve alır mıydınız?"

"Sağ olun. Az önce çayınızı içtim."

"Öyleyse şimdi de kahvemizi için," dedi gülerek. "Kahvenizi nasıl içerdiniz?"

"Pekâlâ," dedim. "O zaman sade olsun lütfen."

Odaya geçtik. Siyah deri koltuklardan birine geçip oturdum. "Oya dün akşam telefonda durumunuzdan biraz bahsetmişti bana," dedi Avukat Enver. "Şimdi bir de sizden dinleyebilir miyim?"

Başımdan geçenleri kısaca anlattım. "Sizi anlıyorum," dedi dudağını büzerken. "Bu durumda eşinize karşı boşanma davası açacağız. Noterden bana bir vekâlet çıkartabilir misiniz?"

"Ya çocuklarım?" dedim yüreğim boğazımda atarken. "Onlara tekrar kavuşabilecek miyim?"

"Çocuklarınıza kavuşmanız için elimden geleni yapacağım. Bu konuda bana güvenebilirsiniz."

"Öyleyse tamam," dedim. "Bu işin maliyeti ne olacak?"

Enver Bey güldü. "Şimdi söyleyeceklerim aramızda kalsın," dedi. "Oya sizinle para mevzularını konuşmamam için ağzımı bağladı."

"Hiç öyle şey olur mu? Lütfen bana ücretinizi söyleyiniz."

"Oya size söyler," dedi, kestirip atarak.

"Pekâlâ, sizin dediğiniz gibi olsun. Ben nasıl olsa Oya'dan öğrenirim. Siz Oya'yla nereden tanışıyorsunuz?"

"Oya söylemedi mi size?"

"Hayır."

"Oya eşimin en yakın arkadaşıydı."

"Şimdi n'oldu? Yoksa görüşmüyorlar mı?"

Bir anda yüzünü endişe kapladı. "Eşimden birkaç ay önce boşandım. Evliliğimiz artık yürümüyordu. Oya da eşimle yaşadığım tatsız olaylara çok yakından şahitlik etti. İlişkimizin bu noktaya gelmesine sebep olarak da eşimi gördü ve onu suçladı. Eşim de bu duruma çok içerledi. Oya'yla ilişkisini kesti."

"Çocuğunuz var mı?"

"Üç yaşında bir oğlum var."

"Allah bağışlasın. Annesiyle mi birlikte yaşıyor?"

"Evet. Hâkim, oğlumun velayetini annesine verdi. Ne yazık ki velayet konusunda mahkemeler daha çok kadıncıdır. Oğlumun velayetini çok istememe rağmen alamadım."

O anda Enver Bey'e her ne kadar üzülsem de, kendi adıma seviniyordum. Demek ki çocuklarıma kavuşma şansım vardı. "Sizin için üzüldüm," dedim ayağa kalkarken. "Hazır buralara kadar gelmişken, size bir vekâlet çıkartmak istiyorum. Buraya en yakın noter nerede?"

"Çok iyi olur. Ben de dosyanızı bir an önce hazırlamak istiyorum. Bu hafta sizi yine rahatsız edeceğim. Önümüzdeki hafta başı gibi de, boşanma davanızı açmış oluruz."

Ertesi gün, Hasan Dayı'mın Sarıyer'de oturduğu eve gittim. Dayım beni kapıda karşıladı. "Gel hayırsız," dedi. "Senin kulaklarını çekeceğim."

Hasan Dayı'mın boynuna sarılıp hüngür hüngür ağlamaya başladım. "Bana ne kadar kızsan da haklısın dayıcığım," dedim.

"İstanbul'a geldiğini annenden mi öğrenmeliydim? Bana neden haber vermedin?"

"Çok kötü bir haldeyim dayıcığım. Seni de üzüntümle boğmak istemedim."

"Hiç öyle şey olur mu? Dayılar ne gün içindir? Haydi, şimdi içeri gir bakalım. Bana olup bitenleri en başından anlat."

"İşe gitmeyecek misin sen?"

"Bugün duruşmam yok."

O anda dilimi ısırdım. "Allah beni kahretsin," diye kendi kendime söylendim.

"N'oldu?"

"Kusura bakma dayı," dedim. "Dalgınlığımdan senin avukat olduğunu bile unutmuşum. Wassim'den boşanmak için dün bir avukatla görüştüm. Ona vekâlet verdim."

"Ah, benim şaşkın ördeğim," dedi dayım yumuşak bir ses tonuyla. "Avukat iyi mi bari?"

"Doğrusu hiç bilmiyorum. Boşanma avukatıymış. Ama arkadaşım Oya, onun çok iyi bir avukat olduğunu söylemişti."

Dayım güldü. "Türkiye'de en iyi avukat," dedi, "yalan sanatını iyi kıvırandır. Çünkü bu ülkedeki hukuk sistemi hak üzerine değil, mal üzerine kuruludur. Ulu Önder Atatürk şu sözü boşuna söylememiş: 'Adalet mülkün temelidir.' Vallahi de, billahi de doğru. Bazı hâkimlerin karşısına mülkünle çıkıyorsan, adaleti de kendi lehine satın alabiliyorsun."

"Off dayı," dedim. "Yine bir komünist gibi konuştun."

Dayım elini boynuma attı. "Keşke bu ülkeye komünist sistemi getirebilseydik. Eh, sonuçta o sistem, askeri darbeden çok daha iyiydi."

O gün dayımla uzun uzun konuştuk, dertleştik. "Ben daha ölmedim," dedi dayım. "Sen hiç merak etme. Mademki kendi ayaklarının üzerinde durmak istiyorsun, ben de elimden geleni yapacağım. Taşınacağın evin bir kısım eksiklerini buradan götür. Geriye kalanları da ben satın alırım. Şimdi şu parayı al, cebine koy. Evin kirasını öde. Peki ne iş yapacağına karar verdin mi?"

"Henüz bir karar vermedim. Bir-iki hafta sonra iş bakmaya başlayacağım."

"Tamam," dedi dayım. "Allah'a şükür aç değilsin, açıkta değilsin. Elimizden ne geliyorsa en iyisini yapacağız."

Üç gün sonra beni Sevim Teyze aradı. Yeşilköy'deki evlerinde buluşmamızı istedi. Cumartesi sabahı erkenden kalktım, hazırlandım. Yeşilköy'deki evlerine gittim. Evleri üç katlı müstakil bir evdi. Garaj kapısının üzerindeki zile bastım. Birkaç dakika sonra kapı açıldı. Karşımda orta yaşlarında bir adam duruyordu. "Sevim Hanım'la görüşecektim," dedim.

"Buyurun," dedi. "Sizi bekliyordu."

Garajdan geçip bahçeye çıktım. Dallarında yavaş yavaş sararmaya başlayan yapraklar yere düşmüş, ağaçtaki sarı ayvalar olgunlaşmaya başlamıştı. Sevim Teyze bir anda kapının önünde belirdi. Ellerini iki yana açtı. "Gel Piruze," dedi. "Gel de sana doya doya sarılayım."

O kısacık mesafeyi koştum. Sevim Teyze'nin boynuna sarıldım. Sonra da hüngür hüngür ağlamaya başladım.

"Yeter, artık ağlama," dedi. "Şam'da yeteri kadar ağladın. Burada gülmeni istiyorum."

Gözyaşlarımı sildim. "Elimde değil. Çocuklarımı çok özlüyorum. Onların yokluğu bana acı veriyor. Kendimi suçlu hissediyorum."

"Güçlü olmalısın. Elbet bir gün onlara kavuşacaksın. O zamana kadar da ayakta kalmasını öğrenmelisin."

İçeri geçtik. Bavullarım koltuğun yanında duruyordu. "Size zahmet oldu," dedim. "Bavulları taşımak zor olmuştur."

"Zahmet olmadı kızım. Şimdi anlat bakalım. Şam'dan nasıl kaçtın? Burada neler yaptın?"

Başımdan geçenleri bütün detaylarla anlattım. "Artık yapacak bir şey yok," dedi Sevim Teyze. "Hatırlarsan, yıllar önce sana söylemiştim: Bir Şamlıyla evliysen, kendine ait bir yuvan olmaz. Keşke o zamanlar beni dinleseydin ama gençlik başka bir şey. Aşk ateşi yüreğe düştüğü zaman, insan sarhoş olurmuş. Sarhoş olan insan da, o ateşi hayali değil gerçek sanırmış. Şimdi hayal âleminden uyandın. Artık gerçeklerle baş başa kaldın. Peki burada ne iş yapmayı düşünüyorsun?"

"Şu anda hiçbir fikrim yok. Burada ne iş yapabilirim ki? Elimde doğru dürüst bir mesleğim bile yok."

"Senin acil olarak bir işe ihtiyacın var. Ondan bundan borç para isteyerek yaşamını sürdüremezsin."

"Haklısınız. Bir an önce para kazanmam gerekiyor."

"Pazartesi günü ne işin var?"

"Avukatımla buluşacaktım."

"Boş ver avukatı. Onunla Salı günü buluşursun. Sana şimdi bir adres vereceğim. Pazartesi günü oraya gel. Seni iş adamı bir yakınımla tanıştıracağım. Belki onun firmasında sana göre bir iş bulabiliriz."

"Gerçekten mi?" dedim sesim titreyerek. "Bu yakınınız ne iş yapıyor?"

"Çok büyük bir tekstil firması var. Senin gibi lisan bilen birine mutlaka ihtiyaçları vardır."

O gün büyük bir sevinçle eve döndüm. Hemen Oya'nın yanına koştum. Kapıyı açar açmaz, Oya'nın boynuna sarıldım. "Pazartesi günü iş görüşmesine gidiyorum," dedim.

"Hadi, bakalım," dedi Oya gülerek. "İnşallah olur. Ne işiymiş bu?"

"Bir tekstil firmasıymış."

"Kim buldu?"

"Sevim Teyze."

"Ne kadar çok sevindiğimi bilemezsin," dedi Oya. "Galiba şansın dönmeye başladı. İnşallah her şey yolunda gider. Şu zamana kadar gülmeyen yüzün güler."

"Şu bir haftadır bana yaptığın iyilikleri asla unutamam. Senin hakkını nasıl ödeyeceğim ben?"

"Ben bir şey yapmadım ki. Her şeye kendin koşuşturuyorsun. Şimdi içeri gel. Bir misafirimiz var."

"Kim?" dedim kısık bir sesle.

"Enver burada."

İçeri girdim. Avukat Enver, beni görür görmez ayağa kalktı. "İyi akşamlar," dedi elini uzatırken.

Elini sıktım. "Hoş geldiniz. Sizi görmem çok iyi oldu. Ben de sizi arayacaktım. Pazartesi günü büronuza gelemeyeceğim."

Güldü. "Az önce konuştuklarınızı duydum. Yeni işiniz hayırlı, uğurlu olsun."

"Daha durun. İşe girip girmeyeceğim henüz belli değil."

"Hadi, şimdi hazırlan," dedi Oya. "Hep birlikte yemeğe gidiyoruz."

"Ben sizinle gelmesem," dedim çekinerek. "Siz gidin. Hem ben Can'a göz kulak olurum."

"Can'ı bugün babaannesine bıraktım. Mızmızlık yapma. Sen de bizimle geliyorsun."

"Lütfen gelin bizimle," dedi avukat Enver. "Sizsiz şurdan şuraya gitmeyiz."

Kısa bir süre düşündüm. "Pekâlâ," dedim. "Sizinle geliyorum."

O akşam bir balık restoranına gittik. Deniz gören, nefis mezelerle donanmış bir masada oturduk. "Ben rakı içeceğim," dedi avukat Enver. "Siz ne içersiniz?"

"Ben kola içeceğim."

"İstersen rakı iç," dedi Oya.

"Alkolle aram yok benim."

"Öyleyse ben de kola içeceğim."

Epey bir saat sonra, fasıl heyeti ortaya çıkıverdi. Hem müzik yapıyor, hem de şarkı söylüyorlardı. Birkaç masa dolaştıktan sonra bizim masamıza geldiler. Keman çalan esmer adam bana baktı. "Bu akşam sizin için ne çalmamı istersiniz?" diye sordu.

Avukat Enver pantolonunun cebinden bir miktar para çıkardı. Kemanın teline sıkıştırdı. Kemancı parayı aldı. İki yanağına sürdü. "Allah bereket versin," dedi ve sonra da parayı cebine attı.

Adamın keyfi yerine gelmişti. "Bilmiyorum," dedim. "İstediğiniz bir şarkıyı çalın."

"Pekâlâ," dedi ve sonra da hayatımda ilk kez dinlediğim o şarkıyı çalmaya başladı.

Elbet bir gün buluşacağız
Bu böyle yarım kalmayacak
İkimizin de saçları ak
Öyle durup bakışacağız
Belki bir deniz kenarında
El ele maziyi konuşacağız
Benim içimde yanar ateş var
Sevgilim ne zaman buluşacağız
Belki bir gemi güvertesinde
Sen beni unutmuş
İçin kupkuru
Benim gönlümde hâlâ o arzu
Sevgilim ne zaman kavuşacağız

O anda alt üst oldum. Hüngür hüngür ağlıyordum. Oya elimi tuttu. Avukat Enver, kemancıyı hemen masamızdan uzaklaştırdı. "İsterseniz kalkalım," dedi.

"İyi olur," dedi Oya.

Bir taksiye bindiğimizde hâlâ ağlıyordum. "Al, şu suyu iç," dedi Oya. "Birazdan evde oluruz."

Elimle gözyaşlarımı sildim. "Özür dilerim," dedim iç çekerek. "Sizin de gecenizi mahvettim. Çocuklarım bir anda gözlerimin önünde belirdiler. Havalimanında onları arkamda bırakıp kaçarken, Amer'e, elbet bir gün kavuşacağımızı söylemiştim."

Oya başımı göğsüne bastırdı. "Üzülme canım arkadaşım," dedi. "Sakın üzülme."

Pazartesi sabahı dokuz buçuk sularında uyandım, hiç zaman kaybetmeden hazırlanıp dışarı çıktım. Öğle üzeri olduğunda dört katlı, dış cephesi açık mavi renge boyanmış bir binanın önünde, Sevim Teyze'yi beklemeye koyuldum. Yaklaşık on dakika sonra Sevim Teyze çıkageldi. "Çok beklettim mi?" dedi beni öperken.

"Ben de az önce geldim. İçeri girelim mi?"

Asansörle en üst kata çıktık. Zile bastım. Kapı açıldı. "Siz önden buyurun," dedim.

İçeri girdik. Sekreter kız masasında oturuyordu. "Ata Bey'le görüşecektim," dedi Sevim Teyze. "Ona, Sevim Halası'nın geldiğini söyleyin."

Sekreter yerinden kalktı. "Ata Bey sizi bekliyordu. Lütfen beni takip edin."

Kahverengi büyükçe bir kapının önüne geldiğimizde

durduk. Sekreter kapıyı çaldı. İçeri girdi. "Pardon efendim," dedi. "Sevim Hanım geldi."

Ata Bey bir anda kapının önünde belirdi. "Hoş geldin halacığım," dedi elini öperken. "Sen hiç yaşlanmaz mısın?"

"Herkes yaşlanıyor oğlum," dedi Sevim Teyze gülerek. "Önemli olan genç kalmayı başarabilmektir. Maşallah sen de hiç yaşını göstermiyorsun."

"Bakma sen genç gösterdiğime. Benim içim çürük."

"Kaç yaşında oldun Ata?"

"Kırk."

Ata Bey gerçekten de yaşını hiç göstermiyordu. Minyon bir tipi vardı. "Rahmetli ağabeyim sizlere doyamadan göçüp gitti şu dünyadan. Allah'ın takdiri işte. Her neyse, bak Ata! Seni birisiyle tanıştıracağım. Piruze benim kızım sayılır. Bu kız Şam'dan yeni döndü. Acil olarak bir işe ihtiyacı var. Üniversite okumamış ama kültürlü bir kızdır. İngilizce ve Arapçayı anadili gibi konuşuyor. Bu kızcağıza firmanda bir iş verebilir misin?"

Ata Bey bana baktı. "Hoş geldiniz," dedi elini uzatırken.

Elini sıktım. "Hoş bulduk."

"Daha önce hiç tekstil işiyle uğraşmışlığınız var mıydı?"

"Şam'da çocuk giyimi üzerine kendi mağazam vardı."

"O zaman sizi işe alıyorum," dedi.

Sevim Teyze gülümsedi. "İşte orda dur. Kızcağıza ne kadar maaş vereceğini daha söylemedin."

"Maaşı daha sonra da konuşuruz hala. Şimdi acelesi mi var?"

"Bak oğlum! İkimiz de Şam'a gelin giden Türk kızıyız. Şamlı Araplar kadar pazarlık yapmasını seven başka bir milleti ne gördüm, ne de duyum. Şimdi söyle bakalım: Ne kadar maaş vereceksin?"

Ata Bey güldü. "Birazdan muhasebe müdürümle görüşürüm. Piruze Hanım'a ne kadar maaş verebileceğimizi ancak o zaman söyleyebilirim. Ama sana şunun garantisini verebilirim ki, Piruze Hanım'a yüksek bir maaş vereceğiz. Çünkü bu devirde hem İngilizce, hem de Arapça lisanlarını bilen bir eleman bulmak çok zor."

"Bu sözleri duyduğuma çok sevindim," dedi Sevim Teyze. "Piruze'yi bundan sonra sana emanet ediyorum. Benim hatırım için ona iyi bak."

"Sen hiç merak etme hala. Ona gözümüz gibi bakarız burada."

"Öyleyse ikinize de hayırlı olsun," dedi Sevim Teyze.

Heyecandan yerimde duramıyordum. Çığlık atmamak için kendimi zor tutuyordum. Ata Bey bana baktı. "İşe ne zaman başlayabilirsiniz?"

Kısa bir süre düşündüm. "Şey," dedim kısık bir sesle. "Haftaya Pazartesi günü başlasam olur mu? Taşındığım eve yerleşmeye çalışıyorum da."

"Olur. O zaman Pazartesi günü sabah saat dokuzda burada olun."

"Ben artık müsaadenizi istesem," dedim. "Halletmem gereken birtakım işlerim var da."

"Bari bir çay içseydin kızım," dedi Sevim Teyze.

"Çok sağ olun. Ben sizi yalnız bırakayım. Yardımlarınızdan ötürü size çok teşekkür ederim. Allah sizden razı olsun."

Sevim Teyze elini uzattı, elimden tuttu. Yanaklarımdan öptü. "Yarın sabah Şam'a geri dönüyorum. Kendine çok çok iyi bak. Artık iyi haberlerini duymak istiyorum. Seni zaman zaman arayıp çocuklarınla ilgili havadisleri veririm."

Sevim Teyze'nin elinden öptüm. "Allahaısmarladık," dedim. "Yolunuz açık olsun. Ben de sizi arayacağım."

BOŞANMA

1986 yılının 14 Şubat'ıydı.

Şam'dan geleli tam beş ay olmuştu. O gün haftanın son iş günüydü. Sabah çok erkenden uyanmış, mahkemeye gitmek için karanlıkta yollara düşmüştüm. İstanbul karlarla kaplıydı. Dışarıda buz gibi bir hava vardı. Saatler sonra Sultanahmet'e geldiğimde, İstanbul Adliyesi'nin önünde, Avukat Enver'in beni beklediğini gördüm. Sigara içiyordu. Isınmak için de olduğu yerde küçük hareketlerle zıplayıp duruyordu. Hızlı adımlarla ona doğru yürüdüm. "Kusura bakmayın," dedim. "Sizi çok beklettim mi?"

İçtiği sigarayı karlarla kaplı çöp kutusuna attı. Elimi sıktı. Eli buz gibiydi. "Ben de şimdi geldim," dedi soğuktan tir tir titrerken. "İçeri girelim mi?"

İkinci kata çıktık. İstanbul 2. Asliye Hukuk Mahkemesi'nin kapısının önünde sıramızı beklemeye koyulduk. Mübaşir ha bire birilerini mahkeme salonuna çağırıp duruyordu. "Bizi ne zaman çağıracak?" diye sordum.

Avukat Enver duvarda asılı duran kâğıda baktı. "Birazdan çağırır."

On dakika sonra mübaşir kapıyı açtı. "Davacı vekili Avukat Enver Erdem," diye bağırdı.

Mahkeme salonuna girdik. Kürsüde kır saçlı ve gözlüklü bir hâkim oturuyordu. Kürsünün biraz aşağısında da siyah saçlı bir kadın, masanın üzerinde duran daktiloya kâğıt takıyordu. Avukat Enver kendisine ayrılan bölmeye geçti. Ben de hâkimin karşısına geçip oturdum. Hâkim bana gözlüğünün altından dikkatlice baktı. Sonra da önünde duran pembe renkli karton kâğıt dosyanın içindeki evrakları hızlıca karıştırmaya başladı. Dosyayı bir süre inceledikten sonra, boynunu hafifçe ileriye doğru uzattı. "Yaz kızım," dedi.

Kadın daktilonun tuşlarına peş peşe basmaya başladı. Hâkim başını kaldırıp bana baktı. "Piruze Tabba sen misin?"

Ayağa kalktım. Eliyle otur işareti yaptı. Yerime oturdum. "Benim," dedim heyecanlanarak.

"Çok gençmişsin kızım. Kaç yaşındasın?"

"Yirmi beş."

"Bak kızım. Seni kocandan boşamasına boşarız da, çocukların için hiçbir şey yapamayız. En iyisi sen, çocuklarını unut gitsin. Bir daha onları göremezsin. Çünkü Suriye devleti ile Türk devleti arasında mütekabiliyet sözleşmesi olmadığından, burada vereceğimiz kararın orada hiçbir hükmü yok. Ne yazık ki Suriye, şeriat kanunlarıyla yönetiliyor. Biz ise hukuk devletiyiz. Çocukların velayetini sana versem de, onları buraya nasıl getireceğini bilemiyorum. En iyisi siz orada da bir dava açın. Bir bakın bakalım. Bir netice alabilecek misiniz?"

Mahkeme salonundan hıçkıra hıçkıra ağlayarak dışarı çıktım. Avukat Enver'e dönüp, "Bu nasıl bir hâkim?" dedim sitem dolu bır ses tonuyla. "Benimle ne biçim konuştu öyle?"

"Sakın üzülme. Elbet bir çözüm yo'u bulacağız. Hâkim doğru söylüyor. Orada da kocanıza karşı boşanma ve çocuklar için de velayet davası açmalıyız."

"Sevim Teyze'yle konuşurum," dedim içli içli ağlarken. "Şimdi kocamdan boşandım mı?"

"Henüz değil. Birkaç celse sonra kocanızdan anca boşanırsınız."

O sabah hiç zaman kaybetmeden işe gittim. Sekreter kız beni karşısında görür görmez, "Piruze Hanım," dedi. "Ata Bey sizi odasında bekliyor."

Kapıyı çaldım. İçeri girdim. "Buyurun Ata Bey. Benimle görüşmek istemişsiniz."

"Gel Piruze. Şöyle geç otur. Boşanma davası nasıl geçti?"

"Uzun sürecek gibi gözüküyor. Doğrusu bu işin nasıl sonuçlanacağını ben de bilmiyorum."

"Canını sıkma," dedi purosunu çakmakla yakarken. "Her şey düzelir. Bu akşam ne yapıyorsun?"

Kısa bir süre afalladım. "Hayrola Ata Bey. Benimle bir işiniz mi vardı?"

"İkimiz baş başa bir akşam yemeğine çıksak diyorum. Ne dersin?"

Ata Bey son günlerde bana ufaktan ufaktan asılmaya başlamıştı. "Bu akşam arkadaşımın doğum günü var," diye yalan söyledim. "Kusura bakmayın, sizinle gelemeyeceğim."

Yüzü bir anda asıldı. "Ne yapalım? Öyle olsun. Birkaç güne kadar İngiltere'ye gideceğim. Seni de yanımda götürmek istiyorum."

"Beni mi?" dedim şaşkınlıkla. "Ben orada ne yapacağım?"

"Biliyorsun, benim İngilizcem pek iyi değil. Orada seninle pahalı restoranlara gideriz, yemekler yeriz. Çatalın, kaşığın İngilizce söylenişlerini öğretirsin bana."

O anda gözlerim doldu. Bir anne olarak düştüğüm durumdan utanç duyuyordum. "Benim acım içimde o kadar derin ki Ata Bey," dedim açık açık konuşarak. "Üstelik bu tip ilişkilere sıcak bakmayacak kadar da gelenekselci yetiştim ben. Bu yetişme tarzım, sizinle bir ilişki yaşamama asla müsaade etmez. İsterseniz beni şimdi işten kovabilirsiniz."

Ata Bey öksürdü, tıksırdı. Sonra da sizli, bizli konuşmaya başladı. "Siz beni yanlış anladınız," dedi. "Benim size karşı kesinlikle öyle bir niyetim yok. Ayrıca sizi işten kovma gibi bir düşüncem de."

"Bu sözleri sizden duyduğuma sevindim. Şimdi izninizle işimin başına dönebilir miyim?"

"Tabii ki," dedi yutkunarak. "Size kolay gelsin."

***

Mevsimlerden ilkbahar, aylardan Nisandı. Bulutsuz, göz kamaştırıcı bir Cumartesi günüydü. Bir bardak çay aldım, bahçeye çıktım. Bir sigara yaktım. Sonra da her zamanki gibi düşlere dalıp çocuklarımı düşündüm.

Şu dünyada her şeyin bir bedeli vardı. Benim ödediğim bedel de ne yazık ki özlem duymaktı. Her geçen gün çocuklarıma karşı içimde duyduğum özlem çığ gibi büyüyordu. Onlardan ayrılalı tam tamına iki yüz on iki gün olmuştu. Yazgımın beni Wassim'in elinden kurtarıp da, böylesi bir derde katlanma durumunda bırakmasına çok üzülüyordum. Şam'da Wassim'in bana yaptığı onca kötü şeye, sırf bu yüzden katlanmamış mıydım? Şu annelik duygusu olmasa, erkekler basit adam olmaktan öteye gidemezlerdi. Göz boyayıcı, aldatıcı kocalara sırf bu yüzden katlanmıyor muyduk sanki?

Her neyse, o ilkbahar günü daldığım düşüncelerden sıyrıldım. Oturduğum iskemleden kalktım. Mutfağa geçtim. Boşalan bardağıma çay koydum. O sırada kapı zili çaldı. "Kim o?" diye seslendim.

"Aç kapıyı, benim."

Gelen Oya'ydı. Kapıyı açtım. "N'aber?" dedi yanağımdan öperken. "Kaç gündür sesin soluğun çıkmıyor, hayırsız arkadaşım."

"Bu aralar işler çok yoğundu. Şirkette bir şeyler oluyor ama hiç birimiz daha ne olduğunu çözebilmiş değiliz."

"Şirket kapanmıyor, değil mi?"

"Hiç sanmıyorum. Koskoca şirket neden kapansın ki?"

"O zaman boş ver şirketi. Bugün ne yapıyoruz?"

"Çarşıya çıkalım. Önümüzdeki ay Amer'in doğum günü var. Ona ve diğer sevimli haydutlara hediyeler almak istiyorum."

"Neredeyse bütün kazancını onlara harcıyorsun," dedi Oya gülerek.

"Onların canları sağ olsun. Kazandığım müddetçe de onlara harcayacağım."

"Sana iyi haberlerim var. Terfi ettim."

Bir anda şaşırmıştım. Oya'nın boynuna sarılıp onu öptüm. "Tebrik ederim seni. Haydi, şimdi bir an önce alışverişe çıkalım. Sonra da bu güzel haberi akşam yemeğinde kutlayalım."

Pazartesi günü sabah erkenden kalkıp işe gittim. Çay almak için mutfağa girdim. "Ay şekerim," dedi Volkan kırıta kırıta yürürken.

Volkan modelistti ve gaydi. "Yine n'oldu?" diye sordum gülerek.

Elini bileğinden hafifçe kırıp uzun saçlarını yana doğru attı. "Daha ne olsun şekerim," dedi. "Entarili bir Arap'a satılmışız."

"Kim satılmış?" dedim şaşkınlıkla.

"Ayol kim olacak? Ata Bey kendini entarili Arap'a satmayacağına göre, demek ki bizi satmıştır."

Heyecandan nefesim kesilmişti. "Şaka mı yapıyorsun?" dedim yüreğim ağzımda atarken.

"Ayol ne şakası? Bir saat sonra patronun odasında toplanıyormuşuz. Entarili Arap'la tanışacakmışız."

Sinirimden gülmeye başladım. "Kız ne gülüyorsun öyle?"

"Bu duruma ben gülmeyeyim de kim gülsün? Başıma gelenler pişmiş tavuğun başına gelmez. Arap bir kocanın elinden ta buralara kaçtım. Burada bile beni yine bir Arap buldu."

"Ayyy! Kız ne şansızsın sen. Arap erkekleri gördüğüm kadarıyla kadının iyisinden anlamıyor. İnşallah birazdan tanışacağımız entarili Arap, benim tadımdan anlar."

Volkan'ın omzuna vurdum. "Allah seni kahretmesin. Çabuk git buradan."

"Ayol vurma," dedi gülerek. "Hemen gidiyorum."

O gün firmada ne kadar üst düzey yönetici varsa, hepimiz Ata Bey'in odasında toplaştık. Ata Bey içeri girdi. Ayağa kalktık. "Lütfen oturun arkadaşlar," dedi.

"Firmanın satıldığı doğru mu?" dedi stilistlerden birisi.

"Doğru," dedi Ata Bey. "Şimdi uzun uzadıya sizin vaktinizi almayacağım. Firmamla ilgili çok cazip bir teklif aldım. Bu teklife ne yazık ki hayır diyemedim. Sizler de anlayışla karşılarsınız ki, biz iş adamları kârlı bir durum söz konusu olduğunda ya yatırım yapmayı severiz, ya da elimizdekini en yüksek paralara satmayı. Ben de tekstil firmamı sattım. Yeni patronunuz Arap kökenli bir iş adamı. Ben şimdi ceketimi alıp bu odadan çıkıyorum. Hakkınızı helal edin. Birazdan yeni patronunuz burada olacak. Lütfen hiç kimse bir yere ayrılmasın."

Ata Bey odadan dışarı çıktığında herkes fısır fısır konuşmaya başladı. Birkaç dakika sonra odanın kapısı açıldı.

İçeri bir sürü adam girdi. Kısa boylu, göbekli, kumral saçlı ve ellili yaşlarında bir adam, patron koltuğuna geçip oturdu. "Merhaba," dedi İngilizce konuşarak. "Adım Zaid al-Khatib. Suriyeliyim. Bu şirketin yeni sahibi benim."

Suriye lafını duyduğum anda başımdan aşağı kaynar sular döküldü. Bu adamı daha önceleri birkaç kez Şam'da görmüştüm. Devamlı puro içiyor, insanlar çevresinden hiç eksik olmuyordu. O sırada Volkan'la göz göze geldik. Volkan kıs kıs gülmeye başladı. Zaid Bey, Volkan'ın güldüğünü gördü. Ona sert sert baktı. "Komik olan ne var?" diye çıkıştı. "Neden bana bakıp gülüyorsun?"

Volkan, İngilizce konuşamıyordu. Bir anda panik oldu. "Ayol," dedi şaşkınlıkla. "Bu adam ne söylüyor?"

Odadakiler kıkır kıkır gülüşmeye başladılar. Zaid Bey'e baktım. "Arkadaşımız İngilizce bilmediği için size cevap veremiyor," dedim Arapça konuşarak. "Az önce size değil, bana gülmüştü. Galiba bir yanlış anlaşılma oldu."

Zaid Bey, kusursuz bir şekilde Arapça konuşmama şaşırmıştı. "Siz Arapçayı nerede öğrendiniz?" dedi bu sefer benimle Arapça konuşarak.

"Şam'da öğrendim."

"Şam'da ne yaptınız?"

"Kocam Şamlıydı."

"Öyle mi?" dedi şaşırmış gibi yaparak. "Kocanız kimlerdendi?"

"Kayınpederimin adı Nadeem Tabba'ydı."

"Rahmetli Nadeem mi?"

"Evet."

"Kendisini çok iyi tanırdım fakat çocuklarını hiç tanıma fırsatım olmadı. Siz hangi oğluyla evlisiniz?"

"Şimdi boşanıyoruz," dedim utancımdan kızararak. "Kocamın adı Wassim'di."

"Adınız neydi?"

"Piruze Kızıl."

"Toplantı bittikten sonra sakın bir yere ayrılmayın. Sizinle özel olarak görüşmek istiyorum."

Yaklaşık bir saat sonra herkes dışarı çıkarken, ben de ayağa kalktım. Zaid Bey eliyle otur işaret yaptı bana. Yerime oturdum. Ceketinin cebinden bir puro çıkarıp yaktı. Odada başka bir adam daha vardı. "Sizi Nebil Bey'le tanıştırayım," dedi.

"Merhaba," dedi adam benimle Türkçe konuşarak. "Nasılsınız?"

Nebil Bey'in kusursuz bir Türkçesi vardı. "Nebil Bey Arap kökenli bir Türk vatandaşıdır," dedi Zaid Bey. "Kendisi çok yakın bir zamanda şirketimizin genel müdürü olacak. Siz de bugünden itibaren doğrudan ona bağlı olarak çalışacaksınız. Maaşınıza da zam yapacağım."

"Ben ne iş yapacağım efendim? Eski işime devam mı edeceğim?"

"Eski işinizin ne olduğunu bilmiyorum doğrusu ama şimdiki işiniz model hırsızlığı olacak."

"Ne hırsızlığı?" dedim şaşkınlıkla.

Zaid Bey, şeytan fikirli birisiydi. Attığı kahkaha odanın içinde yankılandı. "Şam'da ne kadar süre kaldınız?"

"Beş yıl."

"Peki Şamlı kadınları ne kadar tanıyorsunuz?"

"Onları gayet iyi tanıyorum."

"Onların giyim zevklerini de biliyorsunuz, doğru mu?"

"Evet, biliyorum."

"O zaman sorun yok. Bundan sonra İstanbul'un en iyi birkaç mağazasını dolaşıp, o mağazalardan Arap kadınlarının giyim zevklerini göz önünde bulundurarak alışveriş yapacaksınız. Bu harcamalar için, şirketimizde açık bir hesabınız olacak. Biz de o mağazalardan satın alıp getireceğiniz kıyafetlerin modellerini çıkaracağız. Birebir aynısını yaptıktan sonra, Arap ülkelerine satacağız. Nasıl fikir ama?"

Tüylerim diken diken olmuştu. "Bu fikir şeytanın bile aklına gelmez," dedim tebessüm ederek.

Zaid Bey kahkahayı bastı. "Haklısınız. Şeytan bile ticaretin püf noktalarını biz Şamlılardan öğreniyor. Sizinle tanıştığıma gerçekten çok memnun oldum. Şimdi gidebilirsiniz. Daha sonra sık sık görüşeceğiz."

Üç gün sonra, bir öğle vakti, Şam'daki avukatım Basir Kourdi'den bir telefon aldım. Bu telefon benim için tam manasıyla sürpriz olmuştu. "Piruze Hanım," dedi Arapça konuşarak. "Müsait miydiniz?"

"Buyurun," dedim heyecanımı bastırarak. "Müsaidim."

"Şu anda mahkemede boşanma davanız görüşülüyor," dedi. "Size birkaç sorum olacaktı. Soracağım sorulara doğru bir şekilde cevap verir misiniz?"

"Nasıl yani?" dedim yutkunarak. "Telefonda mı cevap vereceğim?"

"Evet. Buraya gelme imkânınız olmadığından duruşmaya telefonla katılacaksınız."

"Herkes orada mı?"

"Şu anda herkes sizi dinliyor. Şahitleriniz Sevim Hanım ve Büyükelçi Hayri Bey de burada."

"Pekâlâ," dedim güçlü olmaya çalışarak. "Sizi dinliyorum."

"Kocanızla neden boşanmak istiyorsunuz?"

Wassim'le boşanma gerekçelerimi telefonda bir bir anlattım. "Peki," dedi avukat. "Şam'dan kendi rızanızla mı kaçtınız?"

"Evet."

"Şam'dan nasıl kaçtığınız bize söyler misiniz?"

"Nasıl kaçtığımı size söyleyemem."

"Kocanız Wassim Tabba burada. Sizi hırsızlık yapmakla suçluyor. Güya onun Rolex marka saatini çalmışsınız. Bu iddia doğru mu?"

Bir anda başımdan aşağı kaynar sular döküldü. "Ne?" dedim şaşkınlıkla. "Onun saatini mi çalmışım? Kesinlikle onun saatini çalmadım. Bana iftirada bulunuyor. Asıl o, benim pırlanta yüzüğümü çalmıştı. Daha sonra da çaldığı bu yüzüğü götürüp evlenmek istediği kızın parmağına takmıştı. Kuyumculuk yapan arkadaşı Cemil, bu olaya şahittir. O dürüst bir adamdır. Söylediklerime inanmıyorsanız, ona sorabilirsiniz. Size gerçekleri söyleyecektir."

"Şam'a tekrar geri dönmeyi düşünüyor musunuz?"

"Hayır. Şam'a bir daha asla dönmeyeceğim. Ben sadece çocuklarımı istiyorum."

"Tamam," dedi avukat. "Size soracaklarım bu kadardı. Hoşça kalın."

"Oradakilere yalvarıyorum," dedim hıçkıra hıçkıra ağlarken. "Ben bir anneyim. Ne olursunuz, çocuklarımı benden ayırmayın."

Telefon suratıma kapandı. Şok içerisindeydim. Odamın kapısını kilitledim, saatlerce hüngür hüngür ağladım.

Ertesi gün, Şam'daki avukatımdan yine bir telefon aldım. "Piruze Hanım," dedi. "Kocanız Wassim Bey'den boşandınız."

Bir anda heyecandan zangır zangır titremeye başladım. "Ya çocuklarım?" dedim. "Onların velayetini alabildim mi?"

"Sadece çocuklarınızla görüşme hakkını kazanabildiniz," dedi avukat kuru bir ses tonuyla. "Çocuklarınızla görüşebilmek için de Şam'a gelmeniz gerekiyor."

Her şey o kadar hızlı gelişti ki, büsbütün altüst olmuştum. "Şimdi ne demek bu?" dedim sinirli sinirli. "O adam beni gördüğü yerde bıçakla lime lime doğrar. Ben Wassim'i biraz olsun tanıyorsam, bana çocuklarımı kesinlikle göstermez."

"Ne yazık ki mahkeme bu yönde karar verdi. Bir üst mahkemeye gitsek bile, verilen bu kararı değiştirmemiz çok zor. Bu tür davalarda şeriat mahkemelerinin vermiş olduğu kararlar belli. Çocuklar babayla birlikte kalacaklar."

"Başka bir yolu yok mu peki?" dedim umutsuzca.

"İnanın bana yok."

O anda kendimi iyice köşeye sıkışmış hissediyordum. "Ya buradaki mahkeme," dedim boğazım düğümlenirken. "Çocuklarımın velayetini bana verirse, o zaman n'olur?"

"Açık söylemek gerekiyorsa, değişen hiçbir şey olmaz. Türk mahkemelerinin vereceği hiçbir kararın burada geçerliliği yok. Bence mahkeme kapılarını dolaşıp zamanınızı boşa harcamayın."

Umutlarım artık tükenmişti. Avukatın suratına telefonu kapatırken, gözyaşlarım sel olup yüzümü yıkıyordu.

KADER

Üzgün, kırık bir gönülle zaman su gibi akıp geçti. Yıllar içinde saçlarıma aklar düştü. Yüzüm kırıştı. Geride boynu bükük çocuklar bıraktım. Şeker tadında oğullarımı sevemedim. Onların genç delikanlı olduklarını hiçbir zaman göremedim. Toprağın suya hasret kalması gibi, ben de oğullarıma yıllarca hasret kaldım.

Geçip giden bu zaman içinde, çocuklarıma kavuşabilmek için neler yapmadım ki... Bir keresinde her şeyi göze alarak Şam'a gittim. Wassim allem etti, kallem etti bana çocuklarımı göstermedi. Çocuklarımı göstermediği gibi, korkunç bir iftira da attı bana. Güya ben Şam'a çocuklarımı kaçırmaya gelmiştim.

Hapse atıldım. Tam iki hafta hapiste kaldım. Babam ve annem Şam'a geldiler. Beni uzun uğraşlar sonucunda hapisten kurtardılar. İstanbul'a gözü yaşlı bir şekilde geri döndüm. Bu arada hiç boş durmadım. Avrupa İnsan Hakları Mahkemesi Çocuk Hakları Bölümü'ne başvurdum. Bunun için defalarca Ankara'ya gidip geldim. Fakat Suriye, Avrupa İnsan Hakları Mahkemesi'nin yargı yetkisini tanımadığı için, oradan da bir netice alamadım.

Yine bir gün çocuklarımın kokusu burnumda tüttü. Annemlere haber vermeden gizlice Şam'a gittim. Evin kapısına dayandım. O gün Wassim evde yoktu ama Mazen evdeydi. Beni bir anda karşısında görünce, saçlarımdan yakaladığı gibi sokağa sürükledi. Onu durdurmak için direndim ama beni itekledi, tekmeledi. Tek kelime söylemeden, eline geçirdiği bir sopayla bana vurmaya başladı.

Öyle hızlı hareket etmişti ki, yüzümü korumak için kolumu kaldıracak vakti bile bulamamıştım. Elimle ağzıma dokundum, avucumdaki kana baktım. Yıllar önce Mazen'den yediğim ilk tokat anını hatırladım. Bu anının yerini, nefretin alması çok uzun sürmedi.

Mazen sopayla bir daha vurdu. Bu kez sopayı yakaladım. Avucumun içinde sımsıkı tuttum. Sopayı tutmam onu hırslandırmıştı. Sopayı çekip kurtardı, bir kez daha savurdu.

Bir ara nasıl olduysa, ona tekme atmayı becerdim. Beni belimden yakaladı, var gücüyle duvara fırlattı. Kemiklerim kırıldı sandım. Sopayla bir daha vurdu. Sopa göğsüme, omzuma, kollarıma ve bacaklarıma indi, kalktı. Kendimi neredeyse kaybetmek üzereydim. Hemen yanı başımda duran gri yuvarlak taşı fark ettim. Taşı avucumun içine aldım. Dizlerimi yere sağlamca bastım. Bu kez bütün gücümle taşı ona doğru fırlattım. Taş, çenesine isabet etti.

Bir anda olduğu yerde çakılı kaldı. Avucuyla çenesine dokundu. Avucuna dolan kana, sonra da bana baktı. O anda aramızda sanki bir duygu alışverişi olmuştu. Taşın darbesiyle, yaşadığım acıyı ona da tattırabilmiştim. Kanla dolan ağzını temizlemek için yere tükürdü. Tükürdüğü anda birkaç dişi çenesinden kopup önüme düştü. Sinirden kudurdu. Âdeta burnundan soluyordu. Sopayı havaya kaldırdı. Fakat bu sefer başımıza üşüşen kalabalık, Mazen'in elini havada yakaladı. Mazen, dökülen dişlerini insanlara göstererek hırlıyor, gözleri ateş saçıyordu.

O anda gözlerimin önünde anlık, kör edici beyazlıkta zerrecikler uçuştu. Çevremdeki sesler boğuk ve sanki uzaktan geliyordu. Gözlerimin önünde, çocuklarımın yüzleri parıldadı. Ama kisa bir süre sonra görüntü kayboldu. Soluk almayı denedim. Boğazım yandı. O sırada gözlerimden akan yaşlar, göğsümden gelen hırıltının sesine çoktan karışmıştı. Ve ben çocuklarımı yine göremeden, acılar içinde kıvrana kıvrana orayı terk edip İstanbul'a geri döndüm.

İlk başlarda, ya Sevim Teyze'nin ya da Lamia'nın aracılığıyla onlara bir şekilde ulaşıp hediyeler gönderebiliyordum. Bu hediyeleri onlara göndermeden önce de etiketlerini makasla tek tek kesiyordum ki, benim gönderdiğim anlaşılmasın. Sonra öğrendim ki Wassim, Sevim Teyze'nin benim lehime şahitlik yapmasına çok fazla içerlemiş, onu çok geçmeden evden kovmuş. Lamia'ya gelince... Deyim yerindeyse sırra kadem basmıştı. Ne ona, ne de kocası Cemil'e hiçbir şekilde ulaşamıyordum artık.

Şam'a son bir kere daha gittim. Ama bu sefer yalnız değildim. Yanımda Hasan Dayım vardı. Şam'da üç gün kaldık. Fakat çocukların izine hiçbir yerde rastlayamadık. Wassimler oturdukları evden taşınmış, kayıplara karışmıştı. Şam'da tanıdığım herkese, çocuklarımın nerede olduklarını sorduğumda, hepsi sanki sözleşmişçesine aynı cevabı veriyorlardı bana: "Bilmiyoruz! Bir an önce ülkene geri dönsen iyi edersin."

Üç gün sonra İstanbul'a kös kös geri döndük. O günlerde yaşadığım hayal kırıklıklarını sana anlatamam Kim. Elimden hiçbir şey gelmiyordu ve ben kafayı yemek üzereydim. Her gün onlarla yatıp, onlarla kalkıyordum. Bir saniye bile olsun onları aklımdan çıkarmıyordum.

Sonra bir gün, yine uzun uzun ağladığım o gecelerin birinde, bir şeyin farkına vardım. Ben sabır çeke çeke, sabır taşı kesilmiştim. Hasret, sırtımdan bir türlü atamadığım kamburumdu artık. Geçip giden bu zaman içinde, kendimi sadece işime adadım. Mesleğimin labirentlerinde dolaşıp durdum. Başarılı bir iş kadını oldum ama çocuklarıma annelik yapamadım. Her sabah iş yerime gittiğim zaman başımı kaldırıyor, beş katlı tekstil fabrikamın üzerindeki 'Mother&Baby' yazısını gözlerim dolarak okuyorum hâlâ.

***

22 Ocak 2007 senesiydi...

O sabah içim yine her zamanki gibi buruktu. Erken bir vakitte evden çıktım. Merter'deki fabrikama uğramadan, Osmanbey'deki mağazama gittim. Alt kattaki ofisime indim. Sade kahvemi söyledim, sigaramı yaktım. Her zamanki gibi çocuklarımı düşünürken, çantamdan çıkardığım günlüğüme şunları yazıverdim:

Bugün beni melekler alıp uçursa, çocuklarımın koynuna götürüp soksa. Hasretten taşlaşan şu yüreğim, pamuk tarlasına dönse.

Neden güzel Allah'ım, neden? Her gece rüyalarımda beni uçurup çocuklarıma götüren melekler neden gerçek hayatta bunu yapmıyor?

Evlat hasretinin ne olduğunu biliyor musun sen? Hele bir de bu hasret üç taneyse, ben o zaman neylerim?

Yüreğim âdeta taş kesti güzel Allah'ım. Ben içime düşen hasret ateşiyle yıllarca kor kor yanarken, hiç kimsenin umurunda olmadım. Peki senin de mi umurunda değilim?

Ana yüreği bu. Evlat hasretine dayanmıyor işte. Sitemim bu yüzden sana. Çocuklarımın büyüdüğünü neden göremedim ben? İsterdim ki beni en son bıraktıkları gibi görsünler ama hiç biri göremedi. Ben de onları göremedim. Yoksa onları hiç göremeden hasret ateşiyle ölüp gidecek miyim?

Sürekli onlar için ağlıyorum. Ama hiçbir şey değişmiyor. Sadece ağladığımla kalıyorum. Yalnızlığı hiç sevemedim. Hep benim yanımda olmalarını istedim. Eğer onlara şu anda bile acı çektiriyorsam, beni bağışlasınlar güzel Allah'ım. Ama şunu da bilsinler ki, ben de acı çekiyorum.

Şam'daki herkesten nefret ediyorum. Oradaki yaşamım aklıma geldikçe çoğu zaman uykularım kaçıyor. Orası benim için kâbuslar evi gibiydi. Ama gel gör ki güzel Allah'ım, o kâbuslar evinde benim parçam olan çocuklarım yaşıyor hâlâ.

Hasta oldukları zaman kim baktı onlara? Onların başında sabaha kadar kim nöbet tuttu? Çıkan ateşlerini kim düşürdü? Hiç kimse benim onlara göstereceğim şefkati gösteremezdi ki. İşte geçip giden yıllar içinde bunları düşündükçe güzel Allah'ım, delirecek gibi oluyorum. Âdeta fıttırıyorum...

O anda parmaklarım kalem tutmaz, gözyaşlarım dinmez oldu. Bir süre masanın başından kalkamadım. Dakikalarca oturup hüngür hüngür ağladım. Kendimi toparladığımda, yukarı kata çıktım. Mağazanın içinde, genç ve alımlı bir Arap kızı alışveriş yapıyordu. Ona bakıp selam verdim. "Hoş geldiniz," dedim Arapça konuşarak. "Mağazamıza ilk gelişiniz mi?"

Kız, sevimli ve bıcır bıcırdı. Elini uzatıp beni kendine doğru çekti. Sonra da yanaklarımdan öptü. "Hoş bulduk," dedi. "Arapçayı nasıl bu kadar güzel konuşabiliyorsunuz?"

Ona gülümsedim. "Şam'da beş yıl kaldım," dedim.

"Aaa!" dedi şaşırarak. "Bu arada, adım Alia Nahhas."

"Memnun oldum Alia. Benim de Piruze Erdem. Çay ya da kahve içer misin?"

"İçerim valla. Dışarıda hava buz gibi. Biraz üşüdüm."

"Lütfen alt kata inelim. Ofisimde otururuz."

"Ofisinizde sigara içiliyor mu peki?" diye gülümsedi.

"İçebilirsin. Ben de içiyorum."

Alt kata indik. Çayları söyledim. İkimiz de sigaralarımızı yaktık. "Nerelisin Alia?"

"Lübnanlıyım."

"İşleriniz nasıl?"

"Allah'a şükür çok iyi. Özellikle sizin mallarınızı bir hayli fazla satıyoruz. Arap kadınları sizin kıyafetlere bayılıyor."

Güldüm. "Arap kadınlarının giyim zevklerini iyi bildiğim için, daha çok onların bu zevklerine göre modeller üretiyorum."

"İnanır mısınız bana? Geçen gün erkek arkadaşıma dedim ki 'Bu firmada Arap kadınlarını çok yakından tanıyan birisi çalışıyor.' O da bana hak verdi."

"Erkek arkadaşın ne iş yapıyor?"

"Şey," dedi yüzü narçiçeği gibi kızararak. "Aslında o, sevgili anlamında bir erkek arkadaşım değil. İşin aslı o bilmiyor ama tanıştığımız günden beri ona aşığım. Londra'da üniversite eğitimimiz sırasında tanışmıştık. Hatta ilginç bir tanışma hikâyemiz vardı."

"Nasıl tanışmıştınız?" dedim gülümseyerek.

Bir anda gözleri ışıl ışıl yandı. Gülünce iki yanağındaki gamzeler ortaya çıkıverdi. "Sinemada tanıştık," dedi. "Bilet kuyruğundaydık. O da tam arkamda duruyordu. Elimde bilet parasını tutuyordum. Bir anda nasıl olduysa kâğıt para parmaklarımın arasından kayıp yere düştü. Eğilip parayı yerden alıyordum ki, onunla kafa kafaya çarpıştık. Meğerse o da yere düşen parayı almak için eğilmiş. İşte o gün, orada, Amer'le tanıştım."

Bir anda karnıma tarifsiz bir sancı saplandı. Neredeyse nefes alamıyordum. "Siz iyi misiniz?" dedi Alia. "Yüzünüz bembeyaz oldu."

Derin derin nefes alıp vermeye çalıştım. "Kusura bakma," dedim çatallaşan sesimle. "Uzun yıllardır görmediğim bir oğlum var. Onun da adı Amer."

"Şu anda nerede?"

"Şam'da."

"Şam'da mı? Oğlunuz Şamlı mı?"

"Evet. Yıllar önce Şamlı bir Arap'la evliydim. Hatta Şam'da bir değil, üç oğlum var."

Alia dudağını büzdü. "Tesadüfe bakın ki," dedi. "Amer'in de iki erkek kardeşi var."

Şaşkınlıktan kaskatı kesilmiştim. "Arkadaşın," dedim. "O Lübnanlı değil mi?"

"Hayır. Amer aslen Şamlı. Lübnan'da ithalat-ihracat yapan bir firmada üç aydan beri çalışıyor. Bu arada, oğlunuzun soyadı neydi?"

"Tabba."

"Olamaz," dedi Alia heyecandan tir tir titrerken. "Amer'in soyadı da Tabba. Ama nasıl olur bu? Amer bana bir gün annesinin öldüğünü söylemişti."

Oturduğum iskemleden ayağa kalktım. Ayaklarım, altüst olan bedenimi taşımakta güçlük çekiyordu. "Amer'in babasının adını biliyor musun?"

"Yanlış hatırlamıyorsam, Wassim'di."

O anda Alia'ya boş gözlerle baktım. Sonra da olduğum yere düşüp bayılıverdim.

Saatler sonra kendime geldiğimde, Enver başucumda duruyordu. Enver'in de bürosu hemen yanı başımda, Nişantaşı'ndaydı. "O kız nerede?" diye sordum panikleyerek.

Enver alnımdan öptü. "Merak etme," dedi. "Alia bana her şeyi anlattı. Onu oteline bıraktırdım."

"O kızı bir an önce görmek istiyorum," dedim ağlarken. "Kaldığı otel nerede?"

"Taksim'de. Sen kendini iyice toparla. Bizi otelde bekliyor zaten."

Hemen ayağa kalktım. "Ben iyiyim. Hiç zaman kaybetmeden gidelim."

Alia, The Marmara Oteli'nde kalıyordu. Otelin döner kapısından içeri girdik. Güvenlik kontrolünden geçip yürüyen merdivenlerle lobiye çıktık. "Oda numarasını biliyor musun?" dedim kalbim çarparak.

"Sen geç otur şuraya," dedi Enver. "Geldiğimizi haber vereyim."

Alia yaklaşık on dakika sonra yanımıza geldi. "Nasıl oldunuz?" diye sordu tebessüm ederek. "Sabah bir anda düşüp bayılınca, ödümü patlattınız."

"Şimdi daha iyiyim."

Boynuma sarıldı. Yanaklarımdan defalarca öptü. "Onu aradın mı?" diye sordum meraklı meraklı.

"Hayır."

"Neden?"

"Bilmiyorum, belki de korktum. Nasıl bir tepki vereceğini bilemiyorum. Ama siz hiç merak etmeyin. Size söz veriyorum. İkinizi en yakın zamanda mutlaka bir araya getireceğim. Şimdi bana telefon numaralarınızı verebilir misiniz?"

KAVUŞMA

21 yıl, 4 ay, 20 gün sonra...

Soğuk bir Şubat akşamında, Myu isimli Fransız restoranının kapısından içeri girdim. O sırada şık giyimli bir erkek beni kapıda karşıladı. "Hoş geldiniz," dedi Arapça konuşarak.

Heyecandan neredeyse düşüp bayılacaktım. Şaşkın şaşkın çevreme bakındım. "Hoş bulduk. Adım Piruze Erdem. Alia Hanım benim adıma rezervasyon yaptırmıştı."

"Bir saniye," dedi ve sonra da elinde tuttuğu listeye bakmaya başladı.

Mavimsi bir fanusun içindeki gece kandilleri içeriye loş bir ışık saçıyordu. Ayrıca içerisi oldukça kalabalıktı. "Evet," dedi. "Lütfen beni takip edin."

Birkaç adım atmıştım ki, Alia'yla göz göze geldik. Hafifçe tebessüm etti ve gözlerini yeniden karşısında oturan erkeğe çevirdi. Yanlarından sessizce yürüyerek geçip gittim. "Masanız," dedi adam.

Heyecandan zangır zangır titreyen bedenimi sandalyenin üzerine güçlükle bıraktım. Derin derin nefes alıp vermeye çalıştım. Masanın üzerinde duran menüye baktım. "Birazdan ne yiyeceğimi söyleyeceğim," dedim boğuk bir ses tonuyla.

Adam tebessüm ederek yanımdan uzaklaştı. Başımı kaldırdım. Çaprazımdaki masada, tam karşımda oturan erkeğe ürkek ürkek baktım. Yıllar önce havalimanında bıraktığım o küçük çocuk gitmiş, yerine, hayatımda gördüğüm en güzel gülümsemeye sahip yakışıklı bir adam gelmişti. "Nasıl da büyümüş," diye kendi kendime mırıldandım. Ona hüzünle gülümserken, bir anda göz göze geldik. Birbirimize baktık. Gözlerim doldu. Masanın üzerinde duran peçeteyi alıp yanağıma düşen iki damla yaşın üzerine bastırdım. Tepkisizdi. Sanki bir şey dinlerken uykuya dalmışçasına sakin sakin bana bakıyordu. Bir anda her yer sessizleşti. İçeriye sükûnet gelmişti sanki. Gözlerinde gözlerimi kamaştıran bir ışık gördüm. İçim aydınlandı. Ona bakıp bu sefer umutla gülümsedim. Kafasını önüne eğdi. Sonra tekrar kafasını kaldırıp bana baktı.

Sessizliğin içinde aniden duvar saatinin sarkacı dokuzu vurdu. Bir anda tüm dünya uykudan uyandı sanki. Allak bullak oldum. Kaskatı kesilmiş halde, soluk dahi almadan ona bakıyordum. Koşup onun boynuna sarılmamak için kendimi zor tutuyor, aklıma hâkim olmaya çalışıyordum. O da aklı başından gitmiş bir halde gözlerini benden aldı. Alia'ya baktı. Alia'ya bir şeyler söyledi. Alia arkasına döndü, gözlerinin içiyle gülümseyerek bana baktı. Sonra Amer'e yüzünü çevirdi ve onaylarcasına başını salladı.

Amer yerinden kalktı. Bana doğru yürümeye başladı. Sanki gerçekten ölüyor gibiydim. Bir külçe gibi ağırlaşan bedenimi sandalyeden güçlükle kaldırdım. Yüzünde belli belirsiz bir endişe vardı. Şaşırmışa benziyordu. Tepeden tırnağa bütün vücudumu ateş bastı. Artık aramızdaki mesafe iyice kapanmıştı. Gözlerim yaşlarla dolmuş bir şekilde ona bakıyordum. Yanıma biraz daha sokuldu, yumuşak bir sesle, "Affedersiniz. Sizi bir yerden tanıyor muyum?" diye sordu.

O anda nasıl da dokunaklı bir sesi vardı. Yüzünde, yıllar önce kaybettiği şeyi arar bir hali vardı. "Beni affedin oğlum," diyebildim hıçkıra hıçkıra ağlarken.

"Anne," dedi çatallaşan sesiyle. "Gerçekten sen misin?"

Bir anda korkunç bir halsizlik hissettim. Bacaklarımda can kalmamış gibiydi. Solgun ve titreyen kollarımı yukarı kaldırdım, boynuna doladım. Boğuk bir sesle, "Benim," dedim.

Sımsıkı sarılıp beni öperken, "Yıllardır nerelerdeydin?" dedi.

Onu sarıp sarmaladım. Yüzünü dakikalarca öptüm, kokladım. Nefesini dinledim. Sonra da hüzünlü havayı dağıtmak için, "Sana yıllar önce, elbet bir gün kavuşacağımızı söylemiştim," dedim mutluluktan ağzım kulaklarıma varırken.

Amer yanağıma bir öpücük kondurdu. Sanki hatıralar; 21 yıl, 4 ay, 20 gün öncesini geri getirmişti. "Havalimanında yıllar önce bana, beni sakın unutmayın demiştin," dedi. "Seni asla unutmadık anne. Hiçbirimiz seni asla unutmadık, unutamadık..."